Hans Fallada
Der Bettler, der Glück bringt

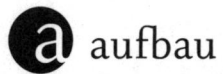 aufbau

Hans Fallada

Der Bettler, der Glück bringt

Die schönsten Geschichten

Mit einem Nachwort
von Birgit Vanderbeke

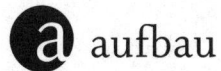 aufbau

Textgrundlage für die Erzählungen dieser Ausgabe:
Hans Fallada, Gute Krüseliner Wiese rechts und 55 andere Geschichten. Herausgegeben von Günter Caspar. Aufbau-Verlag Berlin und Weimar, 1. Auflage 1991
Der vorliegende Text wurde in Interpunktion und Orthographie den Regeln der Rechtschreibreform von 2006 angepasst.

FSC
www.fsc.org
MIX
Papier aus ver-
antwortungsvollen
Quellen
FSC® C083411

ISBN 978-3-351-03516-7

Aufbau ist eine Marke der Aufbau Verlag GmbH & Co. KG

1. Auflage 2012
© Aufbau Verlag GmbH & Co. KG, Berlin 2012
Einbandgestaltung hißmann, heilmann, hamburg
Satz LVD GmbH, Berlin
Druck und Binden CPI – Clausen & Bosse, Leck
Printed in Germany

www.aufbau-verlag.de

Inhalt

Frühe Geschichten

Geschichten und Geschichtchen

Geschichten aus der Murkelei

Eine späte Geschichte

Frühe Geschichten

Der Trauring

1

Die Leute gehen aufs Feld zum Kartoffelaushacken. Es ist später Herbst, in der letzten Nacht hat es schon ein wenig gefroren. Nun bei Sonnenaufgang blinkt überall Frühreif. Obwohl sie frieren, gehen sie nur langsam, zuhinterst zottelt der Feldunterinspektor, die Hände tief in die Taschen gebohrt.

Verdrossen lauscht er auf das Geschnatter der Weiber, er hat in der letzten Nacht schlecht geschlafen, seine Schulden haben ihn wachgehalten. Alles Grübeln aber hat nichts geholfen: Diese kleine Summe, diese dreißig, vierzig Mark lassen sich nicht auftreiben, es findet sich nun einmal kein Weg. Wenn er Hofinspektor wäre! Man kann ganz gut einmal ein paar Zentner Roggen vom Boden verschwinden lassen, ohne dass einer etwas davon merkt. Aber so …, verfluchtes Leben! Er gähnt, dann spuckt er aus.

Die Kolonne ist auf dem Kartoffelschlag angelangt. Das Kraut steht schwarzbraun und nass da, der Boden ist lehmig feucht. Unterinspektor Wrede teilt jedem seine Dämme zu, natürlich gibt es wieder Streit und Gezanke unter den Weibern, er kümmert sich nicht darum, er setzt sich auf die Wagendeichsel. Die erste Hacke blinkt in der Sonne, auf dem Felde wird es stiller, die Arbeit hat begonnen. Langsam kriechen die gebeugten Gestalten am Boden hin.

Wrede will rauchen, aber er merkt, dass er seinen Tabakbeutel vergessen hat. Eine dumpfe Wut regt sich in ihm gegen dieses Leben, das so trostlos einförmig ist, dem man rettungslos verfiel, eine Wut, die nach einem Ausweg sucht. Er stürzt hinter die Leute. Wo er eine liegengebliebene Kartoffel sieht, erhebt er

9

ein großes Geschimpf, aber das hilft nichts, die Wut wächst in ihm.

Er muss zurück zum Kastenwagen, die ersten Körbe werden ausgeschüttet, er hat Marken zu verteilen. Er stellt sich auf die Deichsel und passt auf, dass die Körbe ordentlich voll sind. Er wird der Bande schon zeigen, woher der Wind weht, keiner bekommt eine Marke, der den Korb nicht randvoll hat. Sollen die etwa vergnügt sein, wenn ihm speiübel ist? Er spuckt auf alles.

Da kommt die Uteschen. Das ist auch so ein Aas: Die denkt, weil sie jung verheiratet und hübsch ist, hat sie es nicht nötig. Ein paarmal hat er ihr heimlich Kartoffelmarken zugesteckt, aber sie soll nicht glauben, dass sie ihm deswegen auf der Nase tanzen kann. Außerdem ist sie verliebt in ihren Kerl.

Aber es lässt sich nichts sagen, der Korb ist voll. Nachdenklich sieht er den Knollen nach, die in den fast noch leeren Kasten poltern, er sieht die Frau an, die hochgereckt, die schwere Kiepe weit über dem Kopf, dasteht, und sein Auge bleibt auf der Hand haften, die, zwischen Kasten und Korbrand eingeklemmt, mit Erde beschmutzt, eine für Landarbeiterinnen zierliche Form hat.

Da blinkt zwischen den rollenden Kartoffeln etwas auf. Wrede macht eine Bewegung, will sprechen. Und steht wieder still. Die Frau hebt den leeren Korb aus dem Wagen, er gibt ihr eine Marke, sie geht.

Er steht wieder ganz still da, sein Gesicht ist seltsam heiß geworden, die Stirn zog sich zusammen – denkt er sehr über etwas nach? Plötzlich tut er einen Schrei, springt wie ein Unsinniger in den Kasten, mit beiden Füßen zwischen die Kartoffeln und brüllt: »Welches Aas schmeißt hier Steine zwischen die Kartoffeln?«

Er bückt sich, er wirft weit ins Feld hinein Knollen und Erde, seine Hände suchen fieberhaft. Die Leute lachen untereinander, halblaute Spottreden fliegen von einem zum andern: »Nun ist er ja wohl ganz mall geworden.« – »Seine Marie hat gestern Abend nicht gewollt.« – »So ein Aas, das nichts kann wie Leute schikanieren, sollte man mit der Hacke vor den Schädel hauen.«

Wrede ist wieder aus dem Kasten gestiegen. Er schreit noch einmal: »Wenn ich jemand erwische, der Steine zwischen die Kartoffeln tut, jage ich ihn vom Felde, versteht ihr das!«

Aber dies zu rufen war schon schwer. Ihm ist sehr warm, sein Herz scheint ganz voll zu sein. Er weiß gut, er muss den Vormittag weiter schimpfen, denn er darf keinen Verdacht erregen. Er muss schimpfen, obwohl er nun seine Schulden bezahlen kann.

Er kann seine Schulden bezahlen!

2

Es ist Feierabend geworden. Martha Utesch steht in der Küche und rührt ihren Schweinen warmen Schrotbrei an. Sie taucht die Arme bis zu den Ellenbogen in das warme Gemenge, um heil gebliebene Kartoffeln noch zu zerdrücken. Schmeichelnd empfindet sie die sämige Glätte des Tranks auf der Haut. Ein Gefühl von unbestimmter Leere taucht in ihr auf, das vage dämmernde Bewusstsein eines Verändertseins: Sie zieht langsam ihren rechten Arm aus dem Brei und betrachtet ihn. Völlig ist er von einer dicken Schicht weißgelben Schrots umgeben. Zögernd nimmt sie den andern Arm zur Hilfe, hebt ihn aus dem Eimer, die linke Hand streicht über die Handwurzel der rechten. Sie sieht darauf hin. Dann über den Handrücken, der sacht rosig aus dem abrinnenden Schrot auftaucht. Dann über die Fingerwurzeln … »Es ist unmöglich«, flüstert sie. Und jetzt tut sie einen Schrei. Sie wirft beide Hände gegen den Kopf, sie sieht nichts mehr, ihr Körper beugt sich nach vorn.

Der Hobel in der Werkstatt wird mit einem Ruck still. Tischler Utesch zieht die Tür auf und fragt: »Hast du gerufen, Martha?«

Sie wendet langsam, zögernd das Gesicht gegen den Mann, sie kommt von weit her, als sie sagt: »Nein. Nichts. Das Schrot war zu heiß, ich habe mich verbrannt.«

Er steht im Türrahmen und betrachtet sie. Ein Schein der Petroleumlampe lässt das Gold in ihrem Haar aufleuchten, das zarte Rosa ihres Gesichtes vertieft sich zu Rot: »Es war nichts, Willem«, wiederholt sie, steht auf, fasst die Eimer und läuft in den Stall zu den beiden Schweinen. Sie gießt den Trank in den Trog, die Schweine schlabbern und schmatzen.

Beim Buddeln muss ich ihn verloren haben, in der Erde, denkt sie. Es hat keinen Zweck, ihn zu suchen, ich bin mit den Knien darüber weggerutscht, er liegt im Boden. Was soll ich tun? Höchstens beim Nacheggen kommt er nach oben, aber wer sieht solch kleines Ding? Was soll ich tun?

Sie fasst die Eimer, wendet sich zur Tür, stellt sie wieder hin.

Willem darf nie etwas erfahren. Er glaubte nicht, dass er in der Erde liegt. Der Schäfer in Zülkenhagen hat den Ring besprochen, da war Willem von seiner Eifersucht geheilt. »Solange du den Ring trägst, gehörst du mir. Hat ein andrer ihn, gehörst du ihm. Ziehe ihn nie, auch nur im Spaß, vom Finger.« Er glaubt daran. Es ist gut, dass ihn die Erde hat, vielleicht glaubte auch ich daran.

Ihr Gesicht ist noch vertiefter geworden.

Ich muss mir einen andern machen lassen. Es wird schwer sein. Schon mit dem Geld. Und dann, weil es kein Fabrikring ist. Bis dahin …

Sie kommt in die Küche zurück. Nebenan stöhnt wieder der Kurzhobel. Sie greift das Beil und schlägt Kleinholz. Der Kurzhobel wird still. Wilhelm fragt: »Haust du jetzt Holz?«

»Alles ist nass«, sagt sie. »Dies Schlackerwetter.« Sie schlägt zu.

Wie ungeschickt ist Martha, denkt Utesch. So ungeschickt ist Martha doch sonst nicht. Schon sieht er eine Hand, die sich rötet, rötet. Alles ist Blut.

»Da habe ich mich gehauen«, sagt Martha, weiß geworden.

Sie betrachtet zweifelnd, mit zitternder Lippe die Hand, die nur noch Blut ist.

Er macht einen Schritt zu ihr. »Warum haust du nach Feierabend Holz? Kann ich das nicht tun?«

»Lass! Lass!«, ruft sie und springt gegen die Kammer. »Ich verbinde mich schon.«

Dann sitzen sie beim Abendessen. Wilhelm sieht immer auf die weiß umwickelte Hand. »Mit dem Buddeln ist es nun vorbei. Schade, wir hätten das Geld brauchen können.« Nach einer Weile: »Und der Ring? Hast du ihn abgetan?«

Martha lacht. »Der sitzt! Der geht nicht runter. Der bleibt. Fühle mal!« Und sie führt seine Finger über den dicken Verband.

3

Das Ehepaar Utesch schlief. Frau Utesch wanderte durch die Räume des Traums, geheimnisvoll geführt von einem, den sie nicht sah, vor dem ihr doch angst war. Plötzlich war der Führer verschwunden, sie fühlte ihn nicht mehr, allein stand sie in einer purpurfarbenen Röte, und ihre Angst wuchs.

Plötzlich hörte sie eine Stimme schreien, wilde, ungefüge Schreie in das Nichts rufen. Zuckend zog sich die Welt zusammen. Gegen den Schein der Morgenröte blinkte die erste Hacke, das Kartoffelkraut triefte nass, auf einem Wagen tobte Wrede und schrie.

Frau Martha war wach. »Der hat den Ring! Der!«, flüsterte sie und lauschte in die Nacht, ob sie die schreiende Stimme noch höre. Alles war still. Aber die schwarze Stille schwoll und schwoll, die Stille rief und rief.

Martha Utesch stand auf, an der Tür lauschte sie noch einmal zurück zu dem schlafenden Mann, auf der schweigenden Dorfstraße stand sie, schlug den Weg zum Gute ein.

»Der hat den Ring! Der!«

Seltsamer Weg durch die Nacht, die ohne Stern ist! Die

Telegrafendrähte summen, sie summen nur eine Melodie. Fährt der Wind in schon herbstlich raschelnde Blätter, rascheln sie nur die Worte: »Der hat den Ring! Der!« Einer geht vor ihr, den sie nicht sieht, der sie doch führt, vor dem ihr angst ist.

Plötzlich sieht sie den alten Zülkenhäger Schäfer. Er bespricht den Ring, er legt seine altersfleckige Hand, die gekrümmt ist, auf sie. »Diesem Ring gehört dein Leib. Bewahrst du ihn, bewahrst du dich. Gibst du ihn fort, gibst du dich fort.«

Und wieder der Wind und das Drähtesummen in der Nachtschwärze.

4

Auch Wrede schläft nicht. Er hat den Ring geputzt, er hat den Stempel untersucht, er denkt daran, wie er seinen Fund wird am besten verkaufen können. Ihn an einen Freund zu schicken wäre zu gefährlich, die Postdamen sind neugierig, alles wäre entdeckt. Und in eine Stadt fahren, selbst wenn er Urlaub bekäme, ist zu teuer.

Jedenfalls, nun hat er ihn. Er lässt das Licht der Taschenlampe aufblitzen, der rötlich gelbe Schein des Dukatengoldes erglänzt sanft, gegen den Marmor des Nachttischs schlägt er den Ring und hört mit Entzücken den weichen hellen Klang, den nur Gold hat.

Auch er beginnt zu träumen. Diese wenigen Gramm Gold im Werte von dreißig, vierzig Mark scheinen der Schlüssel zu sein zu allen Toren der Welt. Er sieht sich weit fort von hier, in Berlin fährt sein Auto vor dem besten Hotel vor, der Portier grüßt würdig, die Kellner knicken. Er steht im Hotelzimmer, hier türmt sich schon sein Gepäck, in die weiten Ledersessel ist alles Bunte von Weiberkleidern gegossen, ein Mixer bereitet Getränke, der Raum ist voll wie ein Vogelhaus von Weibergeschrei und Gelächter. Jemand klopft.

Jemand klopft …

Wrede fährt auf. Der Ring entfällt ihm, der Ring rollt, rollt, dreht sich klingend irgendwo im Dunkeln, ist still. Noch einmal ein Klang, ist still. »Wer ist denn da?« Klopfen gegen die Scheibe. »Wer ist denn da?« Nichts. Wieder Klopfen. Angst befällt ihn. Sind die Wachtmeister schon da? Mit zitternder Stimme fragt er: »Sind Sie das, Hofmeister? Ist etwas krank im Stall?«

Eine Stimme ruft verklingend: »Ich!«

Er steht lauschend. Plötzlich begreift er, er reißt das Fenster auf, er schreit: »Wer ist ich? Was ist ich? Alle sind ich. So ein Blödsinn!«

Die bebende Stimme: »Geben Sie mir meinen Ring wieder, Herr Wrede. Bitte.«

»Wer ist denn das? Ist das die Marie? Mädel lass mich schlafen. Jetzt ist nicht Mai, nicht einmal die Katzen haben jetzt Raunzzeit.«

»Bitte geben Sie mir meinen Ring wieder, Herr Wrede.«

»Aber – nein, wahrhaftig, das ist die Martha Utesch! Na, Martha, ist denn da dein Wilhelm mit einverstanden, dass du nachts an fremde Fenster gehst?«

»Geben Sie mir meinen Ring wieder. Es wird nicht gut sonst, Herr Wrede.«

»Wenn's denn sein muss, Martha. Hopp, ein Bein aufs Fensterbrett. Ich zieh dich hoch. Nur nicht zipp, Martha.«

Seine schweißnassen Finger tasten blind nach dem bleich geahnten Gesicht, er fühlt es, er fühlt die Wärme der Schulter, der Brust. »Komm, Martha!«

Stille. Lange Stille. Dann ganz leise: »Ich will kommen, wenn Sie mir meinen Ring wiedergeben, Herr Wrede.«

Auch er bleibt lange still. Dann polternd, mit einer Anstrengung: »Lass jetzt mit dem Quatsch nach. Entweder oder. Ich schmeiße das Fenster zu.«

»Ich gebe Ihnen fünfzig Mark für den Ring. Ich kaufe ihn Ihnen ab.«

Ganz rasch: »Hast du es da, das Geld?«

»Nur zwanzig. Das andere bringe ich nächste Woche.«

15

»Gib!«

»Erst den Ring.«

»Gib!«

»Hier …«

Er fühlt den Schein, er nimmt ihn. Er lacht auf: »Sone verrückten Weiber! Nun zahlen sie mir schon. Das geht über die Marie!«

Das Fenster fliegt zu. Verzweifelter Heimweg durch die Nacht.

5

Als die Nacht vergangen war, hatte sich Wrede dafür entschieden, alles nur geträumt zu haben. Fragte man ihn, er würde von nichts wissen. Er betrachtete, was ihm geschehen, sicher blieb, diese Frau war kein Aas, sondern weich. Und Butter soll man kneten. Wozu einen Ring verkaufen, den man behalten konnte? Sie sollte ihr bisschen Geld wie Wasser aus dem Leibe schwitzen!

Trotzdem beunruhigte es ihn, dass er Martha Utesch nicht auf dem Kartoffelacker sah. Warum war sie zu Haus geblieben? Hatte sie mit ihrem Mann geredet? Oder fürchtete sie sich? Gleichviel, er blieb entschlossen, seinen Griff nicht locker werden zu lassen. Kam sie nicht, ging er zu ihr, die Abende waren lang und dunkel. Das Aufblitzen ihres Ringes würde sie hinlocken, wohin er wollte.

Da horchte er auf. Auch die Buddler sprachen von Martha Utesch. Man wusste schon, warum sie fehlte. Über Nacht war sie von Haus fort gewesen, ihr Mann war erwacht, das Bett an seiner Seite fand er leer. Er hatte auf sie gewartet. Der Streit zwischen der Heimkommenden und dem Wartenden war laut geworden, hatten die in ihrem Morgenschlaf gestörten Nachbarn die Worte nicht gehört, die man gewechselt hatte, so waren sie doch nicht zu ungelenk, welche zu erfinden. Jedenfalls war sicher, dass selbst der Mann schon gemerkt hatte, dass seine

Frau mit dem jungen Nagel aus dem Grunde ging. Sie hatte nicht sagen wollen, wo sie gewesen, aber das konnte selbst solch verliebten Ehekater nicht dumm machen. Hatte sich nicht der junge Nagel schon vor ihrer Hochzeit mit ihr abgegeben? Der Mann hätte sie nur ordentlich prügeln sollen, aber heute waren die Männer ja viel zu schlapp. Ordentlich Keile für eine Frau, das war grade, was sich gehörte.

Auch Wrede bedauerte, dass es nicht zu Schlägen gekommen war. Hätte der Mann doch schließlich nur für ihn seine Frau mürbe geschlagen. Je unmöglicher die Verhältnisse wurden, umso höher würde der Preis sein, der für diesen Ring zu erzielen war. Und schließlich war es noch gar nicht sicher, dass, gab man ihn wirklich her, die Frau ihn bekam. Vielleicht war der Mann der bessere Käufer. Konnte man den Ring nicht von Nagel aus dem Grunde haben? Und hatte man den Kies, so haute man in den Sack und war fort. Mochten sich die andern die Schädel zerschlagen, es war nicht schwer, sich auszurechnen, dass die meisten Schläge auf die Frau fallen würden.

Neben dem Wunsche nach Geld, nach sehr viel Geld, war es die Gier nach Rache an der jungen Frau, die Wrede immer weiter vor trieb. Er fühlte wieder die Weichheit ihrer Schulter, sie hatte gezögert, zu ihm zu kommen. Selbst der hohe Preis dieses Ringes war im ersten Augenblick ihr gering erschienen neben der Abneigung vor ihm. Und grade da er in solchem Nachtbesuch nichts Besonderes sah, war ihm diese Anstellerei empörend. Martha – was hieß Martha Utesch? War sie etwa zu gut dafür? Oder er ihr zu schlecht? Sie sollte Geld schwitzen. –

Am Abend lehnte er die Stirn gegen die erhellte Scheibe des Tischlerhauses. Er sah hinter den Gardinen einen einsamen Schatten, der bewegungslos hockte. War sie es? War sie allein? Oder war es der Tischler? Und sie schon erneut nach dem Gute unterwegs?

Eine Hand berührte seine Schulter. »Wenn Sie Utesch suchen, Herr Inspektor, der ist im Krug. Aber er ist ja wohl schon halb dun.«

Wrede fuhr zusammen. Der zu ihm sprach, war der Sattler Hinz, das Dorfradio. »Ja, ich suche Utesch, wir haben da was zu machen. Dun sagen Sie. Nun, ich will sehen, vielleicht lässt sich noch mit ihm reden. Sonst trank der Utesch doch nicht?«

Der Sattler zockelte nebenher. Die Nachtgeschichte war gewachsen, sie hatte Gestalt bekommen. Der Tischler hatte seiner Frau den Ring abreißen wollen, weil sie ihn geschändet, er war nicht von der Hand gegangen, da hatte er ihn mit dem Schnitzmesser heruntergeschnitten. Das Geschrei der Frau war fürchterlich gewesen. Sie hatte die Hand verbinden müssen. Niemand wusste, was nun kam. Zu Ende war das noch nicht.

Obwohl das Erfundene an dieser Geschichte nicht schwer zu unterscheiden war, graute Wrede doch ein wenig. Er hörte die Frau schreien. Ihre Stimme, als sie um ihren Ring bat, war zage, verhalten und klein gewesen. Nun schrie sie. Und immer der Ring. Selbst aus diesem Lügengewebe glänzte er hervor, funkelnd, neu verräterisch. Einen Augenblick überkam ihn unechtes Mitleid mit der Frau, er wollte umkehren, ihr den Ring freiwillig zurückgeben. Es blieb unausführbar, da Hinz neben ihm ging. Bis zur Schenkentür brachte ihn der Schwätzer.

6

Die Gaststube war düster und fast leer. In einem Winkel hantierte der mufflige Wirt mit einem Putzlappen an seinem Bierapparat, später verschwand er. In einer andern Ecke, über der eine trübe Lampe brannte, saß ein einsamer Gast vor einer Flasche Korn, die Stirn in die Hand gestützt, bewegungslos: Wilhelm Utesch.

Wrede trat an diesen Tisch, sagte »Guten Abend« und setzte sich. Langsam sah Utesch zu ihm hinüber, mit dem haftenden leeren Auge des Trunkenen, das schwer wie ein Tierblick ist und in das langsam nur wie ein trübes Licht Erkennen trat. »Sind Sie's, Herr Inspektor?«, fragte er, und die übertrieben deutliche Aussprache jedes Wortes bewies die trunkene Zunge, die sich nicht verraten wollte. »Auch noch so spät unterwegs?«

»Ich war schon bei Ihnen in der Wohnung, Meister. Wollte mal hören, ob Sie morgen nicht Zeit haben, zu uns aufs Gut zu kommen. Wir haben da eine Sache.«

»Zeit? Zeit? Ich habe Zeit.« Wieder hob sich der gerötete Blick, traf die Flasche. Utesch schenkte sich umständlich ein Glas voll, sah suchend über den Tisch, machte eine gießende Bewegung mit der Flasche, hielt inne.

»Ja so, trinken Sie auch einen?«

»Ich sage nicht nein. Päplow, mir ein Glas.« Wrede nahm die Flasche, bediente sich selbst. »Na, denn Prost, dass unsre Kinder lange Hälse kriegen.« Sie tranken. Sofort schenkte Wrede wieder ein. Der Trunkene saß still, den Blick vor sich auf dem buntkarierten Tischtuch. Endlich begann er: »Also auch noch so spät unterwegs. Ja, die jungen Leute …« Er pfiff, ein kümmerliches Lächeln ging um seinen Mund. Er sprach hastig, undeutlich, über den Tisch zu dem andern gebeugt: »Das will ich Ihnen sagen, Herr Inspektor, man kann es den jungen Leuten nicht verdenken. Was hält sie? Aber wenn man erst verheiratet ist, dann sage ich: Schluss!«

Er presste die Hand zusammen, dass die Knochen knackten. Wrede meinte: »Natürlich. Arbeitspferde gehören feierabends in den Stall und nicht auf die Koppel.«

»Das ist ein Wort«, rief Utesch plötzlich lebhaft. »Das ist ein Wort wie aus der Bibel.« Er sank wieder in sich zusammen.

»Trinken wir noch einen!«

Und nachdem sie getrunken hatten, schenkte Wrede wieder voll.

Der Betrunkene flüsterte: »Aber wenn eines verheiratet ist und ist nachts fort und kommt wieder und man fragt's: wo bist du gewesen? und es lächelt bloß, das ist Verrat, Herr Inspektor! Das nenne ich blutschänderischen Verrat.«

Er hielt inne, wie zusammenschreckend, den Blick aufmerksam, wie erwacht, auf sein Gegenüber geheftet. »Sie wissen alles, Herr Inspektor. Natürlich wissen Sie alles. Nur ich weiß nichts.« Nun ganz langsam: »Wo ist die Frau gewesen, frage ich Sie, Herr Inspektor, wo um alles in der Welt ist nachts um zwei Uhr die Frau gewesen?«

»Ich weiß nichts, Meister. Ich höre nicht auf das, was die Leute sagen.«

»Sie wissen es. Jeder weiß es. Wenn es mir nur einer sagen könnte …« Er hielt grübelnd inne, sein Gesicht belebte sich von einer Idee. »Trinken wir!«

»Und noch einen.«

»Wird das nicht zu viel?«

»Wie kann das zu viel werden, junger Mann? Eine Flasche habe ich schon allein getrunken, und ehe ich betrunken werde, kann ich noch eine trinken. Also trinken wir!«

»An mir soll's nicht liegen«, sagte Wrede und trank, indem er sich darüber klar war, dass der Betrunkene die unsinnige Idee hatte, ihn betrunken zu machen, um ihn aushorchen zu können.

Aber der andere war schon wieder weit fort. »Am Abend vorher hat sie sich in die Hand gehauen mit dem Beil. Blut ist über ihren Ring geflossen. Was bedeutet das? Man müsste wissen, was es bedeutet. Aber man weiß nichts.«

Auch dem Inspektor kam ein Gedanke. Er griff in die Westentasche. Er zog die Hand zurück. »Also trinken wir noch einen.«

Und der andere echote: »Trinken wir noch einen!«

Sie tranken. »Wo ist die Frau gewesen, Herr Inspektor?«

»Ich weiß es nicht, Meister.«

»Sie wissen es nicht. Wie sollen Sie es wissen? Niemand weiß es. Jeder ist allein. Und jeder tut alles für sich allein.« Utesch taumelte hoch, langsam und tastend ging er zur Hoftür, hielt inne. »Ich komme gleich wieder.« Und war fort.

Wrede sah um sich: Die Stube war düster und leer. Eine späte Fliege erhob sich mit einem Schwung, summte, und alles war still. Wrede zog den Ring aus der Tasche, verborgen in die hohle

Hand betrachtete er ihn. Er war breit und schwer, aus einem rötlichen alten Dukatengold, mit tausend feinen Hammerschlägen genetzt, für einen Menschen gearbeitet, der noch glaubt, dass die Dinge einen Sinn in sich tragen.

Aus der Hosentasche riss Wrede einen Bindfaden. Er knüpfte ihn um den Ring, band das andere Ende des Fadens an einen Westenknopf, steckte den Ring wieder in die Tasche. Er stand auf, ging hin und her. Als Utesch eintrat, saß er schon wieder.

Die Nachtluft hatte den Tischlermeister noch betrunkener gemacht. Er kam kaum auf seinen Stuhl, er sprach nicht mehr, er lallte nur noch. Wrede goss ein.

»Es ist sternenklar, Meister. Ob es Frost gibt?«

Und das Echo: »Ob es Frost gibt?«

»Trinken wir«, sprach Wrede.

»Trinken wir«, sagte der andere und rührte sich nicht.

Da griff Wrede in die Tasche. Auf den Rand des Tisches legte er den Ring, weit davon sichtbar seine Hände. »Trinken wir, Meister«, wiederholte er und stieß sein Glas um. Es klirrte gegen die Flasche. Der trübe Blick suchte nach der Ursache des Geräuschs. Er wurde schrecklich wach. Er sah das kleine blitzende Rund drüben, jenes unverkennbare, das ihm allein Gewähr für Treue war. Der Meister machte aus aller Trunkenheit heraus einen Tigersatz um den Tisch. Alles stürzte zusammen. An der Schnur glitt der Ring zurück hinter das Jackett. Nichts war da.

»Was kommt Sie an, Utesch?«, schrie Wrede. »Sind Sie ganz betrunken geworden?«

»Der Ring«, flüsterte der andere leise, »es war der Ring.«

»Was für ein Ring? Was reden Sie von einem Ring? Wo soll er sein?«

Der andere stand vor ihm. Noch hielt die Wirkung des Schreckens an. Klar drang der Blick in Wrede. »Der Ring! Dort auf der Tischkante lag er. Sie haben ihn. Ich sage, Sie haben ihn.« Er griff Wrede an die Brust. Der stieß ihn stark zurück. »Sie schwatzen. Wie sollte ich Ihren dämlichen Ring haben?«

Aus dem Fallen richtete der andere sich auf. Stammelnd wieder sagte er: »Sie haben ihn! Jeder hat ihn. Alle haben den Ring. Nur sie hat ihn nicht.« Er stand grübelnd. Plötzlich schrie er noch einmal: »Nun weiß ich es: Sie hat ihn nicht.«

Utesch sprang gegen die Tür, riss sie auf, war fort in die Nacht. Über den Dorfplatz brüllte Wrede in Angst: »Meister, kommen Sie. Sie sollen den Ring haben.«

Alles blieb still. Niemand kam. Niemand hörte.

7

In dem Zimmer ist es dunkel und still, nichts rührt sich, kein Mondlicht fällt durch die zerbrochenen Scheiben, denn der Mond ist noch nicht aufgegangen. Etwas Dunkleres lehnt sich gegen die Hausmauer, lauscht in das Zimmer, lange, zieht sich plötzlich zurück.

Ein Geräusch wird hörbar, jemand kommt gelaufen. Er prallt gegen den Vorgartenzaun, tastet umher, findet das Gatter offen, eilt den Gartensteig hinauf, rüttelt an der Haustür. Sie ist verschlossen, gibt nicht nach. Eine Weile steht Wrede still, überlegend. Dann nähert er sich dem Fenster, will dagegen klopfen, stößt gegen eine Scherbe, die klirrend herunterfällt. Er erschrickt, er steht lauschend, er lauscht gegen die Stube, in der sich nichts rührt. Eine zähe lange Stille scheint aus dieser Stube zu dringen, wie etwas Hartnäckiges, Böswilliges.

Schließlich entschließt er sich. Er ruft leise: »Utesch!« Nichts. Und noch einmal: »Meister Utesch!« Nein, nichts. Nur von Augenblick zu Augenblick ein Windstoß in dem raschelnden Herbstgebüsch.

Er ruft noch einmal angstvoll: »Martha! Martha Utesch!« und bricht in die Knie, als eine Hand sich auf seine Schulter legt, eine Stimme flüstert: »Still! Still doch! Hören Sie nicht?«

So, die Knie in der kühlen Gartenerde, unter der Hand des

Geheimnisvollen, lauscht er, und nun meint er, weit drinnen im Haus etwas stöhnen zu hören, kurz stöhnen zu hören.

Plötzlich versteht er. »Der Hobel! Utesch ist in der Werkstatt?«

Der andere: »Er macht ja wohl ihren Sarg.« Und mit einer schrecklichen Neugierde: »Er hat sie ja wohl umgebracht, Herr Inspektor?«

Wrede steht wieder. »Hören Sie zu, Hinz. Laufen Sie, was Sie können, zum Wachtmeister. Ich werde hier Posten stehen, dass Utesch nicht ausreißt.«

Der andere zögert.

»Laufen Sie!«

Hinz verschwindet; ist fort, untergetaucht in der Schwärze.

Langsam nähert sich Wrede dem Fenster. Er befühlt es. Ein Flügel steht offen, er neigt sich in die Stube, ein Streichholz flammt auf.

Er sieht …, er sieht …, dort liegt etwas Weißes, allein, ausgestreckt, etwas, das nicht mehr greifen kann, das schlaff geworden ist, doch zugreifen möchte, o du guter Gott! Eine Hand! Eine Hand allein!

Und dort das Dunkle, Verhüllte, unter den Rändern eines Tuches sind schwere zähe Teiche hervorgequollen … Das Streichholz erlischt.

Wrede greift in die Tasche, in die Schwärze des Zimmers wirft er den Ring, er hört ihn klirren, klingen mit dem weichen hellen Klang, den nur Gold hat.

Da stürzt Wrede fort in die Nacht, in die Stille der Felder, wo nur der Laut des Windes ist oder einmal das Rascheln eines Tieres. Keine Menschen. Hier aber ist Stille, lange Stille.

Und jetzt kommen die Lichter, die Leute und die Polizei.

Länge der Leidenschaft

1

Er trat ein, und Ria begriff sofort, dass sie sich vollkommen geirrt hatte, dass ihr Vater im Recht gewesen war, diesen subalternen Schreiber, wie sie ihn verächtlich genannt, zu sich ins Haus zu bitten, dort einige seiner einsamen Abende zu verplaudern.

Er verbeugte sich vor der Mutter und küsste ihre Hand, er sprach einige rasche lächelnde Worte zum Vater, nun stand er vor ihr, ihre Hände streiften, ihre Blicke begegneten sich. Sie senkte den ihren, von einer ihr unfasslichen Verlegenheit befangen, und, als sie ihn wieder erhob, redeten die andern, von irgendwelchen Arbeitersachen natürlich, und natürlich hatte *et* denselben Standpunkt wie der Vater.

Irgendwie war Ria enttäuscht und, indes sich Verlegenheit und Enttäuschung zu einer Gereiztheit in ihr verdichteten, musterte sie den Sprecher neben sich, fand den glattgeschorenen, bartfreien Kopf lächerlich klein, die Gestalt zu lang und dünn, Hände und Knöchel schon übertrieben schmal und wiederholte sich, die Lippen vorschiebend: »Subalterner Schwätzer!«

Sein Blick sprang zu ihr über, hinter den großen Brillengläsern ging um die Augen solch Lächeln auf, dass klar ward, er habe sie erraten. Er hob die Schulter ein wenig, unbeirrt sprach er zum Vater weiter von den Exmissionsklagen, mit denen die renitenten Arbeiter aus ihren Wohnungen zu jagen seien, und plötzlich schienen ihr seine Stimme und seine Worte von einer rätselhaften Zweideutigkeit getränkt: Dies sprach er und meinte ein anderes, und dies andere meinte er für sie, vielleicht auch für jene, die obdachlos auf der Straße liegen sollten, doch vor allem für sie. Sie verstand nichts.

Später saßen sie einander am Schachbrett gegenüber. Er spielte rasch, leicht, mit einer sprunghaften Plötzlichkeit, die sie nie seine Pläne erraten ließ. Ehe sie noch zog, rief er: »Wenn Sie diesen Zug machen, sind Sie matt«, und sie fühlte seinen Fuß neben dem ihren. Er schmiegte sich fest an, unmissverständlich, sie fühlte die Wärme seines Beines an ihrer Wade, und diese Wärme stieg ihr in die Wangen. Verwirrt fragte sie: »Welchen Zug soll ich nicht tun?« und zog ihren Fuß zurück.

»Diesen nicht«, sagte er, machte den Zug, den sie hatte tun wollen, und fing ihren Fuß zwischen den seinen ein. Sein Blick traf sie, er war völlig kalt, grausam und wissend, ein Blick, vor dem sie erbebte.

»Ich bin zu müde, um zu spielen«, und sie stieß mit der Hand gegen das Brett, dass die Figuren durcheinanderrollten. Einige fielen zur Erde, er bückte sich, hob sie auf, und seine Hand fasste ihr Bein.

Nie war sie so schamlos berührt worden. Ihr Zorn wurde stark, fast laut sagte sie: »Lassen Sie das, ich sage es meinen Eltern.«

»Soll *ich* es ihnen sagen?«, fragte er zurück und machte einen Schritt auf die Patience legenden Eltern zu.

Sie sah ihn an, und wieder hatte sie das Gefühl, als habe er etwas ganz anderes gesagt, weit über den Klang seiner Worte hinaus, ein tieferer Sinn schien verborgen, über die Worte hinaus, etwas, das sie anging und vielleicht das ganze Leben anging, seine Zweifelhaftigkeit, seine Unsicherheit, sein Verrinnendes.

Sie machte eine Geste, die Hände flach zu erheben. Sie ließ es. »Mama, Herr Martens möchte sich verabschieden«, sagte sie.

2

Lange lag Ria in ihrem Mädelbette wach. Nun er fern war, nun nicht mehr sein Blick, seine Hand, sein Lächeln auf sie wirkten, wuchs ihr Zorn. Für wen hielt er sie, dass er die Frechheit hatte, sie so zu behandeln? Etwa für eine Dirne? Nie, nie hatte es ein Mann gewagt, sie so anzusehen, sie so anzufassen. Sie dachte an die Küsse, die sie einmal, ein einziges Mal, einem Freunde ihres Bruders nach einem Tanz erlaubt. Aber diese Küsse waren etwas kindlich Sanftes gewesen gegen diesen Blick, dieses Anfassen, dieses Treten.

Sie war auf dem Lande aufgewachsen, sie hatte die Tiere gesehen, sie wusste, die Dorfmädel hatten ihre Verhältnisse, und ein uneheliches Kind war weder etwas Seltenes noch ein Rätsel für sie. Aber das waren die Dorfmädel! Verwechselte er sie etwa mit jenen? Sie, die Tochter eines Rittergutsbesitzers, sollte sich so behandeln lassen von einem simplen Schreiber ihres Vaters!

Sie wollte es ihm sagen! Nicht noch einmal sollte er es wagen, so die Augen vor ihr aufzuschlagen. Sie würde es allein mit ihm ausmachen, ohne die Eltern, sie würde zu ihm aufs Büro gehen, und sie würde ihm unzweideutig sagen, dass seine Tage hier auf Baumgarten gezählt seien, wenn er noch einmal …

Morgens erwacht, verschob sie die Ausführung ihres Entschlusses. Doch dann, als ihr Vater nach dem Essen in seinen Jagdwagen stieg, die Mutter schlief, sah sie sich plötzlich auf dem Weg über den Hof. Noch an der Bürotür zögerte sie und klopfte schon, und sein »Herein« rief sie.

Er war nicht allein. Nie hatte sie daran gedacht, dass er bei diesem Besuche nicht allein sein könnte. Rauchend stand er mit dem Dorflehrer am Fenster, wandte nicht den Kopf und fragte nur: »Nun?«, alles blieb still, und nach einer Weile: »Was ist los?«, und wandte sich zu ihr, die noch in der Tür stand.

Nein, selbst jetzt war er nicht verwirrt, nicht einmal überrascht schien er. »Gnädiges Fräulein wünschen?«

Kaum kam er näher, er nahm ihre Hand nicht, er verbeugte sich nur.

»Ein paar Frachtbriefe«, sagte sie.

Er ging an einen Schrank. »Und was für welche? Eil oder gewöhnliche?«

Sie zögerte, sie fand sich nicht zurecht. War dies der von gestern Abend? Der Lehrer hatte sich nach einer Verbeugung fortgewandt, er drehte ihnen den Rücken, sah zum Fenster hinaus.

»Ach, geben Sie mir von jeder Sorte einen!«, rief sie ungeduldig. All dies war lächerlich, beschämend, so verkehrt.

»Bitte schön«, sagte er, reichte sie ihr und sah sie an. Sie griff zu, wollte gehen, da fragte er sanft und unschuldig: »Damit Sie von jeder Sorte einen haben, vielleicht noch einen Tierfrachtbrief?«

Wieder kam ihr Zorn, sie sah ihn an. Und bemerkte im gleichen Augenblick, dass sie verloren war, dass nichts umher ihr Lachen zurückhalten konnte, schon brach es los und, die Briefe zusammenknitternd, rief sie, vor Lachen erstickt: »Von jeder Sorte einen!«

Auch er lachte, seine Stimme erklang: »Verschwinden Sie, Wehrer der Knaben. Geschwinde verändern Sie das Lokal.«

Die Tür klappte, sie waren allein, sie waren still. Das noch festgehaltene Lächeln glich sich aus auf ihren Gesichtern, wurde weggewischt, und mit zitternder Stimme sagte sie: »Wie kommen Sie zu dieser letzten und größten Unverschämtheit, den Wille hinauszuschicken? Was soll er von uns denken?«

Er beugte sich vor, er flüsterte: »Mädel, kleines, dummes Mädel.« Sie wich zurück, sie ging Schritt für Schritt von ihm fort, sie murmelte flehend: »Rühren Sie mich nicht an! Fassen Sie mich nicht an! Sie sollen mich nicht anfassen.«

Sein Arm legte sich um sie, seine Lippen berührten die ihren, unter diesem Druck öffnete sich ihr Mund. »O du«, flüsterte sie.

3

Sie trafen sich bald hier, bald dort, bald da, hinter den Gewächshäusern, im Baumgarten, auf dem Gutshofe, im Krämerladen, nachts und tags im Park. Einmal glaubten sie in der Ferne Rias Vater zu sehen und flüchteten durch Erlen und Weiden, wo überall Wasser sickerte, um in einem Kartoffelfelde

atemlos haltzumachen, durch dessen schwarzbraunes, herbst-
nasses Kraut ein Hühnerjäger hochbeinig stapfte. Oft war es
nur ein flüchtiges Wort, das sie tauschen konnten, ihre Hände
streiften sich im Vorübergehen, die Augen grüßten einander,
und immer wieder kam eine Stunde, da seine Küsse sie über-
schwemmten, sie atemlos machten, da seine Hand sich weiter
verirrte … Sie machte sich los aus seinem Arm, zum hundertst-
ten Male wiederholte sie ihm, dass kein Mann sie ohne Ehe-
verspruch haben würde.

Er war neben ihr, er erzählte ihr von den Frauen, die durch
sein Leben gegangen waren, er lächelte ihnen zu, im Erinnern
grüßte er sie wieder und wieder. Sie zogen dahin, sie entschwan-
den, neue drängten herzu, und ihr Stolz empörte sich dagegen,
auch einmal eine von allen diesen gewesen zu sein. Er lächelte,
er maß ihr die kleine Weile der Leidenschaft, die lange Weile des
Lebens ab, er hob seine Hand, er zeigte sich naiv eingebildet,
dass keine all dieser Frauen sich im Bösen von ihm getrennt,
und plötzlich schien ihr aus dem lachenden Glück seiner Worte
ein trüber, welker Geruch von getrockneten Rosenblättern auf-
zusteigen, die zwischen alten Briefen liegen. Eine namenlose
Trauer erfasste sie, dieser neben ihr schien nie die eine Stunde
zu meinen, sondern alle andern noch, nie nur sie zu lieben, sondern alle Frauen vor ihr ebenso und jene, die kommen würden,
desgleichen. Sie tastete nach seiner Hand, wie sich zu halten an
ihr, sich zu überzeugen, dass er doch war, wenigstens fleischlich
da war bei ihr, und entmutigt zog sie die ihre wieder zurück, da
sie bedachte, wie wenig solche Fleischlichkeit bedeute.

Und dann kamen wieder seine Küsse.

4

Eines Nachts klopfte er an ihre Tür.

Er stand draußen, er verlangte, dass sie öffne, er bat nicht,
er befahl. Zitternd lauschte sie in das Schlafzimmer der Eltern

hinunter, durch die Tür fragte sie ihn, wie er in das verschlossene Haus gekommen, sie flehte ihn an, wieder zu gehen.

Dann meinte sie, unten ein Geräusch zu hören, sie schloss auf, er huschte herein, er nahm sie in seine Arme. Noch einmal wehrte sie sich in der irren, wahnsinnigen Angst des jungen Mädchens, sie beschimpfte ihn, sie schrie, dass sie ihn hassen werde, ewig hassen werde danach.

Und eine Sekunde kam, da die Welt stille zu stehen schien, alles lauschte, alles hielt den Atem an, und sie sank, sank endlos. Plötzlich aber strömte sie, auf einem unendlich glücklichen, feierlichen Strom des Lebens strömte sie dahin: so viel Wimpel, so viel frohes Gewehe grüner Baumzweige, solch purpurne Zelte und freudige Vögel. Sie warf ihre Arme um seinen Hals, dichter zog sie ihn an sich, und das kleinste Tagesding hatte seinen Sinn bekommen, und das lange Warten und das Wehren und die Qual – alles voll Sinn.

Nun trafen sie sich jede Nacht. Er kam spät an die Hintertür, sie wartete schon, an der Hand zog sie ihn die dunkle Stiege hinauf, auf Strümpfen, dann war die milde weiße Helligkeit ihres Mädelzimmers da, und die Feste begannen. Oft unterbrachen sie sich, lauschten hinab in das Haus, verfolgten den Schritt eines Dienstmädchens, der endlos lange vor Rias Tür zu verharren schien, und aufatmend sahen sie sich in die vor Glück leuchtenden Gesichter.

Nebeneinanderliegend, den Kopf in den Arm des andern geschmiegt, erzählten sie sich aus ihrem Leben. Er tat die Weite seines wechselvollen Daseins auf, Städte waren da, fremde Lande, er fuhr auf Schiffen, arm war er gewesen und reich wieder geworden, um, sich nach Ruhe sehnend, in diesem stillen Winkel *sie* zu finden.

Sie begriff nichts, sie fragte. Hatte sie nicht vor seinem Engagement seine sämtlichen Zeugnisse gesehen, sie geprüft, dem Vater selbst zu ihm geraten? Hatte er denn nicht immer, wie sie auch, auf dem Lande gelebt?

Er lächelte nur, plötzlich waren die Straßen voll eines endlosen Zuges von Automobilen, sie schlüpften hindurch, sie bargen sich in einem stilleren Lokal, eine Musik ertönte, fremde, betörend schöne Frauen tanzten, und ein buntgekleideter Neger schritt mit einem Marschallstab würdig auf und ab.

Furcht wollte Ria um jenen, der bei ihr lag, fassen, etwas stimmte nicht: Wer war er denn? Und sie sah das ruhende, tiefe Glück seines Gesichtes, sie begriff, dass er um diese ihre Liebe gelitten hatte wie sie; wie hatte sich der rohe Forderer von damals, der rücksichtslose Erbeuter, der Held so vieler Frauen derart verwandeln können? Er war ein glückliches Kind, und seine Liebe war neu, als habe er nie geliebt. Er wusste nichts von einem Gestern, einem Morgen, sie heute glücklich zu machen war alles, was in sein Denken reichte.

Sie gaben sich bei jeder Trennung das Wort, in der nächsten Nacht zu pausieren, einmal auszuschlafen, und dann lag sie wach, von toller Sehnsucht nach ihm, bis endlich doch um Mitternacht ein Kiesel ihre Scheibe traf, sie hinabeilte, ihn zu sich hinaufzog, vierzehn Tage lang, jede Nacht.

5

Er hatte ein Telegramm bekommen, er musste nach Berlin. Von ihrem Vater erbat er Urlaub, sie trafen sich wie jede Nacht, sie schliefen nicht, aber übermorgen würde er ja zurück sein. Hinter der Gardine verborgen, sah sie seinen Wagen vorüberfahren, sie bewegte den weißen Stoff und sah sein Gesicht freudig erglänzen.

Diese Tage ruhte sie tief. Erwachte sie, war etwas Leichtes durch ihre gestaltlosen Träume geweht, ein Geschmack wie von tiefbesonntem, blühendem Sommertag füllte ihre Mundhöhle, ihre ganze Gestalt federte und tanzte.

Der Wagen kam leer von der Bahn zurück, hatte er den Zug versäumt? Ein, zwei Tage vergingen über qualvollem Warten, ihr Vater begann unruhig zu werden, war Martens verunglückt? Nichts, keine Zeile, kein Wort, keine Nachricht von ihm.

Sie erinnerte sich genau der Vormittagsstunde, da ihr Vater bleich, gebeugt zum Frühstückstisch kam. Draußen regnete es, ein feiner strichweiser Regen fuhr pausenlos über die Scheiben, als der Vater ihr erzählte, der Landjäger habe nach Martens gefragt. Möglichkeit war da, dass er ein steckbrieflich verfolgter Hochstapler sei, der abseits auf dem Lande eine Atempause gesucht. Doch blieb unverständlich, wie er auf den Tag genau von dem Zugriff der Behörde erfahren, so dass er sich ihm entziehen konnte. Unsicher war alles: Zufall konnte das Ausbleiben sein, zufällig Namensgleichheit und flüchtige Ähnlichkeit vorliegen. Schriebe er doch!

»Ich habe ihm nie getraut«, sagte Ria kurz, und sie sagte vielleicht die Wahrheit. Den sie liebte, er war ihrem Wesen fremd geblieben, der sie ganz erfüllte, aus einer andern, lockenderen Welt war er gekommen, er hatte sie ihr nur gezeigt, nie würde sie dies leichtere Land betreten.

Sie zürnte ihm nicht einmal. Dies war seine Art wohl, ihm auferlegt und oft nicht leicht, wie es ihre Art war, im Gleichmäßigen zu verharren, in der Stille, im tatenlosen Abseitsleben.

Doch, sie zürnte ihm. Dass er fortging, dass er ein Hochstapler war, was wäre darüber zu zürnen gewesen? Aber dass er fortschlich von ihr, ohne ihr ein Wort zu sagen, dass er nicht einmal ihr traute, dies war Bitternis und blieb's.

Dann kam ein Telegramm von ihm, aus einer kleinen südlichen Stadt, er kehre nicht zurück, die Schlüssel folgten. Sie trafen ein, nun saß an dem bekannten Bürofenster, dessen Anblick schon ihr Lust gemacht, ein Revisor, der die Bücher prüfte.

Es erwies sich, dass die Buchführung musterhaft in Ordnung bis vierzehn Tage vor seiner Flucht, dann nichts, keine Buchung, Belege durch alle Schiebladen zerstreut, ein völliges Aufhören jeder Arbeit. Chaos.

Als der Vater ihr dies zornbebend erzählte, wandte sich Ria ab und lächelte. Wie sie einander glichen! Hatte nicht auch sie jede

Arbeit von sich geschoben, jene vierzehn Tage lang, da das Glück sich selig auf der obersten Kimmung der kristallhellen Woge hielt, lachend ausspähend nach fruchtschweren Gestaden?

Aber auch hier blieb ungewiss, ob er ein Schuft und Liebender oder nur ein Liebender gewesen. Unterschlagungen konnten begangen sein, man wusste es nicht, man würde es nie feststellen können. Und wieder zürnte sie ihm, dass auch dies sogar unsicher geblieben, vielleicht war er ehrlich, vielleicht ein Dieb, nie würde sie etwas von ihm wissen.

Als die Sachen des Hochstaplers, wie ihr Vater ihn nur noch nannte, zusammengepackt wurden, ging sie mit. Zum ersten Mal betrat sie sein Zimmer, auf dem Waschtisch lag die Nagelbürste noch, wie er sie aus der Hand gelegt, die vielen Fläschchen nötigten ihrem Vater ein verächtliches Schnaufen ab. Dann fielen die Kofferdeckel zu, die Sachen kamen auf den Boden, und der Nachfolger zog ein.

Und nun begann die graue, lang hingehaltene Eintönigkeit des stillen Landlebens, die sie vorher so froh gemacht. Vorher, ehe jener gekommen war, ehe das Glück da gewesen. Sie zählte die Stunden, prüfend sah sie den kommenden Tagen ins Gesicht, und keiner versprach auch nur eine Minute solch ungemeiner Seligkeit, wie sie genossen, die Winde wehten so zwecklos, Sonne schien ohne Sinn. Sie hätte sich gern vergessen, aber kein Mann war erreichbar, dem der Verspruch solchen Sichvergessens zu glauben gewesen, sein Nachfolger hinkte, war fett und zog den Schnupfen in der Nase hoch.

Wie grau war das Leben!

6

Plötzlich kam ein Brief von ihm. Sie hielt ihn in der Hand, noch verständnislos, über dem kleinen Rechteck in der Hand erglühte sie, als habe er selbst sich über sie geneigt und ihre Lippen aufgetan.

Er schrieb aus einer fernen Stadt. Sie las die Zeilen, dann kam die Unterschrift, sie saß da, hatte sie etwas gelesen, hatte er etwas geschrieben? Gut, er dachte an sie. Und weiter? Er sehnte sich. Und weiter? Kein Wort, warum er gegangen, kein Wort, was er trieb. Sie stieß den Brief von sich, sie würde nicht antworten, tief versteckte sie ihn zwischen altem Papierkram, nach Jahren würde sie ihn wiederfinden und kaum noch wissen, wer dies schrieb.

Sie las den Brief wieder und wieder. Eine starre Zähigkeit wuchs in ihr, ihn verstehen zu wollen, und langsam begriff sie, dass er sich vielleicht wirklich nicht verstellte, nichts ausließ, nicht log. Flucht, Unterschlagung, Diebstahl, dies waren Dinge des äußeren Seins, ihr Leben war ihre Liebe. Was hätten sie denn sonst gemeinsam gehabt, was wussten sie sonst voneinander, was wollten sie eines vom andern wissen?

Leben war grau, aber in aller Buntheit baute er abseits an einem ungeheuer farbigen Strand das schillernde Zelt ihrer Liebe auf, die täglichen Dinge blieben draußen.

Sie schrieb ihm. Er schrieb. Sie schrieb ihm. Einerlei, auch er tat nichts mehr. Sie hatte sich getäuscht, er war nichts anderes wie die andern. Er schrieb. Sie schrieb. Er schrieb nicht mehr.

7

Eines Winterabends im Dunkeln kam ihr auf der Chaussee ein Mann entgegen, er trat dicht an sie heran, ihr wurde angst, er legte die Hand auf ihre Schulter: Er war es.

Sie hielten einander fest, atemlos vor Glück sahen sie einander in die Augen. »Dass du da bist.« – »Wie ich dich liebe.«

Alles war vergessen, was dazwischenlag. Erschaudernd erinnerte sich ihr Körper wieder des Griffes dieser Hand, ihre Lippen kosteten den lang entbehrten Mund, an seiner Brust kam sie zur Ruh.

»Dass du da bist!« Und: »Warte hier. Wenn es im Dorf still geworden ist, hole ich dich.«

Sie ging von ihm, sie drehte sich um, wieder lief sie in seine Arme. Vor ihren Augen glänzte aller Purpur der längst versunkenen Wintersonne. Langsam sanken mit einer täppischen Verhaltenheit die Bäume aufeinander zu, und sie erinnerte sich, dass er über sie gebeugt dagestanden hatte, ihre Stirn mit Schnee reibend. »Es ist die Freude«, murmelte sie, »du warst zu lange fort.«

Und gierig sah sie in dies Gesicht, das ihr das schönste der Erde war, es schien bleicher geworden, schmaler, aber die Augen lächelten in einer sanften, traurigen Freude wie je.

Sie ging von ihm. Sie holte ihn. Sie verschloss ihn in ihrem Zimmer, er blieb Tage dort und Nächte, sie saß gesittet am Tisch, sie ging mit der Mutter zu Kranken, vielleicht klopfte unterdes einer an seiner Tür und er, aus seinem Schlaf heraus, rief ein Herein?

Sie fragte ihn nichts, es war nichts mehr zu fragen, war er doch da. Und doch war alles verändert gegen ehemals. In jenen vierzehn Tagen: nur die Einwilligung ihres Vaters, und alles hätte im Hergebrachten geendet.

Nun wusste auch sie zutiefst, stets und für je war dies unmöglich geworden, abseits von allen, gegen jeden hatten sie ihre Liebe, ganz war sie nun jenes Märchen geworden, das er wohl von je gewollt.

Heller, lohender und reiner wehte die Flamme ihrer Liebe gegen den Himmel empor. Sie hielten sich fester in den Armen, denn jede Stunde konnte das Ende sein, sie wussten um dieses Ende für immer. Immer wieder holten sie sich ein, glitt das eine ermüdet fort, fing es das andere mit seinem Blick, und der suchende, flehende Blick ließ alles wieder neu erstehen. Sie wussten von keiner Ermüdung, Schlaf war Vergessen und Vergessen war Tod, eines an das andere geschmiegt, wiegte das Atmen der nahen Brust wie eine gläserne Dünungswelle, eine sanft verschleierte Helligkeit. Und wieder der Blick. Und wieder die Liebe.

8

Eines Nachts, sie kam spät von einer Gesellschaft auf ihr Zimmer, sie schloss auf, er war fort. Sie meinte erst, sie habe sich geirrt. Hatte sie die Tür nicht verschlossen? War er in einem andern Zimmer? Nein, nein, er war fort, ohne eine Zeile, ohne eine letzte Umarmung.

Sie setzte sich auf die Kante ihres Bettes, dieses Bettes, das noch den Abdruck seines Leibes trug. Dies war das Ende, sie hatte immer um dieses Ende gewusst, nun galt es, mutig zu sein. Sie hatte einen Traum geträumt, wie ihn kaum je eine träumte. Sie hatte den untadelhaften Geliebten gehabt, der bei ihr nur von ihr gewusst, der nie ein böses Wort gesprochen, einen zweideutigen Witz gemacht. Seine Liebe war so neu und jung gewesen, er war gegangen, ehe sie alt geworden war.

Was sitze ich hier? Sie schreckte hoch. Vielleicht ist er auf der Straße, hinten auf der Chaussee, wartet auf mich. Vielleicht hat er wieder fliehen müssen. Immer auf der Flucht. Du Armer.

Sie suchte ihn die ganze Nacht. Das weiche Gehen durch Schnee, auf den immer vor ihrem Schritt der kleine Blendkreis der Taschenlampe leuchtete, beschäftigte ihr Herz. Einmal meinte sie seine Spuren gefunden zu haben, dann verloren sie sich zwischen andern. Dieses endlose Suchen, die stete Möglichkeit, gleich tauche er auf, lege seinen Arm um sie, ermatteten sie aufs äußerste. Als sie umkehrte, nach Haus ging, war ihr nicht klar, sie ging von ihm fort. Aber später dann, nach tiefem, traumlosem Schlaf erwacht, wusste sie: Er war dort und sie hier, alles war aus.

Später entdeckte sie, dass ihr bisschen Geld fehlte. Mit einer freudigen Rührung dankte sie ihm, dass er ihre Liebe nicht durch eine Bitte um Geld erniedrigt hatte, all das war draußen geblieben. Nur die Liebe …

Oder hatte er gehofft, sie werde den Dieb verachten, so den Liebenden leichter entbehren können? Er war längst über alle

Verachtung hinaus. Sie atmete, sie lebte, sie liebte, das waren Funktionen ohne Fragen, überlegte sie, ob sie atmen sollte?

Ihm ging es wohl schlecht. Er hatte da draußen zu kämpfen und, wie seine Liebe abseitig gewesen war, war es wohl auch sein Leben. Sicher, ihm würden andere Frauen kommen, aber immer neu würde mit jeder von ihnen seine Liebe sein, sie nahmen ihr nichts. In ihrer Nähe würde er stets wieder der sein, der er gewesen.

Noch später wurde entdeckt, dass seine Sachen fehlten. Der Boden war erbrochen, die Koffer waren fort, Landjäger kamen, suchten nach dem, der dem Dieb mit Gespann Hilfe geleistet haben musste, ihr blieb die Bitternis, in jener Schneenacht hinter falschen Fußspuren hergeirrt zu sein, indes er auf raschem Wagen ihr längst entflohen. Ihr blieb die Bitternis, nun nicht mehr zu wissen, war er um ihrer Liebe willen zurückgekommen oder nur um seiner Sachen willen.

Sie sah ihn, kaum frei von ihren Armen, über dunkle Böden schleichen, Schlösser probieren, Schlüssel feilen. Sie sah ihn die Dichte ihrer Ermattung berechnen, in ihren Sachen wühlen, Abdrücke von ihrem Schlüsselbund nehmen – und der Auffahrenden wandte er lächelnd das unveränderte Gesicht seiner Liebe zu.

Vielleicht hatte er sie nie geliebt.

9

Die Kreise, die ein ins Wasser geworfener Stein um sich zieht, verebben, jedes Erlebnis verwischt. Die Tage gingen dahin und wurden zu Wochen, aus den Wochen wurden Monate, und wenn Ria die Erinnerung an den beschwor, der ihr Geliebter gewesen, machte es ihr immer mehr Mühe, sich seines Gesichtes zu erinnern, seiner Gebärden, der Art, wie er sprach. Schon verwechselte sie ihn mit den andern. Hatte sie nicht vielleicht nur darum geglaubt, er sei ungemein, da er der erste Mann gewesen, den sie erkannt? Vielleicht vermochte jeder Mann das zu erregen, was er erregt?

Sie sah wieder um sich, die langsam und lässig gewordenen Bewegungen wurden wieder straff, sie willigte ein, vom Gut fortzugehen, mit den Eltern eine Badereise zu machen. Er würde doch nicht mehr kommen, und verfehlte er sie, sein Pech.

In einer kleinen Hafenstadt hatten sie ein paar Stunden auf ihren Dampfer zu warten. Sie schlenderten über Steinpflaster, in dessen Spalten Gras wuchs, an Backsteingiebeln sahen sie hoch, strichen um Kirchen und suchten ein wenig ihre Schulkenntnisse über Gotisch und Romanisch hervor, sie besahen jeden Hut und jedes Kleid, und so entging auch ein seltsames Gefährt ihrer gelangweilten Aufmerksamkeit nicht, ein großer, blau gestrichener, mit Holz beladener Wagen, den keuchend zehn oder zwölf Kerle an Gurten vorwärtszogen. Zwei Männer in Uniform gingen säbelklirrend nebenher.

»Sträflinge auf Außenarbeit«, erklärte der Vater.

»Vater!«, rief sie. »Vater!«

Dort neben der Deichsel zog er, selbst in dieser hässlichen Tracht unverkennbar er. Unter der schirmlosen Sträflingsmütze das bleiche, ermattete Gesicht, die Schulter gegen den Gurt gestemmt, und nun, mit einem feigen, hurtigen Blick zum Wärter, beugte er sich nach einem Zigarettenstummel, fasste ihn im Vorwärtsgehen, schob ihn in den Mund.

Ihr Auge störte ihn, er sah sie, die am Wege stand, eine rasche Bewegung machte er, wie zur Flucht, und sein kalter, wissender Blick gestand ihr alles, dass dies nun sein Leben sei, dass auch dies das Leben sei und dass er immer darum gewusst.

»Vater!«, rief sie. »Vater!«

»Wirklich, das muss Martens sein«, sagte der verblüfft.

Sie wartete, nun wartete sie wieder auf ihn, nichts konnte es für ihn geben, als zu ihr zu kommen, sobald er frei. Monate machten ein Jahr und noch eines: kein Zeichen von ihm. Es war, als habe sie einen Ruf gegen die Welt getan und warte und warte auf die Antwort. Sie kam nicht.

Sie spann ein verzweifeltes Lügengewebe, sie fuhr heimlich in jene Stadt, sie sah wieder den blauen Holzwagen mit den Sträflingen, *ihn* sah sie nicht. Sie fasste all ihren Mut, sie fragte im Gefängnisbüro nach Martens. Nie war ein Martens dort gewesen. Der Ruf kam nicht wieder.

Wo weilte er? War er sehr oben oder tief unten? War es fassbar, dass er, während sie hier Tag für Tag das gleiche eintönige Leben führte, Gefahren bestand, floh, betrog, überlistete, gefangen ward und immer, immer unsäglich um sie litt und an sie dachte?

Dann einmal, in irgendeiner Stunde, hielt sie einen Brief von ihm in der Hand. Sie las ihn und wusste: Nun war alles vorbei. Nie hatte sie ihn so kläglich klein gesehen. Er bat um ihre Hand, sie wollten gemeinsam fliehen, die heißen Worte auf dem Papier, die ihr Blut wild machen sollten, waren ausgerechnet von einem kalten Wissenden. Er hatte nicht an sie, er hatte an ihr Geld gedacht.

Der letzte unsinnige Schritt eines Menschen vor dem Selbstmord, dachte sie und zerknüllte das Papier. Sie las es nie wieder, sie vergaß ihn wirklich.

11

Sie heiratete. Sie lebte ruhig und glücklich mit ihrem Mann, sie bekam Kinder. Sie hatte Interessen, sie war reich, sie wusste nichts mehr von jener Jungen, die sie gewesen.

Auf der Straße über ihre Schulter hin sprach eine Stimme: »Ria.«

Sie fuhr herum, es war das alte junge Gesicht von je, lächelnd mit dem Wissen einer Liebe, die immer da war und immer da sein wird.

Sie gingen nebeneinander, nur von jenen ersten Zeiten sprachen sie, da sie noch miteinander Schach gespielt, da er nachts auf ihr Zimmer geschlichen. Ihre Stimmen bebten. Ein voller, betäubender Sommer schlug sich vor ihnen auf, immer noch standen an einem bunten Meer purpurne Zelte, fern, fern von allem Leben. Ihre Hände fassten sich. »Dass wir uns lieben!« – »Dass wir uns lieben!«

Sie trafen sich viele Male, dies war nicht das Abenteuer, es war das eigentliche Leben, Mann und Kinder waren nur Schale gewesen, dieses war Kern und Herz.

Er entschwand, er kam wieder. Er bettelte um einen Teller Suppe an ihrer Tür, er ging stumm mit einem lächelnden Blick an ihr vorüber, sie hatte ihn auf einer Operettenbühne tanzen gesehen, ihr vorbeijagendes Auto warf einem Steinschläger, der er war, Staub ins Gesicht.

Er war überall und nirgends, er war hier und dort, er war oben und unten. Sie vergaß ihn nicht mehr, sie wusste, sie würde ihn nie vergessen. Er war alles gewesen, um das sie gelebt hatte, alles andere hatte keinen Sinn gehabt.

Sie wurde sehr alt und sehr duldsam. Eines Tages sah sie ihre jüngste Tochter in den Anlagen mit einem Mann. Sie ging vorbei, die beiden bemerkten sie nicht. Ihr Herz wirbelte einmal wild auf. Er war es, jung, seltsam, bezaubernd, wie in ihren ersten frühen Tagen ging er dort mit ihrem Mädelkinde.

Sie wollte sich wehren, dann lächelte sie. Und in diesem Lächeln lag alles: Wissen und Verzeihen, Vergessen und Lieben und die lange, lange Länge ihrer Leidenschaft.

Gauner-Geschichten

Mein Freund, der Ganove

Ich traf ihn im Wartesaal vierter, nach Mitternacht, gegen Morgen schon. Er sortierte aus einem Fetzen Zeitungspapier Kippen. Jeder Zigarettenstummel wurde sorgsam aufgepult und der Tabak in eine Blechschachtel getan. Dies Geschäft war gut gegangen, die Schachtel wurde voll.

Doch stand es mit den andern Geschäften nur faul. Er hatte keinen Pfennig in der Tasche und noch nicht zu Abend gegessen. Erinnerte er sich recht, hatte er schon länger Kohldampf geschoben.

»Was wollen Sie? Die Leute haben eben alle heute kein Geld. Dann geht es uns Ganoven auch schlecht. Nicht, dass ich schon etwas anfassen möchte. Ich bin erst eine Woche aus dem Knast. Immerhin, wenn ich so fünfhundert Em hätte … Ich habe nämlich eine Idee –«

Während des Sprechens entging kein Passant seinem wachen Blick. Er sah sie alle, schätzte sie blitzschnell ein, brachte ihre Erscheinungen in Beziehung auf sich wie ein jagdbares Waldtier. – »Die vollgefressene Brillenschlange da, mit der Seehundsfranse unter der Nase, ist von der Schmiere*. Nun, meine Flebben** sind rein. Was sich solche Leute einbilden! Werde mich hierhersetzen, wenn ich Lampen habe***. Aber er hat wen auf dem Strich …«

Wir sahen den Mann an, der beim Glase Bier am Büfett lehnte.

---

   * *Schmiere* – Kriminalpolizei
  ** *Flebben* – Ausweispapiere
 *** *Lampen haben* – polizeilich gesucht werden

Für mich war das ein kleinbürgerlicher Restaurateur, ein Glasermeister, der ein bisschen mit der kalten Mamsell schäkerte.

»Er sucht wen«, murmelte Otsche, der Ganove, »und es muss ein Grünling sein, der ihn nicht kennt, sonst stellte er sich nicht so an die Theke.«

Was es für eine Idee sei, zu der er fünfhundert Mark brauche?

»Dreihundert täten es auch, zur Not. Ich kann es Ihnen ja sagen, Sie können doch nichts damit anfangen. Übrigens habe ich den Film schon einmal gedreht, in Frankfurt Main. Ein kleines Inserat in der Zeitung: ›Reitpeitsche mit silbernem Griff verloren. Abzugeben Schulgasse 3 bei Frau Masoch.‹« Er sah mich erwartungsvoll an.

»Nun –?«, fragte ich verständnislos.

»Prügel –«, meinte er lakonisch. »Sie kamen und holten sie sich und zahlten dafür. Alles bestes Publikum mit dicker Marie. Sie ahnen ja nicht, was für eine Nachfrage danach herrscht.«

Er lachte. Für ihn gab es keine Bedenken, was die Menschen wollten, mussten sie haben. Seine Sache war es, herauszufinden, wo die Nachfrage saß. »Aber natürlich ging das nur ein paar Tage, bis die Polente dahinterkam.«

Der Greifer* am Büfett schäkerte noch immer. »Wer es nur sein mag? Von uns ist es keiner, ich kenne alle Jungen, die hier kommen.«

Wieder: »Aber man muss in Schale sein. Ich will Ihnen etwas sagen: Ihr Ponim** kann sein, wie es mag, wenn Ihre Hosen nur gebügelt und Ihre Hände maniküre sind. Und dann müssen Sie natürlich richtig deutsch sprechen, für unsereinen gar nicht so leicht bei den vielen Fremdwörtern. Da haben die Leute gleich Zutrauen zu Ihnen. Wenn Sie denen erzählen, Sie sind Doktor und können Diathermie und Arteriosklerose sagen, ohne zu stolpern, und lassen ihre Weiber merken, Sie haben ein weites Herz,

---

* *Greifer* – Kriminalbeamter
** *Ponim* – Gesicht

wenn es in Punktus Punkti mal schiefgegangen ist, dann dürfen Sie ruhig Ihre Brieftasche vergessen, jeder hilft Ihnen aus.

Aber der Greifer dort macht mich nervös. Mir wäre nicht so mies, wenn er was von mir wollte.« Er suchte den ganzen Saal ab. Die Birnen schienen trübe durch die Rauchschwaden. Traumverlorenes, dumpfes Gefangensein hing über den Verschlafenen, Zerknüllten. »Wer es nur sein mag?« Er suchte wieder, pfiff durch die Zähne. »Ein Mädel ist's! Darum konnte ich in dem Mist nicht klarkommen. Sehen Sie die Kleine dort in der Ecke, die den Kopf auf den Arm gelegt hat und tut, als ob sie pennt? Die pennt nicht! Sie hat den Fuß auf dem Handkoffer, dadrin ist die Sore*.«

»Irren Sie sich nicht, Otsche? Der Kriminal steht mit dem Rücken nach ihr.«

»Und am Büfett hängt ein Spiegel, in dem er die Ecke sehen muss. Warten Sie mal.« Er hatte eine Zigarette gedreht, nun schlenderte er, die Hände in den Taschen, zu einem Tisch, an dem ein paar Arbeiter verdrossen vor ihrem Kaffee saßen. Er ließ sich Feuer geben, begann stehend eine Unterhaltung, bewegte sich hin und her und war so stets zwischen Spiegel und Mädchen. Der am Büfett tat einen Schritt nach rechts, und der Ganove folgte, auch ein Schritt nach links gab die Aussicht nicht frei, so zahlte der Schnurrbärtige und trat an einen Automaten, von wo sein Blickfeld unbehindert war.

Nach ein paar Minuten kam Otsche zurück. »Sie haben recht gehabt«, sagte ich. »Er will was von ihr, und sie weiß es. Vorhin, als Sie einen Augenblick die Aussicht verdeckten, sah sie nach der Tür, als wollte sie fliehen.«

»Vielleicht weiß sie's. Sicher aber ist, dass sie verschüttgeht. Der ist nicht mehr zu helfen.« Er war jetzt entschieden mürrisch und kaute an seiner Zigarette herum.

»Die Sache gefällt Ihnen nicht, Otsche, Sie möchten's verhindern.«

---

* *Sore* – Diebesgut

»Und ich tät's, fressen Sie einen Besen drauf!«, brach er wütend los. »Sie sind ja auch so ein Seidener und haben keine Ahnung, was unsereins für eine Wut im Bauch hat, wenn er die Greifer sieht und an Verhöre, Verhandlung und Knastschieben denkt. Eine Woche bin ich jetzt draußen, und wenn ich mich hier einmische, geht's nicht ab für mich unter ein, zwei Jahren. Nein, ich lasse die Finger davon, ich fasse nichts an in den ersten drei Monaten.«

Er schwieg wieder und sah nach dem Mädel hin. Sie schien zu schlafen, und der von der Schmiere ging auf und ab wie einer, dem das Warten auf seinen Zug lang wird.

»Sie wissen, ich hab keine Angst. Aber dann, solche noblen Geschichten sind immer fies. Wenn ich so dumm wäre und griffe was an hier, dass er auf mich losmüsste und die Kleine könnte stiften gehen, was hätte ich davon? Sie kennt mich gar nicht, und wenn sie mich auch kennte, keine wartet zwei Jahre Knast auf einen. Lassen Sie mich in Ruh mit den Weibern.«

»Aber ich will ja gar nicht, dass Sie was tun, Otsche. Ich finde es sehr vernünftig, dass Sie solide bleiben wollen.«

»Quatsch!«, sagte er kurz. »Sie haben natürlich auch Detektivromane gelesen und finden, dass unsereins zu seinesgleichen edel zu sein hat. So ein Blech! Ihr Schreiber seid froh, wenn ihr euern Kerl im Kittchen habt, und das Verbrechen ist glänzend aufgedeckt. Für uns aber fängt die Sache mit dem Qualmschieben* erst an. Was habe ich davon, wenn ich jetzt nobel bin? Zwei Jahre Bunker! Und Sie wollen das!«

Er war immer aufgeregter geworden. Die Schläfrigen an den Nebentischen drehten schon die Köpfe nach uns.

»Beruhigen Sie sich doch, Otsche«, sagte ich. »Ich will das gar nicht. Seien Sie solide und —«

»Da!«, sagte er kurz. »Jetzt geht's los. Noch einer von der Schmiere!«

Ein Langer, Blonder, Bartloser stand neben dem Glasermeis-

---

* *Qualmschieben* – Strafe verbüßen

ter, und die beiden sahen ganz ungeniert nach dem Mädel. Das saß da, das Gesicht möglichst weit nach der Wand gedreht, den Koffer griffbereit.

»Wir brauchen uns das ja nicht anzusehen, Otsche«, sagte ich. »Kommen Sie. Irgendwo wird schon ein Lokal offen sein. Ich zahle Ihnen ein Essen.«

»Ich kaufe mir einen Dreck für Ihr Essen«, schrie er. »Fressen Sie es alleine!«

Die beiden Kriminaler drehten uns ihre Gesichter zu. »Kommen Sie doch«, versuchte ich zu beruhigen. »Wir fallen ja auf.« Ich legte meine Hand auf seine Schulter, um ihn zum Gehen zu bewegen.

»Fassen Sie mich nicht an!«, heulte er förmlich. »Fassen Sie mich nicht …«

Der Glasermeister machte einen Satz auf uns zu. Es war zu spät. Alles wurde rot, dann schwarz, ich hatte noch ein Gefühl, als fiele ich.

Es muss ein wundervoller Faustschlag gewesen sein, technisch ganz einwandfrei: Ich kam erst auf der Rettungswache zu mir. Und es dauerte eine lange Weile, bis mein erschüttertes Hirn begriff, dass mein guter Freund Otsche mir ein ganz klein wenig etwas unter die Weste geschoben hatte. Ich hatte einen sonst aussichtslosen Rückzug decken helfen, und das Mädelchen mit dem Schmuck im Handkoffer war entwischt.

Und auch Otsche, der weder Dame noch Schmuck ganz so fern stand, wie er angegeben, auch Otsche war dahin. »Wissen Sie, in dem Tumult …«, meinte der noch schwitzende Glasermeister.

Ich finde das erklärlich. Und es ist mir aufrichtig gesagt angenehm, dass ich in meinem jetzigen Zustand Otsche nicht bei irgendeinem Verhör gegenübertreten muss. Es würde ihn betrüben, wie wenig schön ich aussehe.

Besuch bei Tändel-Maxe

In einer leichten Stunde habe ich einmal meinem Freund, dem Tändel-Maxe*, arbeitslosen Einbrecher a. D., fünfundsiebzig Reichsmark geborgt. Seitdem ist es mir eine liebe Pflicht, ihn allwöchentlich am Freitagabend um Abschlagszahlung zu ersuchen. Denn durch irgendeine unerforschliche Laune des Nachweises hat Tändel-Maxe seit ein paar Wochen Arbeit gefunden, er ist ein tüchtiger Schlosser und bringt jede Woche seine sechzig Mark nach Haus. Bringt er sie nach Haus –?

Nachdem ich mir auf irgendeiner verfluchten Treppe des Gängeviertels die Schienbeine beschädigt und durch den entstandenen Lärm alle Hausbewohner genugsam auf den Besuch eines Ortsfremden vorbereitet habe, trete ich ohne weitere Umstände bei Maxe ein. In diesem Hause halten wir noch vor Erfindung von Gas, Klingel und elektrischem Licht, man ist noch nicht so weit. Auf Türschlösser scheint man wieder aus dem umgekehrten Grunde verzichtet zu haben, man hat sie als doch völlig unzureichend erkannt und verworfen.

Maxe sitzt bei einer Ölfunzel am Tisch und rasiert sich. Ich setze mein gewinnendstes Lächeln auf. »Ich wollte doch mal nach dir sehen, alter Junge. Wie steht's mit dem Kies? Zehn Mark muss ich heute unbedingt haben.«

Maxe betrachtet mich düster. »Genau nichts, Dokter.«

»Aber, Maxe, das ist doch unmöglich, du hast heute Mittag erst deinen Lohn bekommen.« Ich schmeichele: »Geh her, alter Junge, sei vernünftig, sonst kommst du ja nie aus deinen Schulden heraus.«

»Hast du eine Ahnung, wie sehr ich in Vorschuss sitze!« Er wird elegisch. »Als ich noch brechen ging, habe ich immer meine Verpflichtungen erfüllt. Aber seit ich solide bin, ist alles Krampf.«

»Sechzig Mark ist ein schönes Geld«, sage ich träumerisch.

---

* *Tändel* – Dietrich

»Es wird dir alles nichts helfen, zehn musst du ausspucken. Du hast ja Nebeneinnahmen.«

»Wenn ich solide bin, bin ich solide. Ich fasse nichts an jetzt.«

»*Du* brauchst ja auch nichts anzufassen, Maxe.«

»Du meinst meine Olle, die am Vaterland auf den Kitz geht? Nichts, sage ich dir. Ich hatte gedacht, zum Ersten würde sich *das* Geschäft wenigstens beleben, am Ersten ist da sonst mehr los, aber Scheibe! Die Frau steht sich bei dem Wetter die Beine in den Leib, und niemand kommt rüber.«

»Flau auch da?«

»Das Mädchen ist fleißig, sage ich dir. Die sitzt nicht im Kaffeestamm und gibt Geld aus. Aber wenn die Menschen nicht mal mehr …!«

Maxe ist ganz Schwermut. Kein Reisender kann über die lustlose Lage des Textilgewerbes verzweifelter sein als Maxe über den miesen Kitz. »Ich habe ihr Strümpfe und Kombinationen gekauft, nichts hilft.«

»Na, Maxe«, sage ich begütigend, denn sein Schmerz zerreißt mir das Herz, »ich wusste nicht, dass du so schlimm dran bist. Lassen wir es bis zum nächsten Freitag.«

Tändel-Maxe ist mit dem Rasieren fertig geworden und langt nach seiner Jacke. Die Brieftasche, die er zieht, scheint mir merkwürdig geschwollen. Er öffnet sie, und als er in den Scheinen blättert, strahlt sein Gesicht.

Ich staune. Grüne Fünfziger, braune Zwanziger, viele, viele. »Aber, Maxe, wie kommst du zu dem Geld! Das müssen ja weit über tausend Mark sein!«

»Tausend Mark? Das zieht nicht.«

»Also!« Auch ich ziehe eine sehr viel schmächtigere Geldtasche, zücke seinen Schuldschein. »Hier, Maxe, machen wir die Sache gleich glatt.«

Maxe leuchtet förmlich. »Oh, Dokter, Dokter, du bist doch gar nicht helle! Siehst du wirklich nicht, dass das alles linke Marie ist?«

46

»Linke Marie –?«, frage ich verdutzt, denn linke Marie heißt Falschgeld.

»Linke Marie!«, echot er. »Natürlich linke Marie. Sieh dir's doch an. Alle Münzenhandlungen Hamburgs habe ich abgelaufen, sie zusammenzukriegen. Alles Geld aus der Inflation.«

Ich blättere darin. Jetzt, da er es mir gesagt hat, dämmert es: Diese braunen Zwanziger sehen vielleicht ein bisschen anders aus als die jetzt umlaufenden, diese grünen Fünfziger sind nicht genau das, was einem die Reichsbank heute in die Hand drückt, aber, ich gestehe es, *ich* hätt's mir andrehen lassen, *ich* hätt's nicht gemerkt!

»Und tausend andre merken's auch nicht«, sagt er zufrieden. »Man muss nur den richtigen Blick haben, wo man's riskieren kann. Und fällt man wirklich einmal rein, ist man selber angeschmiert worden. Ich nehme natürlich immer nur einen mit, dies ist mein Lager. Magst was davon, Dokter?«

»Lieber warten, Maxe«, sage ich. »Es hat keine Eile mit dem Geld. Mir sähe es jeder an der Nase an, wenn ich ihm einen solchen Fünfziger andrehen wollte.«

Maxe grinst verächtlich. »Du bist auch so ein richtiger Bürger, Dokter. Ich möchte wohl wissen, was du anfingest, wenn du ohne einen Pfennig, ohne einen Bekannten in einer fremden Stadt ständest. Du gingest wohl wahrhaftig zur Sipo und tätst dich melden als bestellt und nicht abgeholt. Na, tröste dich, jeder kann nicht tüchtig sein. – Wie ist's? Kommst du heute Abend mit? Ich will linke Marie an den Mann bringen.«

Maxe hat recht, ich bin nur ein hilfloser, ängstlicher Bürger, und so hatte ich für diesen Abend anderweitige Verabredungen.

Doch fällt seit jenem Freitag auf, wie ängstlich ich alle Scheine prüfe, die mir in die Hände kommen. Ich habe ewig Angst, ich kriege einen Gruß vom Tändel-Maxe und bleibe mit dem Gruße sitzen. Er ist darin genauso streng wie die Reichsbank: Linke Marie nimmt er nicht.

Liebe Lotte Zielesch

Sie haben da vor ein paar Tagen sich im »8 Uhr-Abendblatt« mit den Spesen beschäftigt, die uns Knackern beim Bruch* entstehen, und unsrer miesen Geschäftslage ein nasses Auge geliehen. Recht haben Sie, Lotten! Aber lassen Sie sich flüstern, Schreiberin, wir haben ein altes Sprichwort: Die mehrsten und die besten Brüche werden noch immer mit dem Kuhfuß** gemacht, nicht mit dem Gebläse.

Was habe ich schon davon, wenn ich einen Ia Panzer anschneide und am Ende eine Portokasse finde! Nicht die Spesen und am nächsten Morgen eine schlechte Presse. Viel wichtiger als Gebläse ist eine gute Annonce***, wo grade mal schlecht gesichert Geld liegt, an einem Zahltag, beim Rennen, nach einer Hypothekenauszahlung. Aber so 'ne Annonce ist so selten wie 'ne Jungfer.

Und wenn Sie mal auf die Polizeiausstellung geraten, Lotten, werden Sie sehen, dass die wirklich haushohen Dinger nie mit piekfeinem Werkzeug gedreht sind, sondern mit einem Kuhfuß und ein paar selbstgemachten Tändeln aus Draht, allenfalls einem Gebläse, das aus Konservenbüchsen gebastelt ist. Ja, wenn das so wäre, erstklassiges Werkzeug und eine feine Annonce und ein Schärfer dazu, der einen finanziert, dann möchte ja wohl jeder knacken gehen!

Im Übrigen lassen Sie sich gesagt sein, mit dem ollen ehrlichen Bruch ist es heut Bruch. Ich kenne einen Haufen Jungen, die erstklassige Fachleute im Knacken sind und stempeln gehen müssen, weil die Arbeit nicht mehr ihren Mann ernährt. Bare Marie ist knapp, und wenn Sie schon mit einem halben Pelzgeschäft beim Schärfer**** angesockt kommen, was kriegen Sie schon für die Sore? Bescheidene Zeiten!

---

    * *Bruch* – Einbruch
   ** *Kuhfuß* – Brecheisen
  *** *Annonce* – Tipp
 **** *Schärfer* – Hehler

Ja, wenn unsereins als Sammetpfötchen* auf die Welt gekommen wäre! Taschen-Maloche ist noch ein Geschäft. Aber dafür sind meine Hände zu schwer, das lernt man nicht mehr in meinen Jahren. Und so muss man sich denn mit Kleinigkeiten durchhungern, und darunter leidet der Berufsstolz. Was würden die andern Jungen sagen, wenn unsereins wegen Betteln mit der Waffe** oder sonst Knast schieben müsste? Alles Ansehen, was man sich in zwanzig Jahren erknackt hat und was einem durch PA*** behördlich anerkannt worden ist, ginge flöten. Ich müsste mich ja sogar vor der Schmiere schämen!

Na, jedenfalls sollen Sie bedankt sein, Lotten, dass Sie mal ein Wort für unsre schlechten Geschäfte gefunden haben. Wenn ich Ihnen mal irgendwie behilflich sein kann (zu einem Schmuck oder so was), flüstern Sie's

Ihrem
Tändel-Maxe

---

* *Sammetpfötchen* – Taschendieb
** *Betteln mit der Waffe* – Raubüberfall
*** *PA* – Polizeiaufsicht

Geschichten und Geschichtchen

Bauernkäuze auf dem Finanzamt

Wenn ein Städter, ein Kaufmann, ein Gewerbetreibender, ein Handwerker was mit dem Finanzamt hat, so setzt er sich hin und schreibt eine Eingabe, ein Gesuch oder eine Beschwerde, er schreibt. Der Bauer ist nie fürs Schreiben gewesen, und alle Behörden der Kriegs- und Nachkriegszeit haben ihn nicht von dieser Antipathie heilen können. Ich hatte einen Chef auf dem Lande, einen ganz stattlichen Gutsbesitzer und nicht unbelesenen Mann, bei dem war strengstens verboten, am Freitag eine Feder anzurühren. »Vom Schreiben kommt überhaupt alles Übel«, verkündete er. »Haben Sie schon mal einen Menschen gesehen, dem am Freitag Schreiben Glück gebracht hat?« Mir fiel keiner ein. »Sehen Sie!«, sagte er triumphierend und schloss sicherheitshalber die Tinte ein und die Schreibmaschine ab. »Früher besorgten das Schreiben überhaupt nur Knechte.«

Zu diesem Gutsbesitzer kam einmal ein Beamter vom Finanzamt und wollte zu viel gezahlte Steuern erstatten. (Auch so was gab es einmal, lang ist es her.) Aber es war ein Freitag, und deswegen war keine Unterschrift zu kriegen. Am Sonnabend war Löhnung, und das Finanzamt war weit, Geld war knapp, aber Unterschrift – nein! »Gehen Sie lieber gleich runter von meinem Hof«, meinte der Chef bedenklich. »Sie haben da so einen Bleistift hinterm Ohr; mir wird schon schlecht, wenn ich das sehe. Das bringt kein Glück.«

Das sind nun freilich zwei Welten, und wenn die richtig zusammenstoßen, gibt's Feuer und Brand. Nicht immer geht es so gelinde ab wie damals, als dieser Herr über zweihundert Tonnen Land seinen in der Inflationszeit erstandenen Motorpflug verhökerte. Er hatte ihn im Kreisblättchen inseriert, der Motorpflug war verkauft, bezahlt, das Geld dort, wo der Schnee vom vorigen Jahr ist, da kam ein Brief vom Finanzamt (auch dort liest man Zeitungen): »In Ihrer Umsatzsteueranmeldung usw. fehlt der inserierte *Motor*pflug usw.« – »Legen Sie's zum andern«, meinte mein Chef. Ich legte es auf das, was der Komposthaufen hieß. Dann verging Zeit, und dann kam ein neuer Brief vom Finanzamt: »1. Um Erledigung unseres Schreibens wegen Umsatzsteueranmeldung für Ihren *Dampf*pflug binnen einer Woche wird ersucht. 2. Im Behinderungsfalle sind die Gründe anzugeben.« – »Schreiben Sie«, sagte mein Chef: »An das Finanzamt in Altholm. Erstens. Einen Dampfpflug habe ich nie besessen. Zweitens siehe erstens. Mit vorzüglicher Hochachtung …« Das Finanzamt hat sich nie wieder gemeldet.

Aber diese neckischen Arabesken sind selten: Der Mann war ein Gutsbesitzer und hatte Witz, ein kleiner Bauer sieht nur den Beamten und weiß sich keine Hilfe. Die ganz Unbedarften machen es wie jener Rüganer Bauer, der – nebenbei: siebzehn Kilometer Landweg – mit einer Fuhre Kohl vor dem Finanzamt vorgefahren kam und seine fällige Steuer in schönen Weißkohlköpfen entrichten wollte. »Vom Händler kriege ich doch nur sechzig Pfennig, und im Kreisblatt steht: behördliche Notierung eins zehn. Sie sind doch auch Behörde!« Da kann ein Beamter mit Engelszungen reden, dem Bauern will das nicht in den Schädel. Der Mann saß fest auf dem Finanzamt, und alle halbe Stunde stand er auf und erniedrigte mit Seufzen sein Gebot. Als das Amt fürs Publikum geschlossen wurde, war er auf fünfundsechzig. Es war sicher ein schönes Angebot und guter Weißkohl, und er hatte Groll, dass man aus reinem Unverstand nicht darauf einging.

Dabei fällt mir ein – das ist aber noch eine Geschichte aus der Inflationszeit –, dass mal ein Gutsbesitzer seiner Frau einen Blaufuchs gekauft hatte. Der brave Rechnungsführer, der die Bücher führte, hatte den Blaufuchs leider aufs Pferdekonto als Zugang verbucht. Und als es nun einmal zum Klappen kam und die Bestände nachgeprüft wurden, fehlte ein Gaul im Stall. Er musste doch da sein, er war als Zugang gebucht, und der Besitzer geriet in argen Verdacht, das Pferd schwarz verkauft zu haben, bis der Blaufuchs aus dem Kleiderschrank und der Beleg aus dem Ordner erschien.

Der Bauer hat es heute sicher schwer, sehr schwer, aber ich weiß nicht, ich glaube beinahe, der Vollstreckungsbeamte vom Finanzamt hat es noch schwerer. Ich will nicht von seiner Überlastung reden, von den schlimmen Wegen von Hof zu Hof, von den Hunden, die immer los sind, wenn er kommt, von den feindseligen Mienen, dem Murren, den Drohungen. Er ist ja nur ein Beamter, er hat die Steuern nicht verfügt, die er eintreiben muss, er weiß nicht, wie sie berechnet werden und warum sie so berechnet werden. Er muss pfänden. Und schließlich kommt es zur Versteigerung.

Ich habe eine solche Versteigerung miterlebt, ich werde sie nicht vergessen. Es war ein ganz kleiner Hof, fünfundzwanzig Tonnen, also fünfzig Morgen, und es hatten sich eine Menge Bieter eingefunden. Der Versteigerer war da, und seine Gehilfen waren da, und jetzt sollte es losgehen. Aber da stand ein Haufen Bauern in der Ecke, gar nicht so sehr viel, aber es war doch wohl das ganze Dorf. Sie standen still, etwas weiter ab, auf einem Hümpel, und die Kauflustigen standen auch auf einem Hümpel. Dann wurde das erste Stück ausgeboten, es war ein Ackerwagen. Und das erste Gebot kam. Und in demselben Augenblick, da der kleine Kossät, zehn Dörfer weiter, sein »Zwanzig Mark« gerufen hatte, war es wie ein Brausen, ein Murren, ein fernes Donnerrollen. Die Bauern standen still, sie bewegten die Lippen nicht, es lässt sich auch mit geschlossenem Munde murren.

Es waren Landjäger auf dem Hof, es waren mehr Bieter als Dorfbauern, es kamen auch noch zwei, drei schüchterne Gebote, und dann kam nichts mehr. Der Zuschlag wurde erteilt, damit nur ein Zuschlag erteilt wurde, aber der Höchstbieter war plötzlich verschwunden, untergetaucht, wollte es nicht gewesen sein. Es kam zu keiner Auktion. Der Hof ist natürlich doch versteigert worden, das Inventar wurde über Land gebracht, in andern Bezirken verkauft, am Hof blieb ein Hypothekenbesitzer hängen.

Aber ich seh die Bauern da noch stehen und mit geschlossenem Munde murren.

Ich denke, dass dieser Krieg jeden Tag in Gang ist, jetzt, da ich dies schreibe, auch, und dann, da es gelesen wird, auch. Es ist nicht leicht, einen Hof zu verlieren, auf dem schon der Urahn gesessen hat, aber es ist auch nicht leicht, jemanden, der einem nichts getan hat, von solchem Hof zu vertreiben. Beides ist schwer, und wenn man nach »Schuld« gefragt wird – immer wird man gefragt: Wer ist denn nun eigentlich schuld? –, so kann man nur mit dem alten Briest antworten: »Ja, das ist ein weites Feld.«

Kubsch und seine Parzelle

Am Anfang war das Land Ackerland, Bauernland. Pflug und Sense gingen im ewigen Wechsel darüber. Dann kamen Grundstückskäufer und sahen es, es war gutes Land, auch nach ihren Begriffen, Wald und Wasser in der Nähe. Im alten Gutshaus war ein Verkaufsbüro eingerichtet, mitten im Acker steckten Pfähle mit Schildern: Parzelle 85/86 oder Straße B 13.

Kubsch war ein kleiner Angestellter bei Bergmann oder Pintsch, zweihundertzwanzig Mark Bruttogehalt. Vierundzwanzig Jahre alt. Die Verhältnisse zu Hause unerfreulich. Sein Mädchen saß in einem der großen Kontore, warfen sie ihre Ersparnisse zusammen, so wurden es sechzehnhundert Mark, ein glänzender Anfang. Sie sahen das Land, sie sahen die bunten Lauben, sie sahen das erste Grün, sie hatten Mut. Er würde anderthalb Stunden Weg ins Geschäft haben, und für die künftige Frau Kubsch würde es vielleicht manchmal etwas einsam sein. Aber sie würden beisammen sein im Eigenen, kein gezwungenes Beieinandersein mehr in Gegenwart nörgeliger Verwandter, keine verstohlenen Küsse mehr im Hintergrund von Lokalen und in Hauseingängen.

An einem Sonntagvormittag kaufte Kubsch auf dem Büro die Parzelle 368 und zahlte achtzig Mark an. Dies war der eigentliche Eheschluss. Minnie sagte stolz: »Na also!« Was nachher kam, Standesamt und Kirche, war mehr für die Verwandtschaft, die sich wichtig machte.

Will ein Mensch in der Natur leben, so ist das Erste und Wichtigste, dass er sie begrenzt, damit er sich wohl fühle. Kubsch musste sein Stück Erdball einfriedigen, Minnie verlangte es, das Verkaufsbüro verlangte es, ihm auch war es Bedürfnis. Das Zweite war eine Laube, in der zu hausen war, aber es durfte keine gewöhnliche Laube sein, mehr eines dieser entzückenden Holzhäuschen, ein Zimmerchen, ein Küchelchen, ein Verandachen. Das Haus kam, wuchs, gedieh; stellte man den Liegestuhl auf die Veranda, war man mit den Füßen im Freien; wenn Kubsch beim Abwaschen helfen wollte, stand er draußen vorm Küchenfenster, und Minnie reichte ihm die Teller heraus, in der Küche war kein Platz mehr für ihn. Das Dritte war ein Brunnen. Sie hatten Glück, schon bei acht Meter stieß der Brunnenbauer auf Grundwasser. Für hundertzwanzig Mark hatten sie eine herrliche grüne Plumpe mit reinem Naturwasser gewissermaßen, nicht diesem künstlichen Zeug in Röhren.

Sie gingen durch ihr Besitztum, es war früher Sommer, spätes Frühjahr. Gottlob, dass in das Häuschen nicht viele Möbel hineingingen, es war voll. Dafür war das Portemonnaie leer, die sechzehnhundert alle, nun ging die Arbeit los.

Es ist erstaunlich, was man aus zweihundertzwanzig Mark monatlich herausquetschen kann, wenn man nur will. Kubsch trabte morgens früh um Viertel sieben in seinem guten Büroanzug los, war um Viertel nach sechs wieder zu Haus und stürzte sich in seinem ältesten Zeug auf die Arbeit. Unkraut wurde ausgerissen, umgegraben, Kartoffeln wurden in aller Eile gelegt, Kohl gepflanzt, Tomaten gepflanzt, Petersilie gesät, Erdbeeren gepflanzt.

Kubsch musste Lehrgeld zahlen. Er hatte keine Nachbarn, die er um Rat fragen konnte, trotzdem er Nachbarn bekam. Der eine war ein »reicher« Knopp, der mit einem Kleinauto sonnabends herausgefahren kam. Er hatte sich seinen Garten von einem Gärtner anlegen lassen, und sein Haus war aus Stein. Der andere war ein geschickter Mann, aber er erzählte nichts, denn er war ein Neidhammel. Und wenn er was erzählte, war es sicher falsch. Über seiner Arbeit schielte Kubsch, was der andere machte, manchmal erfasste er was, manchmal wurde es grade falsch. Aber Minnie half rührend, wenn sie nicht grade

Sehnsucht nach all ihren Freundinnen vom Kontor hatte, mit denen man so herrlich schwatzen konnte. Wurde es zu schlimm, so schlossen sie den Garten ab für zwei oder drei Tage, sie übernachteten bei Freundinnen und Freunden auf unwahrscheinlichen Schlafgelegenheiten. Und kamen sie dann wieder in ihr Holzhäuschen, schien es herrlich, frisch, sauber und still.

Es wurde Herbst, sie nahmen die Kartoffeln auf, der Garten wurde nass, trübe, welk. Die Nachbarn zogen in die Stadt zurück. Sie blieben, es gab ein Gesetz, das das Wohnen in Lauben auch zur Winterszeit gestattete, und wohin hätten sie auch ziehen sollen? Es wurde sehr einsam für Minnie. Für ihn gab es Überstunden, dann kam er erst um acht oder neun nach Haus. »Warte nur, wie rasch der Winter vorbei ist«, tröstete er. »Warte nur, wie schön es im Frühjahr wird.«

Es wurde schön im Frühjahr. Nun hatten sie schon Obstbäume: sechs Kirschen, sechs Äpfel, sechs Birnen, sechs Pflaumen. Die Stachelbeeren und Johannisbeeren blühten wie wild. Von den tausend Quadratmetern lagen höchstens noch dreihundert unbestellt, sie sollten im nächsten Jahre drankommen. Sie fanden es noch viel schöner als im ersten Jahr. Er lernte es, im Zug fest und tief zu schlafen, verpasste trotzdem keine Umsteigestelle. Dafür arbeitete er am Abend, bis er keine Hand mehr vor Augen sah.

Der Winter wurde allerdings schlimm, er war endlos, es wurde und wurde nicht Frühling. Dazu warf der Gehaltsabbau alles über den Haufen, Kurzarbeit kam auch noch. Achthundert Mark sollte er nach und nach in eine Pflasterkasse zahlen, denn jetzt sollte eine richtige Straße gebaut werden, Steuern und Abgaben, manchmal saßen sie da und sahen sich nur an. Mitte März gingen die Kohlen zu Ende, keine Möglichkeit mehr, welche zu kaufen. Grade, dass sie noch ihr Essen kochen konnten. Er brachte aus der Volksbücherei Beschreibungen von Polreisen, sie lasen von Mikkelsen und Nansen, er malte Minnie aus, sie seien zwei Polarforscher in ihrem Zelt.

Anfang Mai erst kam der richtige Frühling und auch dann

nur zögernd. Langsam, ganz langsam wurden die Knospen dicker und brachen auf, die Johannisbeeren zuerst, dann die Stachelbeeren. Und als die schon lange grün waren, kamen die Obstbäume. Jetzt, heute blüht alles bei Kubsch, vierundzwanzig Obstbäume sind in voller Blüte. Er hat so viel Kartoffeln gelegt, dass er im Herbst wird davon verkaufen können, er wird mit dem Kohlenhändler ein Tauschgeschäft machen.

Abends, manchmal nimmt er sich um Minnies willen eine Viertelstunde und geht mit ihr im Garten spazieren. Es kommt zu keiner rechten Unterhaltung, immer wieder entdeckt er etwas Neues, das er ihr zeigen muss. »Sieh doch nur, jetzt ist doch wirklich die Petersilie aufgegangen. Nun also. Ich sage es ja.« Er richtet sich auf und überschaut sein Besitztum. »Es kommt schließlich alles, man muss nur warten können. Mir ist nicht bange.«

Minnie nimmt seine Hand.

Mutter lebt von ihrer Rente

Sie ist sechsundsiebzig Jahre, ausgedörrt von einem arbeitsreichen Leben, mit einem Vogelkopf, über dem die viel zu weit gewordene Haut sich beutelt. Ihre Stimme ist ganz hell geworden im letzten Jahrzehnt, sie schreit, weil sie die Tonstärke nicht mehr abwägen kann: Kein Laut dringt durch ihre taub gewordenen Ohren.

Obwohl sie sieben Kinder hat, die am Leben sind, wohnt sie bei fremden Leuten, die ihr eine Dachkammer für vier Mark im Monat gelassen haben. Fünfunddreißig Mark bekommt sie Rente, davon kann sie »fein leben«, nur der Winter wird gar zu lang, und Kohlen sind eigentlich nicht zu bezahlen. Sie rechnet nicht nach Mark oder Groschen, sie rechnet nach Brot. Als ihre Rente um zwei Mark heruntergesetzt wird, sagt sie überall: »Denkt einmal, das sind vier Brote. Vier Brote!«

Das Brot ist der Eckstein ihres Lebens gewesen, um Brot hat sich alles gedreht. Sie weiß wie keine, was das für ein Ding ist: Brot – und sie weiß vor allem, was das heißt, kein Brot zu haben. Es hat Zeiten gegeben, da kam es willig in ihr Haus, es wurde eigentlich nie alle, immer konnte man noch einmal davon abschneiden. Und es gab andere Zeiten, da sah sie die glänzenden braunen Laiber nur in den Fenstern der Bäcker, alles ging verquer, die Kinder quarrten. Auch darüber ist sie fortgekommen, sie weiß eigentlich nicht mehr, wie. Einmal war es wieder da, nicht plötzlich, langsam kam es, und alle wurden satt.

Dann hatten sie diese gute Sache erfunden: die Margarine, die viel besser war als der Sirup von früher oder das Pflaumenmus. Ja, die Welt ging voran, die armen Leute hatten es nicht schlechter, sie kamen immer irgendwie noch durch, Gott mochte wissen, wie.

Die Reichen – und Reichtum fing für sie schon sehr tief unten an – hatte sie eigentlich nie beneidet. Diese Schaufenster, diese Kleider, diese Pelze, solche hellen, frohen, raschen Frauen mit blütenweißen, weichen Händen – das war eine andere Welt, fern, unerreichbar, sie ging einen nichts an. Ihre Finger, gelbbraun und hart wie die Klauen eines Vogels, stehen krumm, sie kann sie nicht mehr strecken. Ein endloses Leben hat immer ein Arbeitsgerät dazwischen gesessen, der Stiel eines Werkzeugs, der Griff eines Kartoffelmessers. Wie viele Tausende von Zentnern hat sie in ihrem Leben schon geschält, es ist nicht auszudenken!

Und noch heute schält sie weiter, Tag für Tag, Monat für Monat. Morgens um acht schlüpft sie aus ihrer Mansarde, geht zehn Straßen weit, zu der Gastwirtschaft ihres Sohnes. Dort sitzt sie bis zum Mittag, schält, wäscht ab, dafür bekommt sie Essen. Freilich, die Schwiegertochter gönnt es ihr nicht recht, die Olsche arbeitet nicht genug dafür. Aber da ist es nun gut, dass sie taub ist, sie hört nicht, dass die schimpft. Der Sohn hat eine gutgehende Kneipe, einen Opel, er ist satt und zufrieden, meist ein wenig angetrunken. »Lass man Muttern, sie isst ja wie ein Spatz.« Sie ist ihm dankbar, sie hat nie das Sprichwort gehört: »Wer seinen Kindern gibt das Brot und leidet nachher selber Not, den schlag man mit der Keule tot.« Sie ist froh, dass ihre Kinder was geworden sind.

Alle andern wollen nichts mehr wissen von Muttern. Wenn sie einmal kommt, wird sie in die Ecke gesetzt oder abgeschoben. »Mutter hat ja ihre Rente.« Aber der Siebente, der, von dem sie eigentlich nie viel hielt – denn sie hat natürlich ihre Lieblinge gehabt –, der Siebente ist der Beste. Sie hat ihn zwanzig Jahre nicht gesehen – oder sind es dreißig Jahre? –, aber immer schickt er dann und wann für Mutter eine Anweisung. Fünf Mark, zehn Mark: sie spart es. So wird sie einmal ein feines Begräbnis bekommen. Der gute Junge, sie hat ihn eigentlich nie recht gemocht.

Mindestens einmal im Monat macht sie den weiten Weg zum Friedhof hinaus, sie besucht ihren Alten. Elf Jahre ist er nun tot, aber sie erzählt ihm noch alles, lebt vollkommen mit ihm. An dem Tag bettelt sie bei den Nachbarinnen um ein paar Blumen. Die necken sie: Sie soll ihren Mann grüßen von der Frau Rohwedder, von der Toni Menzel. Sie wird sich hüten, sie erzählt ihm schon nicht, dass sie den Strauß geschenkt bekommen hat, sie hat ihn selber für ihn gekauft. Männer brauchen nicht alles zu wissen. Sie ist nicht traurig, sie weint nicht, mit ihrer hellen, fröhlichen Kinderstimme erzählt sie ihm was vor. Warum sollte sie traurig sein? Ihre Kinder sind was geworden, sie hat ein Dach überm Kopf und Brot. Kann man mehr verlangen von diesem Leben?

Einbrecher träumt von der Zelle

Er hat zwei Jahre Hamburger Gefängnisse hinter sich und fünf Jahre preußische, seitdem ist er auf die Preußen nicht gut zu sprechen. Ihr Strafvollzug taugt nichts, ein aufrechter Mann kommt in ihren Kittchen nicht mal zum Fußballspielen, man muss kriechen dort, um solche Vergünstigungen zu bekommen. Nun hat er, wenn er auf die Arbeit geht, stets einen Stadtplan bei sich, um nicht versehentlich statt in Hamburg auf Altonaer Gebiet einzubrechen. Und nie unterlässt er es, sobald er beim Reeperbahnbummel ans Nobistor, an die Grenze zwischen Hamburg und Altona, kommt, zu erklären: »Machste 'nen Mord, hier: fünfzehn Jahre; einen Schritt weiter: weg mit der Rübe!«

Wenn Sie ihn sehen, macht er sicher keinen schlechten Eindruck auf Sie. Er ist gewandt und höflich, denn er hat sich in seinem Leben mit zu viel schwierigen Lagen abfinden müssen. Er ist gut gekleidet, denn er darf nie durch sein Aussehen Verdacht erregen. Er hat auffallend gewandte Hände, rasche Hände, kluge Hände, die verlangt sein Beruf. Er ist geistesgegenwärtig, wie wäre er sonst dreißig Jahre alt geworden in dem Beruf mit nur sieben Jahren Knast. Er ist, verlangt es die Stunde, brutal bis zum Exzess, mit Vorsicht und Rücksicht knackt man keine Schränke.

Er hat nur zwei Leidenschaften. Darin liegt seine Stärke, denn wenige Menschen haben ihrer nur zwei. Die eine ist das Brechen, die wurde ihm in die Wiege gelegt. Er denkt heute noch mit Entzücken an die Schauer, die über seinen Leib liefen, als er, ein Dreizehnjähriger, eine Scheibe mit dem Diamanten ausschnitt, einstieg und in der Schlafstube des Onkels stand, den Atem der Schlafenden hörte, nach der Kommode tastete und die Brieftasche nahm. Es war ein feines Stück von Nervenfestigkeit für einen Dreizehnjährigen. Wohl brachte es ihm die Fürsorgeerziehung ein, aber die war so übel nicht, man lernt da noch was für seinen Beruf.

Heute verachtet er solche Gelegenheitseinbrüche, er kann ein halbes Jahr warten, baldowern, bis ein Ding steigt. Am liebsten arbeitet er allein, muss man Kippe machen, ist man immer der Dumme. Bei seinen Hehlern ist er gerne gesehen, sie geben ihm Vorzugspreise, bis zu zwanzig Prozent des wirklichen Wertes: Er hat noch nie einen Schwärzer in die Pfanne gehauen.

Seine zweite Leidenschaft sind die Frauen: Er hat allerdings diese Vorliebe mit fast allen seinen Geschlechtsgenossen gemein. Nur, dass er sich nicht auf eine festlegt. Die Mädchen auf der Reeperbahn, im Gängeviertel kennen ihn alle. Nie hat er andere Mädchen gekannt, auch nie gesucht: Es macht so viel Umstände mit den Gänsen. Er braucht Frauen, aber sie sind alle gleich für ihn, er kann sie nicht unterscheiden. Sie sind alle dumm, geldgierig, verlogen, schwatzhaft, nur zu einem gut. Darin ist er Mohammedaner: Er würde lachen, hörte er, dass Frauen mehr seien als Fleisch.

Hass gilt der Schmiere, aber nicht so sehr wie Verrätern aus den eigenen Reihen. Trifft er so einen, wird die ganze Welt rot, auf offener Straße wirft er ihn nieder, beißt, schlägt, reißt ihm ein Ohr ab, zerschlägt eine Nase, bis auf irgendeiner Wache in der Tobzelle die Besinnung, nicht die Reue kommt. Er hält streng auf Berufsehre: Keine doofen Dinger drehen, saubere Arbeit leisten, Schwärzer auf jeden Fall decken, nichts und niemanden verraten. Er ist ein zuverlässiger Kumpel, bis es an die Teilung der Sore geht, wo es heißt, den größten Anteil erkämpfen. Hinterher ist alles wieder gut. Aber vor allem ist er der Feind aller, die keine Ganoven sind.

So geht er durch das Leben, zwischen dem Geschiebe der

Menschen, fast still, ohne viel Gemeinsamkeit mit ihren Nöten und Freuden. Aber manchmal, in seinen trüben Stunden, wenn die Polente hinter ihm her ist, wenn er keine ruhige Stunde hat tags wie nachts oder wenn er auch nur einfach traurig ist, fährt er nach Ohlsdorf hinaus und geht um die Fuhlsbütteler Anstalten. Er sieht zu den vergitterten Fenstern empor, er träumt sich wieder drinnen. Dort ist die Ruhe, dort der Schlaf ohne Ängste, das regelmäßige Essen, die gleichen Brüder. Hinter jenen hellen Fenstern hat er in der Tischlerwerkstatt gestanden und Rolljalousieschränke gebaut, eine feine Arbeit, nicht ohne Witz.

Schließlich geht er heim, in die große Stadt, die ohne Heim für ihn ist. Feind aller, sein eigener Feind, mit dem Traum im Herzen von einer kargen Zelle.

Warum trägst du eine Nickeluhr?

Mein Vater ist Uhrmacher, mein alter Herr hat ein Uhrengeschäft, ich könnte sagen, er wühlt in Uhren, und dies nicht nur bildlich – ich aber, sein einziger Sohn, trage eine Nickeluhr, für zwei Mark fünfundachtzig, einschließlich Kette, mit einjähriger Garantie. Ich habe sie mir gekauft, und nicht bei meinem Vater.

Meine Freunde fragen mich: Warum trägst du eine Nickeluhr? Hast du es nötig?

Ich könnte antworten: Freunde, schweigt mir! Die Zeiten sind schlecht, jeder sieht, wo er bleibt. Oder ich könnte antworten: Ich will dies ausprobieren, dies Werk für zwei Mark fünfundachtzig. Wenn ich schon die Juristerei studiere, das klebt mir an, ich studiere dies Werk für meinen Vater.

Nein! Ich hasse die Notlügen. Ich sage: Ich trage diese Nickeluhr, weil mein Vater filzig, geizig, gnietschig ist. Für seinen einzigen Sohn hat er keine goldene Uhr, er handelt mit Uhren, er verschenkt sie nicht, so ist er! Das sage ich, wahrheitsgemäß.

Meine Freunde sagen: Oh! Oh! Armer Bursche, er hat einen gnietschigen Vater.

Ich aber frage Sie: Finden Sie, dass mein Vater sich richtig verhält?

Es war der große Tag; ich hatte das Abitur gemacht, das Maturum war bestanden. Da ich noch keine Kinder habe, sage ich offen: Es war mäßig bestanden, grade noch gemacht. Habe ich erst Kinder, werde ich ihnen erzählen, ich habe es summa cum laude bestanden, ein Ministerialdirektor kam extra angereist, er schüttelte mir die Hand, Tränen der Rührung standen in seinen Augen: Junger Mann, das war das beste Abiturium, seit die Mauern des Grauen Klosters stehen …

Nein, vorläufig war es ein mäßiges Abitur, aber mein Vater schenkte mir doch eine goldene Uhr. Sie war nicht aus seinem Laden, sie war eine Erbuhr von einem längst verstorbenen unsympathischen alten Erbonkel, der mich in meinen Kindertagen abwechselnd »Seelöwe« und »Brüllerich« tituliert hatte.

Vielleicht hatte der Mangel an Sympathie sich auf die Uhr übertragen; sie hielt es nicht aus bei mir, sie trennte sich von mir. Mein Freund Kloß hat ein Segelboot auf dem Wannsee. Wir segeln hinaus, wir baden vom Boot aus; unsere Kleider liegen auf dem Deck.

Ich habe genug geschwommen, ich will ins Boot, ziehe mich an der Bordwand hoch, das Boot legt sich schräg, sachte gleiten die Kleider ins Wasser. Kloß war zur Hand, wir erwischten alles wieder, nur meine goldene Abituruhr – durch ihre Schwere war sie pfeilgrad in eine Tiefe von etwa achtzehn Meter entschwunden.

Mein Vater ist ein ordentlicher Mann, mein Vater ist ein exakter Mann, das ist eine Berufskrankheit bei ihm. Unmöglich, ihm zu erzählen, dass ich die Erb- und Patenonkeluhr baden geschickt hatte. Nein, wir waren im Freibad gewesen, vom Wasser aus hatten wir beobachtet, wie jemand sich an unsern Sachen zu schaffen machte. Wir stürzten hin, jener floh. Trubel, Verfolgung.

Mein Vater machte »Hmm«, er ließ die Sache eine Woche anstehen, dann schenkte er mir eine goldene Uhr aus dem Laden, Glashütter Fabrikat, flach wie eine Auster, herrlich.

Zwischen dieser Uhr und mir bestanden Sympathien, sie war die verlässlichste aller Uhren, sie ließ mich nie im Stich.

Sie hat sich nicht leicht von mir getrennt … Es war diesmal nicht Kloß, es war Kipferling, mit dem ich einen Ausflug nach München machte. München ist eine schöne Stadt, es gibt dort vieles, was man kennenlernen muss; Kipferling und ich, jeder telegrafierte einmal nach Hause um Reisegeld für die Heimfahrt. Als wir dann zurückfahren wollten, war das Reisegeld dahingeschmolzen wie der Schnee vom vorigen Jahr.

Wir hatten nur ein Wertobjekt: meine Glashütter Uhr. Kipferling ging los mit ihr, ich beschwor ihn, er dürfe sie nur versetzen, damit ich sie von Berlin wieder einlösen konnte, nichts, er kam wieder mit der Uhr. Wenn es für Hotel und Heimfahrt reichen sollte, mussten wir uns entschließen zu verkaufen. Wir entschlossen uns.

Während dieser Heimfahrt grübelte ich immer nach einer plausiblen Geschichte, die ich meinem Vater vorsetzen konnte. Aber es war nichts los mit meiner Phantasie, es fiel mir nichts ein. Schließlich blieb ich bei meinem Diebstahl auf dem Münchener Hauptbahnhof, Gedränge, die Uhr ist weg. Plötzlich. Diese internationalen Taschendiebe …

Mein Vater sagte etwas trocken: »Du musst es ja wissen, mein Sohn.« Ich fand, seinem Tone fehlte es an Herzlichkeit. Ich fand, ich musste etwas lange auf die nächste Uhr warten. Offen gestanden half ich direkt nach: zu allen Verabredungen, zum Theater – ich kam zu spät, ich murmelte etwas, keine Uhr …

Schließlich bekam ich sie. Sie war nicht so flach, dafür hatte sie zwei Sprungdeckel, außerdem tickte sie ziemlich laut. Sie war eine pflichteifrige Kartoffel, aus purem Gold, nichts, womit Staat zu machen, aber schließlich muss man auf die Gefühle seiner Erzeuger Rücksicht nehmen, ich war zufrieden.

Also, ich gehe zum Tennisspielen, ich spiele Tennis, ich ziehe meine Sachen wieder an, was denken Sie? Wie? Ja! Meine Uhr ist weg! Meine Uhr ist gestohlen! Denken Sie sich meine Verzweiflung! Die pflichteifrigste aller Kartoffeln ist gemaust!!

Und nun stellen Sie sich vor: Was erzähle ich meinem Vater –? Bitte, ja, was erzähle ich dem alten Herrn –? Ja, bitte, bitte, bitte, sagen Sie selbst … Diese ältere Generation ist ja derart misstrauisch!

Also, seitdem trage ich eine Nickeluhr, für zwei Mark fünfundachtzig, mit einjährigem Garantieschein.

Ich sage allen wahrheitsgemäß, dass mein Vater gnietschig ist. Oder finden Sie etwa, dass er sich richtig verhält?

Er ist imstande, also, er glaubt mir einfach nicht, dass meine Uhr geklaut ist. Glaubt es nicht. Nun reden Sie!

Wie Herr Tiedemann
einem das Mausen abgewöhnte

Auf dem Lande hatte ich einmal einen Chef, dem saßen im Kopf mehr Grappen als einem durchschnittlichen Hofhund in seinem Fell Flöhe. Zu diesen seinen Grappen gehörte es auch, dass er auf seinem Hof keine Polizei sehen konnte. Nun ist ja auf dem Lande so einiges an Dieberei fällig: Da fehlt ein Sack Hafer, das Schrot schmilzt dahin wie Schnee im April, aber Hannes Tiedemann sagte: »Das erledige ich schon selbst. Dazu braucht mir kein Grüner auf den Hof zu kommen.«

Und er erledigte es selbst, der wackere Tiedemann, und wie er seine kleinen Hof-, Feld-, Wald- und Wiesendiebe erledigte! Das Beste dabei war, dass auch die Herren von der langen Hand nach dem anfänglichen Ärger selbst grinsten. »Und sie gingen dahin und sündigten dergleichen nicht mehr.«

Oder sündigten auch wieder, Menschen bleiben Menschen, und ein Hofegänger, der eine Ziege hat, wird nicht einsehen, warum die im Winter hungern soll, wenn der Tiedemann den ganzen Boden voll Heu hat. Und dann wurden sie wieder erwischt, eines Tages wurden sie immer erwischt, und dann wurden sie darüber belehrt, dass Tiedemann schlauer war als sie – darauf liefen diese Belehrungen immer hinaus. Aber wie diese Belehrungen erfolgten, das waren die Grappen von Tiedemann, das burrte in seinem Kopf wie die Brummer in der Milchkammer, wenn das Fräulein Meieristin im Sommer das Fenster offen gelassen hat.

Da wuchs uns auf unserm Hof ein junger sächsischer Knabe heran, Albin Fleischer hieß er, in den Zwanzigern, und seines Zeichens war er ein Schweizer, das heißt, er melkte die Kühe.

Das heißt ganz genau, er melkte sie nur dann und wann, wenn ihm grade der Staat dafür Zeit ließ, der schon früh durch eine ausgedehnte Fürsorgeerziehung in Albin Fleischer den Grund zu mancherlei Kenntnissen und Fertigkeiten gelegt hatte. Und als die Betätigung dieser Fertigkeiten Albin wieder einmal eine längere staatliche Pension eingetragen hatte und als dann seine Zeit um war und er wieder hinausgelassen werden sollte, da sagten die im Zentralgefängnis Altholm: »Ja, wohin mit ihm? Lassen wir ihn so laufen, dann klaut er doch gleich wieder.« Und da Hannes Tiedemann großen Ruf im Lande Pommern genoß, so schrieben sie einfach auf den Entlassungsschein: »Arbeit als Stallschweizer bei Herrn Gutsbesitzer Johannes Tiedemann in Fern-Varnkewitz.«

Da stand er nun an einem gänzlich verregneten Tage triefend nass bei uns im Büro. Wir machten seine Bekanntschaft, und er erklärte uns im schönsten Sächsisch: »Heern Se, ich soll hier de Giehe mälgen.«

Tiedemann besah sich dieses Bündel Menschenwerk und sprach: »Da stripp du man de Käuh!«

Und von Stund an war Albin Fleischer bei uns Stallschweizer.

Eine Weile ging es auch ganz gut. Vor seiner letzten Strafe hatte er wirklich eine recht hässliche Dieberei gemacht: einem Arbeitskollegen das Fahrrad und den einzigen Sonntagsanzug geklaut und versoffen. Da hatten, ehe der Landjäger ihn mitnahm, seine Kollegen den Albin nach Strich und Faden vertrimmt, sie hatten ihm eine hübsche Wucht gegeben, abgerieben hatten sie ihn, der hatte Keile, Dresche und Senge, alles in einem, bezogen, und das saß ihm immer noch in den Knochen. Wie gesagt, eine ganze Weile ging es mit ihm bei uns gut, aber dann trat die Liebe dazu, zu einer Kätnertochter Mathilde im Dorf, und nun wurde es schlimm. Da sagte Hannes Tiedemann …

Aber ich merke leider, mit Albin Fleischer habe ich das falsche Ende meiner Geschichte zu fassen bekommen, und ich muss gewissermaßen noch einmal von vorne anfangen.

Frau Tiedemann war eine kleine fixe Frau. Sie flitzte in der Meierei und im Geflügelstall herum wie ein Wiesel und war stolz auf ihren Kram. Sie kannte jedes Huhn und wusste, wann es dran war mit Eierlegen, und Eierverlegen in Scheunen oder hinter Steinhaufen oder gar, wie es auf manchen Höfen schon passiert sein soll, aufs Klo, das gab es bei ihr nicht. Aber ihr Stolz waren ihre Gänse, die Gans ist ja in Pommern, und zumal in Hinterpommern, noch so etwas wie ein heiliger Vogel, den Gänsen gehörte ihr ganzes Herz.

Und über diese Gänse wurde sie eines Tages schwermütig, denn es war Frühjahr, und sie mussten eigentlich Eier legen. Bei den Gänsen ist es ja nicht so wie bei den Hühnern, die Hühner legen immerzu, das ganze Jahr, mal ein bisschen mehr und mal ein bisschen weniger. Die Gans aber ist ein vornehmes Tier, der Besitzgier des Menschen macht sie keine Konzessionen, sie legt ihr Quantum im Frühjahr, grad genug zur Erhaltung der Art, die brütet sie aus, und Schluss damit.

Frau Tiedemann grübelte sich in einen tiefen Kummer hinein: Was war los mit ihren Gänsen? Sie legten und sie legten nicht. Die Ganter hatten ihre Schuldigkeit bei den Damen getan, das hatte Frau Tiedemann selber ein paarmal gesehen, und nun kamen keine Eier? Wieso kamen keine Eier? Lag es am Futter? Hatten sie zu wenig Kalk?

Und eines Tages sagte sie aufgeregt zu ihrem Hannes: »Du, Hannes, die Weiße mit dem grauen Stutz hat heute bestimmt gelegt. Ich hab's ihr gleich am frühen Morgen angesehen, die hat was. Richtig, sie geht in den Stall. Ich warte noch 'ne Weile, weil ich sie nicht stören will. Dann hör ich sie schimpfen, ich geh rein, sie hat gelegt, aber kein Ei ist da. Sie schimpft, einer hat es ihr geklaut, dass so ein armes Biest keine Sprache hat. Diese Räuber ...«

Und sie sah drohend über den Hof.

Tiedemann bemerkt: »Da bist du selbst dran schuld, meine Mäten. Hundertmal hab ich dir gesagt: Mach deinen Hühnerstall dicht. Aber da steht ja alles offen.«

»Alles ist dicht«, protestiert sie.

»Alles ist offen«, sagt Hannes Tiedemann. »Vergangenen Donnerstag, als die Klütensuppe angebrannt war, bin ich selber drin gewesen und hab vier Hühnereier ausgetrunken.«

»Du bist das gewesen!«, schreit sie. Aber er ist schon weg.

Nun bekommt der Stellmacher zu tun, Drahtgeflecht wird gekauft, enges, engeres, ganz enges. »Die Hühner gehen in den Safe«, sagt Tiedemann nun.

Aber es hilft alles nichts, es bleibt Baisse in Gänseeiern. Frau Tiedemann lebt unter immer stärkerem Druck, sie schläft nicht mehr, als Nachtgespenst durchirrt sie den Hof, sie fängt an, vom Fleisch zu fallen. Eines Tages explodiert sie, sie bestellt den Landjäger. Sie bestellt ganz einfach den Landjäger, und sie sagt es Tiedemann.

Tiedemann ist baff. Aber er sammelt sich. »So ein Grüner kommt mir nicht auf meinen Hof. Den bestell man wieder ab.«

Sie protestiert: »Wo die andern schon alle ihre Gänse auf den Eiern sitzen haben! Und ich soll … Was nimmst du ewig solch pollackisches Gesindel auf den Hof.«

»Pollacken sind augenblicklich grade nicht da. Alles gute Pommern«, sagt er und wird plötzlich nachdenksam und bricht ab. Nach einer Weile wieder: »Also, den Grünen bestellst du ab. Du kriegst deine Gänseeier wieder.«

»Aber …«

Der langen Rede kurzer Sinn: sie bestellt ab.

Tiedemann geht über den Hof in den Geflügelstall, keine Schleichwege, kein Hühnereier-Austrinken, er hat ganz ordentlich die Schlüssel bei sich. Saubere Arbeit muss man sagen, der Stellmacher hat gut gewerkt, dicht ist das. Aber noch sauberer hat der andere gewirtschaftet, mit einer haarscharfen Zange das Drahtgeflecht durchgeknipst und so hübsch wieder hingebogen, da braucht man eine Lupe, um das zu sehen. Tiedemann pfeift tiefsinnig, als er die Schlüssel wieder abliefert. »Alles in Butter, Mutting«, sagt er.

»Aber …«, sagt sie.

Aber Tiedemann ist schon weg.

Tiedemann zieht es in den Kuhstall, Tiedemann geht in den Kuhstall. Dort ist es vormittäglich still und friedlich. Die Schweizer sind nicht da, sind beim Futterholen, die Kühe stehen und liegen, wie es ihnen Spaß macht, sie käuen wieder, oder sie ziehen noch ein paar Halme durchs Maul. Sie sehen dabei einander an, immer zehn Stück reihauf, reihab schauen einander an, zwischen ihnen läuft der Futtergang. Der hinterste Futtergang an der Mauer ist nicht benutzt, der Stall ist nicht voll besetzt. Dort haben die Schweizer ein paar Ballen Streustroh liegen, alte Futterkrippen, der Rübenschneider steht dort, lauter Schurrmurr.

Tiedemann ist tiefsinnig. Er geht gangauf, gangab, manche Kühe sagen Muh, manche kauen nur, der Oberschweizer muss mal wieder gründlich durchputzen. Tiedemann geht weiter und kommt auf den leeren Futtergang. Er raschelt durch das Stroh, nun ist der Futtergang beinahe zu Ende, Tiedemanns Fuß stößt im Stroh an was. Er bückt sich, er wühlt das Stroh ein bisschen auseinander: ein etwas starker Osterhase, was? Elf Gänseeier. Da soll der Donner …!

Tiedemann steht und denkt. Das Garn ist leicht aufzuheddern: Da ist einerseits Albin mit Vorkenntnissen, andererseits Mathilde, die Kätnertochter aus dem Dorf. Auch Kätner lieben Gänse, es ist dies kein Privileg der Gutsbesitzerklasse. Einfache Vorgeschichte, man könnte die Eier nehmen und zur Frau bringen …

Aber wie der Tiedemann so dasteht und auf die Eier glotzt, da ist es, dass sich die Grappen in seinem Kopf rühren, die dicken Brummer brummen durch sein Gehirn. Sachte wühlt er das Stroh wieder zu. Elf Gänseeier bringt man nicht in der Hosentasche ins Dorf, dazu muss es Feierabend und dunkel sein. Alles hat seine Zeit, auch Gänseeier. Tiedemann geht über den Hof zurück zum Gutshaus.

Auf dem Hof trifft er mich. Ich bin so eine Art Mädchen für alles auf diesem Hof, ich führe die Bücher und schreibe die

Briefe, ich löhne die Leute, gebe das Futter aus und nehme auch mal ein paar Pferde. Es ist kein anstrengender Dienst.

Tiedemann bleibt vor mir stehen und sieht mich glupsch an. »Sagen Sie mal, Fallada, Sie können ja wohl Englisch?«

»Na, was man so können nennt, grade nicht«, sage ich. »Erwarten Sie Engländer?«

»Laut lesen können Sie ja wohl Englisch?«, fragt er mich. »So getragen und weihevoll wie ein Paster?«

»Das kann angehen, Herr Tiedemann«, sage ich.

»Und Sie haben was Englisches zum Vorlesen hier?«, fragt er mich.

»Ja«, meine ich zögernd. »Eigentlich nicht. Nur so englische Verse von einem Omar Khayyam.«

»Omar? Ist das Englisch?«

»Das ist ein Perser«, sage ich. »Aber ein Engländer Fitzgerald ...«

»Hören Sie lieber auf«, winkt er ab. »Ich habe heute Morgen noch keinen Kognak getrunken. Das Leben ist schon kompliziert genug. Fünf Minuten vor Feierabend gehen Sie mit Ihrem englischen Perser in den Kuhstall und langen sich den Albin. Mit dem kommen Sie dann zu mir auf meine Stube.«

»Wird gemacht, Herr Tiedemann«, sage ich, und er geht weiter, ins Gutshaus, zu seinem vormittäglichen Rührei mit Speck und einem Kognak.

Fünf Minuten vor sechs bin ich im Kuhstall.

»Albin, sollst zu Herrn Tiedemann kommen.«

»Nu, was denn? Jetzt ist doch gleich Feierabend. Was soll ich denn da noch?«

»Komm man«, sage ich, und wir schieben ab.

Um sechs Uhr abends im zeitigen Frühjahr muss man schon Licht brennen, auch Hannes Tiedemann brannte in seinem Zimmer Licht, aber wie sah es aus! Rot sah es aus, geheimnisvoll sah es aus, mystisch war das. Über alle Glühbirnen hatte Tiedemann rotes Papier gemacht, das Licht war trübe und schwer, es wehte einen an: Sprich leise hier!

Auf dem runden Eichentisch stand eine Extralampe mit der roten Glühbirne aus der Dunkelkammer, daneben stand der große Lehnstuhl.

»Setz dich hierhin, Albin«, sagt Tiedemann sacht und betrübt. »Setz dich hierhin, mein Jung.«

»Herr Tiedemann«, fängt Albin an.

Aber Tiedemann drückt ihn auf seinen Platz. »Nicht ganz hoch genug. Dein Kopf muss grade in der Höhe von der roten Birne sein. Warte mal …« Und er schleppt ein dickes Buch an. »So, jetzt langt es.«

»Herr Tiedemann …«, fängt der Junge wieder an.

»Pssssst«, macht Tiedemann. »Kein Wort. Sonst geht es nicht.«

Der Junge ist still. Ich bekomme meinen Platz ihm grade gegenüber, am Tisch, und Tiedemann stellt sich neben ihn, so dass der Kopf von Albin zwischen Lampe und Tiedemann ist.

Stille. Tiefe Stille. Die große Uhr macht unendlich langsam ticke-tacke. Das Licht ist geheimnisvoll rot.

Tiedemann räuspert sich. »Fangen Sie man an, Fallada.«

Ich fange an. Meine Aussprache des Englischen ist nicht schön, ich habe Englisch in Leipzig von einem sächsischen Lehrer gelernt, so was verwächst sich nie. Aber an diesem Abend war ich weit über meinem sonstigen Standard. Es war vielleicht kein korrektes Englisch, es war eine mystische Sprache, aus Urmenschentagen.

Ich fing an mit dem Vierzeiler: »Oh Thou, who Man of baser Earth didst make …«*

Ich war noch nicht ganz auf der Höhe, Tiedemann schüttelte ernst den Kopf. »Noch nicht ganz das Richtige. Bitte weiter. Etwas Stärkeres.«

Ich fuhr fort: »There was the Door to which I found no Key …«**

* Du, der den Menschen schuf nur Mensch zu sein …
** Da war die Tür, die mir kein Schlüssel zwang …

»Gut. Das ist das«, sagte Tiedemann, und bauz! nahm er von seinem Schreibtisch ein Riesenteleskop, so einen Fernkieker, ganz aus Messing, wie ihn die Seeleute früher hatten. Muss noch von seinem Großvater mütterlicherseits sein, Kapitän auf kleiner Fahrt, denke ich. Setzt das Ding dem Jungen an die Schläfe, der zuckt. Sitzt wieder totenstill. Hannes Tiedemann kiekt durch.

Ich lese: »Ah, my Beloved, fill the Cup that clears Today of past Regrets and future Fears –.«*

»Albin«, fragt Tiedemann mit Grabesstimme. »Albin, an was denkst du?«

Albin ist blass und still.

»Du denkst an den Kuhstall, Albin, du denkst an den Futtergang. Du denkst an den letzten Futtergang an der Wand ...«

»Indeed, indeed, Repentance oft before I swore ...«**

»An das Stroh denkst du, Albin, was dort liegt. Du denkst ..., warte, warte ... Herr Fallada, feste! Lauter, Herr Fallada! Du denkst ...« Ganz schrill: »Albin, Albin, wie kommen die Gänseeier in dein Gehirn –?«

Totenstille.

»Albin!!!!«

Und da kommt es, leise und zermalmt: »Herr Tiedemann, Herr Tiedemann, ich will's Sie sagen: Ich hab sie gestohlen. Herr Tiedemann, ich hab sie gestohlen.«

»Fallada! Laufen Sie! Du lügst ja, Jung. Sehen Sie im Kuhstall nach. Im letzten Futtergang. Im Stroh.«

Ich laufe schon. Da sind sie. Die Jacke aus. Die Jacke voll Gänseeier. Zurück.

Albin starrt blöde auf die Eier.

»Ich hab sie gestohlen ..., ich stehl hier nie wieder ...«

»Geh, mein Sohn Albin«, sagt Tiedemann. »Es ist in Ordnung. Es ist alles glatt.«

---

* So schenk den Wein, mein Lieb: Wein klärt den Tag von Furcht und Gram, was kam und kommen mag –.
** Hab wohl auch Reue oft genug bekannt ...

An der Tür macht Albin halt, er steckt den Kopf von außen wieder herein. »Ich zeig Sie an, Herr Tiedemann, bei der Polizei. So was ist Vergewaltigung, von so was kann man verrückt werden. Ich hab gemerkt, mir ist was kaputtgegangen im Hirn, wie Sie's durchleuchtet haben.«

»Raus!«, sagt Tiedemann nur.

Albin ist nicht zur Polizei gegangen. Albin ist nicht einmal vom Hof fortgegangen. Albin melkt weiter die Kühe. Ich glaube, Albin hat nie wieder bei uns geklaut. Im Dorf so ein bisschen, dafür will ich keine Hand ins Feuer legen, aber die konnten ihn ja auch nicht durchleuchten. Das konnte nur Tiedemann.

Der Gänsemord von Tütz

Geht man die Straße vom Dorf her, so kommt erst das Schloss mit dem großen, alten Park. Da sitzt der Ritterschaftsdirektor von Pratz. Dann folgt der Gutshof mit seinen Ställen, Scheunen und dem Beamtenhaus, wo ich, der Rendant, hause. Die Straße geht weiter, und was folgt, ist erst einmal wieder ein ganzes Stück Park, der also im Halbkreis die Hofstätte umschließt, und dann die Villa des jungen Herrn, des Rittmeisters.

Die Sache ist so, dass vor ein paar Jahren der alte Herr das Gut an Tochter und Schwiegersohn übergab. »Wirtschaftet, junge Leute«, sagte er. »Ich habe genug Kartoffeln gebaut in meinem Leben.« Für sich behielt er Schloss, Park und Forsten. In die fährt er täglich mit seinem Jagdwagen, und er ist ein alter Rauschebart der Art, dass er von jeder Ausfahrt mit einem Bündel Reisig heimkommt. »Zu schade zum Verfaulen«, sagt er. »Damit kann ich im Winter heizen.« Auf die jetzt schwiegersöhnlichen Felder geht der alte Pratz, v. Pratz bitte, nicht gern. »Hat Landwirtschaft studiert, der junge Herr«, sagt er zu Elias, seinem Kutscher. »Merkst du was?« Elias merkt was, und die beiden lachen.

Wenn nun auch der Rittmeister von der Landwirtschaft nichts verstehen soll, seine Felder liebt er doch. Er hört nicht gerne über sie lachen. »Der Alte ist ja ein Rest aus der Steinzeit, Fallada«, sagt er zu mir, wenn wir ihn mit seinen Knüppeln aus dem Wald kommen sehen. Und dann lachen wir beide.

Der Gänsekrieg jedoch, der mich stellungslos machte, wurde gar nicht zwischen dem alten und dem jungen Herrn geführt, sondern zwischen dem jungen Herrn und der gnädigen Frau. Die gnädige Frau ist natürlich die Frau vom alten Herrn. Die Frau vom Rittmeister heißt die junge Frau. Jeder, der einmal in hinterpommersche Rittergüter gerochen hat, weiß das. So dass im Grunde dieser Gänsekrieg der uralte Krieg zwischen Schwiegermutter und Schwiegersohn war. Nur war ich, der Rendant, der Leidtragende. Nebst sieben Gänsen. Davon ist nun zu erzählen.

Es ist schon gesagt worden, dass der Schlosspark alt war. Er war sogar uralt und besaß als Prachtstück einen viel bewunderten Tulpenbaum. Ich fand immer, der Tulpenbaum war ein Versager. Gradeheraus gesagt war er langweilig; seine Blüten hatten nicht die Idee einer Ähnlichkeit mit Tulpen. Aber bei den alten Herrschaften konnte solch Ausspruch von mir nicht überraschen. Ich war anrüchig, seit Elias, das Faktotum, mich mal erwischt hatte, wie ich die Geflügelmamsell abküsste.

Ich bin schon auf dem rechten Wege mit meiner Geschichte. Es geht alles der Reihe nach. Die Geflügelmamsell zum Beispiel war eine Angestellte der gnädigen Frau; sie hatte die Hühner unter sich und die Gänse. Wenn die alten Herrschaften auch das Gut abgegeben hatten, den Wunsch nach einem frischen Ei hatten sie doch. Die Hühner liefen auf dem Gutshof; auf der Dungstätte und in den Scheunen wurden sie satt: Dagegen sagte auch der Rittmeister nichts.

Die Gänse aber ergingen sich offiziell im Park, jenem großen Park mit den uralten Bäumen. Nun ist es mit den Gänsen so, dass die Gans ein delikater Vogel ist, nicht nur, wenn man sie isst, sondern grade auch, wenn sie frisst: Das Beste ist ihr kaum gut genug. Die Gans, ein heiliger, schwieriger, kapriziöser Vogel, ist scharf auf junges, delikates Grün. Und gab es das in diesem uralten Park? Man kann das eine haben, man kann das andere haben, man kann nicht beides haben. Uralte Bäume und junges Grün, das verträgt sich nicht. Im Schatten wächst altes, saures, schlampiges Gras.

Es schmeckte den Gänsen nicht, und eine Gans denkt natürlich nicht daran, sich mit schlechtem Futter abzufinden. Die Ganter mit den vergissmeinnichtblauen Augen führten ihre Schönen zielbewusst durch den ganzen Park. Dann durchstieß die dreidutzendköpfige Schar den Zaun, überquerte in der nächsten Nähe der rittmeisterlichen Villa den Weg, flatterte durch den Graben – welch Geschnatter, welche Aufregung! –, und siehe da, Kanaan ist erreicht, das gelobte Land, die Gras- und Schnabelweide! Sie sind im Wickgemenge, wo sie gar nichts zu suchen, noch weniger zu finden haben. Es war ein delikates Wickgemenge. Sie dachten hierzubleiben. Der Park konnte ihnen gestohlen werden.

Sechsunddreißig Gänse haben einen beträchtlichen Appetit; sie verdrücken was. Es hätte nicht des Geschnatters bei der Grabenüberquerung bedurft, um den Rittmeister auf den Einbruch in seine Felder aufmerksam zu machen. Es ist schon gesagt, dass er seine Felder liebte, und nun war es eine Schande, wie dies Gemenge aussah, und grad an dem Wege, den all seine Gäste fuhren!

Es fing wie alle Kriege mit Verwahrungen, Einsprüchen, kleinen Reibungen an. Der Rittmeister sagte zu mir: »Hören Sie mal, Fallada, das können Sie aber der Geflügelfee ausrichten: Mit den Gänsen, das geht unmöglich. Sie sollen ja da Beziehungen haben …«

Ich sagte es ihr.

Der Rittmeister sprach: »Herr Fallada, die Schweinerei mit den Gänsen hört mir auf! Wozu stichelt denn meine Schwiegermutter ewig über Sie und die Mamsell, wenn Sie das nicht mal erreichen?«

Ich sagte es ihr.

Die Dörte sah mich an mit ihren schönen, dummen Kirschenaugen und klagte: »O Gott, Hannes! Die Gnädige hat doch gesagt, dass die Gänse sich schon mal in den Wicken satt fressen dürfen. Wozu steckst du ewig mit dem Rendanten zusammen, hat sie gesagt. Du sollst ja sogar auf seinem Zimmer gewesen sein, hat sie mich gefragt.«

Die Dörte weinte. Sie war auf meinem Zimmer gewesen. Machtlos war ich. Der Rittmeister sagte …, vieles sagte er. Dann sagte er nichts mehr. Er schritt zur Selbsthilfe. »Unser« Kutscher, Kasper, erzählte mir, dass der Rittmeister wie der Teufel aus dem Wagen zwischen die Gänse gesprungen war und sie mit der Fahrpeitsche verdroschen hatte.

Am Abend weinte Dörte. Die Gnädige hatte sooo gescholten: Eine Gans war lahm!

Nun kann man Gänse einmal verdreschen, man kann sie auch zweimal verdreschen, dreimal aber bestimmt nicht. Sie kannten ihren Rittmeister. Kam der Wagen leer, so ästen sie weiter; kam er gefüllt mit der jungen Frau, so ästen sie weiter; kam er gefüllt mit dem Rittmeister, so breiteten sie ihre Flügel. Unter wildem, höhnischem Geschnatter zerstreuten sie sich über den ganzen Gemengeschlag. Der Rittmeister probierte es mit einem Reitpferd und einer Reitpeitsche. Das Gansgetier zerstreute sich einzeln in alle Himmelsrichtungen, dem Tobenden zu entgehen. Der Rittmeister ritt seinen Gaul schäumend nass und sein Blut ins Sieden. Das Geschrei der Gänse gellte höhnisch in seinen Ohren: Er erreichte nichts.

Es ist morgens, so um fünf; die Knechte füttern; vor einer Viertelstunde ist auch das Geflügel aus dem Stall gelassen. Zwei Schüsse tönen. Nanu! denke ich. Der Förster schon im Gang? Und so dichtebei?

Dann geht bei mir das Telefon. Der Rittmeister sagt atemlos: »Fallada, kommen Sie gleich rüber zu mir.«

»Ja, Herr Rittmeister«, sage ich.

»Bringen Sie 'nen Jungen mit«, sagt er. »Irgendjemand, der die Leichen trägt.«

»Ja«, sage ich.

Der Pott ist entzwei, denke ich. Ich hole mir einen Pferdeknecht aus dem Stall, und wir tippeln los. Vor der Villa im Vorgarten liegen sie gewissermaßen aufgebahrt, sieben Stück, so jung noch, so mager noch, in der Blüte ihrer Wochen dahingerafft. »Warten Sie, Karl«, sage ich und gehe ins Haus.

Der Rittmeister sitzt in einem Sessel und trinkt Kognak, am frühen Morgen, auf nüchternen Magen. Das Mordgewehr liegt noch auf der Fensterbank. Vom Fenster aus hat er sie geschossen, sieben junge Gänse, vielversprechend.

»Morjen«, sagt er. »Sie haben wohl schon den Salat gesehen. Meine Frau weint. Finden Sie, dass das ein Grund zum Weinen ist? Über meine Wicken hat sie nicht geweint.«

»Die Frau Mutter wird ungehalten sein«, sage ich.

»Wird sie«, bestätigt er. »Also, bestellen Sie ihr einen schönen Gruß von mir. Und es täte mir ja leid. Aber sie wäre an allem schuld.«

»Ja«, sage ich.

»Geben Sie ihr die Gänse«, sagt er. »Sie soll sehen, was sie damit macht. Und sagen Sie ihr, ich wollt sie ihr bezahlen. Sie soll sagen, was sie dafür haben will.«

»Ja«, sage ich.

»Kein angenehmer Auftrag, Fallada«, sagt er. »Trinken Sie 'nen Kognak. Nehmen Sie 'ne Zigarette. Das Leben ist kompliziert.«

»Ja«, sage ich.

Um halb sechs kann ich nicht mit den Gänsen ins Schloss rücken, ich komme um halb acht. Da weiß die gnädige Frau schon alles; sie hat sicher in der Küche auf mich gelauert. »Nehmen Sie die Tiere wieder mit«, weint sie. »O Gott, ich kann sie nicht sehen. Zwei Zuchtgänse sind dabei. Dörte, sieh nur, die mit dem grauen Stoß am Flügel ist auch dabei, o Gott!«

Dörte sah mich an wie ein flammender Engel. Die Gnädige weinte haltlos. Ich komme mir ziemlich schäbig vor. »Sagen Sie meinem Schwiegersohn, dass er ein schlechter Mensch ist, ein Mörder …«

Durch den Sonnenschein gehe ich mit meinem Stalljungen und den sieben Gänsen zur Villa. Siehe da, mein Chef ist nicht aufs Feld geritten; er hat auf mich gewartet. Er verfinstert sich, als er die Leichen sieht. »Sie haben die Gänse immer noch? Habe ich Ihnen nicht ausdrücklich befohlen …?«

Er sagt »befohlen«, er sagt überhaupt sehr viel, und kleinlaut berichte ich.

»Alles Unsinn! Wie können Sie sich von Weibern düsig weinen lassen! Grüßen Sie meine Schwiegermutter und bestellen Sie ihr, die Gänse gehörten ihr, nicht mir. Dass Sie mir nicht wieder mit den Gänsen kommen!«

»Nein, Herr Rittmeister«, sage ich.

Kehrt! Ein Rendant, ein Stallbursche, sieben tote Gänse in die Schlossküche. Heißer Empfang. Die Tränen sind versiegt.

»Ich verbiete Ihnen das Haus, verstehen Sie! Es ist Hausfriedensbruch, wenn Sie noch mal mit den Gänsen kommen! Sagen Sie meinem Schwiegersohn …«

Ich werde mich hüten. Wieder stehen wir auf dem Hof. »Wat moken Se nu, Herr Rendant?«, lacht der Stallbursche.

»Grien du und der Affe«, sage ich wütend. »Schmeiß die Biester hier ins Büro hinter meinen Schreibtisch. Schmeiß 'nen Sack drüber. Am Ende wird doch einer Vernunft annehmen.«

Die Stunden gehen dahin. Um zwölf kommen die Knechte vom Feld, ich geh auf den Boden, gebe Pferdefutter aus. Als ich wieder aufs Büro komme, steht der Rittmeister hinter dem Schreibtisch. Den Sack hat er mit dem Fuß weggeschoben, starrt auf den Salat.

»Was heißt das?«, fragt er scharf. »Haben Sie nicht verstanden, was ich Ihnen befohlen hatte, Herr?!!!!«

Jawohl, ich hatte verstanden. Und ich erkläre.

»Quatsch! Hausfriedensbruch! Bestellen Sie meiner Schwiegermutter, sie hat 'nen Vogel. Hysterische Schraube. Wegen ein paar dammlichen Gänsen sich so zu haben. Ich will die Biester nicht mehr sehen. Verstanden?!!«

»Jawohl, Herr Rittmeister«, sage ich und mach mich wieder auf den Weg. Mönchlein, du gehst einen schweren Gang. Und ganz nutzlos. Elias hat auf der Lauer gelegen, er verpfeift mich. Gleich ist die Gnädige da. Man trägt mir wieder Bestellungen an den Rittmeister auf, dann stehe ich wieder draußen …

»Und nun?«, fragt der Stallbursch.

»Das will ich dir erzählen«, sag ich wütend. »Die Gänse können mir den Puckel runterrutschen. Komm mit.«

Ich geh gar nicht erst mit ihm auf den Hof; heimlich gehen wir hintenrum in die große Scheune. »Da! Steck die Biester unters Stroh. Gut tief rein. Gottlob, nun sind sie weg.«

»Dat's gaud«, sagt er. »Nu denkt die Gnädige, er hat se, und er denkt, die Gnädige hat se.«

»Richtig, mein Sohn«, sage ich und gehe aufs Büro.

Gegen Abend besucht mich der Rittmeister. Wir klönen über dies und das. »Übrigens«, sagt er im Gehen, »die Sache mit den Gänsen ist erledigt?«

»Ist erledigt«, sage ich.

»Gut«, sagt er und geht.

Eigentlich ist längst Feierabend, aber ich habe viel Zeit versäumt; ich muss noch Löhne eintüten. Das Telefon rasselt. »Ja? Hier Fallada!«

»Sie haben die Gänse meiner Schwiegermutter gebracht, was? Sie haben meinen Befehl erledigt, wie? Belogen haben Sie mich, Herr!!! Auf der Stelle bringen Sie die Gänse der gnädigen Frau! Sie will sie nun doch haben, der Federn wegen. Auf der Stelle …«

Diesmal hole ich mir nicht erst jemand. Ich stürze allein in die Scheune. Ich wühle im Stroh. Nein, hier ist es nicht gewesen, mehr links. Verdammt dunkel ist das hier. Rechts? O Gott, nur schnell … Eine Stalllaterne … Licht. Rechts. Links. Oben. Unten. Hier. Dort. Nichts. Ins Dorf. »Jung, wo haben wir die Gänse hingesteckt? Rasch!«

Am Büro vorbei, ich höre das Telefon drinnen schreien, brüllen, ächzen, gellen. »Nur rasch, Jung!«

Wir suchen zu zweit. Der Junge lässt die Hände sinken. »Hier waren sie bestimmt, Herr Rendant. Sehen Sie, hier ist noch blutiges Stroh.«

Stimmt. Wir sehen uns an.

»Da hat einer aufgepasst, wie wir hier rein sind, und hat die

Gänse gestohlen, Herr Rendant. Sehen Sie, hier ist noch blutiges Stroh.«

Ich seh ihn an, er sieht mich an. Der Jung hat sie nicht geklaut. Der ist ehrlich; so viel kann ich sehen. Er sagt kummervoll: »Ja, Herr Rendant, das ist ja nun nicht leicht. Was der junge Herr ist, der ist ein büschen hitzig.«

Stimmt wieder. Mir bubbert das Herz, als ich anrufe.

»Nun?!!!!«

Ich beichte. »Und nun hat einer doch die Gänse gestohlen …!«

Soll ich »Wutschrei« sagen? Nun gut, ich sage »Wutschrei«. Jedenfalls habe ich den Hörer fein sachte hingelegt. Ich konnte ans andere Ende vom Büro gehen, der Wutschrei blieb klar verständlich. Auch dauerte er noch länger. Nach einer Weile habe ich dann angehängt, bin auf mein Zimmer gegangen und habe meine Sachen gepackt. Kasper hat mich noch in derselben Nacht zur Bahn gefahren. Aus. Fertig. Schluss. Arme Dörte.

Und der verdammte Kerl, der die sieben klapperdürren Gänse im Jahre 1920 auf Rittergut Tütz aus der Scheune geklaut hat, der soll sich nun endlich bei mir melden und sich wenigstens entschuldigen, verdammt noch mal!

Ein Mensch auf der Flucht

Wie Sänftlein zu seinem Namen Sänftlein kam, weiß er nicht mehr. In den Akten einer ganzen Reihe deutscher Staatsanwaltschaften tritt er unter einem andern Namen auf, doch der tut hier nichts zur Sache. Jedenfalls entspricht Sänftlein nicht ganz dem Bild eines großen Ganoven, das man sich nach der Lektüre von Kriminalromanen macht. Er hat wasserblaue, treuherzige Augen, einen birnenförmigen Kopf, blondes Strubbelhaar, einen Körper tolpatschig wie der eines jungen Hundes, ein guter Junge alles in allem.

Das Interview, das er mir gewährte, fand auf einem Gefängnishof statt, wir trugen beide blaue Tracht. Sänftlein äußerte sich absprechend über die beruflichen Qualitäten einiger Mitgefangener: »Das sind – Gelegenheitsarbeiter sind das. Denen ist nur mal die Hand ausgerutscht.«

Ich meinte, es wären doch ein paar tüchtige Jungen darunter.

Sänftlein war Verachtung. »Die? Tüchtig? Na, vielleicht nach deinen Begriffen. Ich möchte wissen, was die machen wollten ohne Kleider, im Winter, in einer fremden Stadt, ohne einen Pfennig Geld, Kohldampf im Magen und die Greifer hinter sich. Ja, mein lieber Scholli, da zeigt sich, was ein Ganove ist.«

Ich fragte, was *er* denn täte. Und da erzählte er mir, was er getan hatte, und ich merkte es mir, ich schrieb es mir sogar auf.

In Hamburg hatten sie mir acht Jahre Knast aufgebrummt, noch dazu Zet, nun sollte ich nach Kassel auf Termin, wegen Betteins mit der Waffe. Besser war, ich ging vorher stiften.

Unterwegs über Nacht lag ich mit noch zweien auf der Zelle,

einer war stikum*, der andere ein richtiger Stubben** von der Portokasse, nichts für unsereinen. Ich brach ein Stück Eisenbeschlag vom Bett los, mit dem Ganoven bog ich's zurecht, dass es über der Hüfte auf dem bloßen Leib von selbst festsaß. Dann rissen wir dem Schemel ein Bein aus, ich brauchte einen Hebel. Der Halbseidene wurde getrampelt***, dass er uns nicht verpfiff, und der Wachtmeister pennte halb bei der Filzerei, ich bekam die Sachen mit auf die Bahn.

Den ganzen Tag hielt unser Express in jedem Kaff, erst um zehn sollten wir in Kassel sein. Nach vier war also die beste Zeit zum Türmen, da wurde es dunkel. Es war übrigens kalt draußen, zwei, drei Grad, manchmal schneite es auch. Der Halbseidene muckste nicht, es war auch egal, ob er mitmachte oder nicht, wenn er nur das Maul hielt. Übrigens war ich ganz ruhig, ich wusste bestimmt, die Sache würde klappen.

Kurz vor fünf hielten wir irgendwo endlos. Ich zog mich aus, nahm Brechstange und Schemelbein vom Leib und blieb erst mal in Hemd, Hose und Strümpfen. Als der Zug wieder anfuhr, hatte ich schon die Scheibe aus dem Fenster, es war ohne Laut abgegangen.

Die verdammte erste Gitterstange brachte mich in Schweiß, ich hatte keinen rechten Raum, mein Brecheisen anzusetzen. Es krachte ein paarmal schrecklich. Wir hörten die Transporteure auf dem Zellengang reden, aber uns hatten sie nicht gehört.

Als die erste Stange einmal los war, brachen die andern weg wie Harzer Käse. In fünf Minuten hatte ich das Fenster frei und hing mit dem halben Leibe draußen. Der Wind pfiff mich an, es war dunkel, bitterkalt. Ich wollte grade zurück, als ich merkte, dass der Zug langsamer fuhr, in der Ferne sah ich die Lichter einer Station.

Mit dem zertrümmerten Gitterfenster konnten wir unmöglich auf einen Bahnhof; ich fuhr rein ins Abteil, schrie den an-

* *stikum* – zuverlässig
** *Stubben* – zahlender Kunde einer Prostituierten
*** *trampeln* – einschüchtern, erpressen

dern zu: »Ich hau ab, Station!« und turnte, diesmal mit den Beinen zuerst, aus dem Fenster. Einen Augenblick hing ich am linken Arm, der Wind biss unsinnig in mein Gesicht, die Stationslichter kamen erschreckend schnell nahe, dann warf ich mich mit aller Gewalt nach rechts, um nicht unter die Räder zu kommen.

Der Zug schrie mit Geknatter und Steinspritzern an mir vorbei, ich lag auf dem scharfen Schotter im Nachbargleis. Als ich aufstand, waren die Knochen heil, aber die Hose hing in Fetzen, an den Beinen lief mir das Blut herunter, und die Hautflächen waren bloßes Fleisch.

Vorne fing Geschrei an, der Zug stand, Schatten liefen. Ich machte, dass ich von der Bahn kam. Dabei flog ich über die Signaldrähte, rollte die Böschung hinunter und landete im Graben, in Eis und Wasser. Es brannte wie Feuer, der Atem blieb mir lange weg.

Ehe ich noch hoch war, sah ich sie oben laufen, die Greifer. Auch am Grabenrand kamen zwei, darum blieb ich liegen, wenn mich die Eissuppe auch so krumm zog, dass ich dachte, ich käme nie wieder hoch.

Als sie vorbei waren, rappelte ich mich auf. Ich war krumm wie eine Kanone, und für die ersten hundert Schritte brauchte ich wohl eine Stunde. Hemd und Hosen waren aus Eis und schabten mir das bisschen Haut ab, das der Schotter mir noch gelassen hatte. Aber nach einer Weile fühlte ich nichts mehr und lief weich wie in Butter.

Ich hatte mir geschworen, nichts anzufassen im ersten Dorf wegen Kleidern und Essen. Überall waren Leute unterwegs, und Lichter brannten, so schlug ich mich durch die Felder, bis ich auf eine Chaussee kam, die ich weiterlief.

Es mochte gegen neun sein, als ich in dem bisschen Mond wieder ein Dorf sah. Aber die Häuser lagen verdammt eng, und die Mistbauern schliefen noch nicht, so schlich ich lange herum, ohne was Rechtes zu finden. Schließlich machte ich, dass ich weiterkam.

Ich war müde, auch das Frieren hatte wieder angefangen. Ich hatte das Gefühl, als ob meine Füße, von denen der letzte Fetzen Strumpf längst abgefallen war, immer dicker wurden. Ich mochte gar nicht hinfassen.

Schließlich kam ich an einen Ausbauhof, ganz einsam gelegen, grade das Rechte für einen Mann in meiner Lage. Im Wohnhaus brannte Licht. Gardinen gab's keine, so konnte ich die beiden Bauersleute hocken sehen. Er qualmte, sie nähte. Ich wollte keine faule Sache anfangen, ich dachte, warte lieber, bis sie schlafen sind. Eine Ewigkeit stand ich vor dem Fenster, alle Viertelstunde sagte sie ein Wort, aber er antwortete nicht einmal. So ein blödes Pack, diese Bauern!

Unterdes versuchte ich, die Hände ein bisschen warm zu kriegen. Die Finger standen krumm wie die Backen einer Zange, ich bog sie mit Gewalt grade, steckte sie in den Mund: keine Möglichkeit. Ich war steif wie eine Latte. Darum ging auch alles schief. Als ich die Scheibe eindrückte, fiel sie ins Zimmer, es gab Lärm, Hunde bellten, ein Fenster wurde hell – ich musste sehen, dass ich weiterkam.

Eine bildschöne Wut hatte ich im Leib, ich lief los, ich weiß nicht, wie lange. Am liebsten wäre ich hingefallen und verreckt, aber ich mochte den Bullen nicht den Spaß machen, mich so dämlich selbst in die Pfanne zu hauen.

Gegen zwölf kam ich wieder in ein Nest, und nun musste ich zum Schluss kommen, so viel war klar. Gleich im ersten Hof stand der Wagenschuppen auf, ich kroch rein, konnte aber nichts finden. Eine Weile lag ich im Kutschwagen unter dem Knieleder, döste auch einmal ein. Aber die Kälte hatte mich gleich wieder wach.

Hinter einer Wand hörte ich das Rasseln von Kuhketten. Gegen das Vorlegeschloss brauchte ich nur ein paarmal mit einem Stein zu schlagen, dann war es offen. Ich hängte es in die Krampe, als hätten sie vergessen, es zuzuschließen, und zog die Tür sachte hinter mir zu.

In die warme, dunkle Luft hineinzukommen war wie ein

Tannenbaum zu Hause bei Muttern. Ich machte nur ein paar Schritte, dann warf ich mich blindlings aufs Stroh zwischen zwei Kühe. Sie blieben liegen, ich wühlte mich immer tiefer ein, ich hätte heulen mögen vor Wonne.

Fünf Minuten lag ich so, langsam zog die Wärme in meinen Körper, dann begannen die Schmerzen. Ich presste Faust und Stroh ins Maul, um nicht laut zu brüllen. Hände und Füße schnitt es mit Messern, meine abgescheuerten Schenkel brannten wie der Teufel. Ich rieb mich ganz mit Kuhdreck ein. Das half eine Weile, aber dann legten die Schmerzen wieder los.

Irgendwie ging die Nacht vorüber. Als es gegen Morgen war, kroch ich die Leiter hoch zum Heuboden. Es war dort wenigstens windgeschützt und einigermaßen warm. Dann kamen die Weiber zum Melken. Ihre Stimmen und die Strullgeräusche der Milch in den Eimern regten mich auf, nach dem langen Knast. Ich schlief aber schließlich darüber ein. Am Nachmittag war ich wieder so weit, dass ich mich runtertraute und eine Mahlzeit von Milch, Futterrüben und Kleie hielt, die mir guttat.

Aus dem Hin-und-Hergehen und aus den Gesprächen hatte ich gemerkt, dass der Pferdestall mit der Knechtekammer direkt an den Kuhstall stieß. Nun kam es darauf an, ob alle auf einmal zum Abendessen ins Wohnhaus rübergehen würden oder ob einer bei den Pferden blieb. Als die Türen klappten, war ich schon halb die Leiter vom Heuboden runter. Weder im Kuh- noch im Pferdestall war einer. In der Knechtekammer brannte sogar Licht, eine gewöhnliche Kerze, auf ein paar Haken in der Wand hingen eine Menge Sachen.

Ich glaubte, jemand ginge über den Hof, ich war viel aufgeregter als draußen beim größten Bruch. Ich griff mit beiden Armen um das Paket Sachen, riss sie mit einem Ruck von den Haken. Die Aufhänger zerplatzten, und ein paar Haken gingen auch mit. Ich schoss hinaus auf den Hof ins Dunkle, lief hinter die Scheune, schmiß den ganzen Klumpatsch auf eine Kartoffelmiete und lauschte. Nichts.

Ich hatte ungefähr eine Ahnung von dem, was ich gegriffen

hatte, ich konnte mich von unten auf anziehen. Zwei Hemden, zwei Unterhosen, eine dicke gestrickte Weste, eine Tuchweste, eine Joppe und eine Manchesterhose. Ich wurde noch mal so dick, wie ich gewesen war, und eine Masse Zeug ließ ich noch liegen. Nur keine Mütze, keine Strümpfe und keine Schuhe. Ich überlegte, ob ich nicht noch mal reingehen sollte, aber ich hatte keinen rechten Mumm, wollte lieber bis zum nächsten Dorf warten.

Es war bitter, wieder mit den bloßen, wunden Füßen durch den Schnee zu marschieren, aber ich reparierte das bald. Ich holte mir aus einem Stall ein Paar Holzschuhe. Auch eine Mütze bekam ich, als ich kurz nach zehn auf der Chaussee einem Arbeiter begegnete. Ich markierte betrunken, rempelte ihn an und schob ihm mit dem Arm die Mütze vom Kopf. Dann stellte ich mich mit dem Fuß drauf, als wüsste ich von nichts. Es war ein grässlich hartnäckiger Kerl, über eine halbe Stunde stand er und bat mich, von seiner Mütze runterzugehen, aber als ein Betrunkener brauchte ich nicht ein Wort davon zu verstehen. Endlich zog er schimpfend Leine. Ich war scharf auf seine Schuhe und Strümpfe, aber das hätte die Polente sofort auf meine Spur gebracht, so war ich einfach ein Besoffener aus dem nächsten Dorf.

Ich lief die ganze Nacht und das beste Stück des nächsten Tages mit viel Kohldampf im Bauch. In all den Taschen hatte sich nicht ein Groschen gefunden, nicht eine Tabakkrume, ich bekam mal wieder einen richtigen Begriff von diesen Kerlen auf dem Lande.

Schließlich kam ich auch so nach Kassel, drückte mich zuerst auf den Wartesälen rum, aber es roch da sauer nach Schmiere, so machte ich, dass ich wieder fortkam, und lief durch die Straßen. Ich kannte in Kassel keinen Schwanz und keine Gelegenheit, aber irgendetwas musste ich drehen, und das heute Abend noch, so viel war klar. Ich kam durch verschneite Anlagen, in denen fast kein Mensch war, dann durch Villenstraßen, dann in ein Arbeiterviertel.

Einmal kam ich hinter einen Rollwagen; er hielt bald da, bald dort und lud seine Kisten ab. Waren die Kolli zu groß, so half auch der Kutscher dem Ablader, sie trugen dann gemeinsam die Kiste ins Haus.

Ich suchte mir ein Frachtstück aus, nicht zu groß, so ein Dings, das aussah, als könnte was drin sein, mich in Gang zu bringen. Die Kiste schnappte ich mir ruhig, als die beiden im nächsten Haus waren, und ging in einen Torweg. Da war eine Kellertreppe; ich stieg hinunter und setzte mich vor den Keller.

Nun kam es darauf an, ob die Brüder gleich merken würden, dass die Kiste fehlte. Aber eine halbe Stunde verging, und nichts rührte sich. So machte ich mich denn mit meinem Kolli auf die Socken. Ich kam wieder durch die Proletengegend, dann durch die Villenstraßen. Unterwegs simulierte ich, was drin sein könnte. Es war viel leichter, als ich taxiert hatte, höchstens dreißig Kilo. Bloß nichts zu saufen, dachte ich. Denn dann betrank ich mich mit meinem hohlen Magen und wurde gekitscht, so viel war mir klar.

In den Anlagen war es still und dunkel, es schneite, kein Mensch zu sehen. Hinter einem Gebüsch warf ich die Kiste ab. Sie war mit einem Eisenband zugemacht, verdammt schwer aufzukriegen. Ich musste meinen Holzschuh als Hammer und Stemmeisen nehmen, natürlich ging die Sohle zu Bruch.

Ich spannte nicht schlecht, als ich unter den Deckel fasste, aber es war schon richtig: Flaschen. Ich steckte mir ein paar ein und ging zur nächsten Laterne. Dralles Birkenhaarwasser! Es gab Schlimmeres, aber viel Marie brachte die Sore nicht. Als ich mir die Taschen vollsteckte, merkte ich, dass doch noch anderes in der Kiste war. Ich geriet auf Kartons, in denen Parfüms und Seifen waren, so Geschenkpackungen zu Weihnachten. Auch davon steckte ich Proben ein, warf auf die Kiste Schnee, zog den kaputten Holzschuh an und ging wieder los.

Bei den Proleten suchte ich mir einen Babutz. Das Geschäft war schon zu, aber ich klingelte an der Wohnung und fragte die Frau nach dem Meister. Ich möchte gern noch rasiert werden. Sie ließ mich rein, ich sah ihr wohl so aus, als könnte ich Rasieren brauchen.

Ich merkte gleich, dass ich den Richtigen gefasst hatte, einen kleinen Gelben, der gern was verdient, wenn es nichts kostet. Von Rasieren sagte ich nichts mehr, ich zog meine Proben aus der Tasche und fragte, ob er die Sachen brauchen könnte. Die Frau stand dabei und sah mich nur an; sie hatte auch schon gemerkt, dass mein einer Holzschuh kaputt war.

Erst tat er zach, mit so ein bisschen Kram gebe er sich nicht ab. Ich meinte, wo das herkäme, wäre vielleicht noch mehr. Er gab mir fünf Mark und wollte aufbleiben, bis ich wiederkäme, lieh mir auch einen Rucksack, dass ich mich nicht nachts mit der Kiste über die Straßen zu schleppen brauchte.

Alles ging glatt, ich kriegte noch sechzig Mark, und er rasierte mich. Die Frau gab mir ein Essen und, ohne dass ich ein Wort sagte, ein Paar Trittlinge* von ihrem Mann.

Dann zog ich in eine Kneipe, wo Musik und Weiber und die richtigen Jungens waren. Ich trank diesen Abend fast nichts, alles ging gut. Ich schlief mit einer kleinen Blonden, die mir noch Hemd, Kragen und Schlips von ihrem Stenz** schenkte.

Aber in der Nacht fingen die Schmerzen in den Füßen wieder an. Zwei Tage hielt ich's aus, dann ging ich zum Arzt. Der sagte, so was hätte er noch nicht gesehen. Vier Zehen wurden mir abgenommen, aber da war das nicht mehr schlimm, ich hatte schon wieder reichlich Kies und gute falsche Flebben.

Ich fragte Sänftlein, wie lange er denn nun draußen in der Freiheit gewesen sei.

Er grinste etwas verlegen. »Keine drei Wochen, da kitschten sie mich wieder. Es war eine grausame Sache.«

Wie es denn gekommen sei?

»Weil man nie genug weiß, weil man nichts Vernünftiges

* *Trittlinge* – Schuhe
** *Stenz* – Zuhälter

lernt!«, schrie er wütend. »Hast du gewusst, dass Räucherlachs keinen Frost verträgt?«

»Direkt gewusst nicht. Aber das kann man sich schon denken.«

»Denken … Denken … Hinterher sind alle Doofen schlau. Weil ich das nicht gewusst habe, darum haben sie mich gekitscht.«

»Na, erzähl schon, Sänftlein«, sagte ich.

Und da erzählte er.

Kassel war mir auf die Dauer für die Arbeit zu klein, ich hatte nicht den rechten Mumm, da etwas Großes zu drehen. So machte ich nur ein paar kleine Sachen, bis ich genug Marie auf der Tasche hatte, und fuhr wieder nach Hamburg, wo ich die Gelegenheiten kannte.

Ich hatte immerhin schon drei Jahre abgerissen, als ich hinkam. Alles hatte sich verändert. Die alten Kumpels waren weg, was ich so an Jungens fand, war halbseiden. Geld hätten sie schon gern gehabt, nur nichts anfassen dafür, so waren die. Schließlich hatte ich drei Mann, die mir stikum schienen.

Es war ein schlechter Winter. Ich selbst konnte nicht gut baldowern, in Hamburg kannte mich die ganze Schmiere, weil ich mal einen von ihnen angeknallt hatte; so musste ich die Jungens auf die Tour schicken. Was sie brachten, war alles Mist, viel zu schwere Brecharbeit für solche Anfänger oder keine vernünftige Sore zu erwarten.

Schließlich kamen sie an eine große Lachsräucherei, ganz leicht ranzukommen. Sie machten mir einen Qualm, was Lachs kostete, ich mochte auch nicht immer nee sagen, also zittern wir los. Es war eine mistige Nacht, ich hatte gleich kein gutes Gefühl, die Kumpels stritten sich untereinander, sie hatten noch nicht einmal einen Schärfer für die Sore. Ich kriegte langsam eine bildschöne Wut.

Auf den Hof, wo die Räucherei lag, kamen wir leicht genug, einer blieb draußen Schmiere stehen.

Wie wir vor der Tür sind, was soll ich sagen, da haben die

Kerls die Tändel zu Haus liegenlassen! Da stehen wir wie die Ochsen, das Schloss ganz einfach und kein Tändel! Die Brüder kriegen sich schon wieder bei den Haaren, wer dran schuld ist: Ich brüll sie an, ich hab sie richtig angebrüllt, es war mir ganz egal, ob einer hörte. Dann sag ich: »Umkehren? Gibt es nicht!«, und nehm den Kuhfuß und stoß und splittere die Türfüllung raus. Das machte einen Krach, der ganze Hof krachte mit, manchmal hielt ich inne und dachte, das kann nicht gut gehen. Aber kein Schwein wurde wach.

Meine Herren Kollegen waren längst getürmt, Luft diesig, Gewitterneigung. Ich machte das Loch schön groß, weil ich nachher mit den Koffern durchmusste, stieg rein. In fünf Minuten hatte ich zwei Zentner Lachs abgehängt und eingepackt und ging nach Haus. Von den andern kein Schwanz zu sehen.

Ich überlegte die ganze Zeit, wo ich mit den Koffern abbleiben sollte, auf die Bude wollte ich sie nicht mitnehmen. Schließlich stell ich sie zwei Straßen weiter in einen Neubau. Da war jetzt doch nichts los, fünfzehn Grad Frost, da bleiben die Maurersleut bei Muttern.

Nachts im Bett bei meiner Kleinen sinnier ich und sinnier ich, was fang ich an mit der Sore? Ein Schärfer, der mich nicht kennt, trampelt mich und gibt zehn Mark; die, die mich kennen, schieben alle Knast oder sind fort. Ach was, denk ich, sei auch einmal frech. Kies muss her, was soll das schlechte Leben nützen? Am Morgen seh ich mir die Preise in den Schaufenstern an, dann geh ich auf den Bau, mach mir einen Handkoffer mit so sechzig Pfund zurecht, schmeiß mich in die feinste Kluft und zitter los.

Ich komm also in so ein Delikatessengeschäft, frag nach dem Chef; er lässt mich gar nicht reden: Nein, danke, kein Interesse. Der Nächste hat Lachs genug bis übers Jahr, und so ging es weiter, die ganze Tonleiter rauf und runter, eine feine Sore das, mein Köfferchen brauch ich gar nicht erst aufzumachen.

Schließlich denk ich, was machst du mit den kleinen Krautern, geh zu den großen. Die Warenhäuser haben auch Lebensmittel. Richtig, Offertenabteilung, Lebensmitteleinkäufer, alles in Butter. Was haben Sie für Ware? Zeigen Sie mal her. Sehr schöne Fische. Sehen gut aus. Wollen mal eine Probe nehmen.

Nimmt das Messer, säbelt einen Fetzen ab, probiert, sieht mich an. »Aber, mein Herr, der Fisch hat Frost gekriegt!«

»Nanu«, sag ich. »Hat der Fisch Frost gekriegt? Das ist ja wohl nicht möglich.«

»Der Fisch hat Frost gekriegt. Der wird ja schon weich.«

»Weich wird er?«, frag ich. »Nun, ich geb ihn auch billig.«

»Nein«, sagt der Mann, »das muss ich Ihnen zeigen, das ist ja ein schwerer Schaden für Sie. Herr Soundso, holen Sie mal einen von unseren Lachsen.«

Wir warten, der bringt den Lachs. »Sehen Sie, der schneidet sich fest, und Ihrer schneidet sich weich.«

Er säbelt los; da bleibt ja nichts nach, denke ich.

»Nun wollen wir mal noch einen Augenblick warten«, sagt er. »In Ihrem Fisch sitzt noch Frost. Sie sollen sehen, wenn der erst ganz raus ist, wie weich dann Ihr Fisch wird, ein Pudding, sage ich Ihnen.«

»Warten kann ich jetzt grade nicht«, sag ich. »Ich muss jetzt erst mal …«

»Das können Sie hier«, sagt er. »Deswegen brauchen Sie nicht fortzugehen. Ich will Sie ja vor Schaden bewahren.«

»Das wollen Sie«, sage ich. »Da habe ich das feste Vertrauen, Herr Einkäufer, dass Sie das wollen. Aber wenn Sie wissen, dass dreitausend auf mich ausgesetzt sind, so wissen Sie auch, dass es bei mir leicht knallt.«

Und dabei zieh ich die Kanone halb aus der Tasche und seh ihn an. Er wird ganz weiß, und die andern Leute sehen mich auch alle an, aber keiner tut einen Mucks.

Ich geh rückwärts und sag noch: »Den Fisch behalten Sie man, Herr Einkäufer, der ist ja doch weich. Den schenk ich Ihnen für Ihre Tapferkeit, dass Sie mich haben wollen in die Pfanne hauen.«

Und damit bin ich draußen und die Treppe runter und über

den Hof und auf der Straße. Ich nehm mir 'ne Droschke und dann ein Auto, und dann fahr ich ein bisschen auf Landpartie, und abends geh ich auf meine Bude, und wie ich am Bau vorbeigehe, denk ich: Da steht Lachs! Wenn den die Maurersleut im Frühjahr finden, denken sie auch, da hat einer 'ne Madenfarm eingerichtet.

Am nächsten Morgen, es wird so grade hell, bin ich wach und denke: Da wispert doch was! Meine Tür war mit einer Milchglasscheibe, und dahinter der Gang war hell, so sah ich recht hübsch zwei Köpfe mit Pinselhütchen. Also haben sie dich doch, denke ich. Na, die Tür ist verschlossen, denke ich, und bis ihr drin seid, bin ich in den Hosen und raus aus dem Fenster.

Ich überleg grad noch, ob ich meine Kleine wecken soll, da bewegt sich die Klinke. Drückt ihr man, sage ich, ihr könnt lange drücken – da – ich habe keine Worte – geht die Tür auf. Hab ich das Dings nicht abgeschlossen, ich sag schon, in den Tagen war ich richtig von aller Vernunft verlassen.

Also die beiden Kerls von der Schmiere stehen im Zimmer, die Kanonen natürlich in der Hand. Den einen kannte ich sogar.

»Sie sind ja früh auf, meine Herren«, sag ich. »Erschrecken Sie bloß die Dame nicht.«

»Machen Sie keine Geschichten«, sagen die. »Sie kennen wir. Wenn Sie eine Bewegung machen, funken wir los. Wir lassen uns nicht von Ihnen anknallen.«

»Seien Sie bloß friedlich«, sage ich. »Ich bin ja ein nackter Mensch. Und lassen Sie das Mädchen raus, die hat nichts mit der Sache zu tun.«

Die Kleine lag neben mir und zitterte und klapperte in einer Tour.

»Stehen Sie auf«, sagt der zu mir. »Stellen Sie sich hier in die Mitte vom Zimmer. Fräulein, machen Sie, dass Sie rauskommen.«

Die Kleine raus, gar nicht erst angezogen, die Lumpen überm

Arm, im Hemd. Es sah richtig komisch aus, solche Angst hatte die.

»Anziehen werde ich mich ja wohl dürfen, Herr Kommissar«, sage ich.

»Bleiben Sie stehen, wo Sie stehen. Wenn Sie einen Mucks tun, ich habe verdammt Lust, Ihnen eine zu knallen von wegen Sie wissen schon.«

Ich wusste schon, sie dachten an den von der Schmiere, den ich angeknallt hatte. Der eine nahm meine Sachen vor, ein Stück nach dem andern. Wenn er's nachgesehen hatte, warf er mir's zu. Da war nichts zu machen, der andere hielt mir seinen Revolver immer unter die Nase, und meiner lag auf dem Waschtisch, halb unter der Schüssel.

So zog ich mich langsam an, ich redete immer gemütlich mit denen, sie sollten nicht denken, ich hatte was vor. Aber ich kam beim Anziehen doch langsam einen halben und einen ganzen und wieder einen halben Schritt dem Fenster näher, und dem Bullen wurde der Arm mit der Knarre auch steif, er hielt ihn gegen die Erde.

»Also fertig«, sagt der.

»Nur noch meine Zahnbürste«, sage ich und greife nach dem Waschtisch.

»Halt!«, brüllt er, aber schon funk ich zweimal ganz rasch, und dann werf ich mich mit dem Rücken in die Fensterscheiben. Sie dachten natürlich, zweiter Stock, da ist nichts zu machen, aber unter meinem Fenster war ein Vordach von einer Veranda.

Ich prassele durch die Scheiben; die knallen auch, aber viel zu hoch, weil ich gleich nach unten wegsacke. Und schon geht es die Veranda runter. Ein Blauer steht auf dem Hof; ich schieße gleich, er läuft fort und versucht dabei, seine Pistolentasche aufzukriegen, und ich schon über den Hof.

Ich war in Wut, ich sah alles rot. Ich laufe los, durch den Torgang nach der Straße zu, die Kanone immer in der Hand. Im Torweg steht ein Weib; sie schmeißt sich ganz in die Wand, käsebleich, wie ich komme. Schön habe ich nicht ausgesehen, blutend von den Scheiben, den Revolver in der Flosse.

Auf der Straße steht Schmiere. »Fort, ihr Hunde!«, brülle ich und schieße. Schon laufen sie, und auch ich laufe, die Straße hinauf und um die Ecke, die andere Straße entlang. Ich denke, ich kann mich unter die Leute verstecken; aber die laufen vor mir, sie spritzen nach allen Seiten auseinander, die Straßen werden leer vor mir. Und wenn ich mich mal umdrehe, kommen sie hinter mir, eine dichte, schwarze Masse mit tausend weißen Gesichtern, die schießen auch schon.

Ich denk, ich muss meine Kanone wegstecken, und halt sie nur fester. Ich denk, in den Anlagen, da sind Büsche; aber die Büsche sind kahl, es wird immer leerer um mich, was lauf ich noch?, denk ich.

In ein Haus, denk ich, die Treppen rauf, über die Dächer weg, dass sie meine Spur verlieren, die Bullen, und renne rein, mitten in einen Laden.

Wie ich mich umsehe, stehe ich in einer Sparkasse, in einem großen Raum, eine Tür nach außen. Ich schrei gleich: »Raus, ihr Hunde! Raus mit euch!« Und die laufen, immer an mir vorbei, zur Tür raus, und draußen stehen sie in einem großen Kreis, auf der andern Seite vom Platz, alles schwarz und trauen sich nicht näher. Als Letzter lief ein Dicker, Fetter an mir vorbei, er war ganz weiß und wollte leise laufen; er fiel über einen Schirmständer und lag da, platt und sah mich an und bewegte den Mund wie ein Fisch. Ich funkte noch einmal, das war mein letzter Schuß, und er kroch raus aus der Tür, und ich war allein.

Da stand ich nun mit meinem Talent und der leeren Kanone und konnte nicht weiter. Auf dem Kassentisch lagen Haufen von Geld, so viel Geld hatte ich in meinem Leben noch nicht gesehen. Aber es interessierte mich nicht, nichts interessierte mich, ich musste daran denken, wie sie alle vor mir fortgelaufen waren, und ich stand hier. Das Mädchen war auch fortgelaufen.

Draußen klingelte es, die Feuerwehr, dachte ich, brennt es denn irgendwo? Und da fuhr es schon zum Fenster herein, ein Wasserstrahl, ich weiß nicht, wie viel Atmosphären Druck. Ich lag glatt am Boden, es schmiss mich um wie nichts, es prallte auf mich, es war, als hätte ich alle Knochen im Leibe gebrochen. Nicht den kleinsten Finger konnte ich rühren.

So lag ich da, und sie spritzten eine ganze Weile mit dem vollen Strahl auf mich, und dann ging die Tür auf, und die Bullen kamen mich holen.

Der Pleitekomplex

Als Annemarie Geier mit vierzehn Jahren die Schule hinter sich hatte, sandten ihre Eltern sie auf eine Handelslehranstalt. Dort brachte man ihr zwei Jahre hindurch Schreibmaschine und Stenographie, einfache und doppelte Buchführung einschließlich Bilanzen, Handelsgeographie, Handelsrecht, bürgerliches Recht und noch einiges mehr bei, die Abschlussprüfung bestand sie mit der Gesamtnote »gut, teilweise besser«. Nun, mit sechzehn Jahren war sie fertig, eine Stellung zu bekleiden, sechzehn Jahre hatten die Eltern Kapital in Annemarie investiert, nun sollte sie den Rest ihres Lebens dieses Kapital verzinsen und amortisieren.

Da Annemarie ein gutaussehendes Mädchen war, bekam sie schon nach kurzem Suchen ihre erste Stellung bei Hess & Co. Sie sah nicht so übertrieben gut aus, dass die Kolleginnen flüstern könnten: »Warum der Alte die engagiert hat, das ist doch klar.« Aber sie war immerhin ein feingliedriges, schlankes, mittelgroßes Geschöpf mit einem bräunlich-blassen Teint, braunem Haar in eigenwilligen Schwingungen und braunen Augen. Das Beste an ihr war eine stille, sachte, verhaltene Art, auf die manchmal ein kindlich-frohes Vergnügtsein hellere Lichter setzte. Man hatte sie gern.

Hess & Co. waren eine altangesehene Firma in Putz. Putz en gros. Früher hatte man dort die Hüte mit hundert Prozent kalkuliert, jetzt war man, dem Ernst der Zeit folgend, mit fünfundsiebzig Prozent zufrieden, die teureren Preislagen kalkulierte man sogar nur mit sechzig. Hess & Co. hatten ein eigenes Geschäftshaus, einen etwas pompösen Sandsteinbau aus den neunziger Jahren durch fünf Etagen. Dort saß Annemarie in einem hellen, winters gut durchwärmten Büro vor einer phantastisch schönen Schreibmaschine, einer »Noiseless«, und tippte ihre Briefe. Diese Briefe waren nicht übermäßig interessant, obwohl sie Putz betrafen, aber Annemarie war zufrieden. Sie verdiente sechzig Mark netto im Monat, und sonntags ging sie mit andern im Jugendbund auf Fahrt. Das Leben hatte angefangen.

Allmählich wurde aber alles anders bei Hess & Co. Man war bisher dort sehr vornehm gewesen, Angestellte hatte man dort nicht angebrüllt, nicht etwa, weil man Angestellte überhaupt nicht anbrüllen soll, sondern weil man einfach zu vornehm dazu war. Jetzt konnte Hess senior, der alte gepflegte Herr mit den Koteletten, tobend durch die Räume rennen, und bat eine Angestellte Hess junior um einen Hut mit dem üblichen Angestelltenrabatt, so sagte der junge Mann sardonisch: »Fräulein, Sie denken wohl, wir haben den Laden nur für Sie? Ihre Sorgen in meinen Kopf!«

Dann tauchte ein dicker, mussolinihaft aussehender Herr auf, die Buchhalter stürzten ständig mit Kontoauszügen und Bilanzen in das Chefbüro, Mussolini telefonierte, ordnete an, schnauzte. Es kam der Letzte, es kam der Erste, kein Angestellter wurde zur Kasse gerufen, es gab kein Geld. Und schließlich holte man Annemarie in das Chefbüro, Mussolini saß dort am Chefschreibtisch mit einer dicken Zigarre, Hess senior rannte auf und ab, Hess junior starrte zum Fenster hinaus. Mussolini diktierte an alle Gläubiger der Firma ein Rundschreiben, man sei leider genötigt, die Zahlungen einzustellen, man hoffe auf einen Vergleich, man bäte die Wechsel zu schonen. »Schreiben Sie das auf Wachsmatrize, Fräulein!« – »Wie?«, fragte Annemarie.

Sie hatte noch nicht auf Wachsmatrizen geschrieben. Rundschreiben gab es bisher nicht bei Hess & Co., alle waren individuell behandelt worden. Nun das Geld alle war, gab es Klischeebriefe. Es gab überhaupt viel Neues, das Telefon rasselte den ganzen Tag, im Vorzimmer gab es immerzu Herren, die durchaus Herrn Hess sprechen wollten, und Herr Hess war durchaus nicht zu sprechen. Es gab endlose Arbeiten auf den Lägern, Inventur wurde gemacht, noch eine Inventur wurde gemacht, und da beide nicht miteinander übereinstimmten, machte man noch eine dritte. Annemarie wurde der Arm lahm vom Aufmessen der Stoffballen, tagelang stand ihre »Noiseless« verwaist, und dann musste sie wieder bis in die späte Nacht Aufstellungen tippen. Gehalt gab es immer nur tröpfelnd, zehn Mark, fünf Mark dann, wieder zehn Mark.

Annemarie war längst »vorsorglich« gekündigt, sie musste zuerst gehen, sie war die Jüngste. Sie erlebte noch, dass Mussolini durch einen kleinen vertrockneten Mümmelmann ersetzt wurde, den Konkursverwalter, der Vergleich war gescheitert. Dann war Annemarie Geier wieder zu Haus, das Berufsleben erst einmal alle, sie ging stempeln.

Nicht sehr lange, einen Monat, im zweiten hatte sie schon wieder Stellung. Bei Sommerling, Getreide und Futtermittel. Eine ganz andere Branche, Annemarie hatte nachgeholfen, dass es eine andere Branche wurde. Der Konkurs war ihr in die Glieder gefahren, sie dachte, Getreide brauchen die Menschen immer, Brot müssen sie essen, nie wieder Putz!

Bei Sommerling war es ganz anders, viel kleiner, aber auch sonst ganz anders. Es kamen dort immer Herren mit grünen Hütchen, von denen Annemarie bisher gedacht hatte, sie wären nur zur »Grünen Woche« in Berlin. Im Zimmer, wo Annemarie saß, stand ein kleiner runder Tisch mit Stühlen. Dort saßen die Wartenden, und zu Annemaries Pflichten gehörte es, ihnen einen Kognak einzuschenken und eine Zigarre anzubieten. Dann gingen die Herren in das Privatbüro vom Chef, wo Jagdstücke hingen und Geweihe, und dort wurde weitergetrunken. Korrespondenz gab es fast gar nicht, dafür aber Frachtbriefe über Frachtbriefe.

Herr Sommerling war ein zutraulicher Mann, manchmal war er auch ein zärtlicher Mann, wogegen Annemarie sich wehren lernte. Er schüttete ihr sein Herz aus über seine zänkische Frau, die Kartoffelgeschäfte und seine Einsamkeit. »Ich trinke ja nur, weil ich so schrecklich einsam bin, Frollein.«

Eines Abends war Herr Sommerling ernst und bleich, er sprach gar nichts. Dann trat er zu Annemarie und reichte ihr einen Hundertmarkschein. »Weil ich so zufrieden bin mit Ihnen, Frollein! Weil Sie nie mit mir ausgegangen sind, Frollein! Weil ich so einsam bin, Frollein …!« Er schien ganz außergewöhnlich betrunken. Annemarie wollte ihm seinen Schein am nächsten Tag wiedergeben. Es wurde nichts draus. Am nächsten Tage kam Herr Sommerling nicht wieder, er floh das sinkende Schiff. Es war ein großer Moment, als der bestellte Konkursverwalter den Geldschrank öffnete. Es konnte keinen leereren Geldschrank geben. Kündigung, Entlassung, bis dahin stille Wochen, es gab fast nichts zu tun. Annemarie saß stundenlang und stickte Decken und stopfte Strümpfe. Erschien der Konkursverwalter, so verschwand alles in der Schieblade, und Annemarie sah träumerisch aus dem Fenster.

Dann saß sie wieder einmal zu Haus, ihre Eltern waren bekümmert, die Freunde zogen sie auf: »Wo du dich nur sehen lässt, gibt es eine Pleite.« Oder: »Du bist der wahre Pleitegeier, Annemie, die Pleitegeierin, die Pleitegeiersche.« Annemarie hörte es an, sie lächelte etwas mühsam, aber sie sagte nichts, eine kleine scharfe Falte stieg senkrecht von der Nasenwurzel in die Stirn. Sie dachte sehr angestrengt nach in diesen leeren Tagen, und das, worüber sie nachdachte, war: Sie ordnete ihre Erinnerungen unter zwei Rubriken: Ich bringe Unglück – ich bringe kein Unglück. Das Ergebnis war unsicher.

Nun hat Annemarie längst wieder eine Stellung, seit über einem Jahr ist sie bei Lohmann & Lehmann, hygienische Artikel und Gummiwaren. Ein goldsicheres Geschäft, keine stotternden Gehälter, der Umsatz steigend. Doch die kleine Falte auf Annemaries Stirn ist geblieben, sie sitzt an ihrer Schreibmaschine, sie tippt, sie denkt: Hamburger soll den Wechsel noch einmal umlegen, ist das ein schlechtes Zeichen? Die Mahnungen an die Schuldner gehen diesen Monat zwei Tage früher hinaus, brauchen wir so nötig Geld? Bei Hess & Co. sah auch alles glatt und herrlich aus, und plötzlich ... Herr Lehmann hat gesagt, es sind schwere Zeiten. O Gott, dass ich nur kein Unglück bringe!

Sie hat sich vertippt und radiert.

Es kommt immer mehr Konkurrenz. Wenn man darauf achtet, sieht man es doch, wenn wir auch nicht richtig inserieren dürfen. Aber wenn mehr Konkurrenz ist und es geht deswegen schief, habe ich keine Schuld? Oder kommt so viel Konkurrenz, weil ich hier bin?

Die Falte gräbt sich tiefer. Der Prokurist kommt. »Stenographieren Sie, Fräulein Geier: Wir sind leider nicht in der Lage«, Annemaries Herz setzt aus, »Ihren geschätzten neuen Auftrag vom 15. currentis in der gesetzten Lieferfrist zu effektuieren«, das Herz fängt wieder an, »da unsere Gesamtproduktion für die nächsten vier Wochen voll verkauft ist«, das Herz jubelt. »Wir werden uns jedoch bemühen, Ihren Auftrag dazwischen einzuschieben, da wir verstehen können, dass Sie Ihre Kundschaft nicht ohne Ware lassen können, bitten Sie aber als Gegenleistung, unbedingt auf Barzahlung innerhalb vier Wochen ab Fakturendatum zu sehen«, zögernder Herzschlag, »da wir wegen Zahlungseinstellung einiger Kunden«, Herz setzt aus, »im Augenblick nicht so flüssig sind, wie wir möchten«, völlige Verzweiflung.

Natürlich bringe ich Unglück. Wo ich hinkomm, da gibt's 'ne Pleite.

Das Groß-Stankmal
Bericht aus einer deutschen Kleinstadt von 1931

Wie alle Geschichten – nicht nur die aus der Kleinstadt – fängt es mit einem Garnichts an, und wie alle Geschichten wird es später riesengroß – für eine Kleinstadt.

Pumm, der stellungslose Junglehrer Pumm, der sich im Nebenberuf ein paar Groschen durch die Berichterstattung für die sozialdemokratische »Volksstimme« verdiente, dieser Pumm also war an einem schönen Sonntagnachmittag von seinem derzeitigen Mädchen versetzt worden und schlenderte etwas ziellos über den Markt seines Heimatstädtchens Neustadt. Am Ende des Markts stand auf einem Holzpodest Wachtmeister Schlieker und regelte den Verkehr, der heute wirklich lebhaft war. Der ganze Autoverkehr von Hamburg zu den Ostseebädern geht über Neustadt. Vielleicht darum, zur Hilfe, stand hinter Wachtmeister Schlieker ein zweiter Wachtmeister, Weiß, mit einem Notizbuch.

»Was machen Sie denn da?«, fragte Pumm. »Sind Sie Autofalle, Weiß?«

»I wo, Herr Pumm«, krächzte Weiß. »Wir brauchen doch kein Geld. – Ich statiste.«

»Was sind Sie? Statist?«

»Statistik«, belehrte den Lehrer der Stadtsoldat Weiß erhaben. »Statistik, Herr Pumm. Ihr Genosse, Bürgermeister Wendel, will wissen, wie viel Kraftfahrzeuge an einem Sonntag durch Neustadt fahren.«

»Warum denn?«, fragte Pumm. »Sagen Sie es schon. Ich gebe 'ne Zigarre aus.«

»Keine Ahnung, Herr Pumm. Ehrenwort. Keine Ahnung.«

Pumm dachte scharf nach, fragte nach den bisherigen Zahlen, sagte erstaunt: »So viele« und blieb stehen, mit zu zählen. Bis Mitternacht. Sie lösten sich manchmal ab, einen heben, aber im allgemeinen zählten sie gemeinsam und genau.

Wie gesagt, damit fing es an.

Am nächsten Tag stand in der »Volksstimme« an der Spitze des lokalen Teils ein längerer Riemen, und zwar dahin gehend: »Unsere schöne Vaterstadt Neustadt ist gestern von morgens sechs bis Mitternacht von 13 764 Kraftfahrzeugen passiert worden. Durch Rückfrage bei den Gastwirten am Marktplatz wurde festgestellt, dass 11 (elf!) auswärtige Wagen in Neustadt Station gemacht haben. Das ist noch nicht eins pro mille!! … Wir unterbreiten diese Feststellungen unserm sonst so rührigen Verkehrsdezernenten, Herrn Bürgermeister Wendel, zur Kenntnisnahme. Hier muss etwas geschehen, hier muss ein Anreiz geschaffen werden, um diesen unerhörten Strom kapitalkräftigen Großstadtpublikums unserer Stadt nutzbar zu machen … Wie wäre es mit der Errichtung einer modernen Großtankstelle auf dem Marktplatz?«

Der Artikel erschien am Montagmittag um ein Uhr. Den ganzen Nachmittag suchte der Magistratsdiener Wrede den Lehrer Pumm. Neustadt hat vierzigtausend Einwohner, ein Mensch muss also in der Stadt zu finden sein. Gegen sieben fand Wrede Herrn Pumm im Café von Gotthold. Gottholds Café ist berühmt für sein gutes Gebäck und für sein Hinterzimmer. Herr Gotthold, der in eigener Person serviert, kommt nie ungerufen in dies Hinterzimmer, und auch dann räuspert er sich noch vernehmlich. Dort setzte Pumm das Honorar für seinen Artikel in Kaffee, Kuchen und Liebe um. Die verpasste Verabredung wurde nachgeholt.

»Sie sollen zum Bürgermeister kommen«, sagte Magistratsdiener Wrede.

»Ja, ja«, sagte Pumm und war sauwütend. »Glotzen Sie nicht so, Mensch, das ist ein Mädchen! Haben Sie noch nie ein Mädchen gesehen?!«

»Ich soll Sie mitbringen, Herr Pumm«, sprach Wrede und starrte unerschütterlich auf die Beine der Dame. »Ich suche Sie schon seit drei.«

»Wenn Sie ein Wort reden –!«, schrie Pumm und besann sich. »Also trinken wir einen Kognak?«

»Immer, Herr Pumm«, sagte Wrede.

Der Bürgermeister war wirklich noch auf dem Rathaus, um sieben Uhr fünfzehn.

»Sie haben da einen Artikel geschrieben, Genosse Pumm.«

»Ja –?«, fragte Pumm.

»Den Artikel hätten Sie nicht schreiben sollen, Genosse Pumm.«

»Nein –?«, fragte Pumm.

»Der Artikel erregt böses Blut. Die Gastwirte am Marktplatz fassen ihn als eine Beleidigung auf, dass sie nicht anziehend genug sind für die Großstädter.«

»Aber ...«, fing Pumm an.

»Sie hätten mich vorher fragen sollen, Genosse«, sagte der Bürgermeister ernst.

»Aber, Herr Bürgermeister«, begann Pumm flehentlich, denn hier ging es um mehr als einen Artikel, hier ging es um seine Anstellungsmöglichkeit in Neustadt. »Ich habe doch schon öfter für die ›Volksstimme‹ geschrieben ...«

»Weiß ich«, sagte der Bürgermeister, »weiß ich alles. Aber hier handelt es sich um etwas anderes, hier handelt es sich um eine Idee!«

»Eine Idee –?«

»Mit der Großtankstelle, ja. Eine neue Idee. So etwas darf nicht unvorbereitet kommen. Jetzt weiß kein Mensch, was er davon halten soll, und alle denken sich selbst was aus. Was glauben Sie, was Sie da angerichtet haben!«

Schließlich ging Pumm nach Haus, er war durchgerüttelt und durchgeschüttelt. Er hatte dem Bürgermeister in die Hand versprochen, fürder keine Ideen ohne Erlaubnis mehr zu haben, keine neuen jedenfalls.

Doch konnte solche interne Abmachung den Gang der Ereignisse nicht aufhalten. Es geschah einiges, zum Beispiel dies:

Im Neustadter »General-Anzeiger« erschien eine Entschließung der Gastwirteinnung, die mit Entrüstung die Verdächtigung zurückwies, ihre vollständig auf der Höhe der Großstadt stehenden Lokale könnten keinen Anreiz auf die Automobilisten Hamburgs ausüben. Der »General-Anzeiger« selbst bezweifelte die Richtigkeit der Statistik.

Die Drogisten Maltzahn und Raps, der Fahrradhändler Behrens, die auf stadteigenem Bürgersteig Tankstellen an den Zufahrtsstraßen zum Markt hatten, erhoben Einspruch dagegen, dass ihnen von ihrer eigenen Verpächterin, der Stadt, Konkurrenz durch Errichtung einer Großtankstelle gemacht werden sollte.

Derop und Shell, bisher in Neustadt noch nicht vertreten, bewarben sich um die neue Großtankstelle.

Ilona Linde, Wirkerin in der Strumpffabrik von Maison, hatte einiges von ihren Eltern und Mitarbeiterinnen wegen eines gewissen Gotthold-Geschwätzes auszustehen. (Der Kognak hatte Wredes Mund nicht plombiert.) Ob es wahr sei, dass sie ihre Strumpfbänder in Gegenwart des Boten Wrede festgemacht habe?

Für Pumm fielen die Nebeneinnahmen von der »Volksstimme« fort. »So viel Scherereien, wie ich von Ihrem Quatsch habe!«, schimpfte Redakteur Kaliebe.

Schweigen um die Großtankstelle. Aber jedenfalls mancher Gastwirt dachte: 13764 Kraftfahrzeuge ... Hätten wir doch! Aber ... Kann man jetzt noch etwas tun, nach dieser Entschließung? Nein, aber ein anderer ...

Schweigen um die Großtankstelle. Bis Maurermeister Puttbreese, der bekanntlich fast alle städtischen Bauten bekam, im Wirtschafts- und Verkehrsverein einen Antrag einbrachte, durch den städtischen Verkehrsdezernenten den Magistrat zu ersuchen, ob nicht vielleicht doch eine zu errichtende Großtankstelle den Verkehr zu heben geeignet sein würde. Welche Pachtsummen waren etwa für die Stadt zu erzielen?

Bürgermeister Wendel, Vorsitzender des Wirtschafts- und Verkehrsvereins, ersuchte Bürgermeister Wendel, den städtischen Verkehrsdezernenten, einen Antrag an den Magistrat und die städtischen Kollegien auszuarbeiten … Einstimmig angenommen!

Einstimmig angenommen!! »Großtankstelle auf dem Marktplatz gesichert«, schrieb die »Volksstimme«. »Unsere Anregung einer Großtankanlage von den städtischen Körperschaften aufgenommen«, schrieb der »General-Anzeiger«.

Pumm durfte wieder für die »Volksstimme« schreiben. »Das war ja so ein Quatsch damals«, sagte Redakteur Kaliebe.

Pumm hatte eine Unterredung mit dem Bürgermeister. »Vielleicht vorläufig aushilfsweise beim Gymnasium. Mal sehen«, sagte der Bürgermeister. »Ihr Vorschlag ist gar nicht so übel. Trotzdem mir ja allerdings bei der Zählung Ähnliches vorschwebte.«

Das städtische Hoch- und Tiefbauamt wurde mit der Ausarbeitung der Pläne für die Großtankanlage beauftragt. Nun war die Sache so: Stadtbaurat Blocker war Stahlhelmmann, wenn nicht Schlimmeres. Jedenfalls hatte er sich zum Volksentscheid Landtagsauflösung eingetragen. Andererseits musste zugegeben werden, dass der Marktplatz, durch die Grotenstraße geteilt, in zwei Hälften zerfiel. Auf der einen Hälfte steht die 1926 mit Kommunalanleihe gebaute einzige städtische Bedürfnisanstalt für Herren und Damen. Kostenaufwand seinerzeit 21000 Mark. Auf der andern Hälfte des Marktplatzes hinwiederum steht das Kriegerdenkmal 1870–71. Gusseisernes, übermannshohes Gitter (gotisch), vier rot polierte Granitstufen, dann mehrere Granitwürfel, grau und schwarz, mit erzenen Adlern, unordentlich hingepackten Kanonenrohren, alles mit Lorbeer verziert, und obenauf ein Mann mit einer gusseisernen Fahne an einem abgebrochenen Eisenstecken.

»Um«, stellte der Vorbericht von Stadtbaurat Blöcker fest, »um eine ungehinderte, verkehrspolizeilich einwandfreie Zu- und Abfahrt zu der geplanten Großkraftstoffabgabestelle zu schaffen, müsste entweder auf der nördlichen Marktplatzhälfte die städtische Bedürfnisanstalt oder aber auf der südlichen Hälfte das Heldenmal entfernt werden. Vor Ausarbeitung der endgültigen Pläne wird um Entscheidung dieserhalb stadtbauamtlicherseits gebeten.«

»Da haben wir den Salat«, sagte Bürgermeister Wendel.

Immerhin half Totstellen nichts, weiter musste man. Durch eine wirklich geschickt vom Bürgermeister eingefädelte Indiskretion gelangte der Vorbericht des Stadtbauamtes zuerst in die Redaktion des »General-Anzeigers«, der folgendermaßen Stellung nahm: »Man sieht einmal wieder«, schrieb der Leitartikler, »wie wenig vorausschauende Wirtschaft von den Herren Roten getrieben wird. Hätte man die mit einem enormen Kostenaufwand auf sozialdemokratischen Antrag hin erbaute Bedürfnisanstalt gleich in das äußerste nördliche Ende des Marktplatzes gesetzt statt fast in die Mitte, würde es jetzt keinerlei Schwierigkeiten für unser großzügiges Verkehrsprojekt geben. Eine Verlegung des Heldenmals unserer Altvordern, das in diesen Zeiten der Demütigung so manchem stillen Trost und Erhebung gibt, kann natürlich nicht in Frage kommen.«

Die »Volksstimme« schwieg.

Auf der Redaktion des »General-Anzeigers« aber erschien Kinobesitzer Hermann Heiß mit einem »Eingesandt«: »Warum nicht im Heldenhain?« Der Einsender, von vaterstädtischem Feuer belebt, regte an, das Heldenmal 1870–71 in den Heldenhain am Stadtpark zu überführen. »Dort ist der gegebene Ort, bei unsern Gefallenen aus dem Weltkrieg!« Zähneknirschend musste die Redaktion des »General-Anzeigers« dieses »Eingesandt« ihres besten Inserenten bringen, obwohl sie die Schiebung durchschaute: Heiß war Reichsbannermann.

Am nächsten Tag brachte die »Volksstimme« einen kurzen, aber entschiedenen Bericht, in dem sie sich den so überraschend sachlichen und zweckmäßigen Vorschlag des »General-

Anzeigers« zu eigen machte: »Das Heldenmal in den Heldenhain!«

Darauf brachte wieder der »General-Anzeiger« erstens einen Hinweis, dass Anregungen unter »Eingesandt« ohne Verantwortung der Redaktion erschienen. »So beachtenswert der Vorschlag unseres geschätzten Mitbürgers Heiß auch sein mag, halten wir die Frage doch noch nicht für geklärt genug, um endgültig dazu Stellung zu nehmen. Wir geben darum zweitens Herrn Stadtmedizinalrat Sernau Gelegenheit, sich dazu zu äußern.« Und Sernau: »Treten wir unsere Kulturgüter mit den Füßen?!« – »Jawohl, schleppen wir nur alles, was uns an eine Zeit erinnert, in der wir siegreich und stark waren, aus unseren Augen! Wälzen wir uns in unserer Schmach! Statt eines Heldenmals ein Groß-Stankmal, das sind die Zeichen unserer Zeit! Bürgermeister Wendel mag erst einmal dafür sorgen, dass die Wege zum Heldenhain bei Regenwetter passierbar sind! Der Vorschlag, der hier unter ›Eingesandt‹ erschien, wird jeden Deutschgesinnten empören! Sollen wir die Erinnerungen an unsere Siege verstecken? Das passte gewissen Herren so! Niemals!!!«

Am Heldendenkmal lag darauf ein viel beachteter Kranz mit schwarzweißroter Schleife »In Treue fest«. Am Häuschen aber fand sich eine Inschrift »Rotfront lebt«.

Die Bürger zerbrachen sich tagelang die Köpfe: Von wem diese schwer zu entfernende Bemalung? Von den Kommunisten? Von den Nationalsozialisten? Von den Stahlhelmern? Oder von den Sozis? Allen war es zuzutrauen. Nein, keinem! Doch, den Kommunisten schon! Die sind nicht so dumm! Da haben Sie auch wieder recht.

Die nächste Sitzung der städtischen Kollegien zeichnete sich durch das aus, was manche Reporter »brechende Tribünen« nennen. Es ging um ziemlich wichtige Geschichten: eine Kläranlage für eine und eine halbe Million, die Erwerbslosenbeihilfen zu Weihnachten, den Verkauf von vier städtischen Grundstücken, die langersehnte Konzession einer Autobuslinie nach

114

Mellen – alles interesselos. Was wird mit der Großtankstelle? Nein, mit dem Groß-Stankmal!

Jede Partei schickte ihren Hauptredner vor. Die Deutschnationalen dagegen. Die Deutsche Volkspartei dagegen. Nazis dagegen. Reichswirtschaftspartei: einerseits nein, andererseits ja; freie Entschließung ihrer Mitglieder. Staatspartei: andererseits nein, einerseits ja, dito. Zentrum nicht vorhanden. Sozis ja. Kommunisten: Gebt uns lieber was zu essen. – Abstimmung: elf Stimmen für die Großtankstelle, fünf gegen das Groß-Stankmal. Die andern enthalten.

Gebrüll: Schiebung. Schlägerei auf den Tribünen. Sehr beachtete Auseinandersetzung zwischen dem städtischen Medizinalrat und Herrn Kinobesitzer Heiß:

»Euch Korpsstudenten kennen wir doch!«

»Mit Großstadtunzucht unsere Töchter verseuchen!«

»Sie haben ja gar keine, Herr Medizinalrat!«

»Das geht Sie einen Dreck an!«

Immerhin, das Ergebnis war da, die Großtankstelle prinzipiell genehmigt, das Stadtbauamt wurde um Entwürfe, auszuführen am Platze des jetzigen Heldenmals, ersucht. Lange Zeit, sehr lange Zeit. Dann kamen die Entwürfe. Die Überführung des Heldenmals wird 3200 Mark kosten, die Errichtung einer Großtankstelle 42375 Mark. Krieg, wilder Krieg bis ans Messer.

Pumm hat wieder keine Zeitungsarbeit, und Ilona ist jetzt sicher, dass sie ein Kind erwartet. Pumm wird nicht mehr vom Bürgermeister empfangen, er wittert Morgenluft und tritt zu den Nazis über.

Architekt Hennies (BDA) macht einen Gegenentwurf, Kosten 17 000 Mark inkl. Versetzung des Heldenmals.

Wütender Streit zwischen Stadtbaurat Blöcker und Hennies.

Einem Adler am Heldenmal wird ein Flügel abgebrochen, und in der nächsten Nacht bekommt der Mann obenauf ein mennigrotes Gesicht.

Die Stadtsoldaten müssen von da an Nacht für Nacht am

Denkmal Wache schieben. Macht pro Mann eine Stunde Dienst mehr wöchentlich. Das Denkmal wird gereinigt, der Flügel des Adlers bleibt allerdings verschwunden, trotzdem hält der Stahlhelm eine Feier zu Füßen des Denkmals ab. Am Abend dieses Tages kommt es zu heftigen Zusammenstößen zwischen Stahlhelm und Kommunisten, Reichsbanner und Nazis. Die gereizte Stimmung entzündet sich beim Anblick des neuesten SA-Mannes Pumm. »Verräter!« – »Ihr Gestänkler!« – »Hau dem Kerl doch eines in die Fresse!« Es geschieht, Ergebnis: ein Toter, drei Schwerverletzte. Der Regierungspräsident legt daraufhin (auf Kosten der Stadt) eine Hundertschaft Schupo nach Neustadt, da die städtische Polizei sich der Lage nicht gewachsen zeige. Der Bürgermeister bekommt einen Rüffel. Im »General-Anzeiger« erscheint ein ungezeichneter Artikel: »Wenn man zum Bürgermeister mit einer Idee kommt.«

Die Stadt brodelt, Neustadt kocht.

Was man angefangen hat, muss man fortsetzen. Eine Lawine hört erst auf zu rollen, wenn sie unten liegt. Neuerliche Sitzung der städtischen Kollegien: Voranschlag Stadtbaurat Blöcker; Kennwort: »Großkraftstoffabgabestelle«; 42 375 plus 3200 Mark.« Voranschlag Architekt Hennies (BDA); Kennwort: »Modern«; 17 000 Mark. Mit den Stimmen der Sozialdemokraten, der Staatspartei, eines Teils der Reichswirtschaftspartei und der Kommunisten (sic! sagt der »General-Anzeiger«) wird der Voranschlag Hennies' angenommen.

Der Bau der Großtankstelle ist beschlossen.

Gebrüll. Gelächter. Gebrüll.

Da erhebt sich Fabrikant Maison (deutschnational) und begründet namens seiner Fraktion folgenden Zusatzantrag: »Die städtischen Kollegien wollen beschließen, dass die geplante Großtankstelle so eingerichtet wird, dass an ihrer Erpachtung paritätisch sämtliche größeren Benzinproduzenten teilnehmen. Begründung: Es erscheint unbillig, einer Firma gewissermaßen ein Monopolrecht auf Brennstoffe in unserer Stadt einzuräumen. Auch würde damit der Zweck verfehlt werden, auf *alle*

116

Kraftfahrer der Großstadt, die bekanntlich die verschiedensten Brennstoffe benutzen, einen Anreiz auszuüben. Man erbaue die Tankstelle so, dass vier oder sechs Firmen gleichzeitig nebeneinander ihre Brennstoffe anbieten und abgeben können.«

Bürgermeister Wendel verliert den Kopf. »Aber das ist unmöglich, meine Herren. Ich appelliere an Ihre Vernunft! Jede Firma hat natürlich nur ein Interesse daran, wenn sie die Tankstelle allein kriegt.«

Fabrikant Maison: »Ich danke Herrn Bürgermeister für sein Kompliment. Mit solchen Beschimpfungen stützt er seine Meinung schlecht. Nach meiner kaufmännischen Erfahrung lässt sich das ausgezeichnet machen. Ich stelle mir das sehr hübsch vor, sehr anziehend: sechs, acht Kojen mit den verschiedenen Beschilderungen nebeneinander. Sechs, acht Tankwärter, sind wir gleich sechs, acht Arbeitslose los.«

Gebrüll, Gelächter, Gerede, nein, bitte, Reden. Abstimmung.

Der Zusatzantrag Maison wird mit sieben Stimmen Mehrheit angenommen. Das paritätische Großtankmal ist gesichert. Bleich erhebt sich am Pressetisch Architekt Hennies. »Bei diesen Veränderungen wird mein Kostenvoranschlag natürlich hinfällig.«

Herr Stadtmedizinalrat bittet um Auskunft, wieso Herr Hennies am Pressetisch sitzt. Der Bürgermeister weiß es nicht, Herr Hennies ist rausgegangen.

Aus dem allgemeinen Tumult erhebt sich der Stadtverordnetenvorsteher Genosse Platau. »Meine Herren!«, ruft er. »Meine Herren!« Es wird still, denn Platau erfreut sich selbst auf dem rechten Flügel gewisser Sympathien, da er im Felde zwar seinen Arm verloren, aber das EK I bekommen hat. »Meine Herren, ich halte es nicht für richtig, dass wir diese Sache so in der Schwebe lassen. Einerseits ist nun beschlossen worden, die Großtankstelle –«

»Das Stankmal!«

»Ich mag Benzin eigentlich ganz gerne riechen. – Einerseits

also soll sie errichtet werden, andererseits soll sie für sechs oder acht Firmen ausgebaut werden. Und dann kriegen wir keinen Pächter.«

»Sehr richtig!«

»Unter diesen Umständen schlage ich vor, wir beschließen: Eine Großtankstelle wird *nicht* errichtet. Dadurch ersparen wir der Stadt Kosten, vernichten einen Streitapfel und erhalten dem Marktplatz seinen schönen gewohnten Charakter. Das ist auch produktive Arbeit. Meine Herren –!«

Allgemeine Verblüffung. Ernste, nachdenkliche Gesichter. Der Antrag ist formal nicht richtig eingebracht, es erhebt sich aber kein Widerspruch, dass sofort über ihn abgestimmt wird. – Es wird abgestimmt.

Spannung. Atemloses Schweigen. Spannung.

Ergebnis: einstimmig (einstimmig!) angenommen! Von Rechts bis Links Einigkeit: keine Großtankstelle! Strahlende Gesichter. Neustadt hat wieder Frieden.

Ein stark anrüchig gewordener Herr Pumm verlässt unter Hinterlassung eines kräftigen Knaben seine Vaterstadt. Er hat fest beschlossen, nie wieder eine neue Idee zu haben.

Fröhlichkeit und Traurigkeit

Der Mann kam gegen sechs Uhr vom Holzstehlen nach Haus, es war noch dunkel. Er brannte eine Laterne an und zerkleinerte die Stammabschnitte, damit der Landjäger, falls er doch einmal auf die Suche nach den Holzdieben ging, nichts zu beanstanden fand. Während er arbeitete, hörte er auch die andern in den Nachbarlauben sägen und hacken: Sie gingen immer zu vier oder fünf Mann los, alles Arbeitslose, damit der Förster sich nicht an sie traute.

Als der Mann mit seiner Arbeit fertig war, ging er in die Laube. Es war nun sieben Uhr und fing an, hell zu werden. Die Frau schlief noch, aber das Kind war wach, es saß in seinem Bett und sagte immerzu: »Pepp-Pepp« und »Memm-Memm«. Der Mann legte seiner Frau sacht die Hand auf die Schulter und sagte: »Sieben Uhr, Elise.« Sie wurde schwer wach, sie hatte gestern den ganzen Tag gewaschen. Heute würde sie wieder gehen.

»Darf ich das Kind noch ein Weilchen zu dir setzen, Elise?«, fragte er, und sie murmelte etwas Verschlafenes. Das Kind war sehr fröhlich und lachte, als der Vater es auf den Arm nahm und neben die Mutter setzte. Dann sah es den Wecker und rief »Tick-Tick« und griff nach der Uhr. Der Vater gab sie dem Kind. Es spielte neben der Frau, der Mann machte im Herd Feuer, setzte den Kaffee auf und wärmte die Milch für das Kind.

Nach einer Weile saßen sie beim Frühstück, das Kind aß schlecht. »Wir müssen sehen«, sagte der Mann, »dass wir wieder etwas gute Butter für den Jungen kaufen.«

Die Frau sagte: »Zwei Tage wasche ich noch diese Woche, das bringt zwanzig Mark.«

»Und fünfundzwanzig kriege ich heute Stempelgeld. Ich werde ein halbes Pfund Butter mitbringen.«

»Ja«, sagte die Frau, »das ist besser für ihn als die Margarine. Vielleicht kriegt er dann auch die Zähne leichter.«

»Wir müssen aber auch die Miete für die Laube zahlen.«

»Ja, tu es gleich, wenn du heute in der Stadt bist.«

»Tu ich«, sagte der Mann.

Das Kind war fröhlich, es saß auf der Erde und zerriss eine Zeitung in kleine Stücke, wozu es »Bi« sagte, was Bild und dann alles Gedruckte hieß. Kurz vor acht machte die Frau sich zum Fortgehen fertig.

»Wird es heute spät?«, fragte er. »Weil ich zum Stempeln muss. Ich bin nicht vor sechs wieder hier.«

»Ich will sehen, dass ich um fünf hier sein kann«, sagte die Frau. »Vielleicht schläft er so lange.«

»Hoffentlich«, sagte der Mann. »Es ist immer ein ungemütliches Gefühl, wenn er so lange hier allein ist.«

»Ja«, sagte die Frau. »Aber was soll man machen?« Dann ging sie.

Der Mann räumte das Zimmer auf und legte die Betten zum Lüften ins Fenster. Er wusch das Geschirr ab und schälte schon die Kartoffeln und schabte die Mohrrüben zum Mittagessen. Das Kind lief im Zimmer hin und her und drückte seinen Kopf in die herunterhängenden Enden der Betten. Dann sagte der Mann: »Noni ist weg. Noni ist ganz weg«, und das Kind sah wieder hoch und jubelte. Es lief gegen den Vater und drückte seinen Kopf gegen die Beine des Vaters. Nach einer Weile sagte der Mann dann: »Es ist gut, Noni. Es ist gut, mein kleiner Freund.« Und das Kind lief wieder an sein Spiel.

Als die Hausarbeit getan war, zog der Mann das Kind zum Ausgehen an, er setzte ihm einen weißen Pudel auf und zog ihm ein Mäntelchen und Schuhe an. Dann stieg das Kind in seinen kleinen weißen Karren, und die beiden gingen los. Im Garten war nichts mehr zu tun, es war Vorwinter, das Land war umgegraben und die Erdbeeren schon mit Stroh zugedeckt. Sie fuhren zwischen den Parzellen hin. Nur die wenigsten waren noch bewohnt, wer irgend die Miete aufbringen konnte, wohnte jetzt zum Winter in der Stadt. Nach einer Weile kamen sie auf eine schöne glatte Zementstraße, der Mann hielt das Wägelchen an, schnallte den Halteriemen los und sagte: »Nun steig aus, Noni, und schieb.« Das Kind sah den Vater fröhlich lächelnd an, dann streckte es ein Bein aus der Karre, blinzelte und zog das Bein wieder zurück. »Steig jetzt aus, Noni«, mahnte der Vater. Das Kind streckte wieder das Bein aus und zog es wieder zurück. Es war das ein Spiel, das es mit dem Vater trieb, eine kleine Neckerei, die es sich ausgedacht hatte. »Dann geh ich allein«, sagte der Vater und ging fort, ließ Wagen und Kind allein stehen. Sofort stieg das Kind aus und rief aufgeregt »Pepp-Pepp!« Der Mann drehte sich um, das Kind zeigte auf den Halteriemen, es hatte Ordnungssinn, es war unordentlich, dass der Halteriemen herunterhing, der Vater musste ihn festmachen.

Nun schob das Kind die Karre, es ging manchmal rasch, manchmal lief es sogar, und dann blieb es wieder stehen und sah einen Hund an, zu dem es »Wau-Wau« sagte. Immer musste der Vater dann auch »Wau-Wau« sagen, das Kind wiederholte das Wort so lange, bis der Vater es bestätigt hatte. Wenn es Hühner sah, sagte das Kind »Piep-Piep«, und der Vater sagte: »Ja, Noni, das sind die Putten und die Tucken.« Auch dann war das Kind zufrieden, obgleich es diese Wörter nicht wiederholen konnte, es war erst anderthalb Jahre.

Das Kind entdeckte den Spanndraht eines Telegrafenmastes, der aus fünf oder sechs Einzeldrähten bestand, die etwas auseinanderstanden. Das Kind konnte zwischen den einzelnen Drähten sehr gut einen Finger durchstecken, es tat das viele Male. Der Vater rief häufig und kam immer weiter voraus, aber Noni konnte sich von seinem Draht noch nicht trennen. Da versteckte sich der Vater hinter einer Ecke, und als das Kind merkte, der Vater war fort, lief es die Straße hinunter, um ihn zu finden. Da steckte der Vater den Kopf hinter seiner Ecke hervor, und als das Kind sah, dass der Vater noch da war, machte es rasch wieder kehrt und lief zu seinem Draht zurück.

Als es nun genug hatte an diesem Spiel, war der Vater noch viel weiter gegangen, er war sehr weit ab, dem Kind schien es viel zu weit. Das Kind lief ein Stück, aber der Vater kümmerte sich nicht mehr um das Kind und ging langsam immer weiter. Das Kind blieb stehen, es sah den Weg entlang, es rief laut »Pepp-Pepp!«, dann griff es an den Rand seines Pudels und zog die Mütze mit einem Ruck über das ganze Gesicht bis zu dem Kinn. Der Vater hatte sich umgedreht, als er das Kind rufen hörte, da stand sein kleiner Junge mit der Mütze über dem ganzen Gesicht, vollkommen blind. Er taperte ein bisschen auf seinen Beinen, hierhin und dorthin, nahe am Fallen. Der Vater lief und lief, dass er schnell genug hinkam, sein Herz klopfte sehr, er dachte: Anderthalb Jahre, und nun ist er von allein daraufgekommen. Macht sich blind, dass ich ihn holen muss. – Er zog dem Kind die Mütze aus dem Gesicht, der Junge strahlte ihn an. »Was bist du für ein Schalksnarr, Noni, was für ein Schalksnarr!« Der Vater sagte es immer wieder, er hatte Tränen der Rührung in den Augen.

Eine Weile nach zwölf hatte der Vater das Kind gewaschen und ausgezogen, er hatte ihm sein Essen gegeben, selbst etwas gegessen und es dann zu Bett gelegt. »Gute Nacht, Noni, gute Nacht«, sagte der Vater und trat in den Schatten des Schrankes, dass das Kind ihn nicht mehr sah. Nun kam es darauf an, dass Noni schnell einschlief, denn um drei musste der Mann auf dem Amt sein, um seine Unterstützung zu erheben. Der Mann wartete regungslos, das Kind papelte noch ein Weilchen, dann rief es und lockte ihn: »Pepp-Pepp«, aber der Vater rührte sich nicht. Dann schlief Noni ein.

Der Mann schloss die Laube ab, versteckte den Schlüssel für die Frau und machte sich auf seinen Weg. Er hatte gut zwei Stunden zum Arbeitsamt zu gehen, offiziell wohnten sie noch in der Stadt, ihm war nicht genehmigt worden, dort draußen in einer andern Gemeinde zu wohnen. Es war immer eine Angst, das Kind so lange allein zu lassen, aber daran war nichts zu ändern. Der Mann ging sehr rasch, er wiederholte sich oft, dass er Butter kaufen musste und Bananen, die der Junge »Niä« nannte und die in der Stadt auf den Wagen nur fünf Pfennig kosteten, während man draußen den Räubern fünfzehn Pfennig zahlen musste. Dann war die Miete zu bezahlen, fünfzehn Mark, aber die Frau würde zwanzig Mark verdienen, sie kamen also diese Woche sehr gut durch. Immerhin war es schwer für sie, vor einem Vierteljahr hatten sie noch über dreihundert Mark im Monat verdient, ehe der Mann abgebaut worden war.

Er behob sein Geld und ging dann zu jenem Angestellten, von dem er die Laube gemietet hatte. Aber der war nicht zu Haus, er würde erst gegen sieben kommen. Der Mann beschloss, dann noch einmal vorzusprechen, und ging wieder auf die Straße hinunter. Er erledigte seine Einkäufe, und weil er in der Nähe der Friedrichstraße war, ging er dorthin, um sich einmal wieder die Läden und den Betrieb anzusehen. Er ging langsam hin und her, früher hatte er viel hier verkehrt, als er noch Junggeselle war. Damals hatten nicht so viel Mädchen hier an den Ecken gestanden. Er besah sich, die jetzt dastanden, manche sahen wirklich gut aus, aber die meisten waren ganz aussichtslos. Öfters wurde er angesprochen. Dann kniff er die Augen etwas ein und bewegte lächelnd den Kopf von rechts nach links.

Es wurde dunkel, die Laternen brannten, die Schaufenster wurden so hell. In den Cafés war überall Musik. Der Mann war sehr traurig, es wurde ihm immer schwerer, den Kopf verneinend zu bewegen, wenn er aufgefordert wurde. Was ist denn mit mir?, fragte er sich unruhig. Ist es darum, weil ich so ganz draußen bin, weil alles so hoffnungslos ist, dass ich so traurig bin? Er lief immer die Friedrichstraße auf und ab, von der Leipziger bis zum Bahnhof, es wurde spät. Einmal lief er einer mit einem grünen Hut sehr lange nach, aber sie achtete nicht auf ihn oder wollte nicht, weil er ein so angstvoll böses Gesicht machte. Schließlich machte er sich mit einem Ruck frei und ging in ein Café hinauf. Das Café war trostlos leer, er setzte sich hin und bestellte ein Bier und einen

Kognak. Was will ich?, fragte er sich. Will ich denn mit so einer schlafen? Nein, gar nicht. Also warum denn? Ich könnte längst zu Haus sein, und die Miete habe ich auch nicht bezahlt. Dazu ist es nun zu spät.

Es war nach neun Uhr. Der Mann bezahlte, es machte zwei Mark vierzig, er bekam einen großen Schreck. Der Alkohol wirkte sehr stark auf ihn; als er wegging, hatte er einen neuen Beschluss gefasst: Werde ich bis zum Bahnhof von keiner angesprochen, fahre ich sofort nach Haus. Und wenn ich angesprochen werde … Er wusste nicht, was dann.

Er wurde nicht angesprochen und stieg in den Zug. Auf dem Schlesischen Bahnhof musste er umsteigen, zwischen den beiden Bahnsteigen ergriff ihn die Unruhe neu, er lief aus dem Bahnhof und in die nächste Straße. Ein Mädchen fragte: »Na, Kleiner?«

Er blieb stehen und sagte: »Du kannst mit mir mitkommen und einen Schnaps trinken, bis mein Zug geht.«

»Das kann ich nicht«, sagte sie. »Ich muss Geld verdienen, mein Kleiner.«

»Ich geb dir drei Mark, komm schon«, sagte er, und sie hängte sich bei ihm ein.

In der Wirtschaft saßen sie einander gegenüber und tranken einen Curaçao, der nach Sprit schmeckte. Er fragte das Mädchen: »Hast du ein Kind?«, aber sie sagte, sie hätte keines. Er war sehr enttäuscht, er hätte so gerne mit ihr von Kindern gesprochen. So sprachen sie von den schlechten Zeiten, sie hatte seit ein paar Wochen Schuhe zur Reparatur gegeben, sie sollten eine Mark achtzig kosten; immer, wenn sie dachte, sie hätte das Geld zusammen, ging es wieder weg für Essen und Miete. Er erzählte ihr von seiner früheren Stellung, wie gut sie gelebt hatten, dann von seiner Frau, dann doch von dem Kind.

Nach einer langen Zeit standen sie auf, um den letzten Zug zu erwischen, aber dann gingen sie doch wieder in ein anderes Lokal. Er musste mit ihr zusammensein, ihr erzählen. Sie tranken ziemlich viel, er gab ihr drei Mark und dann noch drei

Mark. Eine Weile nach Mitternacht war das Geld alle, sie gingen auf die Straße. »Nun kommst du mit mir nach Haus und trinkst Kaffee«, sagte er zu dem Mädchen.

»Dann haut mich deine Frau ja raus«, sagte sie.

»Sie haut dich nicht raus, sie gibt uns Kaffee. Und du kriegst noch einmal fünf Mark, wenn du mitkommst.«

Das Mädchen hängte sich wieder bei ihm ein, und sie gingen los. Er erzählte ihr immerzu, damit sie nicht merkte, wie weit der Weg war. Manchmal blieb sie stehen und wollte nicht weiter. Dann lockte er sie mit den fünf Mark. Er war geschwätzig und gut aufgelegt, dabei wuchs die Traurigkeit in ihm immer mehr.

Nach einer langen Zeit kamen sie in die Laubenkolonie. »Dort wohne ich«, zeigte er. »Lass mich lieber gehen«, meinte das Mädchen. »Deine Frau macht Krach. Gib mir die fünf Mark und lass mich gehen.«

»Ich hab das Geld ja drinnen«, antwortete er.

Sie klopften, Elise machte rasch auf. Sie trug ihren Bademantel, sie hatte rosige Backen vom Schlafen und sah sehr hübsch aus. Das Mädchen war ein Garnichts gegen sie. »Mach uns Kaffee«, sagte der Mann. »Sie hat mich rausgebracht.«

Die Frau gab dem Mädchen die Hand und sagte: »Setzen Sie sich. So ein Weg, das bringt nur er fertig, Sie hier rauszuschleppen.«

Das Mädchen sagte verlegen: »Ja, es ist ein weiter Weg.«

Die Frau machte Feuer und setzte Wasser auf. Sie räumte Tassen her und Zucker. »Die Milch muss aber für den Jungen bleiben«, sagte sie.

»Es ist gut, Elise, wir trinken auch ohne Milch«, antwortete er. »Gib dem Fräulein fünf Mark, ich habe sie ihr versprochen.«

Die Frau sah den Mann einen Augenblick an, er schloss die Augen und bewegte den Kopf langsam nach vorn, um ihr seine völlige Ergebenheit auszudrücken. Elise nahm aus ihrer Tasche fünf Mark und gab sie dem Mädchen. »Danke schön«, sagte das Mädchen. »Nun hole ich morgen meine Schuhe.«

Der Mann nahm das Mädchen bei der Hand und sagte; »Nun will ich dir noch meinen Jungen zeigen.« Sie gingen in den Winkel zum Bettchen. Das Kind schlief fest. Die blonden dünnen langen Haare waren ganz verstrubbelt, es hatte eine Faust gegen die roten Backen gestemmt, der Mund stand halb offen. »Nun kann ich es Ihnen auch sagen«, meinte das Mädchen. »Ich hab auch ein Kind, es heißt Gerda, es ist drei Jahre alt.«

»So«, sagte der Mann. »Der Junge ist anderthalb. Er ist sehr fröhlich.«

Nachdem sie Kaffee getrunken hatten, sagte das Mädchen: »Ich möchte jetzt nicht länger stören.«

»Wollen Sie nicht warten, bis es etwas heller geworden ist?«, fragte die Frau.

»Wer soll mir was tun«, sagte das Mädchen. »Nein, jetzt gehe ich.« Der Mann brachte sie bis zur Gartentür.

Als er zurückkam, hatte die Frau das Geschirr schon abgeräumt und lag wieder im Bett. Der Mann zog sich schweigend aus. Nach einer Weile sagte er: »Wie wird es mit dem Geld?«

»Hast du die Miete bezahlt?«, fragte sie dagegen.

»Nein«, antwortete er. Sie waren eine Weile still, dann sagte die Frau: »Es wird schon irgendwie gehen. Wir müssen uns die nächsten Wochen sehr einrichten.«

»Ja«, sagte der Mann. »Es war wie eine Krankheit, Elise. Ich konnte nicht dagegen an.«

»Nein«, sagte sie, »das weiß ich ja. Du musst nur sehen, dass es nicht so schlimm wird. Du weißt doch: Noni.«

»Ja«, sagte er. »Natürlich. Es ist, glaube ich nur, weil alles so hoffnungslos ist.«

»Ich weiß alles«, sagte die Frau. »Du brauchst dich doch nicht zu entschuldigen. Und nun versuch noch ein bisschen zu schlafen. Du hast morgen wieder den ganzen Tag den Jungen. Ich muss waschen.«

»Ja«, sagte er. »Also dann gute Nacht.«

»Gute Nacht«, antwortete sie und machte das Licht aus.

Frühling in Neuenhagen

In den Ausflugsorten ist der Frühling eine Sache der Gastwirte und des Fremden- und Verkehrsvereins. Bei uns daheim, in Neuenhagen, ist das so:

Ein Nachbar spricht durch den obligaten Parzellendrahtzaun mit dem Nachbarn: »Ich denke, du willst dein Haus noch streichen?«

Antwort, sehr lang gedehnt: »Nee, hat keinen Zweck mehr. Zu spät.«

Überraschung: »Nanu! Wieso zu spät?«

Mit ungeheurem Nachdruck: »Die Bäume blühen doch schon!«

Hier sehen Sie den auf die Parzelle geflohenen Städter, Besitzer einer Wohnstätte, die nicht mehr Laube und, trotz nachbarlicher Schmeichelei, noch nicht Haus ist, der vor der Natur kampflos die Waffen streckt. Wir sind Menschen, wir sind nur Menschen, was hat es für einen Sinn, ein Häusel grün und weiß anzupinseln, da die Kirschbäume in Blüten ersticken, die Apfelbäume triefen, die Birnen überschäumen.

Für den Städter, den geborenen Städter, den Städter der Steinstraßen, ist die Sache wesentlich anders; er steht, an einem frühen Abend, sagen wir, auf dem Rathaushügel und sieht den »Blust« zu seinen Füßen: weiß, rosa, weiß. Das fliegt in den Himmel, ergriffen flüstert er zu »Seiner«: »Wie schön das ist! Gott, altes Mädchen, begreifst du auch –? Fünf Monate Sommer, Wärme, Sonne, fünf Monate Grün – nein, wie schön das ist!«

»Wie schön –!«, flüstert »Seine«.

Keine Ahnung haben die! Da ist der Mann, der Flüchtling, der entflohene Städter auf seiner Parzelle. Gut, seine Obstbäume blühen, der Steinstraßenmann geht vorbei und sagt: »Wie schön. Nein, diese Natur …« Keine Ahnung … Da hat der Mann seine Obstbäume, im Winter dann, im zeitigen Frühjahr, ehe noch die Säfte zu steigen anfingen, hat er die Leiter geholt, Schere oder Messer oder Säge, er hat angefangen zurückzuschneiden, bei jedem Zweig hat er sinniert: Die oberen Knospen sind kräftig, aber die unteren sind schwach. Lass ich die kräftigen ganz stehen, wird der Ast länger und länger, blüht oben, unten ist keine Kraft, da kümmert er. Schneide ich also etwas ab, dass die unteren Knospen auch Saft kriegen – los, schneide ich, wo –?

Die Schere schnappt. Weg das Ende mit den herrlichen Blütenknospen. Er seufzt: »Habe ich es auch richtig gemacht? Wir werden es erleben, wenn wir es erleben.« Und die Unsicherheit ist noch nichts, die klammen Finger, die starren Füße, oben auf der Leiter, im Winter, im klapprigen Frühling mit Eiswind, es heißt auch noch Baumscheiben graben, es heißt jauchen – in Süddeutschland nennt man das, glaub ich, Gülle –, es heißt die Rinde von Ungeziefer reinigen, es heißt kalken, es heißt Raupenringe kleben …

Eine Angelegenheit der Gastwirte, ein Werk der Natur … Der Mann im Laubenfenster weiß, warum er sein Haus nicht streicht. Es ist Arbeit gewesen, Kälte, Ungewissheit, ein bisschen weiß der Nachbar, ein bisschen entnimmt man dem Buch, das Beste gibt das Herz dazu. Elf Jahre hat der Jänecke mit Muttern gespart, dann war die Parzelle da in Neuenhagen, es läuft immer weiter, es frisst das Leben, die Pflasterkasse, die Steuern, der Wasseranschluss, das Häuschen, Woche für Woche, Monat für Monat, Jahr um Jahr. Nun schaut er, die Bäume stehen in Blüte, schön ist das, diesen Frühling haben wir mal wieder geschafft, grade richtig geschnitten, das Beste haben wir dazu getan (in Neuenhagen).

Das Beste dazu getan: Da ist der Mann, der zwischen Narzissen und Tulpen, zwischen Maiglöckchen und Tausendschön-chen ausgebrannte Glühbirnen pflanzt, innen mattiert, in re-gelmäßigen Abständen. Nun ja, es ist billig zu grinsen – auch das ist Frühling. Ich sehe den Mann, wie er durch seine Woh-nung suckt, halb wünscht er, bald brennte wieder eine Birne aus, denn es fehlen ihm noch drei auf dem Beet, und jetzt im Frühling sehen so viel Leute über seinen Zaun. Da ist der Mann, der alte Ofenkacheln um seine Stauden pflanzt, Herbstastern, Dahlien, Goldruten, grüne Kacheln, rosa Ka-cheln. Welche Mühe, welches Herz!

Was nun die Kinder angeht, je weniger man über den Fall spricht, umso besser. »Blü-e!«, sagt mein zweijähriger Sohn. Als wir säten und auspflanzten, war ihm der Begriff eines Beetes nicht beizubringen, über das schön Geharkte, über die schlum-mernde Saat latschte er. »Er lernt es nicht und lernt es nicht!«, klagte die Frau.

Er hat es gelernt, der Frühling hat es ihn gelehrt. Seht, die grauen Erdbeete sind nun grün geworden, er tritt auf kein Beet mehr, tiefsinnig steht er davor, ganz leise zupft er an einem Triebblatt, mit scheuem Seitenblick zu seiner Mutter. »Blü-e!«, sagt er. »Blüüüü-e!«

Nein, wie gesagt, über den Kinderfall kann nicht genug ge-sprochen werden: Seinen kleinen Eimer fülle ich ihm halb mit Wasser, er geht bedachtsam die Stiefmütterchenreihen ab, sieht sie an … Plötzlich ein Guss, eine Traufe. »Blü-e Wä (Wasser), sagt er. »Pappa, Blüe mehr Wa!« Frühling als Sache der Kinder. Der Uli schafft's.

Sie haben natürlich keine Ahnung, wo Neuenhagen liegt. Bei einer Rennbahn liegt es. Hier haben die großen Rennställe ihre Pferde. Eine Trainierbahn ist da. Die Birken um sie herum werden so angenehm grün, man denkt ununterbrochen an Mo-selweintrinken.

In den Rennställen merkt man den Frühling auch. Bis dato ritten die Jockeis um sieben, acht oder neun mit ihren Pferden zur Arbeit hinaus, jetzt, im Frühling, heißt es um sechs Ausritt. Fünf Pferde, fünfzehn Pferde, dreißig Pferde – es gibt immer noch große Ställe, es gibt immer noch berühmte Trainer. Die Jungen – fast alle sind jung, denn von den Älteren schaffen die wenigsten das Gewicht noch –, die Jungen hocken auf den Gäulen mit blassen, faltigen Gesichtern. Die Pferde gehen dahin wie die Puppen, es sind schöne Pferde, gepflegte Pferde, ihnen tut kein Hufnagel in den miesen Zeiten weh. Aber dazwischen sitzt ein Bengel, er hat sich ganz unvorschriftsmäßig zurückgelehnt, die Zügel bammeln, Deubel auch, wenn das der Trainer sieht!

Er sieht es nicht. Der Junge pfeift, der Junge singt. Über ihm ist das grüne Birkengeweh, das Gras ist grün, in manchem Garten flammt noch eine Forsythia gelb. Er singt, pfeift, das Pferd setzt Fuß vor Fuß – o Jugend, o Frühling, o grünes Gebäum!

Es gibt einen Stolz Neuenhagens, ein Monstrum, einen achtzehnjährigen Jockei, der nur dreißig Pfund wiegt. Mein zweijähriger Sohn wiegt auch dreißig Pfund. »Baby!«, ruft mein Sohn aufgeregt. »Baby Hott!«

Es ist ein Glück, dass es die Kinder und den Frühling gibt, ein wahres Glück, sie korrigieren die Geschichte, sie machen den Menschen sehend: »Baby« sagt er. »Monstrum« weiß er. Geschnitten oder ungeschnitten: die Bäume blühen sich tot. Nein, blühen sich zur Frucht.

Die Kinder haben ihre Chance für sich, das ganze Jahr: jung, jung, jung … Wir haben einmal im Jahr diese Chance. Lieber Gott, lass die Bäume blühen … Und der Winter währet sieben Monate … Lass sie blühen –!

Mit Metermaß und Gießkanne
Aus dem Leben
des Abteilungschefs Franz Einenkel

Wenn Franz Einenkel, Vorsteher der Konfektionsabteilung im Warenhaus von Haarklein & Co., in diesen Sommerwochen vor der Zeit aufwachte – und jetzt, wo der Verkauf so schlecht ging, wachte er meistens zu früh auf –, dann dachte er an die Katz.

An vielerlei hatte er zu denken: an die unbezahlten Raten auf das Haus, an das schwindende Gehalt, an den Bronchialkatarrh von Gerda – »die Ärzte hier draußen verstehen eben einfach nichts« –, an den Verkäufer Mamlock; nein, Einenkel dachte an die Katz.

Neben ihm, im andern Bett, zog Lotte ihre geruhige Schlafsträhne; im nächsten Zimmer, zu dem die Tür aufstand, schliefen sachte und still noch die Kinder Gerda und Ruth, auf den rotbraunen kunstseidenen Vorhang schien von draußen schon wieder die Sonne … Es wurde also wieder ein schöner Tag ohne Regen, wenigstens die Gemüsebeete würde Einenkel sprengen müssen, die Wasserrechnung in diesem Sommer wurde ein Grauen – aber was zum Teufel, jetzt war es kaum fünf, und vielleicht war die olle Muthesius – Viecher-Muthesius – doch schon auf und hatte ihren Kater Peter zur Hintertür hinausgelassen, und seine Sandkiste …

Also: Grünheide, wo Einenkel sein eigenes Siedlungshäuschen auf Raten hatte, in einer Reihe von fünfzig andern, Grünheide hatte schweren Boden: Lehm bis zu Ton. Und Ruthchen war diesen Sommer zwei Jahre alt geworden, hatte also unbedingt eine Sandkiste zum Spielen haben müssen. Fünf Kilometer weit hatte Einenkel zwei Fuhren schönen weißen reinen

131

Sand holen lassen, ein Objekt von vierzig Mark, es war ein herrlicher Sandspielplatz geworden, mit einer Brüstung zum Kuchenbacken – am meisten und mit dem größten Entzücken spielten die Besucher von Einenkels, nicht Ruthchen, in der Sandkiste –, also und nun kam die Katze von der ollen Muthesius …

Gut, es war noch nicht fünf, und die Sonne schien herrlich, es würde ihm nur guttun, im Bett zu liegen und noch ein bisschen zu dösen, dreiundsiebzig unverkaufte blaue Trenchcoats waren auch noch auf Lager, darüber musste er unbedingt nachdenken, aber da war ihm nun das mit den Kartoffeln eingefallen …

Mit einem Seufzer ließ Einenkel die Beine über den Bettrand, Lotte murmelte im Schlaf: »Franz, stehst du schon auf?«, und schlief gleich weiter. Die nackten Füße in den roten Babuschen, schlich Einenkel, wie er war, im blaugestreiften Pyjama in den Keller.

Wo hatten diese Weiber wieder die Kartoffeln? In der zweiten Kiste rechts sollten sie sein, die erste war für Ruthchens Mohrrüben, Mohrrüben sind für kleine Kinder das Gesündeste, außerdem aß Ruthchen sie mit Leidenschaft – nein, keine Kartoffeln. Nun hatte er Lotte so oft von der Ordnung in seiner Konfektionsabteilung erzählt, jeden Anzug, jeden Mantel konnte er im Dunkeln finden, sie begriff es nicht! Sie waren zwölf Jahre verheiratet, nein, sie begriff es nicht, die Kartoffeln fanden sich in einem großen Pappkarton, der gar nichts im Keller zu tun hatte, Kartons gehörten auf den Dachboden, der Keller war für sie viel zu feucht – er würde wieder einmal unmenschlichen Krach schlagen müssen, und er war schon so abgekämpft von dem schweren Geschäft!

Er suchte sich sechs oder acht große Kartoffeln aus und stieg, leise vor sich hin seufzend, hinauf in die Küche. Die Kartoffeln wurden auf das Küchenfenster gelegt, das Fenster wurde aufgemacht, der Garten lag vor Herrn Einenkel. Da steht er, er wartet auf die Katz, auf den ollen Kater von der ollen Muthesius – Viecher-Muthesius –, den er im Verdacht hat, dass er ausgerechnet in der sauberen Sandkiste von Ruthchen sein Geschäft verrichtet, also, der Garten ist vor ihm. Er liebt seinen Garten, der mit Büschen und Bäumen, sanft grünem Gras – »hab ich Stickstoff gegeben, ist tadellos geworden, der beste Rasen in der Siedlung« –, der mit Blumen und Gemüsebeeten sich vor ihm ausbreitet.

Aber er sieht ihn nicht, der Morgenwind bewegt leise die Äste, sie tanzen ein bisschen, er sieht nur das gelbe Quadrat der Sandkiste, er hat die Kartoffeln vor sich, er wird sie dem Kater in die Rippen schmeißen: Soll die Olle keifen, es ist die letzte Möglichkeit. Klein, ein bisschen dicklich, sorgenvoll steht er da, das Leben müsste so schön in Ordnung sein, er tut doch wahrhaftig, was er kann, er ist friedfertig, planmäßig, aber alles geht verquer. Er kauft ein Haus auf Abzahlung, und zweimal wird sein Gehalt gekürzt, er ist für äußerste Ordnung, und Lotte findet das albern und pedantisch, sie hatten sich so nett mit Gerda eingerichtet, und nun kam Ruthchen noch nach neun Jahren und warf alle Dispositionen über den Haufen – es ist ein schweres Leben!

Er hat Frau verwitwete Rechnungsrat Muthesius höflich gebeten, er hat ihr geschrieben, er hat sie oder vielmehr ihren alten Kater Peter bei der Polizei angezeigt, nichts half; hier steht er hinter acht Wurfgeschossen, ein wenig fröstelig, vielleicht würde er sich noch ein Tesching kaufen müssen …

Also die Spatzen tschilpen, in den Kirschen sind wieder die Stare, er möchte sie gerne verscheuchen, aber dann kommt womöglich die Katz nicht. Gegen sechs fängt auch das kleine Dienstmädchen Rosa an, in ihrer Kammer zu rascheln, die darf ihn hier nicht so treffen, und im Augenblick seines Aufbruchs huscht natürlich etwas Schwarzweißes durch seinen Garten: der Peter. Er stürzt rufend aus der Hintertür, er verwirft seine Kartoffeln, zwei Gärten weiter sagt die alte Muthesius zu ihrer ältlichen Lehrerinnen-Tochter vernehmlich: »Und so was will ein gebildeter Mensch sein!« Herr Einenkel zieht sich zurück, nicht einmal klagen kann er, überlegt man es sich genau, so ist das keine Beleidigung; es war ein Misserfolg – das wird ein Tag, das wird wieder einmal ein Tag werden!

Eine Stunde später – für Ruthchen ist es jedenfalls ein herrlicher Tag. Die Eltern sitzen an zwei Seiten des Kaffeetisches, an der dritten Gerda, und der Pappi versucht herauszubekommen, was Gerda für Französisch heute »auf« hat. Aber an der vierten Seite des Kaffeetisches, auf der Couch, steht Ruthchen, den Becher »Kullermann« mit ihrer Milch vor sich, eine Semmel in der Hand. »Nun iss aber auch, Ruthchen!«, mahnt Einenkel.

»Pappi – biettä!«, sagt das kleine Geschöpf und führt die Semmel zu Pappis Mund.

»Nein, Ruthchen, selbst!«

»Pappi – biettä!«

»Aber Ruthchen! Ruthchen muss ordentlich essen, damit sie groß und stark wird!«

»Pappi – biettä!«

Einenkel wird weich, er beißt ab. In den Fenstern liegt die Sonne, die Gardinen sind noch von der Pfingstwäsche her blütenweiß. Ruthchen ist ein herrliches Stück Leben; es scheint, dass Gerda für die Schule ausgezeichnet vorbereitet ist. Licht tanzt im goldenrötlichen Tee und wirft kleine strahlende Kringel an die Decke. Es ist doch alles gut so, es ist doch schön, es war richtig, dass sie aus der Mietswohnung in der Bleibtreustraße rausgingen, wenn auch das Haus eine schwere Last ist … Aber in zwei Jahren ist auch das ausgestanden, und dann kann man vielleicht an einen kleinen Wagen auf Abzahlung denken, zuerst allerdings wird man eine Garage bauen müssen, zugleich mit einer vernünftigen Waschküche, aber es kommt freilich immer etwas dazwischen.

»Lässt du mir ein wenig Geld da, Franz?«, fragt Frau Einenkel sanft.

Er macht eine Bewegung. Und: »Mach, dass du in die Schule kommst, Gerda, es wird höchste Zeit!« Und rufend: »Rosa, Rosa, bringen Sie das Kind in seine Sandkiste!«

»Aber Ruthchen hat ja noch nicht ordentlich gefrühstückt!«

»Es soll sich an seine Zeit gewöhnen. Zum Donnerwetter, es kann nicht zwei Stunden lang frühstücken! – Wieso hast du kein Geld mehr? Heute ist der Zweiundzwanzigste!«

Reden, Gerede, Hin- und Hergekakel, Geschwätz. Schließlich gibt er zwanzig Mark. »Damit hast du aber auszukommen!« Natürlich wird sie nicht damit auskommen, so geht es seit zwölf Jahren. Sie lernt es nicht. Lotte lernt es nie. Zwei Sonntage mit fünf Gästen werfen ihren Etat um. Keine Dispositionen. »Überlege doch, Lotte, wenn ich mit meinen Sommerulstern so disponieren würde wie du mit deinem Geld …«

Sie hört zu, sie sagt »ja«. Natürlich hört sie nicht zu, so weit kennt er ihr Gesicht, denkt an irgendeinen bunten Schmarren von Kaffeedecke, den sie unbedingt haben muss, und sie hat drei oder vier.

Plötzlich fällt ihm etwas ein. Er sagt feierlich: »Vielleicht sind heute die grauen Sommermäntel mit Steppfutter eingetroffen. Ich sage dir, Lotte, so etwas hat Berlin noch nicht erlebt! Das wird ein Taumel werden! Wir können die Mäntel für dreiundzwanzig fünfzig verkaufen!«

Er strahlt, er ist selig, beschreibt Stoff und Muster. Plötzlich verdüstert er sich. »Wenn nur Herr Krebs nicht wieder Schwierigkeiten macht! Ich habe so was gehört, er will fünfundfünfzig Prozent Unkosten aufschlagen! Dann kämen die Mäntel über fünfundzwanzig. Und es ist so wichtig, dass sie darunter bleiben, heute, wo keiner Geld hat!«

Abschließend, aufstehend: »Also, ich muss zur Bahn. Gib Ruthchen ein Küsschen vom Pappi. Und mit den zwanzig kommst du aus! – Auf Wiederschauen!«

Ganz gewohnheitsmäßig setzt er sich in einen leichten Trab, kaum dass er die Tür hinter sich zugezogen hat. Aus Haus siebzehn schießt Herr Wrede dazu. »Guten Morgen!«

»Also guten Morgen! Herrliches Wetter heute!«

»Ja, wundervoll!«

»Aber man wird wieder sprengen müssen, ist Ihre Wasserrechnung auch so hoch?«

»Nein, meine Frau versteht sich glänzend einzurichten. Das Badewasser nimmt sie immer zum Einweichen der Wäsche.«

Herr Einenkel ist etwas pikiert. »Meine Frau ist auch sehr tüchtig. Sie macht Ihnen aus Resten ein Mittagessen: die reine Delikatesse!«

»Bei uns bleiben nie Reste!«

Keiner von den beiden weiß, was der andere verdient, jeder glaubt zu wissen, dass der andere weniger hat.

»Ich denke ja jetzt an den Ankauf eines Autos. Nichts Übermäßiges, aber einen hübschen Wagen.«

»Gehen Sie mir mit einem Auto! Wie wollen Sie es denn mit der Garage halten? Ihr Garten ist doch auch nur ein Tortenstück!«

Plötzlich ein Schrei von Wrede: »Aber lieber Herr Einenkel, wissen Sie es noch gar nicht?! Dingeldeys müssen doch raus, drei Raten haben sie schon nicht gezahlt, haben die Wechsel einfach platzen lassen.«

»Was Sie nicht sagen! Aber ich habe es immer gesagt!«

»Alles haben sie doch auf Abzahlung: Staubsauger, Teppiche, Möbel, und nun einfach nicht einlösen, manche Leute sind doch zu naiv!«

Dingeldeys reichen die halbe Bahnfahrt. Es sind andere Herren dazugekommen, Herren, die nicht in dieser Siedlung »Waldheim« wohnen, aber auch diese Herren haben Interesse, im Abteil bequatschen sie es gründlich, dieser Dingeldey muss ein doller Bursche sein, nichts Solides, an einem ganz gewöhnlichen Wochentag geht er einfach auf der Straße spazieren, ohne Urlaub, bleibt einfach zu Haus, »habe heute fürs Geschäft keine Lust«, ich bitte Sie, bedenken Sie –!

»Das ist es, woran unser heutiger Staat krankt: Mangel an Pflichtgefühl!«

»Richtig, Herr Einenkel, wenn jeder täte, was er könnte …«

»Dann gäbe es keine Arbeitslosigkeit!«

»Also, ich sage Ihnen, bei uns war eine Fensterscheibe gesprungen, nach hinten, nach dem Garten zu, es wäre noch gegangen. Ich sage zu meiner Frau: Lass sie machen, was auf mich ankommt, soll jeder Arbeit haben …«

»Darf ich um Feuer bitten?«

Todesstille.

Dann bietet Herr Einenkel seine Zigarre an. »Bitte, Fräulein!«

In diesem Abteil zweiter Klasse (man muss Abonnement Zweiter haben, jeder, der in der Siedlung in Frage kommt, fährt Zweiter) – also in diesem Abteil hat neben fünf Männern ein junges Mädchen gesessen, unbeachtet, die täglichen Fahrtgenossen haben über sie weg geredet: Dingeldey, Arbeitsbeschaffung …

Nun sitzt sie da und raucht. Sehr nett angezogen, sieht famos aus, ja wenn man so was jeden Tag um sich hätte, diese Füße, so ein Bein kann einen verrückt machen …

»Waren Sie eigentlich in der letzten Zeit mal im Theater?«

»Sie wollen doch auch verreisen? Ach, die See, wissen Sie, das Meer, verstehen Sie! Ich brauche das …«

»Da habe ich in der Friedrichstraße ein Original-Ölgemälde gesehen, mindestens zwei Quadratmeter, aber so etwas Ausgezeichnetes, und gar nicht mal teuer!«

Das junge Mädchen sitzt da und raucht. Sie sieht zum Fenster hinaus, das Land fliegt vorüber, Sonne, Schatten, grüne Bäume, Felder …

Die Herren reden sehr gewichtig und langsam, sie vermeiden das Wort »Schönheit«, sie denken auch nicht daran, aber sie haben jetzt andere Gesprächsthemen als vorher. Das junge Mädchen raucht, einmal, ach, einmal war es so schön … Jung, Hoffnungen, ein Buch gelesen … »Diese Woche gehe ich bestimmt noch mal ins Kino! Man darf nicht so einrosten.« –

Punkt acht Uhr dreißig betritt Herr Einenkel die Abteilung Herrenkonfektion im Warenhaus Haarklein & Co. So ist er nun nicht, dass er gleich in jeden Winkel der Abteilung schnüffelt, ob auch alle seine fünf Verkäufer da sind nebst den drei Lehrlingen. Er stellt sich an sein Pult, er schreibt und rechnet ein wenig im Ein- und Ausgang-Journal, und dazwischen guckt er. Heller geht natürlich an seinem Pult vorbei, macht ein Dienerchen und sagt: »Guten Morgen, Herr Einenkel!« Nötig ist so etwas nicht, Heller bleibt deswegen doch ein schlechter Verkäufer, aber gut tut es schon. Die Lehrlinge bürsten das Lager durch, alles in Ordnung, bloß Mamlock –

»Also hören Sie, Herr Mamlock«, sagt Herr Einenkel ganz friedlich um acht Uhr fünfundfünfzig, »ich habe das satt mit Ihrer Unpünktlichkeit. Wenn Sie sich nicht entschließen können, die Zeit einzuhalten …«

Mamlock sieht Herrn Einenkel bloß an. Hitziger sagt der: »Ich finde das unverantwortlich von Ihnen! Man hat doch Anstand in den Knochen! Acht Uhr fünfundfünfzig ist nicht acht Uhr dreißig! Was Sie sich dabei denken –!«

Mamlock scheint nichts zu denken, er sieht nur. Mit Erbitterung denkt Einenkel an die Wechsel auf sein Haus, die er auf die Minute einzulösen hat. »Sie sind ein lässiger Mensch!«, schreit er. »Kurz und gut: ich werde Herrn Liepmann Ihre Entlassung vorschlagen! Mit solchen Menschen arbeite ich nicht zusammen!«

Mamlock hat keinen Ton gesagt. Mamlock ist ins Lager gegangen. Wenn der sich darauf verlässt, dass er der tüchtigste Verkäufer ist –! Herr Einenkel wirft die Bücher hin und her. Wer soll da rechnen können! In diesen Zeiten, wo alles so schwer ist, zweihundertzehn kriegt Mamlock, ob er sich mal überlegt hat, wie viel verkauft werden muss, bis so ein Gehalt herausspringt! Wer kauft denn noch … Der Umsatz ist s-o-o zurückgegangen!

Und plötzlich lächelt Herr Einenkel, er hat es aus bester Quelle, seine Abteilung hat noch mit am besten abgeschnitten. Und wenn nun erst die grauen Ulster kommen! Das ist der große Schlag, das Glück, das ihm gefehlt hat, er wird abschneiden –! O je, o je, o je, wenn nun der Fabrikant nur genau wie Muster liefert!

Er steht hinter seinem Pult, er lächelt, er träumt Kassenrapporte, dass Herr Krebs auf den Rücken fällt. Herr Haarklein, der große Haarklein, wird zu ihm sagen: »Sie haben Ihre Abteilung in Schuss, Einenkel, Ihre Abteilung ist erstklassig!«

Und während er dies träumt, kommt die übliche Morgenerwartung über ihn, ein leichtes, nicht unangenehmes Prickeln im Rücken. Neun Uhr dreizehn, um diese Zeit kaufte gestern schon der erste Kunde. Und die leise Angst: wenn heute bis zehn, bis elf, bis halb zwölf kein Käufer kommt?

»Das ist ja gar nicht wieder aufzuholen«, murmelt er, murmelt er noch, da schon der erste Käufer da ist. Hesse hat ihn. Gut. Hesse wird keine Pleite schieben, Hesse macht es. Und der nächste Kunde. Und der nächste Kunde. Es wird voll, alle sind in Gang, verkaufen, noch keine Pleite, kein Käufer ist weggegangen bisher: »Komme noch mal wieder. Will es mir überlegen.«

Herr Einenkel ist überall, schwierige Fälle bedient er selbst, greift auch einmal ein, vorwurfsvoll: »Aber Herr Heller, zeigen Sie dem Herrn doch mal unsere Sportanzüge! Wir haben doch so modische Muster!«

Und: »Nein, wie Ihnen der Mantel steht! Aber glänzend, finde ich: Finden Sie nicht auch, Herr Mamlock? Einfach glänzend!«

Und schon ist er auf einen Sprung an der Kasse, bisher sechshundertzehn, das ist für elf Uhr dreißig einfach vorzüglich. Oh, welch Glück! Menschen kommen, man verkauft ihnen, manche sind schwierig. Warum der dicke Herr wohl durchaus schräg geschnittene Taschen in seinem Sakko haben will –? »Aber selbstverständlich machen wir Ihnen das. Ich verstehe sehr gut« (total meschugge) – und ist schon wieder bei Mamlock, sagt so ganz nebenher: »Also Sorgen müssen Sie sich nicht machen, Mamlock, man sagt manchmal ein Wort, nur die

Pünktlichkeit! Die rechte Pünktlichkeit, ich bitte Sie sehr, Mamlock!«

»Herr Einenkel möchten doch mal zu Herrn Krebs kommen!«

O Gott, die Mäntel sind da, die grauen Mäntel. Dieser Krebs soll etwas erleben, wenn er sie über fünfundzwanzig ansetzt, er schlägt ja solchen Krach, bis zu Haarklein geht er damit …

Aber natürlich schlägt er nicht eine Spur von Krach. Sehen Sie, also Frau Krebs geht es doch noch immer gar nicht gut, zu traurig ist das, Herrn Einenkel tut es ja so leid, ob sie nicht einmal zu ihnen zur Erholung rauskommen möchte, seine Frau würde sich so freuen, sie haben da ein richtiges Landhaus, und die Luft ist so gesund …

»Also, mein lieber Herr Krebs, Sie sehen es ja ein, ich verstehe Sie ja, aber grade ein Kalkulator wie Sie, der seinen Kram aus dem Tezett versteht … Sie sind durch die Geschäftsleitung gebunden? Aber, Herr Krebs, Sie doch nicht! Ein Mann wie Sie doch nicht! Ihnen ist doch alles möglich …«

Herr Einenkel schmust eine Stunde lang, dann geht er. Morgen früh sind die Mäntel in der Abteilung, herrlich, ganz nach Muster ausgefallen, und: vierundzwanzig neunzig! Man wird groß inserieren, er sieht die Leute, alle seine Kunden, ihre Stuben, die ganze Stadt – sie lesen, sie kommen, sie kaufen. Wenn er singen könnte und wenn er im Dienst singen dürfte, jetzt würde er singen. Seine Frau Lotte hat das, wenn plötzlich, nach einem Frühlingsregen, die Wicken aufgegangen sind, schnurgrade, Reihe um Reihe, hellgrün, wenn ihr was zuwächst, gedeihlich: Dann singt sie plötzlich. Einenkel weiß das Wort nicht, er bemüht sich auch nicht darum, aber es lautet: Glück. Dreihunden graue Ulster, vierundzwanzig neunzig: Glück! Kummer ist die Katz, Sorgen sind die Raten, dies aber ist das Glück!

Aber natürlich kann man nicht eine Stunde fort sein, und auf der Abteilung ist es nicht so, wie es sein sollte. Zwischen den Garderobenständern entdeckt Herr Einenkel einen blas-

140

sen, pickligen Jüngling –: »Eine Stunde laufe ich hier herum! Hier soll man wohl nicht bedient werden! Nein, danke, danke, jetzt nicht mehr. Sie denken wohl, wie es Ihnen passt …«

Der Jüngling hat einen Wutanfall, höchstselbst bemüht sich Herr Einenkel, aber es wird doch eine Pleite: Pickelhering lässt sich nicht beruhigen. Nachher, wie er unbekauft weggegangen ist, bekommt Herr Einenkel seinen Wutanfall, es ist die stille Stunde in der Tischzeit, kein Kunde in Sicht, er kann es sich leisten, zu brüllen. Mamlock, Hesse, Heller, Ziebarth, Zeddies und die Lehrlinge, wie sie gebacken sind, alle kriegen sie eins aufs Dach, und wie! Herr Einenkel rennt schweißtriefend auf und ab, er ist rot, er brüllt, nicht mal auf den Schränken ist ordentlich Staub gewischt, dann geht er zum Essen.

Sie haben da ihren Tisch für sich in der Kantine, die Herren Abteilungsvorsteher, es hat sich so rausgebildet. Einenkel findet, es sind grässliche Kerls dabei, aber natürlich würde es jede Autorität untergraben, wenn sie sich mit Verkäufern zusammensetzten.

Gottlob bekommt Einenkel trotz des eben genossenen Ärgers, der ja, wenn der Himmel und der Tag es so wollen, immer weitergehen kann, den netten Platz mit dem Ausblick auf einen Verkäuferinnentisch. Da sitzt also wieder diese reizende, zierliche Bachstelze aus der Damenhutabteilung, schüchtern schaut Herr Einenkel sie drei- oder viermal an. Dies Anschauen *muss* einfach sein, je nachdem, ob es gelingt oder ob er mit dem Rücken zu ihr sitzt, ist ein Tag gut oder schlecht. Es ist nicht sicher, ob Fräulein Bild von den Damenhüten etwas von der Existenz von Herrn Einenkel weiß, jedenfalls hat sie aber nicht die geringste Ahnung, was für eine Rolle sie in seinen Träumen spielt.

Ja, wenn er diese zierliche Bräunliche vor netto fünfzehn Jahren getroffen hätte! Lotte ist gar nicht schlecht, aber Lotte ist der Alltag. Wenn man ihre Adresse unauffällig erfahren könnte, er würde ihr morgen einen herrlichen Strauß schicken, Rosen oder Flieder, natürlich anonym, bloß, dass sie sich einmal richtig freut.

Und dabei sagt er: »Ja, ich habe ein bisschen Krach geschlagen – Sie haben es gehört? Man muss diese Verkäufer mal zusammenstauchen, eingebildet sind diese Menschen –! Sagen Sie selbst, meine Herren, was haben *wir* arbeiten müssen, als wir so jung waren?«

Und nun kommen all die alten Geschichten von dunnemals, als die Verkäufer noch keinen freien Sonntag kannten: immer die Jalousien rauf- und runterziehen, die Sonnensegel stellen, die Schaufensterbeleuchtung an- und ausknipsen am Sonntag.

»Ich hatte mal in Rogasen einen Chef …«

Und: »Haben Sie noch den Lehmann gekannt? Er hieß nur der ›dolle Lehmann‹, reiste 'ne Zeitlang für Hübsch & Niedlich –?«

Es wird Viertel nach vier, bis Herr Einenkel wieder auf die Abteilung kommt. Aber er hat nichts versäumt, der Glanz ist vom Tag runter, es wird ein langer, zäher, schwieriger Nachmittag mit vier Pleiten und einer minimalen Kasse. Herr Einenkel steht hinter seinem Pult. Erst hat er noch eingegriffen und angefeuert, nun steht er blass und traurig da, auf den dreiundsiebzig Trenchcoats wird er sitzenbleiben, und was soll dann werden? Er ist ein schlechter Abteilungsleiter, hundsgemein ist es von ihm, die Verkäufer anzugrobsen, kein bisschen besser ist er als die …

Er seufzt tief auf, er geht langsam zwischen den Garderobenständern hin und her, um Viertel neun kann er erst zu Haus sein, Ruthchen wird schon schlafen, Gerda wahrscheinlich auch. Lotte sagt, die Vögel singen jetzt so nett im Gatten; wenn er kommt, ist alles schon still, und rasch wird es dämmerig.

An einem Kleiderständer steht der Lehrling Krieblich, ein ängstlicher, verschüchterter Bengel. (»Aus dem Jungen wird nie ein Verkäufer, keinen Mumm!«) Jetzt ist er wachsweiß, hält sich an ein paar Mänteln, taumelnd.

»Um Gottes willen, Krieblich, Junge, was ist mit dir?!«

Der Junge kann nicht antworten, oder er hat schon wieder Angst. Aber jetzt würde er gefallen sein, mit dem ganzen Ständer vielleicht über sich, wenn ihn Einenkel nicht umgefasst hätte. »Sachte, sachte, mein Junge, krank bist du … Mamlock, Sie übernehmen die Abteilung, ich gehe mit Krieblich mal aufs Lazarett …«

Oh, was ist der strenge, erregbare Herr Einenkel plötzlich für ein guter Papa! »Komm, mein Junge, halt dich ordentlich fest an mir. Nur noch ein paar Schritte. Komm, komm, es wird schon besser, gleich legst du dich lang hin.«

Es ist keine schwierige Untersuchung, es ist Unterernährung, gradeheraus gesagt, der Junge hat vor Hunger schlappgemacht. Nichts zu essen haben die, arbeitslos sind die, und der Junge verdient ja auch so gut wie nichts …

Aufgeregt läuft Herr Einenkel auf und ab. »Nicht satt zu essen! Also, nein, nein, das geht natürlich nicht, da muss etwas getan werden. Warte nur, Krieblich, Junge …«

Herr Einenkel fährt seinen Lehrling mit der Autotaxe nach Haus, er bezahlt selbst die Taxe, er lässt einen Schein da, es ist etwas über seine Verhältnisse, aber so ist er nun auch wieder … »Und natürlich wird da geholfen werden. Wir haben da so einen Fonds bei Haarklein & Co. Gleich morgen nehme ich das sofort in die Hand. Nicht satt zu essen, es ist die Höhe …!«

Nun lohnt es schon nicht mehr, jetzt noch ins Geschäft zu fahren, und so kommt Herr Einenkel zwei Züge früher als gewohnt nach Haus. Ruthchen steht grade in der Badewanne, sie kreischt und spritzt und panscht, sie wirft Pappi mit dem Gummischwamm. Welche Wonne dann, dabeizusitzen, während sie ihren Brei futtert; dann Küssing beim Schlafengehen, großes Winke-Winke, kleines Winke-Winke, wie Sonntag ist das.

Und während Lotte mit Rosa das Abendessen richtet, geht der Vater mit Gerda im Garten auf und ab und hat einen ernsthaften Plausch mit ihr. Es ist still, ein leiser Wind geht in den Bäumen. Also, das Kind hat wirklich schon ernsthafte Probleme. Da sind nun diese Sterne am Himmel; glaubt Pappi, dass sie bewohnt sind? Ja? Es ist möglich? Und hat Gott da auch

Menschen gemacht, und hat er seinen Jesus auch dahin geschickt, auf alle Sterne? Auf *alle*?!

Ja, Abteilungsvorsteher Einenkel ist richtig verlegen und gerührt, er nimmt die kleine graue Mädchenhand in seine. »Ja,
ich weiß es auch nicht, Gerdchen. Es wäre schrecklich, nicht
wahr? Hoffentlich sind die Menschen da besser …«

Er sitzt noch einen Augenblick neben ihrem Bett; sie gibt
ihm unaufgefordert einen Kuss, ihm fällt ein, sie hat das seit
vielen Monaten nicht getan. Was hat man nicht alles verpasst,
durch dieses Geschäft und diesen Betrieb und diese Sorge mit
den Raten … Nun, es ist natürlich nicht anders möglich, aber
es ist doch komisch … mit den Sternen, er hat sie eigentlich
nie recht angesehen. Also welche Probleme solch ein Kind
hat –! Vielleicht hätte er ihr das mit den Mänteln zu vierundzwanzig neunzig erzählen sollen, sie hätte sich gefreut, und ihr
Herz wäre ein bisschen leichter gewesen.

Aber dann ist auch alles vorbei, sowie er beim Abendessen
sitzt, ist er schrecklich müde. »Ich lege mich dann gleich hin«,
sagt er zu Lotte und überlegt, ob er ihr seinen Entschluss mit-
teilen soll, ihr noch einmal ganz freiwillig weitere zwanzig Mark
für den Monatsrest zu geben. Aber er schiebt es dann doch lieber für morgen früh auf. Wollen mal abwarten, was ich dann
für Stimmung habe!

Und im Einschlafen geht ihm alles durcheinander: das bräunliche Fräulein mit den schmalen Knien, die neuen Ulster. Fräulein Bild mit den seidenen Rehbeinen und der hungrige Krieblich. Früher wird er aufstehen müssen wegen der Katze, aber er
kauft sich jetzt bestimmt ein Tesching, gleich nach dem Ersten,
die Sterne und Gerda, und hoffentlich ist Mamlock morgen
pünktlich, dass er sich nicht sofort ärgern muss.

Und dann, im Einschlafen, hat er noch so eine Art Nacht-
gebet, nicht richtig in Worten, etwas Verschwommenes, aber
Sehnsüchtiges: Lieber Gott, lass mich morgen eine gute Kasse
haben! Lieber Gott –!

Aus! Eingeschlafen! Schluss!

Der Bettler, der Glück bringt

Sein Aufstieg war langsam gewesen und zäh, Jahr um Jahr, Lehrling, dritter Verkäufer, zweiter Verkäufer, erster Verkäufer. Achtunddreißig Jahre alt war er, als er Abteilungsvorsteher wurde, zweiundzwanzig Jahre Weg mit Lächeln, Geschmeidigkeit, hinuntergeschluckten Anschnauzern, Getretenwerden, Bücklingen. Sein Absturz ging rasend schnell, Kündigung zum nächsten Termin. »Die schlechten Zeiten, Herr Möcke ... Sie verstehen ... Wir müssen den teuren Vorsteherposten einsparen, Herr Möcke ...«

Wie er nach Hause gekommen war, er wusste es nicht. Schließlich lag das Häusel in der Sonne vor ihm, ein richtiges Siedlungshäuschen zur Miete, fünfundsechzig Mark im Monat und tausend Mark Genossenschaftsanteil. Die Rosen im Vorgarten standen wie die Puppen, er hatte sie selbst gekauft, gepflanzt, gepflegt, die Fensterscheiben schimmerten wie die Spiegel, die bunten Gardinen wehten ein bisschen. Herr Möcke wachte auf, als er das sah, er seufzte, dann ging er hinein, Linni Bescheid zu sagen.

Sie waren besser daran als zehntausend andere, die Möckes. Sie hatten keine Kinder, und die Einrichtung war schon seit über einem Jahr abgezahlt. Außerdem würde Möcke rasch wieder Arbeit bekommen, vielleicht als erster Verkäufer, sicher als zweiter, man kannte ihn in der Branche, untüchtig war er nicht. Dann kam der Entlassungstag, das letzte Mal Gehalt, und der Personalchef Kunze sagte: »Na also, Herr Möcke, vielleicht sehen wir uns schon in aller Kürze wieder, verstehen Sie.«

Möglich, es war das nur so eine trostreiche Redensart, möglich aber auch, dass was dahintersteckte. Nach drei Tagen, als Möcke zum ersten Male mit einem andern Herrn aus der Siedlung zum Stempeln marschierte, war er überzeugt, es steckte was dahinter. Kollege Wrede war immer ein Schwein gewesen.

»Wissen Sie, Herr Möcke«, sagt der andere Herr, »glauben Sie, ich zahle noch Miete? So blau! Ich wohne einfach den Genossenschaftsanteil ab. Für die tausend Mark kann ich noch lange wohnen.«

»Bei mir ist es ja anders«, sagt Herr Möcke vorsichtig. »Ich bin leider einer Intrige zum Opfer gefallen. Aber die Sache steht direkt vor der Aufklärung. Unser Personalchef hat mir da bestimmte Zusagen gemacht …«

»Ach, Sie denken, Sie kriegen noch Arbeit?«, sagt der andere. »Das denken im Anfang alle. Sie sind doch bald vierzig, da kriegen Sie doch nie im Leben mehr Arbeit. Bedenken Sie doch, Ihr Tarifgehalt ist um Dreiviertel höher als das von einem Neunzehnjährigen.«

»Mir sind Versprechungen gemacht …«, beharrt Herr Möcke.

Dann ist er drin in der grauen Flut der Stempelbrüder, die an den Schaltern vorüberströmt, ist drin, Wochen, Monate. Es ist sehr schwer, sich aus einer solchen Flut herauszuhalten. Herr Möcke zwingt es, ihm sind Versprechungen gemacht worden. Jeden Tag kann jetzt Herr Kunze schreiben. Mittlerweile kriechen sie zusammen. Sechsundneunzig Mark Unterstützung, fünfundsechzig Mark Miete, aber es muss durchgehalten werden, er darf seinen Ruf nicht schädigen, wenn Herr Kunze Erkundigungen einzieht …

Linni hört seit vier Monaten von Herrn Kunze, Linni geht nicht zweimal wöchentlich in die graue Flut vom Arbeitsamt, die ihren Mann hoffen lehrt, Linni sagt kurz und böse: »Ach, dein Kunze, der schreibt doch nie …«

Möcke sieht seine Linni an, dann geht er aus dem Zimmer, er geht die Treppe hinunter, er geht in den Garten, da steht er und guckt; ein nasser, herbstlicher Garten ist ziemlich trostlos, ein grauer Himmel, ein jagender Wind – trostlos. Linni hat ja eigentlich recht, denkt Möcke. Kunze könnte endlich auch schreiben. Und zehn Minuten später: Werde ich Kunze schreiben!

Ein großer Entschluss, ein heroischer Entschluss, aber, alles in allem, das Ei des Kolumbus. Am Abend setzt sich Herr Möcke hin und schreibt an Herrn Kunze, bittet ihn um eine Unterredung. Als er am nächsten Morgen mit dem schicksalsschweren Brief aus der Haustür will, klingelt es grade, Möcke macht auf, ohne durch das Guckloch gesehen zu haben – ein Bettler steht vor ihm.

Nun ist die Sache so: Früher, als Möcke noch Arbeit hatte, machte er oft einem Bettler die Tür auf, und wenn der Mann dann seinen Psalm runterbetete von arbeitslos, sagte Herr Möcke kurz: »Tut mir leid, bin selber arbeitslos.« Als er dann wirklich arbeitslos wurde, hat er manche Nacht wach gelegen und gegrübelt: Das hätte ich nicht sagen sollen. Ich habe es berufen. Das Schwein Wrede ist nicht allein schuld, ich habe es berufen mit meinem Geschwätz. Seitdem machen Möckes Bettlern überhaupt nicht mehr auf. Erst sehen sie durch den Spion, wer klingelt.

Diesmal aber, in seinem Eifer über den Brief, hat es Herr Möcke verpasst. Der Bettler steht vor ihm, und der Bettler sagt: »Herr Doktor, nur 'ne Kleinigkeit.«

Herr Möcke sieht den Bettler an, der Bettler ist ein großer, schwerer Mann mit starken Knochen, er hat ein blasses, glattes Gesicht mit einem blonden Schnurrbärtchen, aber vor allem hat er rasche, zupackende Augen. Herr Möcke steht da mit seinem schicksalsschweren Brief in der Hand, er hat so viele Bettler fortgeschickt …

»Einen Groschen, Herr Doktor«, sagt der Mann. »Ich bring Ihnen Glück. Ich hab schon vielen Leuten Glück gebracht.« Herr Möcke greift in die Hosentasche. »Ich spuck auch dreimal gegen Ihre Tür, dass es runterläuft.«

»Das ist nun grade nicht nötig«, sagt Herr Möcke, aber er gibt dem Mann einen Groschen.

Der Mann spuckt dreimal gegen die Tür, es läuft richtig runter. »Sehen Sie, Herr Doktor, Sie kriegen Glück. Ihre Frau darf es aber nicht abwischen. Ich frag mal wieder nach«, sagt der Mann und geht zur nächsten Türklingel. Auf seinem Wege zum Postamt schüttelt Möcke heftig den Kopf über diesen tollen Aberglauben von den Leuten. Aber schaden kann es jedenfalls nicht. Und dann fällt der Brief in den Kasten.

Ist solch ein Brief abgesandt, so wird es manchmal heller in dem Absender, verschiedene Schleier fallen. Was eigentlich hat Kunze gesagt? Gar nichts, Trost, Quatsch – auf dem Wege zum Arbeitsamt sieht alles anders aus, als wenn solch Brief abgesandt ist. Nun gut, Möcke wartet, aber eigentlich richtig wartet er nicht, dazwischen denkt er auch an den spuckenden Bettler und schüttelt wieder den Kopf.

Gut, fünf Tage hat Möcke gewartet, da kommt ein Brief für ihn: Kunze wird sich freuen, den alten Möcke in dem und dem Café zu der und der Stunde zu treffen. Herzlichsten Gruß. Wie steht Möcke im Garten! Wie spricht Möcke mit Linni! Wie macht Möcke dem Bettler die Tür auf am Tage des Rendezvous! Ja, seht, genau an diesem Tage klingelt der Bettler wieder.

»Na, Herr Doktor«, sagt er. »Wie ist das mit uns? Hat es geholfen oder hat es nicht geholfen?«

Herr Möcke lächelt dünn, es ist Blödsinn, es ist natürlich wüstester Aberglauben, aber er sagt doch lächelnd: »Das werde ich heute Nachmittag sehen.«

»Wie ist es denn damit?«, fragt der Mann mit den starken Knochen. »Wär's gut, wenn ich noch mal spuckte?«

Möcke sieht den Mann an, zu sehr darf man sich auch nicht kompromittieren. »Wenn Sie meinen, dass es hilft? Ich habe nichts dagegen.«

»Macht 'ne Mark, Herr Doktor«, sagt er. »Das vorige Mal, das war nur das erste Mal so billig. Mein Spucken hilft immer.«

Nun wird Herr Möcke doch böse. »'ne Mark, wo ich stempeln gehe! Sie sind ja verrückt! Ich denke ja gar nicht daran. Machen Sie, dass Sie wegkommen von meiner Tür!«

Möcke geht wieder mal in den Garten, er hat seine Rosen einzupacken wegen dem Frost, er hat seine Beschäftigung. Dazwischen seufzt er. Voreilig ist er doch gewesen, für einen Fünfziger hätte der Mann es getan …

Ja, also, Fahrt in die Stadt, Café, billig ist so was nicht, und eigentlich hat Herr Kunze nur mal klatschen wollen mit dem alten Möcke, sein Herz ausschütten, Zustände sind das jetzt im Betrieb! Aber natürlich denkt er an Möcke, gleich morgen fühlt er vor, erster Verkäufer, warum sollte sich das nicht machen lassen, er schreibt, so rasch er was weiß …

Möcke wartet. Schnell weiß Kunze nichts, das dauert lange. Manchmal, wenn er spazierengeht, begegnet er auch dem großen Bettler, Herr Möcke geht an ihm vorbei und sieht steil gradeaus. Womöglich hat der Mann durch seine übertriebene Forderung alles verkorkst, auf dieser Welt weiß man nichts.

Weg zum Arbeitsamt. Stempeln. Die immer anschwellende Flut. Ach, das Herz wehrt sich: Ich bin nicht wie die andern, ich habe noch Aussichten, Kunze wird schreiben. Kunze schreibt nicht. Und schließlich sitzt Herr Möcke doch einmal in einer Erwerbslosenversammlung, man muss sich das doch ansehen. Und gut ist das schon anzuhören, was die für Forderungen stellen. Herr Möcke lächelt, wenn er auch einsichtiger ist, so geht es wohl doch nicht, aber dem Herzen tut es gut, das anzuhören.

Neben Herrn Möcke sitzt der große Bettler, und in seiner milden Stimmung sagt Herr Möcke zu ihm: »Also, hier sitzen Sie doch, trotzdem Sie so gut Glück bringen.«

»Sitz ich, sitz ich«, sagt der Bettler, »das ist es doch grade: Wenn ich mir Glück brächte, könnte ich andern doch kein Glück bringen, klar, was?«

Verblüfft sitzt Herr Möcke da, eigentlich hat der Mann ja recht. Und dann fragt er nach einer Weile: »Wann kommen Sie denn einmal zu mir?«

Der Mann sagt kurz: »Das Spucken hilft nicht mehr, das haben Sie sich selbst verschlagen.«

Möcke schweigt, Möcke brütet, zwischendurch hört er auch auf den Redner oben, aber er wird nicht mehr richtig froh über dessen Forderungen, ihm ist, als sei ihm die letzte Chance weggerutscht. Der Bettler schweigt stur.

Nun, nachher, nach der Versammlung, kommen sie doch wieder ins Gespräch Ob gar nichts mehr zu machen sei? Der Herr Doktor wartet auf einen Brief, und der Brief will nicht kommen. Nein, der Bettler kann nichts machen, das hat Möcke verprellt, aber der Bettler weiß eine Frau: Die schafft den Brief! Hin-und-her-Gerede, Gewisper, die Chaussee auf, die Chaussee ab, die Frau kann es, es ist eine fabelhafte Frau, dem hat sie das besorgt und dem das. Ob er ein Bild von diesem Kunze hat? Nun, es geht auch ohne Bild. Sie kann alles!

»Kostenpunkt?«

Der Bettler sieht seinen Mann an. »Sie laufen ja doch wieder weg, Herr Doktor. Glauben Sie, dass so 'ne Frau billig ist?«

Nein, Herr Möcke wird nicht fortlaufen, er wird es sich anhören, ganz ruhig. Nein kann er ja noch immer sagen.

Das kann er. Also, weil es der Herr Doktor ist und weil der Herr Doktor erwerbslos ist, auf und ab fünfzig Mark, wenn das nicht billig ist …

Also Möcke ist doch wieder weggegangen, er hat nicht einmal nein gesagt. Und nun wartet er wieder und geht wieder zum Arbeitsamt und stempelt, und als das Frühjahr kommt, rutscht er fein sachte aus der »Arbeitslosen« in die »Krisen«, und wenn sie nicht noch ein paar Mark hätten, müsste er es machen wie der Bekannte: einfach keine Miete mehr zahlen.

Und wie Möcke lange genug gewartet und gegrübelt und sich gewehrt hat, fährt er wieder in die Stadt. Er stellt sich an den Personalausgang seines ehemaligen Geschäfts und wartet auf Herrn Kunze. Nein, wie ist Herr Kunze erfreut, seinen alten Möcke wiederzusehen! Immerzu hat er an ihn gedacht, ein paarmal ist es schon so weit gewesen, aber dann kam grade immer was dazwischen, aber schon in den nächsten Wochen vielleicht …

Möcke fährt nach Hause, sein Kopf dröhnt, er weiß nur, es ist beinahe so weit gewesen, dann kam etwas dazwischen. Er weiß, was dazwischenkam: eine Mark, dann fünfzig Mark.

Von dem Letzten, von dem Allerletzten, nimmt Möcke fünfzig Mark und geht durch die Straßen und sucht seinen Bettler. Er sucht ihn vier Tage lang. Eigentlich müsste etwas getan werden im Garten, Linni schilt, der Möcke hat nur eine Idee, sogar in seinen kurzen, unruhigen Schlaf dringt sie: die fünfzig Mark an den Bettler.

Dann, dann wird alles wieder gut! Er sieht das Geschäftslokal vor sich, den sauberen, hellen Raum, matt gebohnert, die Waren auf den Regalen, die Käufer kommen, er verbeugt sich, er verkauft – wie ist das Leben hell!

Am fünften Tag trifft Möcke seinen Bettler. Er ist verwirrt, maßlos aufgeregt, er kann nicht einmal deutlich sprechen. »Hier«, sagt er. »Für die Frau«, sagt er. »Sie wissen ja, was ich will«, sagt er. »Arbeit …!«

Hinter der Gardine im Esszimmer steht Tag um Tag Herr Möcke. Von hier aus kann er den Aufgang beobachten, es kann ja auch ein Eilbrief sein, ein Telegramm. Von morgens bis abends steht er und wartet, nachts fährt er hoch: »Hat es nicht eben geklingelt, Linni?«

Aber Linni antwortet nicht, sie weint, sie weint sich noch ihre Augen aus. Während Möcke weiter wartet, wartet, wartet …

Wie vor dreißig Jahren

Damals, als Gotthold sich in sie verliebte, war Tini ein junges dunkelblondes schlankes Mädchen. Sie war frisch aus Thüringen gekommen und bediente die Gäste am Mittagstisch ihrer Verwandten, irgendwo im Norden Berlins. Sie hatte »Schnecken« über den Ohren, lachte gern und war sogar zu Gotthold nett.

Gotthold war der Sohn eines ehrgeizigen Lehrers, aber trotz nachdrücklicher körperlicher und geistiger Nachhilfe hatte es nicht weiter als bis Obersekunda gereicht. So war er in ein Bankgeschäft abgeschoben worden. Bei seinem Vater in Ungnade, saß er vor dem Kontokorrent und dachte mit Bitterkeit an alle, die es weiterbrachten im Leben, die begabter waren und häufiger lachten.

Heute, da sie dreißig Jahre verheiratet sind, weiß Tini längst, dass Gotthold sie nie »richtig« geliebt hat. Er hat sie nur den andern wegnehmen, ihr Lachen, ihre Fröhlichkeit für sich haben wollen. Damals war er eine glänzende Partie für das arme Serviermädel, das nicht einmal richtig Deutsch konnte, heute …

Heute … Also, sie sind eigentlich, fünfzig und dreiundfünfzig, mit ihrem Leben durch. Die beiden Kinder, Sohn und Tochter, sind richtig gut verheiratet. Sein Ehrgeiz, Depositenkassenvorsteher zu werden, ist unerfüllt geblieben. Bei der letzten Rationalisierung haben sie Gotthold pensioniert. Da sitzen sie nun beide in einem kleinen Haus in der Vorstadt, mit ein wenig Gartenland … Sie haben bis an ihr Lebensende ihre kleine sichere Pension … Und was haben sie sonst?

Er ist gelb und knitterig geworden, der Gotthold. Mit seinem gelben kleinen armen Vogelkopf püttjert er den ganzen Tag im Hause und im Gärtchen herum. Hier wischt er was, dort nagelt er was, nun poliert er was.

»Wie kommt die Schramme ans Büfett, Tini?«, quäkt er. »Gestern war noch keine Schramme da, heute ist eine da. Das hast du wieder gemacht!«

Er wischt, er holt Möbelpolitur und macht Wachs warm. Nie liest er ein Buch, aber er läuft hinter Tini hinterher. »Wo hast du die kleine rote Vase mit dem weißen Engel gelassen, die uns Hempels zur Hochzeit geschenkt haben? Heute Nacht ist es mir eingefallen. Ich habe sie seit zehn Jahren nicht gesehen!«

»Längst kaputt«, sagt Tini. Oder sie sagt nichts. Sie ist dick geworden, ihre Beine sind unmöglich, aber sie versucht heute noch, nach dreißig Jahren, liebenswürdig zu sein. Sie versucht es immer wieder. Sie fegt durch ihren Haushalt wie ein eiliger Wind. Eigentlich hat sie kaum noch etwas zu besorgen; die Kinder sind fort, aber was sie besorgt, muss schnell gehen. »Rasch, Gotthold, rasch! Wredes haben schon ihre Erdbeerpflanzen gesetzt. Lauf in die Gärtnerei.«

»Aber wie komme ich denn dazu? Lauf du!«

»Die werden schön über uns lachen, wenn wir die Letzten mit Erdbeerensetzen sind. Aber wie du willst.«

Er putzt an seiner Azalee herum, er zupft ein Blatt ab, das krank aussieht. Dann betrachtet er das Blatt, ob es auch wirklich krank war. »Sicher hast du wieder an meine Azalee gestoßen.« Keine Antwort. »Also sag mir wenigstens, wie viel Erdbeerpflanzen wir brauchen. Nie sagst du mir richtig Bescheid.«

Nun hat die Tochter geschrieben: Sie hat einen Pelzmantel gesehen …, nur vierhundert Mark …, sie hat ihn sich so lange gewünscht …, ob die Mutter nicht helfen will? Es wäre sooo nett! Die Eltern haben dreihundert Mark Pension, der Schwiegersohn hat siebenhundert Mark Einkommen … Aber natürlich hilft die Mutter. Solche Briefe kommen an die Adresse der Nachbarin. Der Mann darf sie nicht sehen, er darf überhaupt nichts merken. Wenn man eine tüchtige Hausfrau ist, kann man schon fünfzig Mark vom Haushaltsgeld einsparen, und der Mann merkt nichts. Man muss auch wieder zum Arzt, das Bein tut so weh ... Sicher ist eine Ader gerissen. Da freut er sich, da gibt er gerne vierzig Mark, sechzig Mark.

»Siehste«, sagt er. »Tut es weh? Ich hab's dir ja gesagt ... Du sollst nicht soviel rumlaufen. Tut es ganz richtig weh?«

Das ist sein Glück, wenn es ihr schlechtgeht, wenn sie Kummer hat. Der Sohn hat nicht zu ihrem Geburtstag geschrieben? »Siehste! Ich hab's dir immer gesagt. Du hast den Bengel stets in Schutz genommen. Der achtet dich wie nichts. Recht hat er, wo er Amtsgerichtsrat ist, und du kannst nicht mal richtig Deutsch.«

Sein kleiner gelber Kopf tanzt auf den schmalen Schultern. Er lacht. »Weißt du noch, wie ich dem Bengel eine Ohrfeige geben wollte, Weihnachten 1909, und du hast dich vorgestellt, und ich habe dir eine geklebt? Siehste!«

Er lacht, dann schusselt er ab, ins Dorf. Heimlich geht er in ein Café, frisst sich an mit Kuchen und Torte. Das ist seine Leidenschaft, aber er verträgt's nicht: Die Galle schreit. Nachts steht sie, macht Umschläge. »Heißer!«, brüllt er. »Noch heißer! Weil du nie was Richtiges kochst.«

»Sicher hast du wieder Kuchen gegessen, Gotthold!«

»Wie kannst du so etwas behaupten?!«

»Schrei nicht so, Gotthold, dass wenigstens nicht die Nachbarn ...«

»Grade schrei ich. Alle sollen sie wissen, was ich für 'ne Frau habe. So ein Weib, das nicht mal richtig Deutsch kann.«

Fünf Jahre, zehn Jahre, zwanzig Jahre, dreißig Jahre ... Wie viele Jahre noch? Dreißig Jahre vielleicht noch? Sein Vater ist uralt geworden. Manchmal verzweifelt sie, dann schließt sie sich ein zum Weinen. So ist sie wenigstens eine Weile sicher. Dann rüttelt er an der Tür. »Was schließt du dich ein? Seit wann schließt du dich ein vor mir? Hast du wieder Geheimnisse? Wer will Geld von dir? Diese Ausbeuter!«

»Nichts, Gotthold. Mir war ein bisschen schlecht.«

»War dir schlecht? Siehste, habe ich dir nicht gesagt, du sollst den Gurkensalat nicht abends essen? Mir bekommt so was nie.«

Ja, sie verzweifelt …, aber sie verzweifelt zehn Minuten …, wenn es hoch kommt, eine halbe Stunde. Ihr ist eben eingefallen, als sie das letzte Mal beisammen waren, hat die Schwiegertochter einen so hässlichen Jumper getragen, sie wird ihr einen hübschen Jumper stricken, rasch Wolle, rasch los, acht Tage acht Stunden gestrickt, die Augen tun ihr weh …

»Tun sie dir auch richtig weh? Ich habe dir ja gesagt …« Aber es muss rasch gehen. Sie freut sich schon auf die Freude der Schwiegertochter. Fertig, zur Post, abgesandt. Sie wartet drei Tage, eine Woche, drei Wochen, dann kommt eine Karte: »Herzlichste Grüße vom herrlichen Ostseestrand. Helga. Hans. P. S. Der Jumper ist sehr nett.«

Aber sie hat längst etwas anderes. Ihr ist etwas eingefallen. Da haben sie nun das kleine halbe Zimmer für etwaige Besuche, aber nie kommt jemand zu Besuch. Sie wird Gottholds Bett da hineinstellen, sie wird ihr Schlafzimmer für sich haben. Seit dreißig Jahren hat sie keine Nacht allein geschlafen.

Natürlich wird er nie einwilligen. Nächtelang liegt sie, überlegt. Da ist ihre Schwester in Lüneburg. Sie muss Gotthold dringend auffordern zu kommen. Eine Vermögensberatung. Er ist ja der Bankfachmann der Familie. Sie muss ihn zwei, drei Tage festhalten.

Unterdes wird sie mit einem Mann die Möbel umstellen. Sie wird sie so umstellen, dass er sie nicht allein zurückkriegt. Dazu ist er zu schwach. Er wird fluchen, schimpfen, brüllen, aber einen Mann nimmt er sich nicht zu Hilfe, dazu ist er zu geizig. Übrigens wird er gar nicht auf diese Idee kommen. Zuerst wird sie die Tür zwischen den beiden Zimmern auflassen, später anlehnen, dann einklinken, schließlich zusperren. O Gott, sie wird wieder allein schlafen, wie vor dreißig Jahren. Sie träumt, sie phantasiert. Wie vor dreißig Jahren. Lieber Gott, es kann alles noch gut werden, ziemlich gut. Sie kann wenigstens nachts allein sein, wie vor dreißig Jahren …

Die geistesgegenwärtige Großmutter

Geistesgegenwart ist heutzutage eine sehr notwendige Eigenschaft. Jeder Chauffeur, mehr: jeder gewöhnliche Fußgänger hat Geistesgegenwart zu haben. Ich freilich besitze sie nicht, immer fällt mir eine halbe Stunde später ein, was ich hätte sagen müssen, und ohne die trefflichen Verkehrsampeln wäre ich sicher längst nicht mehr. Ja, ich gehe noch weiter, ich möchte nicht einmal geistesgegenwärtig sein, und wenn ich über den Fall nachgrüble und meine Abneigung gegen diesen Vorzug herzuleiten suche, dann lange ich schließlich stets bei meiner Großmutter an, die einmal in ihrem Leben geistesgegenwärtig war und die das teuer hat bezahlen müssen.

Damals, als die Geschichte passierte, war meine Großmutter freilich noch keine Großmutter, aber doch schon sehr ausgiebig Mutter: Sieben Kinder saßen an ihrem Tisch. Dieser Tisch stand in einem Landpastorenhaus im Hannoverschen, an einer Schmalseite saß mein Großvater, der Pastor, ein gewaltiger Mann mit großem Eifer für die »Ökonomie«, was Acker, Kühe und Pferde heißt, am andern Ende meine Großmutter, eine kleine zierliche Frau mit sehr heller Stimme, zwischen den beiden, an den Längsseiten, die sieben Putschenutscher, meine Mutter darunter, damals noch mit Zöpfen.

Die neun aßen zu Mittag, vielleicht saß auch noch Gesinde am Tisch, so genau weiß ich das nicht, es ist nicht mit überliefert worden. Die Suppe war da und zu der Suppe in der gewaltigen Terrine ein Gewitter am Himmel, und grade wollte Großmutter mit Auffüllen anfangen – da flammte es, da tat es einen gewaltigen Schlag, es prasselte, es knackte, und schon kam der

Rauch, und alle waren aufgesprungen und schrien: »Es hat eingeschlagen!« Ein Landpastorenhaus im Hannoverschen mit Strohdach, da war nichts zu retten und zu zögern, da war nur zu laufen. Und sie liefen, die sieben Putschenutscher und ihr Vater, und standen dann im Garten mit den Dorfbewohnern und sahen ihr Heim wie eine Fackel brennen, und nichts war zu tun. Die größeren Kinder und der Vater sind sicher sehr aufgeregt und traurig gewesen, und so hat es wohl eine ganze Weile gedauert, bis sie merkten, dass Großmama fehlte. Aber grade, als sie unruhig werden wollten und Großvater wieder in das brennende Haus hinein, da kam Großmutter aus Rauch und Flammen, und in den Händen trug sie …

Ja, seht, Großmama hatte es nicht eilig gehabt, Großmama war geistesgegenwärtig gewesen, Großmama hatte retten müssen, und in dem Esszimmer hatte immerhin Großvaters Schreibtisch gestanden mit Geld (sicher nicht mit viel Geld) und mit Papieren. Was aber hatte Großmutter gerettet? Sie schritt aus den Flammen, und in ihren Händen trug sie die gewaltige weiße Suppenterrine. Und verloren lächelnd sah sie sich um und sagte: »Zu Mittag müssen wir doch essen!« Und nahm den Deckel von der Terrine ab, und siehe, in der Suppe schwamm etwas, was vorher nicht darin gewesen war, Großmutter hatte noch etwas gerettet: In der Suppe schwamm ihr Strickzeug!

Arme Großmama! Sicher hast du deinem Mann und den Kindern mit dem überwältigenden Gelächter, das nun losbrach, über den ersten ärgsten Kummer wegen des verbrannten Heims hinweggeholfen. Aber hast du es eigentlich verdient, dass noch deine Urenkel die Neunzigjährige arglistig fragen: »Und wie, Oma, war's mit der Suppe und dem Strickzeug? Was hast du dir eigentlich dabei gedacht!« Arme Großmama!

Nein, es ist schon so, Geistesgegenwart ist eine höllische Eigenschaft, mal trifft man es, und mal trifft man es nicht. Und immer wird nur von den Treffern geredet, aber was meine Person angeht, so werde ich mir auch in Zukunft meine geistesgegenwärtige Großmutter zur Warnung dienen lassen.

Schuller im Glück

Es ist Frühsommer, Junimond, der Wald steht im Grün, die Vögel flattern und singen, und durch diese Herrlichkeit wandert ein junger, blonder, gut gekleideter Mann so verdrossen, so mürrisch, so zerfallen mit sich und aller Welt, als sei es nebliger, nasser Herbst oder schneestürmender Winter.

Der junge Mann ist ein Schneidergesell aus der alten Stadt Halle an der Saale, aber nicht rechtliche Wanderschaft hat ihn in diese schönen pommerschen Wälder geführt, sondern es ist schon lange, dass Willi Schuller sich auf die liederliche Seite gelegt hat. Und nun sind die Greifer hinter ihm her, und abseits jeder Eisenbahn, jedes manierlichen Menschen, jeder glückbringenden Aussicht wandert er ziellos dahin, ohne Geld, mit Kohldampf.

Der Wald will nicht enden und der Magen nicht schweigen, immer dunkler wird das Gesicht des Willi Schuller – nun stolpert er auch noch über eine Wurzel, und mit einem Fluch setzt er sich in das Waldmoos.

Aber es ist, als hätte dieser Fluch eine Antwort gefunden, ein melancholisches Muh ertönt, nun knackt es in den Zweigen, der Wanderer springt auf, durch das Haselgebüsch schiebt sich ein weißstirniger Kopf, und Kuh und Wandersmann sehen einander an.

»Muhtsche«, bricht zuerst der Schuller das Schweigen. »Komm, meine gute Muhtsche! Komm, meine liebe Muhtsche!«

»Muh«, sagt die Kuh und kommt. Warum dieses Rindvieh hier allein wie er im großen Wald spazieren geht, sieht der

Schuller nun auch, sie ist irgendwo durchgebrannt, der Strick vom Zaun hängt zerrissen. Doch er sieht noch etwas anderes: dass das Euter prallvoll ist, und wenn er auch der neuen Freundin noch nicht so weit traut, dass er sich direkt unter sie legt, auch in einen Filzhut kann man melken. Und so strippt und strullt er sich denn nach bestem Können eine kräftige Mahlzeit in den Hut. Die Kuh steht still, der Magen sagt ja zu der Mahlzeit und da capo. Das lässt sich machen, auch die zweite Mahlzeit wird verdrückt, und plötzlich sieht die Welt ganz anders aus: Der Wald ist nett, und die Vögel sind nett, und der stille Weg ist eigentlich auch nett. Besser jedenfalls, als gingen Gendarmen darauf.

Willi Schuller sieht die Kuh etwas zweifelhaft an. Dann schwenkt er den Hut, dass die letzten Milchtropfen spritzen, sagt lustig-verlegen: »Guten Tag und danke schön, Muhtsche« und nimmt seinen Weg wieder unter die Füße. Die Kuh antwortet »Muh« und hat denselben Weg. Schuller geht hastiger, die Kuh hat es auch eilig. Schuller bleibt stehen. »Gehst du weg, Muhtsche!« Die Kuh sieht ihn an. Als er weitergeht, streckt sie ihm gleich den Kopf über die Schulter, dass sie auch in Kontakt bleiben. Und weil das lästig ist, fasst er sie beim Strick und denkt bei sich: Vielleicht verdiene ich mir als Finderlohn Mittagessen und ein Nachtquartier.

Nach einer Weile Wanderschaft lichtet sich der Wald, Schuller nebst Kuh sehen Felder vor sich, Wiesen, ein Flüsschen zwischen Weiden und Pappeln und rechter Hand einen Bauernhof. Auf einer Wiese am Weg steht der Bauer und mäht.

Schuller ist es nicht ganz gemütlich, mit der Kuh am Strick beim Bauern vorbeizugehen, er lässt den Strick so lang, wie es geht, als hätte er nichts mit dem Rindvieh zu tun, murmelt hastig »Guten Tag« und will weiter.

»He«, ruft der Bauer.

Schuller marschiert eilig weiter.

»Holla!«, ruft der Bauer. »Sie da! Das ist doch die schwarze Bless vom Müller?«

»Ja?«, sagt Schuller dämlich und muss stehenbleiben, denn die Kuh ist stehengeblieben.

»Will er sie nun doch verkaufen?«, fragt der Bauer. »Bringst du sie auf den Markt nach Pyritz?«

»Ja«, sagt Schuller.

»Du bist wohl der neue Müllerbursche? Was will er denn für haben?«

»Dreihundert …«, sagt Schuller und schwitzt.

»Der Esel! Der Dickkopf!«, schimpft der Bauer. »Und mir hat er sie dafür nicht lassen wollen!«

»Guten Tag«, sagt Schuller und zieht an dem Strick.

»He!«, ruft der Bauer wieder. »Holla! Für dreihundert nehme ich die schwarze Bless auch, und du sparst den Weg auf Pyritz. Und ein Schwanzgeld kriegst du obendrein.«

»Wie viel?«, fragt Schuller.

»Zehn«, sagt der Bauer.

»Fünfzehn«, verlangt Schuller.

»Ist gemacht«, sagt der Bauer, und sie geben sich die Hand.

Nachher, in der Bauernstube, nachdem der Schuller die Dreihundertfünfzehn in Empfang genommen hat, steht der Bauer nachdenklich und dreht ein Fünfmarkstück in der Hand. »Du«, sagt er zögernd. Der Schuller schweigt. »Du sparst doch den Weg auf Pyritz, ja?«, fragt der Bauer.

»Ja«, sagt der Schneider.

»Du könntest mir einen Gefallen tun, und ich geb dir fünf Mark. Ich hab meinen Braunen an den Bauern Scheel in Puttgarten verkauft – möchtest du ihn dem nicht hinbringen?«

»Ja …«, meint Schuller zögernd.

»Es ist knapp eine Stunde Weg: Du musst nur aufpassen, dass der Müller dich nicht sieht. Weil er doch denkt, du bist auf dem Markt …«

»Meinethalben«, lässt sich Schuller erweichen.

»Ja – und pass auf, dass der Müller dich nicht sieht. Der wollte auch gerne den Braunen kaufen, aber der Scheel zahlt dreihundertfünfzig.«

»Ich lass mich nicht sehen«, sagt Schuller und reitet ab.

Wie er in den Wald reitet, fängt er an zu pfeifen, dreihundertzwanzig Eier in der Tasche und von Schusters Rappen auf den Braunen gekommen. Der Magen satt, der Beutel satt – es ist eine vergnügliche Welt.

Aber dann hört Schuller wieder mit Pfeifen auf, der Braune macht behutsam Bein für Bein trapp-trapp, und Schuller denkt nach.

Eine Weile später kommt der Kreuzweg, wo es zur Wassermühle links und nach Puttgarten zum Scheel rechts geht. Schuller reitet links ab. Es kommt ein Wiesentälchen im Wald, wieder sieht der Schneider das Flüsschen mit seinen Weiden und Pappeln, und da ist auch schon das rote Dach der Mühle. Schuller steigt ab, klopft gegen ein Fenster und ruft: »Hallo!«

Die Tür tut sich auf, und der Müller kommt heraus. »Na?«, fragt er und betrachtet sich Ross und Reitersmann.

»Guten Tag«, sagt Schuller und lässt dem Müller alle Zeit, sich den Gaul gründlich anzusehen.

»Wie kommt denn Voßens Brauner zu dem Reiter?«, fragt der Müller.

»Ich bin Schneider«, sagt Schuller und lügt einmal nicht.

»So«, sagt der Müller.

»Ich bin aus der Verwandtschaft von Voß«, sagt Schuller und gerät dabei wieder in sein richtiges Lügen-Fahrwasser.

»So«, sagt der Müller wieder. »Und was hat der Braune damit zu tun?«

»Mein Onkel muss eilig was zahlen«, erzählt Schuller. »Und da lässt er fragen, ob Sie den Braunen jetzt für Dreihundert wollen?«

»Na ja«, sagt der Müller und denkt nach. Er denkt lange nach, dann sagt er: »Zweihundertfünfzig.«

Schuller sagt nur »Nein« und macht Anstalten, wieder auf den Gaul zu kraxeln.

»Halt!«, ruft der Müller. »Wo willst du denn nun hin?«

»Zum Scheel nach Puttgarten«, sagt der Schuller bloß.

»So, also zum Scheel. Na also, dreihundert, meinethalben, aber ein Schwanzgeld kriegst du nicht.«

»Aber …«, sagt Schuller.

»Kriegst du nicht«, sagt der Müller. »Bind den Gaul an und komm rein, dass ich dir das Geld gebe.«

Schuller hat sein Geld eingestrichen und trinkt mit dem Müller einen Schnaps, da hört er draußen vor dem Haus Weibergeschrei und Gekreisch, und eine dicke rote Frau kommt in die Stube gestürzt und weint: »Oh, Vadding, Vadding! Use Kauh is weg! Use Bless is weg!«

Dem Schneider wird es heiß und kalt.

»O verdammt!«, schreit der Müller. »Hast du doch keinen neuen Tüderstrick genommen?! Da soll doch der Henker –! Unsere beste Kuh –!«

Die Frau weint, der Müller flucht, da sagt Schuller: »Ihre Kuh ist weg? Ich weiß, wo die ist.«

»Was …?«, sagen die beiden und sperren Nase und Mund auf.

»In Onkel Voßens Klee hat sie gestanden«, berichtet Schuller. »Da hat sie der Onkel gepfändet wegen dem Feldschaden …«

»Meine Bless gepfändet!«, schreit der Müller. »Der olle düsige Voß und meine Bless pfänden! Da soll doch das Wetter …!«

Stürzt aus dem Haus, springt auf den Braunen, klappert die Straße runter, schreit zum Schuller: »Du kommst gleich nach, du! Du bist Zeuge …« Weg ist der Müller um die Waldecke.

Der Schuller ist lieber nicht nachgekommen. In einer Waldecke hat er die Marie gezählt, und vor Lachen hat er sich immer wieder verzählt, wenn er sich ausgemalt hat, wie Müller und Bauer sich wegen Kuh und Pferd auseinandergesetzt haben … Müller mit Voßens Braunem, Bauer mit Müllers Bless, und so rechtlich beide bezahlt … Schuller lachte noch lange.

Später aber, vorm Richter, der auch hat lachen müssen, hat

der Schuller wieder gesagt: »Es ist alles von selbst gekommen, Herr Richter, ich hab nichts dazu getan. Man muss nur das Genie haben, dann hat man auch einen glücklichen Tag. Getan hab ich nichts dazu …«

Der Richter ist anderer Meinung gewesen.

Gute Krüseliner Wiese rechts

Am Donnerstag bekam Vater den Einschreibebrief. Er brauchte ziemlich viel Zeit, ihn aufzumachen und zu lesen, ich sah gut, wie er sich aufregte. Eine ganze Weile saß er da, mit den Fingern in den Haaren, und starrte auf den Brief, als könnte er ihn nicht verstehen.

»Was ist denn das für ein Brief, Vater?«, fragte Mutter.

Vater antwortete nicht. Wir gingen wie sonst aufs Feld. Wir mussten noch ein Stück Dung zu Kartoffeln unterpflügen, aber auch da sagte er mir den ganzen Tag kein Wort. Den Brief hatte er in der Joppentasche, doch soviel ich sah, nahm er ihn nicht wieder heraus: Jetzt hatte er wohl schon verstanden, was darin war.

Wir aßen wie sonst zu Mittag, und wir aßen auch wie sonst zu Abend, nur dass Vater vielleicht noch weniger redete als sonst. Ich beobachtete ihn ziemlich genau, aber sonst war ihm wirklich nichts anzumerken. Nach dem Abendessen ging ich noch in den Stall, um dem Vieh etwas Wasser anzubieten, da kam Vater mir nach. Er sah mir stillschweigend zu, die große Blesse, unsere beste Kuh, trank wirklich noch fast drei Eimer Wasser. Als er das sah, seufzte er zum ersten Male und sagte: »Wie wir all das Vieh über den Winter satt kriegen sollen?«

»Aber auf der Krüseliner Wiese steht ja Futter genug«, sagte ich.

»Ja, ja«, sagte Vater. »Kommst du jetzt mit?«

Ich kam mit. Wir gingen durch das Dorf hindurch. Bei Fingers sah ich den Bauern und die Bäuerin vor der Tür stehen und etwas mit dem Stellmacher Stark bereden, aber als wir näher kamen, waren sie weg. Es konnte ein Zufall sein, aber es kam mir nicht so vor. Irgendetwas war nicht im Lote, das merkte ich immer deutlicher.

Bei Kleinschmidts sah ich mich nach der Martha um, aber sie ließ sich nicht sehen. Man sieht Martha fast nie auf der Dorfstraße, immer ist sie im Haus und tut etwas, auch nach Feierabend. Sie sind bloße Häusler, Kleinschmidts, keine Bauern wie wir oder Fingers, aber ich gehe darum doch sehr oft hinein zu ihnen, ich mag die Martha sehr gerne.

Als wir aus dem Dorf heraus- und an den Wald herankamen, ging Vater hinein, und nun wusste ich, dass wir zu der Krüseliner Wiese gingen. Und wenn ich bedachte, dass wir heute früh den Einschreibebrief bekommen hatten und dass Fingers unsertwegen von der Dorfstraße gegangen waren, so wusste ich schon eine ganze Menge, wenn Vater auch nichts gesagt hatte. Ich hätte nie gedacht, dass Fingers so gemein sein könnten. Die Krüseliner Wiese gehört ihnen, aber wir haben sie seit eh und je von ihnen gepachtet. Nicht mit Vertrag und Geld, sondern wir halten die Wiese in Ordnung, eggen und düngen sie, sorgen dafür, dass die Gräben offen sind, und ernten sie ab. Und von dem, was wir ernten, bekommen wir die Hälfte für unsere Arbeit und Fingers die andere Hälfte, weil ihnen die Wiese gehört. Wir haben auch einen Zaun um die Wiese gemacht wegen des Wildschadens. Wir brauchen die Wiese für unsere Wirtschaft, wir bekämen unser Vieh nie durch den Winter, wenn wir nicht das Heu von der Krüseliner Wiese rechts hätten. Fingers brauchen die Wiese nicht, sie haben noch die Krüseliner Wiese links und ernten so viel Heu, dass sie sogar verkaufen können. Darum ist es so gemein von Fingers, und nun noch mit Einschreibebrief, wo wir nur fünf Häuser weiter wohnen. Aber ich weiß schon, wie es zusammenhängt, und Vater wusste es auch.

Wir standen am Waldrand und sahen auf die Wiese. Es war schon halb dunkel und ein bisschen bodenneblig, doch wir kannten ja die Wiese und wussten, was für ein gutes Futter darauf stand. Wir brauchten sie gar nicht näher anzusehen, aber es war natürlich gut, dass man sie jetzt unter Augen hatte. Darum war ja auch der Vater mit mir hierhergegangen.

»Ja, ja«, sagte der Vater. »Die soll nun also weg sein.«

»Nein«, antwortete ich.

»Wie wir es mit dem Futter machen sollen, verstehe ich nicht«, sagte der Vater. »Wir müssten mindestens die Hälfte vom Vieh abschaffen. – Aber das dürfen wir nicht, weil wir dann nicht genug Mist haben.«

»Soll es gleich sein, Vater?«, fragte ich.

»Ja, noch vor dem ersten Schnitt. – Es ist, weil wir nichts Schriftliches abgemacht haben, darum brauchen sie sich um keinen Termin zu kümmern. Ich hätte es schriftlich machen sollen, aber an so etwas hat man natürlich nie gedacht.«

»Ich auch nicht«, bestätigte ich.

Wir gingen nun doch noch vom Waldrand weg und auf die Wiese. Sie roch frisch, sie ist eine richtige gute Wiese, mit schönen Untergräsern, das Vieh frisst das Heu von ihr gerne. Es war ein Jammer, dass man solche Wiese verlieren sollte. Wir würden mit der Wirtschaft nie wieder zurechtkommen, sie würde nie mehr das sein, was sie jetzt war.

»Ich rede dir nicht rein, Jochen«, sagte der Vater.

»Nein, nein«, bestätigte ich.

»Es fragt sich eben, ob du es kannst.«

»Ich glaube es nicht«, sagte ich.

»Ist es wegen der Martha?«

»Auch«, gab ich zu. Ich hatte mit Vater noch nie darüber gesprochen, weil sie bloß eine Häuslertochter ist. Man schämt sich eben doch. »Aber ich glaube, auch ohne Martha ginge es mit Ella nicht.«

»Es ist deine Sache«, sagte Vater wieder. »Aber du musst bedenken, ihr habt den ganzen Tag Arbeit genug, und abends werdet ihr immer müde sein. Du brauchst nicht so viel mit ihr zusammen zu sein.«

»Das mag angehen«, antwortete ich.

Dann gingen wir wieder nach Haus. Es war nun ganz dunkel, Vater ging vor mir her, er seufzte ein paarmal. Er tat mir leid, er ist schon ein alter Mann und hat sich furchtbar um den Hof geplagt. Er hat ihn richtig in die Höhe gebracht, aber wenn nun die gute Krüseliner Wiese rechts wegging, dann war alles umsonst gewesen. Man kann keine Wiesen kaufen in unserer Gegend. Wir helfen uns mit Serradella, aber wenn wir ein trockenes Jahr haben, versagt die Serradella, und wir sind ohne Futter. Nein, es war sicher, das war nicht wiedergutzumachen, aber darum konnte ich ihm doch nicht helfen, so leid er mir tat.

Beim Krug blieb Vater stehen. »Gehst du noch ein bisschen rein, Jochen?«, fragte er.

»Ich?«, fragte ich. »Kommst du mit?«

»Nein. Aber du solltest vielleicht einmal gehen. Hier hast du zwei Mark.«

»Es hilft zu nichts, Vater«, sagte ich. Aber ich wollte ihm nicht auch darin zuwider sein und ging hinein. Es saßen nur Fischer Strasen da und der Krüger selbst. Sie sprachen davon, dass sich dies Frühjahr zu trocken anließe. Es war das nicht die richtige Unterhaltung für mich, ich musste immerfort an die Wiese denken und an die Seradella auf den trockenen Sandkuppen ohne Regen, aber ich redete mein Wort mit. Dazu trank ich ziemlich schnell. Als es gegen zehn ging, stand ich auf und bezahlte. Die zwei Mark gingen grade glatt auf, es waren acht Korn geworden, ein Bier, eine Zigarre. Ich war ziemlich betrunken, aber es machte mir nichts; ich würde doch nicht tun, was Vater wollte.

Ich ging nicht nach Haus, ich ging hintenrum zu Kleinschmidts und stieg da über den Gartenzaun. Es war längst alles dunkel bei denen, aber ich klopfte doch gegen Marthas Fenster.

Sie war gleich am Fenster. Ich sagte zu ihr: »Komm mal raus!«, und sie kam auch gleich raus.

Martha ist einen Kopf kleiner als ich, aber ich mag sie doch

sehr gerne. Sie hat so schönes aschblondes Haar, keinen Bubi-
kopf, sondern lange Zöpfe. Und dann hat sie dunkle Augenbrauen und braune Augen und die Backen immer rot; soviel
sie auch arbeitet, sie wird nie blass. Sie ist die schnellste Arbei-
terin im ganzen Dorf und nie Pfusch, nein, nie.

Ich erzählte es ihr, und sie hörte mich ganz ruhig an; es war,
als wüsste sie schon alles. Natürlich wusste sie schon alles – in
einem Dorf bleibt nichts geheim. Daher wusste sie alles.

Wir gingen ein Stück, und dann blieben wir wieder stehen,
sie hörte mich ganz ruhig an. Dann gingen wir wieder ein
Stück, und nun standen wir unten am See, und die Wellen kamen leise durchs Schilf, und ich war sehr verzweifelt, dass sie
nichts sagte. Ich machte es ihr recht klar, dass ich es nicht tun
würde und dass ich die Ella nie anfassen könnte, aber sie antwortete nichts. Sie machte mir gar keinen Mut.

Ich redete wieder eine Weile, aber ich sah, es hatte keinen
Zweck, und da wurde ich auch still. Wir hatten uns auf einen
Stein gesetzt, ganz dicht beieinander, und plötzlich merkte ich,
dass sie weinte. Ich hatte sie noch niemals so weinen sehen. Erst
redete ich wieder, aber dann nahm ich sie in meine Arme. Sie
konnte einen so wundervoll fest anfassen, als wäre man aller
Anhalt der Welt für sie, nicht nur ein dummer Bauernjunge,
sondern alles auf der Welt in einem. Wir hatten uns noch nie
so angefasst, aber so kam es …

Am nächsten Sonntag sind wir dann zu Fingers gegangen,
Vater, Mutter und ich. Die erwarteten uns schon, vielleicht
hatte Mutter uns angesagt, es war alles wie selbstverständlich,
und ich brauchte kein Wort zu sprechen. Von der Pachtkündi-
gung der Krüseliner Wiese war überhaupt nicht mehr die Rede.
Nachher gingen wir alle sechs in die Ställe, Ella auch mit, und
bei den Schweineboxen richteten die Eltern es so ein, dass wir
allein blieben.

Wir standen beide auf dem Rand des Futtertroges und sahen
über die Boxenwand in den Stand. Die Muttersau hatte grade
in der Nacht geferkelt, es war ein Wurf zu zehnen, und Ella

meinte, dass sie nicht alle durchkriegen würden. Darüber gingen die Eltern weg, und ich merkte, wir waren allein. Es war mir nicht gut, dass ich allein mit ihr war, aber das half mir nichts, ich würde noch oft mit ihr allein sein müssen, dreißig, vierzig Jahre lang. An sich ist die Ella gar kein übles Frauenzimmer, groß und stark gebaut, mit einer kräftigen Brust. Sie ist auch tüchtig, aber ich weiß doch von der Schule her, wie kalt und gierig sie ist, mit einem bösen Maulwerk; keinem gönnt sie ein gutes Wort, nicht einmal den eigenen alten Eltern.

Als wir gemerkt hatten, dass wir allein waren, standen wir eine ganze Zeit still auf dem Rand vom Futtertrog und sahen auf das Mutterschwein, an dem die Ferkel sogen. Nach einer Weile merkte ich, dass Ella ihren Arm an meinen heranschob, und nach wieder einer Zeit hatte sie ihren Arm um meine Schulter gelegt. Dann küsste ich sie. Es war gar nicht einmal so übel, sie zu küssen, sie hatte schöne volle Lippen und küsste gerne, sie lehnte sich immer fester gegen mich. Aber plötzlich begriff ich an ihrem raschen Atem, dass sie mich wirklich liebhatte und dass sie sich danach gesehnt hatte, mich zu kriegen – und da war erst alles ganz schlimm für mich, und ich musste sie gleich loslassen.

Sie merkte auch sofort, wie es mit mir war, und eine lange Zeit stand sie vor mir und sah mich nur an. Aber ich tat ihr den Gefallen nicht und sah sie nicht wieder an, bis sie fragte: »Jetzt denkst du wohl an Martha?«

Da musste ich sie ansehen, und sie sah mich gar nicht böse und gierig an, sondern ganz unglücklich, dass sie einem hätte leidtun müssen. Darum sagte ich auch: »Nein, nein.« Aber sie tat mir doch nicht richtig leid.

»Wirst du mich denn wirklich nie gerne haben?«, fragte sie nach einer Zeit.

Ich hätte ruhig tun können, als hätte ich das nicht gehört, so leise hatte sie gefragt, aber ich antwortete doch: »Ja, ja«, und dann gingen wir zusammen aus dem Stall und waren an dem Tag nicht wieder allein zusammen.

Fingers hatten es sehr eilig mit dem Aufgebot, schon nach einer Woche hingen wir im Kasten. Die Leute mögen sich schön die Mäuler zerrissen haben, aber ich habe nicht darauf hingehört. Ich habe mich auch nicht um Ella gekümmert: Wenn ich mit dem Gespann bei ihnen vorbeimusste, habe ich stets nach der andern Seite geschaut. Aber auch bei Martha habe ich mich nicht wieder sehen lassen, viele Wochen lang habe ich nichts von ihr gesehen. Ich blieb jetzt ganz gerne für mich allein.

Es war eine sehr schwere Zeit, und ich wusste überhaupt nicht, was ich mit mir anfangen sollte. Am wohlsten war mir noch, wenn ich im Krug saß. Ich ließ Vater die Arbeit tun und setzte mich schon am Vormittag hin, trinken. Dann war niemand in der Gaststube, die Krügersche stellte mir Bier und Korn hin, der Krüger war auch auf dem Felde. Die Fliegen summten und burrten so schön, und es waren immer Flecken von Schnaps und Bier auf den Holztischen. Ich fand, das passte nun zu mir; früher war ich fast nie in den Krug gegangen, früher hätte es nicht gepasst. Ob ich in den langen Stunden, die ich dasaß, viel nachgedacht habe, das weiß ich nicht mehr. Ich glaube es aber nicht, ich habe da nur so gesessen und getrunken, ich war innen ganz leer und verbrannt.

Die ersten Male haben mich Vater oder Mutter noch aus dem Krug weggeholt, wenn ich zu lange fortblieb. Vater war sehr weich zu mir, er hat mir nie ein böses Wort gesagt, obwohl er sich bestimmt schämte, dass sein Sohn nun ein öffentlicher Trinker geworden war. Mutter schalt eher einmal. Vater hat mich auch nicht gezwungen, auf der Krüseliner Wiese mit zu heuen. Er verstand schon, dass ich die jetzt nicht sehen mochte. Er hat extra einen Mann statt meiner angenommen. Aber als ich einmal Vater gefragt habe, ob es nicht ginge, dass ich direkt nach der Hochzeit fortreiste, für immer, wir hätten dann doch die Wiese, da hat er nein gesagt. Nein, es ginge nicht.

Als eine ganze Reihe Wochen vergangen war – es war nun nicht mehr weitab von der Hochzeit –, merkte ich, dass es nicht anders mehr zu machen war: Ich musste die Martha einmal wiedersehen. Aber ich bekam sie nirgends zu sehen, und schließlich erfuhr ich vom Krüger, dass sie gar nicht mehr im Dorf war, sondern in der Stadt als Mädchen in einem Hotel. Da nahm ich mir Geld und fuhr auch in die Stadt. Ich kam erst ziemlich spät an, und deswegen bekam ich sie an dem Abend nicht mehr zu sehen. Aber am Morgen machte sie meine Tür auf, weil ich nach dem Stubenmädchen dreimal geklingelt hatte, wie auf dem Zettel stand – und da war sie vor mir, und diesmal wurde sie so weiß wie der Kalk an der Decke.

Sie lehnte sich gegen die Tür, und nach einer Weile sagte sie: »Ach, lieber Jochen«, und die Tränen liefen ihr übers Gesicht.

Ich sagte ihr »Guten Tag« und gab ihr die Hand, und so standen wir eine lange Zeit Hand in Hand, und ich merkte, wie es mich in Brust und Kehle stieß, und wenn ich gekonnt hätte, hätte ich auch geweint. Aber das konnte ich nun doch nicht.

Wir standen lange so, und dazwischen hörten wir die Hotelglocke viele Male gehen, aber sie rührte sich auch nicht. Uns war schon alles egal. Schließlich flüsterte sie: »Ach Gott, Jochen, das hättest du nun doch nicht tun sollen, mir nachzukommen«, und ich zog sie näher und näher.

Und dann vergaß ich alles und hatte die dunkelbraunen Augen und die dunklen Augenbrauen und das seidige Haar ganz nahe vor mir, und ich liebte sie so sehr, weil ich sie so gerne mochte, und ich war so wütend auf sie, weil sie es auch gesagt hatte, es müsste mit der Krüseliner Wiese so sein, wie Vater wollte. Ich zog sie immer näher, aber sie machte sich mit einem Ruck frei.

»In zwei Wochen heiratest du«, sagte sie. »Und denkst du, ich bin so, dass du zu mir kommen kannst, wenn es dir passt, nachher wie vorher?«

»Nur jetzt noch –«, begann ich zu betteln, aber sie hörte mich gar nicht. Und als ich nicht nachließ, sie zu bedrängen. und sie fangen wollte, und die Hotelglocke ging immerzu auf dem Flure, da wurde sie böse. Ich sah, wie ihre Augen anders wurden, sie funkelten, und ihre Lippen wurden ganz eng, und dann nahm sie die Faust und schlug mich mitten ins Gesicht. »Du trinkst ja«, sagte sie. »Es ist ja bloß das Getränk, das mich will, gar nicht du.«

»Ich will auch nie mehr trinken, Marthel«, sagte ich, aber da hatte ich die Faust schon im Gesicht. Es ist sehr lange her, dass mich einer geschlagen hat, seit der Schulzeit her nicht mehr, und nun noch mit der Faust mitten ins Gesicht Ich hätte sie beinahe wiedergeschlagen, weil ich rot sah, aber sie kam frei und rasch aus dem Zimmer.

Sie kam nicht wieder, und ich saß lange am Fenster und fühlte, es war alles kaputt und nie wieder heil zu machen, in mir und wegen meinem Gesicht und überhaupt wegen allem, und wenn wir jetzt auf die Krüseliner Wiese verzichtet hätten, es wäre dann doch nichts wieder heil geworden. Auch mit Martha nicht.

Schließlich habe ich nach dem Ober geklingelt und habe mir eine ganze Flasche Kognak bringen lassen, und dann habe ich ihn gefragt, ob mein Zimmer nicht saubergemacht werden könnte. Da hat er die Martha geschickt; und sie hat unter meinen Augen das Zimmer saubermachen müssen, und ich habe still an meinem Fenster gesessen, habe den Kognak getrunken und habe ihr immer zugesehen. Sie hat nicht einmal aufgeschaut, und als sie fertig war, habe ich »Danke schön« gesagt und habe ihr eine Mark hingelegt. Sie hat die Mark liegengelassen.

Ich wollte noch ein paar Tage bleiben und ihr immer stumm zusehen, aber in der Nacht bekam ich plötzlich einen andern Gedanken und bin wieder nach Hause gefahren, und da habe ich dann in vierzehn Tagen geheiratet. Mit meiner Ehe ist es gar nicht so schlimm geworden, weil nämlich Ella Angst vor mir hat. Und trinken tue ich auch nicht mehr.

Aber manchmal überkommt es mich, und dann fahre ich ihr nach, und sooft sie auch wechselt, ich finde sie immer wieder. Dann stelle ich mich in ihre Nähe und sehe ihr zu. Wir haben nie wieder ein Wort miteinander geredet, aber böse ist sie mir nicht mehr. Denn manchmal, wenn es mit ihrer Herrschaft schlecht passt in der Küche, richtet sie es ein und macht sich einen Weg durch die Stadt, in der sie arbeitet. Dann setzt sie sich auf eine Bank, und ich setze mich auf eine andere Bank, und manchmal sehen wir uns auch an. Es ist nicht viel, aber es macht es leichter. Ich werde nie wieder ein Mädel so gerne haben können wie sie. Nach ein oder zwei Stunden steht sie dann auf und geht nach Haus. Sie geht in ein Steinhaus, und im Torgang dreht sie sich noch einmal um und winkt durch die Glasscheibe. Aber sie tut es nie eher, ehe nicht die Tür zwischen uns ist. Sie versteht schon, wie schwer es für mich ist.

Wenn sie dann weg ist, gehe ich auf die Bahn und fahre nach Haus. Ja, nach Haus.

Die Krüseliner Wiese rechts ist eine gute Wiese, und ohne sie wäre der Hof nicht zu halten. Aber darum verstehe ich es doch nicht, und nun, wo ich es aufgeschrieben habe, verstehe ich es immer noch nicht. Ich habe stets gedacht, ich hätte etwas vergessen, darum verstünde ich es nicht, aber ich habe nichts vergessen. Es ist einfach nicht zu verstehen. Und Müller Schmidtke soll gesagt haben, dass ich ein Feigling erster Klasse bin, und dann wird es wohl auch so sein, aber darum verstehe ich doch nicht, wie ich es hätte anders machen sollen. Wir haben jetzt vier Kinder, und ich habe immer gehofft, eines würde sein wie die Martha. Aber sie sind alle wie die Ella, und so bleibe ich denn wohl allein. Vater ist auch nur noch hinfällig.

Das Schreiben hat auch nichts geholfen, und so werde ich denn morgen losfahren und sie wieder einmal suchen. Ich habe mir vorgenommen, wenn ich fünfzig bin, will ich sie einmal ansprechen. Das ist schon ein Trost, aber es ist noch sehr lange hin, ich bin erst zweiunddreißig. Gute Nacht!

Geschichten aus der Murkelei

Geschichte von der kleinen Geschichte

Es war einmal ein Kind, das war nicht artig und wollte sein Essen nicht essen. Da stellte es die Mutter zur Strafe vor die Tür und fing an, drinnen den artigen Kindern eine kleine Geschichte zu erzählen.

Als das unartige Kind merkte, drinnen erzählte die Mutter, brüllte es ein wenig leiser, denn es wollte horchen und hätte gerne zugehört. Da rief die Mutter: »Willst du jetzt artig sein und gut essen, Kind, so darfst du bei meiner kleinen Geschichte zuhören.«

Doch der Bock stieß das Kind noch, und als es die Mutter rufen hörte, fing es gleich wieder an, lauter zu brüllen, so gerne es auch die kleine Geschichte gehört hätte. Da fuhr eine Maus aus ihrem Loch und fragte: »Was machst du denn für ein Geschrei, Kind? Meine jungen Mäuslein verschlucken sich ja vor Schreck beim Speckessen.«

Das Kind antwortete und sprach: »Meine Mutter hat mich vor die Tür gestellt und will mich ihre kleine Geschichte nicht hören lassen. Darum, wenn du willst, dass deine Kinder in Ruhe Speck essen, schlüpfe durch einen Mäusegang ins Esszimmer und berichte mir, was für eine kleine Geschichte meine Geschwister hören.«

Die Maus tat, wie das Kind gesagt hatte, fuhr durch einen Mäusegang ins Esszimmer und horchte. Die Mutter aber, die hörte, dass das Kind still geworden war, rief durch die Tür: »Willst du jetzt artig sein und essen, Kind?«

Das Kind dachte bei sich: Gleich kommt die Maus und erzählt mir die kleine Geschichte, da brauche ich auch nicht artig zu sein, und fing wieder an, lauter zu brüllen. Als das Kind eine Weile gebrüllt hatte und die Maus noch immer nicht kam, dachte es: Es ist doch sonderbar, dass die Maus so lange ausbleibt, das muss ja eine ganz herrliche Geschichte sein, dass sie das Wiederkommen ganz vergisst. Ich will einmal die Fliege schicken, dass sie nach der Maus sieht.

Das Kind rief also die Fliege an und sagte: »Liebes Fräulein Krabbelbein, ich habe die Maus ins Esszimmer geschickt, dass sie auf die kleine Geschichte hört, die meine Mutter meinen Geschwistern erzählt. Aber die Maus kommt nicht wieder – willst du da nicht so freundlich sein und durchs Schlüsselloch kriechen und einmal nach dem Rechten sehen? Ich gebe dir auch morgen früh meinen Zucker, den ich zum Kakao bekomme.«

Die Fliege war einverstanden, kroch durchs Schlüsselloch und verschwand. Die Mutter aber, die hörte, das Kind brüllte nicht mehr, rief durch die Tür: »Willst du jetzt artig sein und essen, Kind?«

Das Kind dachte: Gleich kommen Maus und Fliege zurück und erzählen mir die kleine Geschichte, da brauche ich nicht artig zu sein! Und es schrie: »Nein, nein, ich will nicht essen!«, und brüllte noch lauter.

Als es aber eine Weile gebrüllt hatte, wunderte es sich, dass weder Maus noch Fliege wiederkamen, und dachte bei sich: Was muss das doch für eine wunderbare Geschichte sein! Mäuslein vergisst ihre Kinder, Krabbelbein denkt nicht an den Zucker – nein, jetzt mache ich nur noch einen Versuch, und wenn ich dann nichts erfahre, will ich gewiss artig sein und essen, damit ich nur die kleine Geschichte höre.

Es rief also eine Ameise an, die grade auf der Diele kroch, und sagte: »Fräulein Schmachtleib, Sie sind so dünn, sicher können Sie unter der Tür durchkriechen. Tun Sie das doch und sehen Sie im Esszimmer nach, was eigentlich Maus und Fliege machen, die ich geschickt habe, die kleine Geschichte zu hören, die meine Mutter meinen Geschwistern erzählt. Kommen

Sie aber bloß schnell wieder. Ich halte es vor lauter Neugierde schon nicht mehr aus.«

Die Ameise sprach: »Den Gefallen will ich dir wohl tun«, kroch unter der Tür durch und verschwand. Die Mutter aber, die hörte, das Kind brüllte nicht mehr, rief durch die Tür: »Komm bloß schnell, Kind, sei artig und iss. Es gibt jetzt etwas ganz Feines!«

Das Kind aber dachte: Die Ameise wird mir jetzt Maus und Fliege schicken, da werde ich die kleine Geschichte schon zu hören bekommen. Und es schrie: »Ich will gar nichts essen – auch nichts Feines!«, trampelte mit den Füßen und brüllte noch lauter als vorher.

Als es aber eine Weile laut gebrüllt hatte, brüllte es leiser. Einmal, weil ihm der Hals weh tat, dann aber, weil es dachte: Es muss eine zu schöne Geschichte sein. Die drei, Maus, Fliege und Ameise, hören zu und vergessen mich ganz. Ich will jetzt doch artig sein und essen. Und das Kind hörte ganz auf zu brüllen.

Die Mutter aber, die das Kind dreimal umsonst gefragt hatte, war jetzt böse auf das Kind und fragte es nicht mehr. Da dachte das Kind: Meine Mutter ist böse auf mich. Ich will ein bisschen an der Tür kratzen. Dann fragt sie mich, ob ich wieder artig sein will, ich aber sage ja und darf hinein. Und das Kind kratzte an der Tür.

Die Mutter hörte es wohl, aber sie wollte das ungezogene Kind nicht mehr fragen, und so schwieg sie. Nun fing das Kind an zu rufen: »Ich will artig sein! Lass mich herein!«

Da fuhr die Maus aus dem Mäusegang und rief atemlos: »Gott, was war das für eine herrliche Geschichte! Entschuldige bloß, dass ich nicht kam, aber ich konnte nicht früher kommen, als bis ich das allerletzte Wort gehört hatte.«

Die Fliege schwirrte durch das Schlüsselloch und summte: »So eine vorzügliche Geschichte hört man wirklich nicht alle Tage. Da war es kein Wunder, dass die Kinder gegessen haben wie die Scheunendrescher – auch nicht ein Löffel voll blieb in der Schüssel!«

Und die Ameise kroch unter der Tür hervor und ächzte: »So eine großartige Geschichte und dazu noch Schokoladenpudding und Vanillensoße – so gut möchte ich es auch einmal haben!«

»Was?!«, rief da das unartige Kind. »Es hat Schokoladenpudding mit Vanillensoße gegeben?! Da will ich auch was abhaben!« Und es riss die Tür auf und schrie: »Ich will auch Pudding mit Vanillensoße! Ich will ganz artig sein! Und die kleine Geschichte will ich auch hören!«

Da fingen alle Kinder mit der Mutter an zu lachen und zeigten dem unartigen Kind die Puddingschüssel – da war auch nicht ein Krümchen mehr darauf. Und sie zeigten ihm die Teller, die waren so blank und leer, als wären sie mit der Zunge abgeleckt. Die Mutter aber sagte: »Warum hast du dich nicht zur rechten Zeit besonnen, Kind? Nun ist nichts mehr da.«

Das Kind fing an zu weinen und sagte: »Wenn ich denn keinen Pudding mehr bekomme, so will ich doch die wunderbare, die herrliche, die großartige kleine Geschichte hören, die du meinen Geschwistern erzählt hast.«

Die Mutter aber antwortete: »Jetzt ist später Abend. Jetzt werden keine Geschichten mehr erzählt, jetzt wird ins Bett gegangen.«

Da musste das unartige Kind ohne Pudding und ohne kleine Geschichte ins Bett gehen, und darüber war es sehr traurig. Hätte es sich aber zur rechten Zeit besonnen, so hätte es Pudding und kleine Geschichte bekommen, und das wäre besser für das Kind gewesen und ebenso für uns, denn dann hätten wir die kleine Geschichte auch zu hören bekommen!

Geschichte vom Mäusecken Wackelohr

In einem großen Stadthaus wohnte einmal eine Maus ganz allein, die hieß Wackelohr. Als Kind war sie einst von der Katze überfallen und dabei war ihr das Ohr so zerrissen worden, dass sie es nicht mehr spitzen, sondern nur noch damit wackeln konnte. Darum hieß sie Wackelohr. Und dieselbe alte böse Katze hatte ihr auch alle Brüder und Schwestern und die Eltern gemordet, deshalb wohnte sie so allein in dem großen Stadthaus.

Da war es ihr oft einsam, und sie klagte, dass sie so gerne ein anderes Mäusecken zum Spielgefährten gehabt hätte, am liebsten einen hübschen Mäuserich. Aber von dem Klagen kam keiner, und Wackelohr blieb allein.

Als nun einmal alles im Hause schlief und die böse Katze auch, saß Wackelohr in der Speisekammer, nagte an einem Stück Speck und klagte dabei wieder jämmerlich über seine große Verlassenheit. Da hörte es eine hohe Stimme, die sprach: »Hihi! Was bist du doch für ein dummes, blindes Mäusecken! Du brauchst ja nur aus dem Fenster zu schauen und siehst den hübschesten Mäuserich von der Welt! Dabei geht es ihm auch noch wie dir: Er ist ebenso allein wie du und sehnt sich herzlich nach einem Mäusefräulein.«

Wackelohr guckte hierhin, und Wackelohr guckte dorthin, Wackelohr sah auf den Speckteller und unter den Tellerrand – aber Wackelohr erblickte niemanden. Schließlich sah es zum Fenster hinaus. Drüben war nur ein anderes großes Stadthaus mit vielen Fenstern, die in der Abendsonne glitzerten, und kein Mäuserich war zu erblicken. Da war Wackelohr ungeduldig.

»Wo bist denn du, die mit mir spricht? Und wo ist denn der schöne Mäusejunge, von dem du erzählst?«

»Hihi!«, rief die hohe Stimme. »Bist du aber eine blinde Maus! Schau doch einmal hoch zur Decke, ich sitze ja grade über dir!«

Das Mäusecken sah hoch und, richtig!, grade über seinem Kopf saß eine große Ameise und funkelte es mit ihren Augen an. »Und wo ist der Mäuserich?«, fragte das Mäusecken die große Ameise.

»Der sitzt dir grade gegenüber in der Dachrinne und lässt den Schwanz auf die Straße hängen«, sagte die Ameise.

Wackelohr sah hinaus, und wirklich saß drüben in der Dachrinne ein schöner Mäusejunge mit einem kräftigen Schnurrbart, ließ den Schwanz über die Rinne hängen und sah die Straße auf und ab. »Warum sitzt er denn da, du Ameise?«, fragte Wackelohr. »Er kann doch fallen, und dann ist er tot!«

»Nun, er langweilt sich wohl auch«, antwortete die Ameise. »So hält er ein bisschen Ausschau, ob er ein Mäusecken auf der Straße sehen kann.«

Da bat Wackelohr: »Ach, liebste Ameise, sage mir doch einen Weg, wie ich zu ihm kommen kann. Ich will dir auch all meinen Speck schenken.«

Die Ameise strich sich nachdenklich ihren kräftigen Unterkiefer mit den beiden Vorderbeinen, juckte sich mit den Hinterbeinen und sprach: »Deinen Speck will ich nicht, ich esse lieber Zucker und Honig und Marmelade. Und einen Weg zu dem Mäuserich weiß ich auch nicht für dich. Ich gehe immer durch das Schlüsselloch, und dafür bist du zu groß.«

Wackelohr aber bat und bettelte, und schließlich versprach die Ameise, sich bis zum nächsten Abend zu überlegen, wie Wackelohr zu seinem Mäuserich kommen könnte.

Am nächsten Abend traf Mäusecken die Ameise wieder in der Speisekammer und fragte sie, ob sie nun wohl einen Weg wisse. »Vielleicht weiß ich einen Weg«, sagte die kluge Ameise, »aber ehe ich dir den sage, musst du mir einen Zuckerbonbon schenken.«

»Ach!«, rief Wackelohr, »woher soll ich den denn nehmen? Der einzige Zuckerbonbon, von dem ich weiß, liegt auf dem Nachttisch der Hausfrau. Den lutscht sie immer, wenn sie morgens aufwacht, damit der Tag ihr gleich süß schmeckt.«

»Nun, so hole den doch!«, sagte die Ameise kaltblütig.

»Den kann ich doch nicht holen«, rief das Mäusecken traurig. »In dem Schlafzimmer schläft ja auch die alte böse Katze, die meine Eltern und Brüder und Schwestern geholt hat. Wenn die mich hört, mordet sie mich bestimmt.«

»Das musst du wissen, wie du es machst«, sagte die Ameise ungerührt. »Bekomme ich den Bonbon nicht, erfährst du den Weg nicht zu deinem Mäuserich.«

Da half Wackelohr kein Bitten und kein Weinen und kein Flehen, ohne den Bonbon wollte die Ameise ihm nichts sagen. Also ging Mäusecken auf seinen leisesten Pfoten aus der Speisekammer in die Küche, und aus der Küche in das Esszimmer, und aus dem Esszimmer in das Arbeitszimmer, und aus dem Arbeitszimmer auf den Flur. Auf dem Flur aber machte es seine Pfoten womöglich noch leiser und wutschte, sachte, sachte, still in das Schlafzimmer.

Im Schlafzimmer war es für Menschenaugen ganz dunkel, weil die Vorhänge zugezogen waren. Aber Mäuse haben Augen, die besonders gut im Dunkeln sehen können. Und so sah Wackelohr denn, dass – o Schreck! – seine Feindin, die Katze, nicht schlief. Sondern sie lag auf einem schönen Kissen grade vor dem Bett, an dem das Mäusecken vorbeimusste, wenn es zum Nachttisch mit dem Bonbon wollte, dehnte und streckte sich und leckte das Maul, als wäre sie noch hungrig.

Wie Mäusecken das sah, konnte es nicht anders: Es musste vor Schreck quieken. Sprach die Katze: »Hier ist wohl eine Maus im Zimmer? Ich dachte, ich hätte alle Mäuse in diesem Hause längst totgemacht. Nun, wenn noch eine Maus da ist, werde ich sie gleich haben.« Und sie streckte sich, um aufzustehen.

In seiner Angst bat das Mäusecken den Stuhl, unter dem es

saß: »Ach, lieber Stuhl, knarre ein wenig. Dann denkt die Katze, es war nur Stuhlknarren und kein Mäusequieken.« Und der Stuhl tat dem Mäusecken den Gefallen und knarrte ein wenig. Die Katze aber legte sich wieder hin und sprach: »Ach so, es hat bloß ein Stuhl geknarrt. Ich dachte schon, es wäre eine Maus. Aber wenn es bloß ein Stuhl ist, kann ich ruhig schlafen.« Und damit streckte sich die Katze aus und schlief ein.

Was sollte Wackelohr tun? Direkt an der bösen Feindin vorbei zum Nachttisch zu gehen, dazu fehlte ihr der Mut. Sie fürchtete, sie würde vor Angst mit ihren Nägeln auf dem Fußboden klappern und dadurch die Katze aufwecken. Den Bonbon aber musste sie kriegen, sonst erfuhr sie den Weg zum Mäuserich nicht. Da beschloss Wackelohr, über das Bett zu laufen und vom Kopfkissen auf den Nachttisch zu klettern. Das war wohl nicht so gefährlich, denn in dem Bett schlief die Hausfrau, und Menschen sind für Mäuse lange nicht so schlimm wie die Katzen, weil sie nicht so schnell wie die Katzen sind und weil sie auch viel fester als Katzen schlafen.

Wackelohr machte sich also auf den Weg. Zuerst kletterte es am Bettbein hoch, wobei es sich mit seinen Krallen sehr festhalten musste. Dann sprang es ins Bett. Da hatte es nun auf Decke und Kissen eine weiche Straße, wo die Krallen nicht klappern konnten. Es lief eilig voran, weil es aber so eilig lief, passte es nicht auf, und so kitzelte es mit seinem langen Schwanz die Hausfrau grade unter der Nase.

Die musste niesen, wachte auf, meinte, es sei die Katze gewesen, die schon manchmal ins Bett gesprungen war, und rief: »Gehst du weg, alte Katze!«

Davon erwachte die Katze, glaubte, sie sei gerufen, und sprang mit einem Satz ins Bett. Darüber wurde die Hausfrau erst recht ärgerlich, schlug nach der Katze und rief: »Mach, dass du fortkommst, Störenfried!«

Die Katze verstand nicht, warum sie erst gerufen wurde und nun wieder nicht kommen sollte und nun gar geschlagen wurde, und miaute zornig. Davon wachte der Hausherr im Bett

184

daneben auf und rief: »Ist die ungezogene Katze schon wieder im Bett? Na warte, Olsch!« Und er machte Licht, ergriff einen Stiefel und fing an, nach der Katze zu schlagen, die jämmerlich schrie.

Bei all dem Geschrei und Gespringe und Geschlage und Miauen hatte Wackelohr längst den Bonbon ins Maul genommen, war vom Nachttisch gesprungen und durch die offene Tür hinausgewutscht. Da saß es, hörte den Lärm und freute sich, dass seine böse Feindin Schläge bekam.

»Siehst du wohl«, sagte die Ameise, als Wackelohr mit dem Bonbon im Maule ankam, »man muss sich nur nicht so anstellen, es war gar nicht so schlimm. – Du hast doch nicht etwa ein Stückchen abgebissen?« Und sie sah den Bonbon misstrauisch an. Aber der war in Ordnung; obwohl Wackelohr ihn im Maule getragen hatte, hatte es nicht einmal mit der Zungenspitze daran gerührt. Nun wollte es aber auch zum Lohn für all seine Mühe den Weg zum schönen Mäuserich wissen.

»Der ist ganz einfach«, sprach die Ameise. »Du weißt doch, oben auf dem Dachboden hält der Hausherr sich Tauben, die den ganzen Tag frei ein- und ausfliegen, soviel sie nur wollen. Bitte eine der Tauben, dich auf ihrem Rücken mitzunehmen – das sind freundliche Vögel, sie werden es schon tun.«

Dies schien dem Mäusecken ein guter Rat, und gleich schlüpfte es die Treppe hinauf in den Taubenschlag. Auch die Ameise ging eilends heim, denn sie wollte rasch all ihre Schwestern zusammenrufen, damit jede noch vor Morgen ein Stücklein Bonbon heimtrug.

»Ruckediguck – Guckcdiruck«, schwatzten die Tauben noch in ihrem Schlag, obwohl es schon ganz dunkel war. Sie besprachen sich, wohin sie am nächsten Morgen fliegen wollten, um Futter zu suchen. Im Garten am See waren Erbsen gelegt, aber es war die Frage, ob man sie bekam, denn dort trieb ein großer, gelber Kater sein Unwesen, der gar zu gerne Täubchen aß. »Guckediruck«, sagten die Tauben, »mit den Katzen wird es schlimmer und schlimmer – dass die Menschen solch wilde Tiere überhaupt dulden! Ruckediguck!«

»Das sage ich auch«, sprach die Maus höflich unter der Tür. »Mich hätte heute Abend auch beinahe die Hauskatze erwischt, hätte nicht ein Stuhl freundlich für mich geknarrt. Das angstvolle Leben in diesem Hause ist mir ganz leid – will nicht eine so freundlich sein, mich morgen früh auf ihrem Rücken zum Hausdach drüben zu tragen?«

»Ruckediguck!«, riefen die Tauben erschrocken. »Ein Dieb ist im Schlag. Sicher will er unsere Eier austrinken.«

Aber das Mäusecken redete ihnen gut zu, dass es keine böse Absicht auf die Eier habe, sondern nur darum bitte, auf einem Taubenrücken zur andern Straßenseite getragen zu werden. »Ruckediguck«, sagten die Tauben da. »Wenn es so ist und du unsern Eiern nichts tust, so wollen wir dir gefällig sein. Aber jetzt ist die Schlagtür schon zu – komm morgen mit dem frühesten wieder. Ruckediguck!«

Da bedankte sich das Mäusecken Wackelohr höflich und ging in seinem Loch unter dem Küchenschrank schlafen. Es träumte aber die ganze Nacht von dem schönen Mäuserich. –

Unterdessen hatte die Katze Keile bekommen und war vor die Schlafzimmertür gesetzt, zur Strafe, weil sie der Hausfrau ins Bett gesprungen war. Da saß sie nun und ärgerte sich gewaltig, und alle Glieder taten ihr weh. »Ich bin der Hausfrau doch nicht mit meinem Schwanz ins Gesicht gefahren, wie sie gescholten hat«, sagte die Katze immer wieder zu sich. »Wer kann das bloß gewesen sein?« Da fiel ihr ein, wie sie erst eine Maus piepen gehört, dann aber gemeint hatte, es habe nur ein Stuhl geknarrt. Vielleicht war es doch eine Maus, die mir diesen Streich gespielt hat, dachte sie. Ich will doch einmal im ganzen Hause nachsehen, ob ich eine Spur von ihr finde.

Damit ging sie auf sachten Sammetpfoten los und ließ ihre großen, grünen Augen leuchten wie Laternen, dass sie trotz der dunklen Nacht alles sehen konnte. Sie sah um jede Ecke und roch unter jeden Schrank, und als sie unter den Küchenschrank roch, sprach sie: »Ich finde, hier riecht es mäusisch. Ach, wie gut riecht das doch! Komm heraus, kleine Maus, wir wollen zusammen tanzen!« Aber die Maus hörte die böse Katze nicht, Wackelohr schlief fest in seinem Loch und träumte vom Mäuserich.

So ging die Katze betrübt weiter, als nichts auf ihre falschen Lockreden kam, und gelangte in die Speisekammer. In der Speisekammer aber war ein großes Getriebe und Gelaufe von vielen tausend Ameisen, die jede ihr Stück von dem roten Bonbon abbeißen wollte. Da machte die Katze ihre Stimme grob und schalt: »Was ist denn das hier für ein Gelaufe und Geschmatze mitten in der ruhigen Nacht, wo doch alles schlafen soll! Gleich macht ihr Räuber, dass ihr fortkommt!«

Die Ameisen aber hatten keine Angst vor der Katze, denn die Katzen fressen keine Ameisen, weil die Ameisen sauer schmecken, und die Katzen lieben das Süße. Das wissen die Ameisen. »Hihi!«, riefen sie darum. »Hihi! Du alte, große Katze! Du läufst ja auch mitten in der Nacht herum, statt zu schlafen, da dürfen wir es auch wohl tun!«

»Bei mir ist das eine andere Sache«, sprach die Katze streng. »Ich bin vom Hausherrn als Nachtwächter bestellt, dass sich keine Diebe einschleichen. Was ist denn das für ein roter Bonbon, in den ich euch da beißen sehe? Mir scheint, der ist gestohlen.«

»Hihi!«, rief die kluge Ameise. »Der Bonbon gehört mir, den habe ich für einen guten Rat bekommen.«

»Der Bonbon gehört auf den Nachttisch der Hausfrau«, sprach die Katze noch strenger. »Gleich sagst du mir, wer ihn dir gegeben hat, sonst nehme ich ihn dir weg. Wenn du mir aber die Wahrheit sagst, sollst du ihn behalten dürfen.«

Da wurde es der klugen Ameise um den schönen Bonbon angst, und sie verriet das Mäusecken und erzählte alles, was sie wusste. Die Katze aber wurde ganz aufgeregt, denn sie verstand nun, dass es das Mäusecken war, dem sie die Prügel zu verdanken hatte, und sie war sehr eifrig, die Ameise auszufragen. »Weißt du denn gar nicht, Ameise«, fragte sie schließlich, »wo das Mäusecken sein Loch hat?«

»Nein, das weiß ich nicht«, antwortete die Ameise. »Aber wir Ameisen können überall hinkommen, und nichts bleibt uns verborgen, außer was in der Luft schwebt oder im Wasser schwimmt. Ich will alle meine Schwestern ausschicken, so werden wir das Loch schon finden.«

Das geschah. Alle Ameisen wurden ausgeschickt, und schon nach einer kurzen Weile kam eine zurück und meldete, dass die Maus unter dem Küchenschrank in einem Loch liege und schlafe. »Das dachte ich mir«, sprach die Katze. »Da roch es vorhin schon so mäusisch.« Sie begaben sich also zum Küchenschrank, aber sosehr sich die Katze auch mühte, streckte und dünn machte: Der Spalt zwischen Schrank und Boden war zu eng, sie konnte nicht darunterkommen.

»Was machen wir nun?«, fragte die Katze ärgerlich. »Kriegen muss ich die Maus, und sollte ich einen ganzen Topf meiner süßen Schleckermilch dafür geben!«

»Lässt du uns alle morgen früh von deiner süßen Schleckermilch trinken«, sprach die kluge Ameise, »so wüsste ich schon einen guten Rat.« Da versprach die Katze dies der Ameise hoch und teuer, und so sagte die Ameise: »Wir wollen eine meiner Schwestern schicken, damit sie das Mäusecken ins Ohr beißt. So wird es einen Schreck bekommen, hervorlaufen, und du hast es!«

Wie gesagt, so getan. Die Ameise wurde ausgeschickt, die Katze aber setzte sich sprungbereit vor den Schrank und ließ ihre Augen mit voller Kraft leuchten, damit es auch hell genug wäre und sie die Maus gleich sähe. Sie warteten – eine Minute – zwei Minuten – drei Minuten, sie warteten noch länger – schließlich kam unter dem Schrank hervor die ausgesandte Ameise. »Ih, du Faule!«, rief die kluge Ameise wütend, »hast du denn die Maus nicht wecken können? Besitzt du denn gar keine Kraft mehr in deinen Beißkiefern und keine Säure in deinem Leibe, dass du eine jämmerliche Maus nicht aus ihrem Schlafe zwicken und zwacken kannst –!?«

Die Ameise aber berichtete, dass sie nach Kräften gebissen und Säure gespritzt habe, die Maus aber sei nicht aufgewacht. Da wurden andere Ameisen ausgeschickt, sie alle aber gingen umsonst: Das Mäusecken wachte nicht auf. Das kam aber daher, dass Wackelohr in seinem Loch auf der Seite schlief, so dass sie nur an das eine Ohr konnten. Das Ohr aber, das oben lag, war das Ohr, das die Katze einmal bei ihrem mörderischen Überfall zerbissen und zerrissen hatte, wovon das Mäusecken ja auch Wackelohr hieß. In diesem Ohr hatte die Maus gar kein Gefühl mehr, und die Ameisen konnten beißen, soviel sie nur wollten – Wackelohr spürte nichts, sondern träumte weiter von seinem Mäuserich.

Schließlich ging die kluge Ameise selbst, aber sie konnte auch nicht mehr verrichten als die andern und ging umsonst. Da kam sie wieder und sprach zu der Katze: »Das Mäusecken lässt sich nicht wecken noch rühren, soviel man auch beißt. Aber ich weiß einen andern Rat. Gibst du uns von deiner süßen Schleckermilch, wenn ich ihn dir sage?«

Die Katze antwortete: »Wenn ich die Maus kriege, sollt ihr süße Milch schleckern dürfen, soviel ihr nur wollt.«

Damit war die Ameise zufrieden und sagte: »Morgen mit dem frühesten wird das Mäusecken in den Taubenschlag gehen, um auf dem Taubenrücken zum Mäuserich zu fliegen. Lege du dich nur auf die Lauer und fang sie ab, so hast du sie!«

»Das ist ein guter Rat«, sagte die Katze. »Ich muss die Maus aber noch vor dem Schlag fassen, denn in den Taubenschlag einzutreten, hat der Hausherr mir strenge verboten und schlägt mich wohl tot, wenn er mich bei seinen geliebten Tauben erwischt.«

»Du hast ja alle Zeit, die Maus auf der Treppe zu fangen«, sprach die Ameise. »Gute Nacht.« Damit gingen sie zur Ruhe. Die Katze suchte sich ein schönes Kissen auf einem Sofa und schlief ein. Die Ameise aber setzte sich auf die Treppe, damit sie die Katze gleich an die versprochene Schleckermilch erinnern könnte.

Am frühesten diesen Morgen erwachte der Hausherr und stieg gleich auf den Dachboden, seinen lieben Tauben den Schlag zu öffnen, damit sie sich draußen ihr Futter suchen könnten. Weil er seine Augen aber oben im Kopf und nicht unten auf den Schuhen hatte, sah er die kluge Ameise nicht, die auf der Stufe schlief, und trat sie auf den Leib. »Hih —«, sagte die kluge Ameise und war tot, und damit hatte sie ihre Strafe weg, dass sie das Mäusecken an die böse Katze verraten hatte.

Der Hausherr hatte gar nichts gemerkt, machte den Schlag auf, und alle seine Tauben flogen aus bis auf eine, die unruhig umherlief und gurrte: »Ruckediguck, wo bleibt die Maus? Guckediruck, ich möchte hinaus!«

Der Hausherr, der ihr Gurren nicht verstand, fragte verwundert: »Was ist dir?«

Indem kam schon die Maus mit fliegenden Beinen angesaust, denn die Katze war gleich hinter ihr. Die Katze bedachte in ihrem Jagdeifer nicht, dass sie nicht in den Schlag durfte, und lief der Maus nach. Der Hausherr, als er die Katze im Schlage sah, ergriff einen Knüttel und ließ ihn auf der Katze tanzen. Die Katze schrie, das Mäusecken sprang auf den Taubenrücken, die Taube klatschte mit den Flügeln und flog aus dem Schlag. Die Katze aber, um den Prügeln zu entgehen und das Mäusecken doch noch zu fangen, sprang hinter der Taube her, konnte aber ohne Flügel nicht fliegen und fiel durch die Luft fünf Stockwerke tief auf die Erde, wo sie tot liegenblieb.

Das Mäusecken Wackelohr aber wurde von der Taube sanft auf das Dach des andern Hauses getragen, fand seinen Mäuserich, heiratete ihn, und sie bekamen so viele Kinder, dass beide nie wieder allein waren.

Geschichte vom Unglückshuhn

Es lebte einmal ein großmächtiger Zauberer, der hatte einen stolzen bunten Hahn und drei Hühner. Von denen konnte das eine Huhn goldene Eier legen, das andere silberne, das dritte aber gar nichts – nicht einmal gewöhnliche Hühnereier. Darüber wurde es sehr traurig, denn die andern Hühner lachten es aus und wollten nicht mit ihm auf die Straße gehen, und der stolze Hahn, den es sehr liebte, sah es nicht einmal an und redete nie mit ihm. Fand es aber einmal einen schönen langen Regenwurm oder einen fetten Engerling, gleich nahmen ihm die andern den Bissen fort und sprachen: »Wozu brauchst du so fett zu fressen? Du kannst ja nicht einmal gewöhnliche Eier legen, geschweige denn goldene und silberne wie wir! Mach, dass du fortkommst, Nichtsnutz!«

Darüber wurde das Huhn immer verzweifelter, nichts freute es mehr im Leben, es saß trübsinnig in der Ecke und sprach zu sich: »Puttputtputt, ich wollte, ich wäre tot. Zu nichts bin ich nutze. Der stolze bunte Hahn, den ich so sehr liebe, schaut mich nicht an, und soviel ich auch drücke, es kommt kein einziges Ei aus meinem Leibe. Puttputtputt, ich bin ein rechtes Unglückshuhn.«

Der großmächtige Zauberer hörte, dass das Huhn so klagte, und er tröstete es und sprach: »Warte nur, was aus dir noch werden wird! Deine Schwestern können wohl goldene und silberne Eier legen, dich aber habe ich zu einem noch viel besseren Werke aufgehoben. Aus dir wird man noch einmal eine Suppe kochen, die Tote lebendig macht.«

Diese Worte des Zauberers hörte seine Haushälterin, ein kleines böses Fräulein, das die Hexerei erlernen wollte, und sie dachte bei sich: Eine Suppe, die Tote lebendig macht, ist eine schöne Sache, damit könnte ich viel Geld verdienen.

Als nun der großmächtige Zauberer zu Besuch bei einem andern Zauberer über Land gefahren war, fing sie das Unglückshuhn, schlachtete es, rupfte und sengte es, nahm es aus und tat es in einen Kochtopf, um die Lebenssuppe aus ihm zu kochen. Als das Wasser aber zu brodeln und zu singen anfing, klang das der Hexe grade so, als riefe das tote Huhn im Kochtopf: Puttputtputt, ich Unglückshuhn! Puttputtputt, ich Unglückshuhn!

Da bekam die Hexe einen großen Schreck, sie tat alles vom Feuer, holte sich Messer, Gabel und Löffel und machte sich daran, das Huhn schnell aufzuessen. Denn sie dachte in ihrer Dummheit, wenn sie das Huhn erst im Leibe hätte, würde es nicht mehr rufen können, und so würde der Zauberer nichts von ihrer Untat erfahren.

Derweilen saß der Zauberer mit seinem Freund in dessen Stube, und weil sie sich alles erzählt hatten, was sie wussten, fingen sie an, sich aus Langerweile einander ihre Zauberkunststücke zu zeigen. »Was hast du denn da in der Nase?«, fragte der eine und zog dem andern einen Wurm aus dem Nasenloch. Der Wurm wurde immer länger und länger. »Nein, was hast du bloß für Zeugs in der Nase«, sagte der Zauberer. »Du solltest sie doch einmal ordentlich ausschnauben!« Und er warf den Wurm, der einen guten Meter lang war, zum Fenster hinaus.

»Und du?«, fragte der andere Zauberer, »du wäschst dir wohl nie die Ohren? Wahrhaftig, da gehen schon die Radieschen auf! Sieh doch!« Und er griff ihm ins Ohr und brachte eine Handvoll Radieschen hervor. Danach eine dicke gelbe Rübe und zum Schluss gar eine grüne Gurke, die noch länger war als der Wurm.

»Nun lass es aber genug sein«, sagte der andere und hustete. Und von dem Husten flog das ganze Gemüse vom Tisch und einem auf der Straße vorübergehenden Weibe in den Korb. Das meinte, heute schneie es Radieschen, regne Gurken und hagele Rüben, und fing vor Schreck an zu laufen, dass seine Röcke flogen. Die beiden Zauberer aber lachten, bis ihnen die Bäuche wackelten.

»Jetzt will ich dir etwas zeigen, was du nicht kannst«, sagte der fremde Zauberer. Er zog seine Jacke aus, guckte in den Ärmel und sprach: »Durch diesen Ärmel kann ich überallhin und durch alle Wände gucken.«

»Wenn du das kannst«, sprach der großmächtige Zauberer, »so sage mir, was du in meiner Stube siehst.«

»In deiner Stube«, sprach der andere Zauberer, »sitzt ein Fräulein am Tisch, hat eine Schüssel mit Suppe vor sich und nagt an einem Hühnerbein.«

»Was?!«, schrie der Zauberer im höchsten Zorn. »Hat sie gar das Huhn geschlachtet, aus dem ich die Lebenssuppe kochen will?! Da muss ich eiligst fort!«

Und er schlug dreimal auf seinen Stuhl. Da verwandelte sich der Stuhl in einen riesigen Adler, flog mit ihm aus der Stube und rauschte mit solcher Schnelligkeit durch die Luft, dass kaum eine Minute vergangen war, da war der Zauberer schon bei der kleinen Hexe.

Die ließ vor Angst das abgenagte Hühnerbein aus der Hand fallen, weinte und schrie: »Ich will es auch gewiss nicht wieder tun!« Aber das half ihr nichts. Sondern der Zauberer ergriff eine kleine Flasche, die auf seinem Waschtisch stand, gebot: »Fahre hinein!« Und sofort wurde das Hexlein ganz klein und fuhr wie ein Rauch in die Flasche.

Der Zauberer stöpselte die Flasche gut zu, hing sie dem Adler um und sprach: »Nun fliege wieder heim, mein guter Adler, sonst fehlt meinem Freund ja der Stuhl. Und sage ihm, er soll dieses kleine Hexlein ja nicht herauslassen, es stiftet nur Unfug. Wenn er aber wissen will, wie das Wetter wird, soll er das Hexlein in der Flasche ansehen. Hat es den Mund zu, bleibt das Wetter gut; streckt es aber die Zunge heraus, wird's Regen.«

»Rrrrrummmm!«, sagte der Adler, flog ab und tat, wie ihm befohlen.

Der Zauberer aber ging durch Haus und Hof und suchte alles zusammen, was das Hexlein von dem Huhn weggeworfen hatte: die Federn vom Dunghaufen, die Eingeweide aus dem Schweineeimer und den Kopf aus dem Kehricht. Nur das Fleisch von dem einen Bein blieb fehlen, das war aufgegessen und nicht wiederzubekommen. »Macht auch nichts«, sagte der Zauberer, legte alles schön zusammen und sprach einen Zauberspruch. Schwupp! stand das Huhn da! Nur fiel es gleich wieder um, weil ihm ein Bein fehlte.

»Macht auch nichts«, sagte der Zauberer und schickte zu einem gelehrten Goldschmied. Der verfertigte mit all seiner Kunst ein goldenes Hühnerbein und setzte es dem Huhn so künstlich ein, dass es damit gehen konnte, als sei es aus Fleisch und Knochen.

Das gefiel dem Huhn nicht übel, das Bein blinkerte und glänzte herrlich wie nicht einmal die Federn vom stolzen bunten Hahn und klapperte so schön auf dem Stubenboden, wenn es lief, als gackerten zehn Hühner nach dem Eierlegen.

Wie aber ward dem Huhn, als es mit seinem Goldbein vergnügt und stolz auf den Hof hinausklapperte! »Falschbein! – Hinkepot!«, riefen die beiden Hühner, die goldene und silberne Eier legen konnten, höhnisch. »Du altes Klapperbein!« Und sie jagten das Huhn mit Schnabelstößen und Krallenkratzen so lange herum, bis es vor Angst auf einen Baum flatterte. Am schlimmsten aber hackte und kratzte der stolze bunte Hahn. »Hier darf nur einer glänzen, und der bin ich!«, rief er böse und hackte, dass die Federn flogen.

Nun saß das arme Huhn verängstigt auf seinem Baum und klagte bei sich: »Puttputtputt, ich Unglückshuhn! Ich dachte, nun würde es besser werden, nachdem ich so viel ausgestanden habe, aber jetzt ist es ganz schlimm geworden. Ach Gott, wär ich bloß tot!«

Indem erspähte eine diebische Elster, dass in dem Baum etwas glitzerte und blinkte, dachte, es gebe was zu stehlen, flog hinzu und wollte dem Huhn das Goldbein abreißen. Dazu war sie aber zu schwach, flog also, als sie dies sah, fort und rief Hunderte von ihren Schwestern zusammen, die alle ebenso wild auf Glänzendes waren wie sie.

Da fielen alle Elstern mit spitzen Schnabelhieben über das Huhn her, die Federn stoben in alle Winde, und es gab ein entsetzliches Gezeter und Gezanke, weil jede Elster gern das Goldbein gehabt hätte. Das Huhn aber stürzte wie tot vom Baum, dem großmächtigen Zauberer grade vor die Füße; denn er kam aus seinem Zimmer gegangen, zu sehen, was denn das für ein höllischer Spektakel sei.

Der Zauberer sah das Huhn betrübt an, denn es war keine Feder mehr auf ihm und die Haut war auch zerfetzt, und er sprach: »Du hast es freilich schlimm, du armes Unglückshuhn. Aber warte nur und halte aus. Du sollst sehen, wenn erst die Lebenssuppe aus dir gekocht wird, wirst du so berühmt und geehrt wie kein Huhn vor dir!«

Damit trug er das Huhn ins Haus. Weil aber der Wind alle Federn fortgetragen hatte, schickte er zu einem geschickten Silberschmied und ließ dem Huhn eine künstliche Silberhaut machen. Die blinkerte und glänzerte so schön, dass es eine wahre Freude war. Dazu klapperte das Goldbein wie frohes Hühnergegacker.

Da wurde das Unglückshuhn froh und stolz und ging hinaus auf den Hof, sich den andern Hühnern zu zeigen. Die andern beiden Hühner kamen mitsamt dem stolzen Hahn eilends herbeigelaufen, zu sehen, was denn das für ein Geglänze und Geglitzer sei. Als sie aber sahen, es war bloß das Unglückshuhn, und merkten, kein Schnabelhieb ging durch die feste Silberhaut, da sagten sie verächtlich: »Nein, dieses elende Huhn! Es hat ja nicht einmal Federn an, es ist ganz nackt – mit einer solchen Person wollen wir nichts zu tun haben!« Und der stolze bunte Hahn krähte wütend: »Ich habe dir schon einmal gesagt, dass ich allein glänzen darf. Warte nur, ich werde nicht einmal einen Regenwurm von dir annehmen, wenn du dein graues Federkleid nicht wieder anziehst.«

»Das kann ich doch nicht!«, rief das Huhn traurig. Aber der Hahn ging böse weg. Da weinte das Huhn und klagte: »Mit mir wird es auch nie besser, es kann geschehen, was will. Puttputtputt, ich bin ein rechtes Unglückshuhn.« Und es saß alle Tage traurig in einer Ecke, und weder Silberhaut noch Goldbein freuten es noch.

Aber es sollte noch schlimmer kommen! Das böse Hexlein nämlich, das beim andern Zauberer in einem Fläschlein auf dem Schreibtisch stand, sah all seiner Zauberei zu, die er tagsüber machte. Es lernte dabei viel und wurde immer böser. Wäre ich nur erst aus der Flasche!, dachte es. Ich wollte denen schon zeigen, dass ich ebenso gut zaubern kann wie sie, und sie mächtig ärgern!

Aber der Zauberer passte gut auf und hatte den Flaschenkorken noch mit einem Strick am Flaschenhals festgebunden, dass es nur nicht herauskam. Da geriet das Hexlein auf eine List und streckte, als es gutes Wetter zeigen und den Mund zuhalten sollte, die Zunge heraus, was ja Regen bedeutete.

Der Zauberer sah es und sprach: »Ach so, es gibt Regen. Gut, dass ich das weiß. Ich wollte heute Nachmittag eigentlich über Land und Tante Kröte besuchen. Nun aber will ich doch lieber zu Haus bleiben, denn nass regnen lasse ich mich nicht!«

Der Zauberer blieb also zu Haus, und weil er nichts Rechtes zu tun hatte, zauberte er aus reiner Langerweile erst eine ganze Stube voll Apfelreis und dann dreihundert kleine Mäuse, die den Apfelreis auffressen mussten, was eine ganze Weile dauerte. Als aber die Mäuslein den Apfelreis aufgefressen hatten, waren sie groß und dick und rund geworden. Da zauberte der Zauberer dreißig Katzen, die mußten die dreihundert Mäuslein auffressen. Als die Katzen das getan hatten, legten sie sich dickesatt und schläfrig in die Sonne.

Der Zauberer sah das und rief erstaunt: »Was denn –? Ich denke, es soll regnen, und nun scheint immer noch die Sonne!

Was ist denn bloß mit meinem Hexlein los?« Und er klopfte mit dem Finger gegen das Fläschlein. Das Hexlein saß ganz still darin und zeigte weiter die Zunge. Nun, es wird wohl gleich losregnen, tröstete sich der Zauberer und sah wieder die dreißig Katzen an, die faul und schläfrig in der Sonne lagen.

Was fange ich bloß mit dieser Bande an?, fragte sich der Zauberer. Sie sind so vollgefressen, sie sind zu nichts mehr nutze. Sie haben dreihundert Mäuse im Bauch, und die dreihundert Mäuse haben eine ganze Stube voll Apfelreis im Bauch – nun liegen sie hier rum und tun gar nichts. Und er gab einer Katze einen Tritt. Er war nämlich schlechter Laune, weil er trotz des schönen Wetters im Glauben an das Hexlein zu Haus geblieben war. Die Katze kümmerte sich gar nicht um den Tritt, sondern schlief ruhig weiter.

Da holte der Zauberer eine kahle Haselrute und verwandelte die dreißig faulen Miesekatzen in dreißig Haselkätzchen, die an dem Zweige saßen. »So«, sagte er. »Das sieht wenigstens nett aus und liegt nicht im Wege.« Und er stellte den Zweig in eine Vase.

Als er dies getan hatte, sah er wieder nach der Sonne. Die Sonne schien noch immer. Dann sah er nach dem Hexlein in der Flasche: Das Hexlein zeigte noch immer die Zunge. »Du!«, sagte er und klopfte an das Glas. »Es regnet doch gar nicht, nimm die Zunge rein!« Das Hexlein zeigte die Zunge. Vielleicht hat sich die Zunge zwischen den Zähnen festgeklemmt, überlegte der Zauberer und schüttelte die Flasche kräftig. Das Hexlein zeigte noch immer die Zunge. »Ich werde die Flasche auf den Kopf stellen«, sagte der Zauberer, tat es – aber das Hexlein zeigte weiter die Zunge. Ich will ihm doch mal die Sonne zeigen, dachte der Zauberer, dann sieht es doch, dass es falsch Wetter zeigt. Und er trug die Flasche hinaus in den Garten und hielt sie in die Sonne. Das Hexlein zeigte der Sonne die Zunge.

»I du dummes Ding! Wie kannst du dich so verkehrt aufführen!«, schrie der Zauberer wütend und warf die Flasche gegen die Wand. An der Wand zerbrach die Flasche, das Hexlein kam hervor wie ein Rauch, und ehe noch der Zauberer ein Zauberwort hatte sprechen können, fuhr es als Rauch empor in die Wolken.

»Weg ist sie!«, sagte der Zauberer verblüfft. »Na, hoffentlich macht sie nicht zu viel Unfug.« Damit ging er ins Haus und zog sich Stiefel an, denn er wollte jetzt doch noch über Land zur Tante Kröte. Es würde ja doch nicht regnen.

Das Hexlein aber blieb nicht lange in den Wolken, denn dort war es ihm zu kalt, sondern es fuhr dort zur Erde, wo das Haus des großmächtigen Zauberers stand. Dem wollte es zuerst einen Schabernack tun, weil er es in die Flasche gesteckt hatte.

Das Hexlein verwandelte sich aus einem Rauch zurück in seine menschliche Gestalt und sah vorsichtig durch das Fenster ins Zimmer, zu erfahren, was der Zauberer wohl täte. Der Zauberer lag in seinem großen Sessel und schlief ganz fest. Auf seiner einen Schulter saß das Huhn, das silberne Eier, auf der andern das Huhn, das goldene Eier legen konnte, auf dem Kopf aber der stolze bunte Hahn, und die drei schliefen auch.

Wo ist denn bloß das Unglückshuhn?, fragte sich das Hexlein. Wenn ich dem das Herz aus dem Leibe reiße und es aufesse, kann er es nicht wieder lebendig machen und ärgert sich fürchterlich. So ging das Hexlein vom Garten auf den Hof, und da saß das Unglückshuhn betrübt in einer Ecke. Das Hexlein fing das Huhn und wollte ihm das Herz aus dem Leibe reißen, aber die Silberhaut war zu fest. Da nahm die Hexe das Einzige an dem Huhn, das noch aus Fleisch und Knochen war, nämlich den Kopf, und riss ihn ab. Weil das Hexlein aber den Hühnerkopf nicht selber essen mochte, gab es ihn einem Hund, der grade die Straße entlangkam. Der Hund schnappte den Kopf, fraß ihn auf und lief weiter.

»So!«, sagte das Hexlein. »Nun kann der Zauberer sein liebes Huhn gewiss nicht wieder lebendig machen.« Damit verwandelte sich die Hexe von neuem in einen Rauch und flog über Land, eine Stelle zu suchen, wo sie neues Unheil stiften konnte.

Der Zauberer schlief sehr fest und hätte noch lange nichts

von dem neuen Unheil gemerkt. Aber der stolze bunte Hahn, der auf seinem Kopfe saß und schlief, träumte, dass er einen Regenwurm aus der Erde kommen sah. Er packte den Regenwurm – im Traum – mit einer Kralle. Aber der Regenwurm saß halb in der Erde, er ließ sich nicht herausziehen. Da fing der Hahn – im Traum – an, mit dem Schnabel die Erde aufzuhacken, während er weiter mit der Kralle fest am Wurm zog – und davon wachte der großmächtige Zauberer auf und schrie vor Schmerzen. Denn der Hahn hielt ihn bei einer Haarsträhne gepackt, riss mit der Kralle daran und hackte mit dem Schnabel in seinen Kopf.

Der Zauberer schalt: »Ihr seid ein ganz freches Gesindel! So etwas würde das Unglückshuhn nie tun«, und jagte das Geflügel aus der Stube. Doch gackerte es draußen gleich so laut, dass der Zauberer nachsehen musste, was da wieder geschehen war. Hühner und Hahn standen aufgeregt um das silberhäutige Huhn, das tot, ohne Kopf, am Boden lag.

Der Zauberer hob es auf und sprach traurig: »Wer hat denn das nun wieder getan? Sicher deine Feinde, die bösen Elstern, die auf deine Silberhaut gierig waren. Aber warte nur, wenn ich erst deinen Kopf gefunden habe, will ich dich schon wieder lebendig machen!« Aber soviel er auch suchte, er fand den Kopf nicht, und das war kein Wunder, denn der lief ja in einem Hundebauch über Land.

Schließlich gab der Zauberer das Suchen auf. »Das Unglückshuhn muss ich wieder lebendig kriegen«, sprach er bei sich, »und sollte ich mein kostbarstes Eigentum opfern. Denn ich habe in meinen Zauberbüchern gelesen, dass ich aus ihm einmal die Lebenssuppe kochen und dadurch reich und glücklich werde.«

Als er das gesagt hatte, fiel ihm ein, dass er in einer Lade noch einen herrlichen großen Edelstein von seinem Vater her hatte. Er ließ einen kunstreichen Steinschneider kommen, und der musste ihm aus dem Edelstein den schönsten Hühnerkopf von der Welt schleifen und schneiden. Dann wurde dieser Kopf geschickt auf die Silberhaut gepasst, angezaubert – und schon stand das Unglückshuhn wieder lebendig!

Aber es sah gar nicht mehr wie ein Unglückshuhn aus, es glänzte und gleißte herrlich, und der diamantene Kopf schimmerte in allen Farben von der Welt und war dabei so hart, dass man mit einem Hammer hätte darauf schlagen können, er hätte nicht den kleinsten Riss bekommen. – »So«, sagte der Zauberer zufrieden, »nun bist du so fest gepanzert, dass kein Feind dir etwas tun kann. Geh nur hinaus, Unglückshuhn, und hör dir an, was die Neidhämmel sagen!«

So ging das Huhn hinaus auf den Hof, und als die andern Hühner dies Geglänze und Gestrahle sahen und gar merkten, dass sie mit ihren Schnäbeln gar nichts mehr ausrichten konnten, dass aber das Unglückshuhn einen diamantenen Schnabel hatte, schärfer als ein Messer, da sprachen sie wütend: »Das ist doch höchst ungerecht! Wir legen dem Zauberer alle Tage ein goldenes und ein silbernes Ei, und für uns tut er gar nichts. Aber diese faule Nichtsnutzige schmückt er, als sei sie Kaiserin aller Hühner. Nein, nun wollen wir tun, als sähen wir sie gar nicht, und nie mehr ein Wort mit ihr sprechen.«

Und der Hahn war erst recht wütend, denn sein stolzes buntes Kleid sah neben Silberhaut, Goldbein und Diamantkopf des Unglückshuhns blass und schäbig aus, und er sprach zornig zu dem Unglückshuhn: »Sprechen Sie mich bloß nicht an, Sie aufgedonnerte Person! Der Wurm krümmt sich mir im Magen, wenn ich solch eitles Geprahle sehe! Mit Ihnen rede ich überhaupt kein Wort mehr!«

Da war das Unglückshuhn ebenso allein und traurig wie vorher. Kümmerlich saß es in den Ecken herum und seufzte: »Ach, spräche doch einmal ein nettes Huhn ein paar freundliche Tucktuck mit mir. Ach, sähe mich doch einmal der stolze bunte Hahn liebevoll an! Ach, könnte ich doch einmal ein ganz gewöhnliches Hühnerei legen! Puttputtputt, ich bin ein rechtes Unglückshuhn!«

Unterdessen war das Hexlein weiter über Land geflogen, bis

es zu dem kaiserlichen Palast kam. Da saß die Tochter des Kaisers am Fenster und stickte. Das Hexlein sah sie sitzen und merkte, wie schön und lieblich sie war, und es dachte in seinem bösen Herzen: Das wäre doch das größte Unheil, das ich anrichten könnte, wenn ich des Kaisers Tochter krank machte. Flugs verwandelte sich das Hexlein in ein Marienkäferchen und setzte sich auf den Stickrahmen der Kaiserstochter.

Die sah das Marienkäferchen und sprach: »Liebes Käferchen, flieg weiter auf ein grünes Blatt. Hier auf meinem Stickrahmen steche ich dich noch mit der Nadel.«

Als sie aber beim Sprechen den Mund aufmachte, flog ihr das Marienkäferchen direkt in den Mund hinein. Davon, weil das Hexlein so giftig und böse war, wurde die Prinzessin auf der Stelle todsterbenskrank. Sie sank von ihrem Stuhl und war so weiß wie ein Laken auf der Bleiche.

Da ließ ihr Vater, der Kaiser, alle Ärzte zusammenrufen. Und sie klopften und horchten an der Prinzessin herum, sie gaben ihr süße und sauere und bittere Medizinen, sie machten ihr trockene Umschläge und packten sie in nasse Tücher, sie ließen sie schlafen und weckten sie wieder auf, sie gaben ihr zu essen und verboten ihr alles Essen, sie machten ihr Zimmer dunkel und trugen sie dann wieder in die Sonne, sie maßen Fieber und zählten ihr den Puls – kurz, sie taten alles, was die Ärzte nur tun können. Bloß auf das eine rieten sie nicht, dass die Prinzessin ein Marienkäferchen verschluckt hatte, das eine böse Hexe war.

Darüber wurde die Prinzessin kränker und kränker, und es ging mit ihr bis nahe an den Tod. Ihr Vater, der Kaiser, geriet in große Sorge, und er ließ im ganzen Lande bekanntmachen, wer seine Tochter von ihrer Krankheit heile, solle die Hälfte seines Königreichs bekommen.

Viele kamen darauf herbeigeeilt, aber keiner konnte der Prinzessin helfen. Da wurde der Kaiser zornig und sprach: »Ihr seid ja alle Betrüger! Ihr wollt nur gut essen und trinken in meinem kaiserlichen Palaste, meine Tochter aber macht ihr nicht gesund. Wer jetzt kommt und macht sie doch nicht gesund, dem lasse ich als einem Betrüger den Kopf abhauen.«

Nun kam keiner mehr, denn davor hatten sie alle Angst. Eines Tages aber trat der Torwächter doch wieder vor den Kaiser und sprach: »Herr Kaiser, drunten steht einer, hat ein silberhäutiges Huhn mit einem Goldbein und einem Diamantkopf unter dem Arm und sagt, er kann Ihre Tochter gesund machen.«

»Torwächter«, fragte der Kaiser, »hast du ihm auch gesagt, dass ich ihm den Kopf abschlagen lasse, wenn er die Prinzessin nicht gesund macht?«

»Das habe ich ihm gesagt«, sprach der Torwächter.

»So schicke ihn herauf!«, gebot der Kaiser.

Also kam der Mann herauf in die kaiserliche Halle, wo die Prinzessin sterbenskrank auf einem Bette lag, und es war der großmächtige Zauberer mit seinem Unglückshuhn. »Erlaubet, Herr Kaiser«, sprach der Zauberer, »dass ich hier vor den Augen der Prinzessin aus diesem Huhn eine Suppe koche. Das ist eine Lebenssuppe, und wenn die Prinzessin davon isst, wird sie wieder gesund.«

»Man mache hier ein Feuer«, gebot der Kaiser, »und bringe einen Kochtopf mit Wasser. – Du weißt aber, wenn es dir nicht gelingt, lasse ich dir den Kopf abschlagen?«

»Es gelingt mir«, sprach der Zauberer und warf das Unglückshuhn in den Topf.

Als das Huhn eine Weile gekocht hatte, fragte der Kaiser, der ungeduldig war, seine Tochter wieder gesund zu sehen: »Riecht die Lebenssuppe schon?«

»Nein«, sprach einer von seinen Leuten, die dabeistanden und zusahen.

»Wie sieht sie denn aus?«, fragte der Kaiser.

»Wie klares Wasser«, wurde ihm geantwortet.

»Was tut denn das Huhn?«, fragte der Kaiser wieder.

»Es sitzt im Wasser und spricht: Puttputtputt, ich Unglückshuhn!«

»So macht stärkeres Feuer unter dem Topf!«, gebot der Kaiser. »Dieses Huhn muss wohl auf gewaltigem Feuer gekocht werden.«

Sie taten es, und nach einer Weile erkundigte sich der Kaiser von neuem. Aber alles war unverändert: Die Suppe roch nicht, war wasserklar, und das Huhn saß darin wie in einem Bad und sprach nur: »Puttputtputt, ich Unglückshuhn!«

Noch einmal wurde stärkeres Feuer gemacht, aber alles blieb, wie es war. Da runzelte der Kaiser die Stirne fürchterlich und fragte den Zauberer: »Nun, was ist dies, du Mann? Wird das eine Suppe oder bleibt es Wasser?«

Der Zauberer sprach zitternd: »Mächtiger Kaiser, ich gestehe, ich habe einen großen Fehler gemacht. Diesem Huhn wurde von seinen Feinden sehr nachgestellt, und so habe ich ihm ein Goldbein, eine Silberhaut und einen Diamantkopf gegeben, dass niemand ihm noch etwas zuleide tun kann. Aber ich habe dabei nicht bedacht, dass man Silber, Gold und Diamant nicht kochen kann. Wir könnten dieses Unglückshuhn wohl noch drei Jahre auf dem Feuer haben, das Wasser würde Wasser bleiben und keine Suppe werden.«

»So kannst du also die Lebenssuppe nicht kochen?«, fragte der Kaiser zornig.

»Nein«, antwortete der Zauberer betrübt.

»So muss ich dir den Kopf abschlagen lassen«, sprach der Kaiser. »Denn ich habe mein kaiserliches Wort darauf gegeben.«

Damit winkte er einem seiner Soldaten, der sofort den Säbel zog. Der Zauberer sah betrübt darein und dachte: Schade, nun muss ich also sterben.

Die Hexe aber, in der Prinzessin Kehle, wollte gerne sehen, wie ihrem Feind, dem großmächtigen Zauberer, der Kopf abgehauen wurde. Sie kroch also aus dem Munde der Prinzessin und setzte sich auf die Lippe, um bequem zuzuschauen. Da sah sie der Zauberer, und mit seinen Zaubereraugen erkannte er, dass dies kein Marienkäferchen war, sondern ein verwandeltes

Hexlein. Er rief mit lauter Stimme zu dem Unglückshuhn im Kochtopf: »Pick auf! Pick auf!«

Da flatterte das Unglückshuhn aus dem Topf und pickte das Marienkäferchen und zermalmte es in seinem diamantenen Schnabel. Im selben Augenblick war die Prinzessin wieder so gesund und schön und lieblich, wie sie gewesen.

Der Kaiser aber gebot dem Soldaten, wieder seinen Säbel einzustecken, zu dem Zauberer aber sprach er: »Du hast zwar die Lebenssuppe nicht kochen können, aber dein Huhn hat meiner Tochter das Leben gerettet. Darum sollst du auch dein Leben behalten und die Hälfte meines Reiches bekommen.«

Der Zauberer freute sich gewaltig, und zum Dank schenkte er der Prinzessin das Unglückshuhn. Das durfte nun im kaiserlichen Schlosse wohnen und bekam jeden Tag Weizen auf goldenen und Regenwürmer auf silbernen Tellern zu fressen. Ging es aber einmal spazieren, so schritten zehn stolze bunte Hähne voraus und zehn an jeder Seite, und zehn Hähne gingen hinterher. Und alle vierzig Hähne kikeriten aus voller Kraft und riefen: »Platz da! Aus dem Wege! Hier kommt das Huhn der kaiserlichen Prinzessin, das Huhn aller Hühner, das Glückshuhn!«

Das Huhn aber sprach bei sich: »Ach, wenn mich doch meine Schwestern und der stolze bunte Hahn vom Hofe des Zauberers sehen könnten! Aber sie sind nicht hier, und so macht es mir auch keinen Spaß. Puttputtputt, ich bin ein rechtes Unglückshuhn!«

Geschichte vom verkehrten Tag

Als die Mummi am frühen Morgen aufwachte, sah sie, dass der Pappa noch schlief. Er hatte die Steppdecke fein säuberlich vor das Bett gelegt und sich mit dem Bettvorleger zugedeckt. »O weh!«, seufzte da die Mummi, »dies wird wohl wieder solch schlimmer Tag, an dem alles verkehrt geht. Da muss ich gleich einmal sehen, was die Kinder machen.«

Sie ging ins Zimmer vom Schwesterchen; es schlief noch, aber es hatte die Füße auf dem Kopfkissen und den Kopf unter der Decke. Als die Mummi es richtig legte, sagte das Schwesterchen: »Ich bin aber keine grüne Gurke«, lachte und schlief weiter.

Im Bett von Knulli-Bulli war die Decke ganz geschwollen, aber der Junge war nicht zu sehen. Aha!, dachte die Mummi, er hat sich wieder einmal verkrochen. Sie schlug die Decke zurück – da lag im Bett Frau Kuh! »Bitte schön, liebe Erikuh, kannst du mir nicht sagen, wo der Uli ist?« Aber die Kuh muhte bloß schläfrig und machte gleich wieder die Augen zu.

»Es ist aber auch zu schlimm mit solch verkehrtem Tag!«, seufzte die Mummi. »Ich muss mich wirklich einmal hinsetzen und ausruhen.« Sie setzte sich auf einen Stuhl, da fuhr der Stuhl mit ihr in die Küche. Auf der Küchenuhr war es schon acht. »Nein«, rief die Mummi, »nun muss ich aber gleich Frühstück machen.« Als sie aber nochmals auf die Uhr sah, war sie schon zehn. Da sah die Mummi genauer hin und merkte, dass der Knulli auf einem Zeiger ritt. »Kommst du sofort runter, Uli!«, rief sie. »Du bringst ja alle Zeit durcheinander. Hilf mir lieber beim Frühstückmachen!«

Uli setzte sich auf eine Fliege, kniff sie in den Po, und schwupp! war er beim Küchenherd. Nun taten sie Holz und Kohlen auf die Herdplatte und gossen Wasser ins Herdloch. Dann steckten sie das Wasser mit einem Streichholz an, und als Holz und Kohlen zu kochen anfingen, holte Mummi die Eier. »Wie viel brauchen wir denn?«, fragte sie. »Wir sind vier Große und zwei Kinder, vier und zwei macht drei«, sagte sie und schlug neun Eier auf die Kohlen.

»Was machst du denn, Mummi?«, fragte Uli-Knulli.

»Ja, heute ist ein verkehrter Tag«, seufzte die Mummi. »Aber ich mache Setzei.«

»Nein«, rief Knulli, »du sollst Spiegelei machen!«

»Nein«, schrie Mummi, »ich mache Setzei!«

»Willst du das noch einmal sagen?!«, brüllte Uli. »Gleich gibt es einen Backs!«

Da ging die Tür auf, und herein kam der Schimmel. »Streitet euch nicht, Kinder«, sprach er gemütlich, »sonst kriegt ihr alle beide Haue. Spiegelei und Setzei ist doch dasselbe. – Nun zieht euch schön warm an, wir fahren nach Feldberg zur Tante Wendel. Ich spanne gleich den Pappa an.«

Damit ging der Schimmel in das Schlafzimmer, Mummi und Uli aber hörten eine feine Stimme rufen: »Ich will auch mit! Ich auch!«

»Das ist doch die Miezi!«, sagte die Mummi verwundert und zog die Tischschublade auf. Richtig, da lag die Miezi zwischen Löffeln, Gabeln und Messern. »Nein, habe ich schlecht geschlafen!«, gähnte sie. »Eine Gabel hat mich in die Seite gestochen, und ein Löffel wollte mir immerzu den Mund auslöffeln.«

»Ich will, dass Sie ordentlicher werden, Miezi«, sprach die Mummi streng. »Sehen Sie gleich einmal in Ihrem Bett nach: Sicher haben Sie den großen Auffülllöffel in Ihr Bett gelegt und sich statt des Löffels in die Schieblade.«

Sie sahen nach – richtig! Der Auffülllöffel lag in Miezis Bett, hatte ihr Nachthemd an und schlief noch fest. »Rut ut de Betten!«, rief Miezi und ließ den Wecker klingeln. Da fuhr der

Auffülllöffel mit einem silbernen Geklapper aus dem Bett, warf das Nachthemd ab und fing eilig an, das Waschwasser aus der Waschschüssel in den Toiletteneimer zu löffeln. »So waschen sich artige Löffel«, sagte er und lachte dazu silbern.

Der Schimmel knallte schon mit der Peitsche. Er saß auf dem Bock, und Pappa stand angespannt mit hängendem Kopf trübselig vor dem Wagen. Als sie aber einstiegen, drehte er listig den Kopf, um zu sehen, wie viele es wären. Denn wenn es zu viele wären, wollte er nicht ziehen.

»Sind alle da?«, fragte der Schimmel. »Hüh, Pappa!«

»Halt!«, rief die Mummi, »wo ist denn Tante Palitzsch?«

»Ich bin hier!«, rief die Tante mit heller Stimme. »Mich hat der Schimmel hinten als Katzenauge angemacht, sonst schreibt uns Wachtmeister Heuer in Feldberg auf.«

»Und wo ist die Peggi?«, fragte die Mummi.

»Peggi ist nicht artig gewesen«, sagte Tante Palitzsch, »sie darf nicht mit.«

»Was hat sie denn gemacht?«, fragte Schwesterchen.

»Sie hat mir nicht die Augen ausgewischt!«, rief Tante Palitzsch. »Nun muss sie zur Strafe den Fußboden rein lecken.«

»Hüh!«, rief der Schimmel, und Pappa fing an zu laufen. Er lief, bis er am Berg bei Schönfelds war. Da bockte er und trat rückwärts, und rückwärts schob er den Wagen auf den Hof.

»Wat is di, Pappa?!«, rief Uli und fasste den Vater vorne am Zügel. Hinten knallte die Peitsche mit dem Schimmel, und nun ging es immer schneller durch das Dorf. Die Fenster guckten aus den Leuten und lachten, die Schweine nahmen ihre Mützen ab, und der alte Akazienbaum beim Gemeindevorsteher stand vor Vergnügen kopf, dass sich all seine Wurzeln sträubten.

Als sie nun aus dem Dorf waren, sahen sie bei der alten Weide mitten auf dem Weg eine große Pfütze. »Hüh!«, rief der Schimmel und rüttelte die Zügel. Aber es war zu spät: Pappa hatte sich schon der Länge nach in die Pfütze gelegt und wollte nicht wieder aufstehen. »Da hilft alles nichts«, sprach der Schimmel. »Da müssen wir eben einmal verkehrte Welt spielen. Wir setzen den Pappa in den Wagen und ziehen.«

Alle waren damit einverstanden, und rasch kamen sie so nach Feldberg. Frau Wendel stand schon vor der Tür vom »Deutschen Haus« und rief: »Was denkt ihr Rasselfamilie denn –?! Fix her und die Teller abgewaschen! Es wird höchste Zeit!«

Sie wollten alle ins Haus, da kam Wachtmeister Heuer gegangen. »Wo ist denn das Katzenauge an euerm Wagen?«, fragte er.

»Erlauben Sie mal, Herr Wachtmeister«, sagte der Schimmel, »ich habe selbst die Tante Palitzsch als Katzenauge angemacht.«

»Ich sehe keins«, sagte Wachtmeister Heuer. »Seht ihr eins?« Sie sahen auch keins.

»Wo ist es nur?«, fragte der Schimmel ängstlich. »Ob die Tante abgefallen ist –?«

Aber sie wachte grade auf. »Entschuldigt bloß«, sagte sie und gähnte, »es war so heiß, und der Wagen stuckerte so, da habe ich schnell die Augen zugemacht.«

»Ja, wenn Sie die Augen zumachen, kann man freilich kein Katzenauge sehen«, sagte der Wachtmeister streng. »Ihr habt kein Katzenauge gehabt – da hilft nun nichts: Ihr müsst alle ins Gefängnis.«

»Zu Befehl, Herr Wachtmeister!«, riefen sie alle. Aber Frau Wendel sagte: »Lassen Sie doch erst die Teller abwaschen, Heuer!«

»Natürlich«, sagte der Wachtmeister. »Abwaschen muss man erst, ehe man ins Gefängnis darf. Ich helfe gleich selber mit.«

Da gingen sie in die Küche. In der Küche standen alle Tische und Stühle und der Herd und der Fußboden voller Geschirr. »Oje!«, rief Mummi. »Das ist ja ein ziemlich langweiliger Tüterkram, wenn wir das alles abwaschen sollen. Und ich wollte so gerne auf Ihrem Klavier Radio spielen!«

»Nein, das geht ganz schnell«, sagte der Pappa und nahm einen Teller. »Das Geschirr ist ja aus Gummi und nicht aus Porzellan.« Und damit warf er den Teller durch das offene Küchen-fenster in den Haussee. Richtig, schwamm der Teller auf dem See. »Wir werfen einfach das ganze Geschirr in den See. Da wäscht es sich von selbst ab, und nachher fahren wir mit dem Motorboot herum und sammeln es sauber wieder ein«, sagte der Pappa.

So taten sie, und die Teller und die Tassen und die Schüsseln und die Aufschnittplatten flogen immer schneller aus dem Fenster, und im See klatschte und spritzte es immerzu, und die Schwäne schwammen ärgerlich zischend fort, denn einen Tel-ler auf den Kopf zu bekommen, auch wenn er bloß aus Gummi ist, ist nicht angenehm.

Plötzlich aber griff Uli-Knulli nach einer ungeheuer großen Suppenterrine. »Nicht die, Uli!«, schrie Frau Wendel. »Die ist bestimmt aus Porzellan und geht kaputt.«

Aber Uli hatte schon geworfen, und er hatte der Terrine sol-chen Schwung gegeben, dass sie weit über den See fortflog. Sie stieg noch immer höher und höher und hörte nicht eher auf mit Steigen, bis sie als lieber Mond am Himmel leuchtete.

»O Gott, o Gott!«, rief Frau Wendel. »Ich sage es ja, immer diese ollen Jungens! Meine schöne Terrine! In was soll ich denn nun meine Suppe tun?!«

»Da hast du aber was angerichtet, Junge«, sagte der Wacht-meister. »Gleich holst du die Terrine wieder!«

Und Uli besann sich auch nicht lange, sondern er trat vor-sichtig auf die glänzende Strahlenbahn, die vom Mond übern See bis ans Küchenfenster lag. Als er aber merkte, sie hielt, ging er immer kecker und schneller weiter und höher. Als das die andern sahen, besannen sie sich nicht lange, sondern stiegen hintennach. Zuerst das Schwesterchen und dann die Miezi und Mummi und der Pappa und Wachtmeister Heuer und Frau Wendel, und ganz zuletzt ging der Schimmel. Der aber hatte sich Tante Palitzsch als Katzenauge an die Hinterbacken ge-macht. »Denn mich soll keiner anfahren!«

So stiegen sie immer höher und höher, und zuerst lag das

Hotel Deutsches Haus ganz klein unter ihnen, und dann das ganze Städtel Feldberg mit seinem roten, spitzen Kirchturm, und dann die große, liebe, dunkle Erde. Und nun kamen sie den Sternen immer näher, sie wurden größer und groß und funkelten und strahlten unbeschreiblich.

Da waren sie im Monde angelangt, das heißt, in Frau Wendels Suppenterrine, die vom Fliegen so ausgeweitet war, dass alle bequem darin Platz hatten.

»Oje, die ist aber nicht sehr fest angemacht!«, rief Uli, denn die Terrine wackelte, als er hineintrat. Da sahen sie genauer hin und merkten, die Terrine hing in einem großen, leuchtenden Netz von weißen Strahlen.

»Ich will schaukeln!«, rief das Schwesterchen, und schon fingen Uli und Schwesterchen an, in der Terrine zu schaukeln, und die andern schaukelten mit. Und sie schwangen herrlich durch den ungeheuren Himmel, und einmal waren sie nahe der Erde und dem Städtchen Feldberg und dem Haussee, und dann waren sie wieder unendlich weit fort, ganz allein zwischen den strahlenden Sternen.

»Nicht so toll!«, mahnte die Mummi. »Ihr stoßt ja an die Sterne.«

Aber sie schaukelten immer wilder und wilder und stießen einen Stern um und einen zweiten und einen dritten und viele, viele. Die umgestoßenen Sterne aber fielen leuchtend durch den Himmel und verschwanden ferne in der Nacht.

»Haltet ein! Haltet ein!«, rief die Mummi angstvoll. »Herr Heuer soll uns festhalten!«

Aber da rissen die silbernen Strahlen, an denen die Schüssel hing, und alle zusammen – Uli und Schwesterchen, Miezi und Herr Heuer, Pappa und Mummi, Frau Wendel und Tante Palitzsch, der Schimmel und die Schüssel – fielen, fielen, fielen in den Haussee.

»I gitt, ist das nass!«, rief die Mummi und machte die Augen auf. Da war es früher Morgen, und Uli stand vor ihrem Bett, seinen nassen Waschlappen in der Hand, und sagte: »Nun wird es aber Zeit, dass du aufwachst, Mummi. Habe ich dich nicht schön nass aufgeweckt?«

»Gott sei Dank!«, sagte Mummi. »Es war alles bloß ein Traum! Das ist nur gut. Der Tag war mir ein bisschen zu verkehrt.«

Geschichte vom getreuen Igel

Es war einmal ein Mann von der Stadt aufs Land gezogen, der kannte die Igel noch nicht und wusste nicht, was sie für getreue Gesellen sind. Als der nun eines Abends zur Dämmerung in seinem Garten spazieren ging, hörte er unter den Büschen etwas rascheln, und als er genauer hinsah, schien da ein graues spitzes Osterei auf kurzen Beinen einherzutorkeln.

»Höre mal, was willst du denn hier? Dies ist mein Garten!«, rief er, aber das spitze Osterei huschte geschwind in ein Erbsenbeet und ließ sich an diesem Abend nicht wieder sehen.

Das nächste Mal war der Mann beim Himbeerpflücken. Da wackelten die dicht stehenden Himbeeren, und ehe sich der Mann versah, war etwas Graues, Spitzes über den Weg gelaufen und zwischen den Spargelbeeten verschwunden.

»Nun schlägt es aber dreizehn!«, sprach der Mann. »Das sah ja genau wie ein klimperkleines Wildschwein aus! Sollte ich Schweine in meinem Garten haben? Das wäre doch unerhört!« Und er ging den Zaun ab, der um Haus und Hof und Garten lief, aber der Drahtzaun war neu und gut und kein Loch darin zu finden. »Es ist unerhört!«, schrie der Mann noch einmal. »Ich füttere in meinem Garten keine wilden Tiere!«

Als der Mann an diesem Abend, es war schon fast dunkel, aus dem Haus in den Garten trat, sah er auf dem Rasen etwas Rundes, Weißes stehen. Und in das Runde, Weiße reichte etwas spitznäsig Schwarzes und fraß. »Du glaubst es nicht!« seufzte der Mann aus der Stadt empört, »nun frisst der fremde Bursche noch meinem guten Hunde Lümmel das Futter weg!« Und er ging schnell, den Hund Lümmel zu rufen. Als er mit dem aber zurückkam, war der fremde Gast schon fort, und der Futternapf war leer geschleckt.

»Das gefällt mir aber auf dem Lande gar nicht«, seufzte da der Mann. »In der Stadt habe ich höchstens einmal eine Maus in der Speisekammer. Hier auf dem Lande aber stehlen die Tauben Erbsen, und die Hühner scharren die Beete auf. Die Stare picken die Kirschen, die Frösche fressen die Erdbeeren und die Wespen die Birnen. Maden sitzen in den Himbeeren, Raupen nagen am Kohl, und Würmer fressen mir die Kartoffeln. So viel Ungeziefer, dass ich es gar nicht sagen kann, muss ich in meinem Garten miternähren – und nun will ein fremder Bursche, der wie ein spitzes Osterei aussieht, auch noch meinem Lümmel die Schüssel leer fressen? Nein, das dulde ich nicht!«

Und er ging und suchte, wo er das fremde Tier fände, aber soviel er auch suchte, er fand es nicht. Als aber der Mann müde im Bett lag, konnte er nicht einschlafen, denn der Hund auf dem Hofe bellte und jaulte wie rasend. Was hat denn Lümmel bloß?, überlegte der Mann. Er macht ja ein Getöse, dass man kein Auge zutun kann! Ich muss doch einmal sehen, was los ist. Seufzend stand er auf, und weil es eine warme Sommernacht war, ging er, wie er war, nämlich im Hemd und mit bloßen Füßen, auf den Hof.

Es stand ein bisschen Mond am Himmel, so konnte der Mann sehen, dass ein graues Häufchen auf dem Hofpflaster lag. Und der Lümmel sprang mit einem Satz auf das Häufchen zu, wollte hineinbeißen, jaulte schmerzlich und sprang wieder zurück. Von neuem sprang er vor, schlug diesmal mit der Pfote danach, jaulte abermals vor Schmerzen …

»Was ist denn das für ein komisches Häufchen?«, fragte der Mann und stieß mit dem Fuß danach. Der Fuß war nackt. »Aua!«, schrie der Mann. »Wer hat denn hier Stacheldraht auf den Hof gelegt?« Und er griff mit der Hand zu. »Aua! Aua! Aua!«, schrie der Mann wieder. »Wollen Sie mal nicht so pieken, Sie – auf meinem Hof!« Und der Mann hätte am liebsten gejault wie der Hund.

Indes bekam der Stacheldraht vier Beine, raschelte und lief um die Ecke vom Holzschuppen.

»Lümmel!«, sprach der Mann zum Hunde. »Jetzt weiß ich es. Ich habe solche Tiere schon in Bilderbüchern gesehen, das ist ein Igel!«

Lümmel blaffte, das konnte ja heißen.

»Ein Stacheligel, ein ganz gewöhnlicher Schweinigel«, sprach der Mann. »So was wollen wir nicht bei uns haben: Es piekt und frisst dein Futter weg – nicht wahr, nein –?«

Lümmel blaffte wieder.

»Komm, wir wollen den ollen Igel suchen und aus dem Garten schmeißen«, sprach der Herr, machte die Tür zum Garten auf, und Herr und Hund gingen in den Garten. Nun war der Garten sonst dem Hunde streng verboten, weil er sich nicht daran gewöhnen konnte, manierlich auf den Wegen zu gehen, sondern immer auf die Beete trat. Aber an diesem Abend war es dem Manne egal. »Such, Lümmel, such, guter Hund!«, sagte er, und Lümmel lief über die Beete und zertrat junge Pflanzen, so viele, wie zehn Igel in zehn Jahren nicht zertreten.

Schließlich fanden sie den Igel im Obstgarten, wo er mit viel Schmatzen eine dicke, überreife, matschige Fallbirne verzehrte. Als der Igel aber die beiden kommen hörte, rollte er sich schnell zu einer Stachelkugel zusammen.

»Siehst du, Lümmel«, sprach der Herr traurig zu seinem Hunde, »was das für ein hässlicher Igel ist: Nicht nur dein Futter, nein, auch meine schönen Birnen frisst er weg. Den müssen wir ausrotten. Aber wie –?«

Darauf wusste Lümmel keine Antwort, er jaulte bloß, denn wegen der scharfen Stacheln traute er sich nicht mehr an den Igel heran. Der Mann traute sich auch nicht mehr an den Igel heran, darum stand er eine lange Weile und dachte scharf nach. Als er lange genug nachgedacht hatte, sagte er freudig: »Mir ist etwas Gutes eingefallen, Lümmel: Wir hungern den Igel aus! Jetzt gehe ich in den Holzstall und hole eine alte Kiste. Die stülpen wir über den Igel, und wenn er dann drei Nächte und drei Tage darunter gesessen hat, wird er wohl verhungert sein!«

Lümmel blaffte. Der Mann nahm es für ja und ging zum Holzschuppen. Als er aber zehn Schritte gegangen war, merkte er, dass der Hund hinter ihm ging. Da sprach er: »Nicht so, mein Lümmel! Du musst bei dem Igel sitzen bleiben und aufpassen, dass er nicht wegläuft, während ich die Kiste hole.«

Und er ging zurück mit dem Hund zum Igel, hieß den Hund sich vor den Igel hinsetzen und ging wiederum die Kiste holen. In dem dunklen Holzstall aber erfuhr der Mann nichts Gutes: Eine Kiste fiel ihm auf den nackten Fuß und quetschte ihn, an der zweiten Kiste riss er sich einen Splitter ein, die dritte Kiste stach ihn mit einem Nagel. »Ach, was für ein böses Tier ist doch solch ein Igel!«, seufzte der Mann. »Die Leute haben ganz recht, wenn sie ihn Schweinigel nennen.« Damit nahm er die vierte Kiste und ging in den Obstgarten unter den Birnbaum.

Aber da waren weder Igel noch Hund zu sehen. Der Mann guckte, so gut er gucken konnte, er pfiff und lockte, so gut er locken konnte, aber nicht Hund noch Igel meldeten sich.

Der Mann stellte die Kiste ab, seufzte schwer und sprach: »Was ist denn nun bloß wieder passiert? Sicher ist der Igel weitergegangen und der Lümmel hinterher, aber jetzt könnte er sich doch einmal mit Bellen melden.«

Er suchte und suchte im Garten, aber er fand nichts. Schließlich wurde er des Suchens müde, die nackten Füße waren vom Tau nass, und er fror in seinem Hemde. – Jetzt lege ich mich ins Bett, werde warm und schlafe, dachte der Mann. Der Lümmel wird schon auf den Igel achten.

Als der Mann ins Haus ging, dessen Tür er vorhin in der Eile offen gelassen hatte, hörte er in der Küche großes Gepolter und dann fürchterliches Geklirr von zerbrechendem Geschirr. Und als er Licht machte, sah er seinen eigenen Hund, den Lümmel, der war über die Milch geraten, hatte den Kalbsbraten angebissen, die Schüssel mit den Bohnen vom Tisch gestoßen, ein

Vorderbein in den Schmalztopf, ein Hinterbein ins Blaubeer-kompott gesteckt; mit dem Schwanz war er am Fliegenfänger kleben geblieben, und die Nase hatte er in die Quarkschüssel getaucht.

»I du elender Hund!«, schrie der Herr zornig. »Hat der alte Schweinigel dich solche Gemeinheiten gelehrt? Warte, ich will dir!« Und er fuhr mit dem Besen auf den Hund los. Der Lümmel, weil er sah, es sollte Prügel geben, und zwar gesalzene, weil er noch sah, der Herr stand in der Tür und ließ ihn nicht raus, der Lümmel tat einen Sprung und fuhr mit einem fürchter-lichen Wehgeheul durch die Fensterscheibe, die klirrend zer-brach. Dann rannte er in die Nacht hinaus und hörte nicht eher auf zu rennen, bis weder Haus noch Licht noch Mensch zu sehen waren.

Der Mann aber räumte seufzend und müde die verwüstete Küche auf und sprach bei sich: »Eigentlich bin ich ja schuld, ich hätte die Küchentür zumachen müssen. Aber eigentlich ist doch allein der alte Igel schuld: Wäre der nicht über den Hof gelaufen, hätte der Hund nicht gebellt. Hätte der Hund nicht gebellt, wär ich nicht aufgewacht. Wär ich nicht aufgewacht, wär ich nicht auf den Hof gegangen. Wär ich nicht auf den Hof gegangen, hätt ich die Küchentür nicht aufgemacht. Hätt ich die Küchentür zugelassen, hätt der Hund nicht reingekonnt. Hätt der Hund nicht reingekonnt, wär alles heil geblieben. Weil also der Igel über den Hof gelaufen ist, ging mein Geschirr ent-zwei, und mein schönes Essen wurde verdorben. Na, warte, al-ter Igel, wenn ich dich erwische!« Damit gähnte der Mann nochmals, ging ins Bett, wurde warm und schlief ein.

Am nächsten Morgen war Lümmel wieder da; er wackelte mit dem Kopf, kniff die Augen zu und klemmte den Schwanz ein, als der Herr strafend zu ihm sagte: »Lümmel, ich glaube, du bist ein rechter Höllenhund!« Aber dann besann sich der Mann und sprach: »Aber der Schweinigel, der an allem schuld ist, der ist ein wahrer Höllenfürst!« Damit ging der Mann an seine Arbeit und dachte an den Abend, wo er den Igel fangen wollte. Lümmel aber schlief nach der durchbummelten Nacht friedlich in seiner Hütte und bellte nur manchmal leise im Schlaf, wenn durch seinen Traum ein spitzes Osterei auf vier Beinen wackelte.

Als nun der Mann zu Abend gegessen hatte und es schon fast dunkel war, steckte er eine Lampe in die Tasche und begab sich zu dem Birnbaum, unter dem er am gestrigen Abend die Kiste hatte stehenlassen. Sie stand noch da – aber neben ihr saß wahrhaftig dieses freche Igeltier und fraß schon wieder eine Birne –!

»Halt!«, sprach der Mann bei sich. »Die Kiste steht bereit, weg kommt mir dieser Bursche nicht, so kann ich erst einmal zusehen, wie viele Birnen er mir in seiner Unverschämtheit wegfrisst.«

Der Mann stand und wartete, der Igel saß und fraß. Der Mann hatte es eigentlich eilig, ins Bett zu kommen, der Igel hatte alle Zeit – er fraß mit viel Genuss und schmatzte dabei wie ein Schweinchen. »Alter Schweinigel«, sagte der Mann. »Viele Birnen sollst du mir nicht mehr wegschmatzen.«

Als der Igel die Birnen aufgefressen hatte, legte er sich ins Gras auf den Rücken und streckte die Beine zum Himmel. »Nanu!«, sagte der Mann. »Das ist ja ein unglaubliches Benehmen! Dir scheint es ja in meinem Garten sehr gut zu gefallen.« Der Igel, als hätte er das verstanden, fing an, sich im Grase zu wälzen, und quiekte leise und vergnügt dabei. »Immer schöner!«, sprach der Mann grimmig. »Unter meiner Kiste wird dir das Wälzen schon vergehen.«

Der Igel stand auf und fing an weiterzumarschieren. »Was denn?«, sagte der Mann. »Der sieht ja plötzlich ganz anders aus. Der hat ja lauter Buckel!« Und er knipste seine Taschenlaterne an, den Igel abzuleuchten. Sofort schrie er: »Halt, du böser Birnendieb!« Auf der Stelle rollte sich der Igel zusammen. Der Mann ging an ihn heran, und da sah er nun freilich, dass der Igel ein noch viel böserer Birnendieb war, als er geglaubt hatte. Denn der Igel hatte sich nicht nur zum Vergnügen im Grase gewälzt, er hatte sich dabei fünf schöne, reife Birnen auf die

Stacheln gepiekst. Die wollte er nun wohl als Nachtessen in seinen Bau tragen.

»Igel!«, sprach der Mann zu dem zusammengerollten Stacheltier. »Böser Igel, Diebsigel, Birnendiebsigel, Fallbirnendiebsigel – ach, du alter böser Schweinigel, jetzt musst du verhungern und sterben!« Damit nahm er die Kiste, rief noch einmal: »Siehste, nun kommst du unter die Kiste!« und stülpte sie über den Igel.

Danach ging der Mann ins Haus und legte sich vergnügt zu Bett. Als er aber grade im Einschlafen war, fiel ihm ein, dass er es doch falsch gemacht hatte. Er hatte dem Igel ja die Birnen auf den Stacheln gelassen, da würde es zu lange dauern, bis er verhungerte. »Nein, was man für Scherereien mit solchem Igel hat!«, seufzte er, stand auf und ging wieder in den Garten.

Unter der Kiste raschelte es und quiekte es. Der Mann klopfte gegen die Kiste. »Du«, sprach er mahnend, »ein Gefangener hat leise und anständig zu sein. Roll dich jetzt wieder zusammen, sonst läufst du mir noch weg, wenn ich die Kiste hochhebe.« Er horchte: Unter der Kiste war es ruhig. Er hob sie vorsichtig hoch, richtig saß der Igel zusammengerollt darunter. »Na, das ist ja schon ganz artig«, sprach der Mann. »Aber jetzt ist es freilich mit dem Artigsein zu spät, sterben musst du doch.« Damit sammelte er die Birnen auf, von denen einige schon aus den Stacheln gefallen waren, stülpte die Kiste wieder über, ging ins Haus, legte sich zu Bett, machte das Licht aus und schlief ein – sehr zufrieden mit dem, was er vollbracht hatte.

Den ganzen nächsten Tag war der Mann sehr vergnügt; immer einmal ging er von seiner Arbeit in Haus oder Garten fort und zur Kiste. Dann klopfte er mit dem Finger gegen die Kiste und horchte, aber es rührte sich nichts darunter. Sicher ist der Igel schon vor Hunger schwach und entkräftet, dass er sich nicht mehr rühren kann, überlegte der Mann. Aber hoch hebe ich die Kiste jetzt lieber noch nicht. Vielleicht beißt er mich vor Wut ins Bein, und vielleicht ist solch Wutbiss giftig, und vielleicht sterbe ich daran, und vielleicht bin ich dann noch eher tot als der Igel. Nein, das wollen wir mal lieber nicht machen!

Damit ging der Mann wieder an seine Arbeit, und so machte er es drei volle Tage, bis er sicher war, dass der Igel jetzt vor Hunger gestorben sein musste. Da ging er hin, und leise – vorsichtig – sachte – still – behutsam – ängstlich hob er die Kiste hoch und sah darunter. Und unter der Kiste war – – – nichts!

»Nanu!«, sagte der Mann, kratzte sich die Nase und sah den leeren Grasfleck an. Aber es war wirklich gar nichts da. Sollte der Igel vor Hunger ganz zu Luft geworden sein?, fragte sich der Mann. Aber das hatte der Igel nicht getan, sondern als der Mann genauer hinsah, merkte er, dass der Igel sich ein Loch unter der Kiste durchgegraben hatte und ausgerissen war.

Nein, dieser Heimtücker!, wunderte sich der Mann. Darum war es so still unter der Kiste!

Da habe ich mich also drei Tage umsonst gefreut, ärgerte sich der Mann. Das ist wirklich ein Jammer!

Aus meinem Garten wird er aber ausgezogen sein, tröstete er sich. Er hat sicher eingesehen, dass ich mir seine Frechheiten nicht gefallen lasse.

Darin aber irrte sich der Mann. Er wusste eben noch nicht, was für getreue Gesellen die Igel sind. –

An einem schönen, stillen Abend saß der Mann nun recht zufrieden, seine Pfeife rauchend, auf einer Bank, die beim Komposthaufen stand. Oben auf dem Komposthaufen wuchsen Gurken, unten auf der Bank saß rauchend der Mann. Morgen könnte es ein bisschen regnen, überlegte der Mann. Das ewige Gießen ist mir schon recht über. Aber für meine Gurken ist es mir nicht über – ich will die allerlängsten und allerdicksten Gurken von allen Leuten ernten. Wirklich hingen sehr schöne große Gurken da oben, aber der Mann wollte sie noch schöner und dicker.

Grade als der Mann dies überlegte, raschelte es oben und – pardauz! fiel eine Gurke von dem hohen Komposthaufen auf die Erde. »Das verbitte ich mir!«, rief der Mann und nahm die

Pfeife aus dem Munde. »Ihr habt zu wachsen, nicht abzufallen, ihr Gurken!« Er bückte sich nach der Gurke, oben raschelte es wieder und – plauz! – fiel ihm eine zweite Gurke auf den Rücken, dass es knallte. »Aua!«, schrie der Mann. »Das tut ja weh!« Und er rieb sich den Rücken.

Oben raschelte es noch einmal, aber diesmal fiel nichts, nein, es war, als wenn etwas fortlief. Diebe!, dachte der Mann. Gurkendiebe! Und er lief schnell um den Haufen herum. Er sah nichts, der Haufen war zu hoch. »Hallo, Sie!«, schrie der Mann. »Gehen Sie mal raus aus meinen Gurken, sonst rufe ich die Polizei.«

Plauz, pardauz fiel etwas aus dem Komposthaufen heraus, und als der Mann es ansah, war es wieder einmal der Igel. »Dachte ich es mir doch!«, sagte der Mann empört. »Nun sind meine Birnen gepflückt, da gehst du an meine Gurken. Sind meine Gurken alle, wirst du die Kürbisse nehmen. Kürbisernte vorbei – machst du dich an die Rüben. Rüben alle, heißt's Kartoffeln. Kartoffeln ausgebuddelt, ist der Winter da, und du willst womöglich in mein warmes Haus. Nichts da – jetzt ist es völlig alle mit dir – aber unter eine Kiste setze ich dich nicht wieder. Mir sollst du nicht noch einmal ausreißen!«

Damit nahm der Mann eine Schaufel, schob sie unter die Stachelkugel und trug den Igel hinunter an den See und legte ihn ins Boot. Dann ruderte er ein weites Stück auf den See und warf den Igel ins Wasser. »So«, sagte er, »du bist weg. Meinetwegen können sich die Fische deine Stacheln in ihre Mäuler pieken.« Dabei fiel ihm ein, dass er gut einmal wieder nach seiner Aalreuse sehen könnte. Er ruderte hin, zog sie hoch, und richtig waren zwei schöne, starke Bengel darin. Das geht ja großartig, dachte der Mann. Erst die Gurken, nun die Aale. Grünen Aal mit Gurkensalat ess ich für mein Leben gerne.

Er ruderte vergnügt nach Haus, nahm in jede Hand einen Aal, stieg ans Ufer, ging zum Haus hinauf – wer steht im Wege?

Der Igel! Der Igel – noch ein bisschen nass, aber sonst sehr vergnügt.

Vor Schreck lässt der Mann die Aale fallen, der Igel quiekt und rennt unter einen Rosenbusch, die Aale schlängeln sich fort ins Gras, der Mann schreit und rennt dem Igel nach in den Dornenbusch, wo er sich jämmerlich zersticht und zerkratzt. Die Aale sind fort, der Igel ist verschwunden, aber der Mann hat blutige Hände. Der hat nicht gut geschlafen, diese Nacht!

Nun hatte dieser Mann aus der Stadt etwas in seinem Garten, das er noch mehr liebte als seine Birnen und Gurken. Das war ein kleiner Steingarten, den er sich am Wasser gebaut hatte. Schwitzend hatte er aus eigener Kraft in einer Karre große Feldsteine herangefahren und zu einem Mäuerchen aufeinandergesetzt. In die Fugen zwischen den Steinen hatte er Sand und Erde getan und allerlei Gewächs darin eingepflanzt und ausgesät, wie es am liebsten zwischen Steinen gedeiht. Und nun blühte und wuchs das Mäuerchen herrlich mit vielen Pflanzen, die so hießen wie: Gänsekresse und Sandmiere, Wohlverleih und Sterndolde, Lichtblume, Besenheide, Lerchensporn und Mädchenauge.

In diesem Steingärtlein, das ihm doch gar keine Früchte trug, saß der Mann gerne einmal ein halbes Stündchen, ruhte sich von seiner Arbeit aus, ließ sich von der Sonne braten und sah abwechselnd die blühenden Kräutlein an oder auf den See hinaus, der im Sonnenlicht glänzte und strahlte wie ein großer Spiegel.

Am Tage nach dem schlimmen Abenteuer mit dem Igel, der ihm wieder in den Garten geschwommen war, saß der Mann auch wieder dort und ruhte sich aus. Da sah er, dass ein Pflänzlein, namens Helmkraut, in seiner Steinfuge die dunkelblauen Blütchen so traurig hängen ließ, als wolle es völlig vertrocknen. Er ging näher und bemerkte ein Loch, das bei den Wurzeln des Pflänzchens in die Erde ging. »Oh, diese bösen Mäuse!«, sprach er recht traurig, »fressen sie dir deine Wurzeln ab, ohne die du doch nicht leben kannst, armes Helmkraut?« Und er stocherte mit seinem Finger in dem Loch.

Aber er fuhr angstvoll zurück, denn aus dem Loch kam ein

böses, scharfes Zischen, und hervor fuhr ein kleiner Kopf mit rötlich funkelnden Augen, weit geöffnetem Maul, und zwischen den aufgesperrten Kiefern tanzte eine zweiteilige, dünne Zunge. Nach schob der Leib, grau, mit einem scharfen Zickzackband den ganzen Rücken entlang, und jetzt war die ganze Schlange draußen, und voller Angst sah der Mann, dass es eine Kreuzotter war, die böseste und giftigste Schlange, die im deutschen Lande lebt, so giftig, dass ein einziger Biss von ihr einen Mann töten kann.

Diese Kreuzotter war aus dem Loch gefahren, wütend, dass der Mann sie gestört hatte, und hoch aufgerichtet ließ sie den Kopf vor seinen Beinen auf und ab tanzen, jederzeit bereit zuzubeißen. Der Mann aber stand da, in Angst vor dem Biss der Schlange, und konnte gar nichts tun. Versuchte er nur, den Fuß zu rühren, um wegzulaufen, so brachte das die Schlange in neue Wut, und sie stieß vor mit dem Kopf, und ihr tödlicher Biss drohte ihm. Er aber hatte nichts zur Waffe als seine nackten Hände, um zuzugreifen, aber mit nackten Händen kann man nicht nach einer Schlange greifen, ohne gebissen zu werden.

Also stand der Mann voller Schrecken bewegungslos da, und er dachte bei sich: Wenn ich nur ganz unbeweglich stehe, so hält die Schlange vielleicht meine beiden Beine für zwei Baumstämme oder Stöcke, und nach einer Weile lässt ihre Wut nach, sie geht in ihr Loch zurück, und ich kann fliehen.

Die Schlange aber tanzte immer weiter zornig vor seinen Beinen, bedrohte ihn mit ihrem Maule und hielt ihn in großer Angst. Da dachte der Mann wieder bei sich: Ich kann hier nicht mehr lange ohne alle Bewegung stehen. Schon schlafen meine Füße ein, und die Waden tun mir weh. Ich muss mich rühren. Wenn ich mich aber rühre, beißt mich die Schlange, und ich muss sterben. Da habe ich mich nun die ganze Zeit hier über alles und jedes geärgert, über jede Fliege, alle Mücken und Wespen, über den Igel und über die Raupen, über Wasserschleppen und abgefallene Gurken. Alle Tage habe ich mich geärgert. Wenn ich mich alle Tage gefreut hätte, hätte ich doch ein vergnügtes Leben gehabt. So habe ich mich jeden einzigen Tag geärgert und habe nur ein dummes Leben gehabt. Wenn ich dieses Mal noch heil davonkomme, will ich mich gewiss nicht wieder so oft ärgern, sondern lieber alle Tage freuen.

Als der Mann sich das vorgenommen hatte, hörte er ein Rascheln, und unter einem Strauch kam der Igel hervor. Mach, dass du wegkommst, Igel, dachte der Mann, sonst wirst du auch gebissen und musst sterben.

Aber der Igel raschelte ruhig weiter. Im Zickzack torkelte er auf die böse Kreuzotter zu, und er sah aus, als sei er gewaltig wütend, so dick hatte er die Kopfhaut gefaltet, und so spitz trug er seine Stacheln. Er ging immer näher an die Schlange heran, und die tanzte schon nicht mehr vor dem Manne, sie hielt den Kopf auf den Igel zu und fauchte ihn wütend an. Der Igel aber kümmerte sich gar nicht darum, er hatte keine Angst, und als er bei der Schlange war, beroch er sie mit seiner schwarzen, feuchten, spitzen Nase. Schwapp! – hatte sie ihn hineingebissen.

Armer Igel!, dachte der Mann und machte schnell einen großen Satz von der Kreuzotter fort, jetzt musst du sterben. Aber der Igel schüttelte nur den Kopf und fing an, sich gemütlich die gebissene Nase zu lecken. Schwapp! – hatte ihn die Schlange in die Zunge gebissen.

»Oh! Oh! Oh!«, rief der Mann, der jetzt aus sicherer Ferne zuschaute. »Du armer, vergifteter Igel, du!«

Der Igel zog die Zunge ein, guckte die Schlange an und fing wieder an, sie zu beriechen, als rieche sie so schön wie ein Blumenstrauß.

Schwipp – Schwapp – Schwupp!!! Hatte er drei Bisse im Kopf.

»Hin bist du, Igel!«, sprach der Mann traurig und wunderte sich bloß, dass der Igel nicht tot umfiel. »Weil du mich aber gerettet hast, will ich dich auch schön begraben unter meinem Birnbaum.«

Der Igel sperrte das Maul auf, als müsste er gähnen über diese langweilige Schlange, die nichts konnte als zischen und beißen, und – schwuppdiwupp! – hatte er die Kreuzotter im Maul, biss zu, kaute los – und die Schlange mochte ihren Leib drehen und winden, soviel sie wollte, der Igel fraß sie auf, vom Kopf bis zu der Schwanzspitze. Dann legte er sich in die Sonne und schlief ein.

Der Mann ging hinzu. Es war ihm ganz egal, dass die Stacheln stachen, er nahm den Igel in seine Hände, trug ihn ins Haus, legte ihn in eine Kiste, die er schön mit Heu gepolstert hatte, setzte ihm Milch in einem Schälchen hin und sprach dabei: »Oh, du getreuer Igel! So oft habe ich dich mit dem Tode bedroht und aus dem Garten gewünscht. Du aber bist immer wiedergekommen und hast mir nun sogar das Leben gerettet. Wenn du am Leben bleibst, sollst du mein liebster Geselle sein, bei mir wohnen dürfen, und die allerbesten Birnen und Gurken sollst du auch haben.«

Der Igel aber hörte von der ganzen schönen Rede nichts, denn er schlief. Aber er blieb wirklich am Leben, denn Schlangengift tut den Igeln nichts, und er lebte mit dem Manne im Haus und ging überall mit ihm. Da lernte der Mann, was für nützliche Gesellen die Igel sind, die nicht nur die Schlangen töten, sondern auch Mäuse und Käfer und Raupen und Ohrwürmer. Da wurde der Igel, den er erst hatte töten wollen, sein liebster Freund. Auch hielt der Mann sein Versprechen: freute sich mehr und ärgerte sich weniger, so hatte er ein gutes Leben.

Nur eines tat der Mann nicht: Er ließ den Igel nicht mit sich im Bette schlafen. Und das kann man nicht übelnehmen: Als Schlafgefährte war der Igel zu stachlig, auch hatte er wie alle Igel viele Flöhe.

Geschichte vom Nuschelpeter

Es war einmal ein Junge, der war gar nicht mehr ganz klein und hieß Peter. Aber im ganzen Dorf nannten sie ihn nur den Nuschelpeter, weil er niemals ordentlich und deutlich sprach. Sondern er redete, als hätte er eine Riesenkartoffel im Munde. Und hundertmal konnten ihm Vater und Mutter sagen: »Peter, sprich deutlich!« – Peter nuschelte weiter, und es war ihm egal, ob ihn die Leute verstanden oder nicht.

An einem Tage hatten nun die Kinder schulfrei, weil ihr Lehrer krank war, und Peter wäre gern zum Spielen gegangen. Aber die Mutter sagte: »Peter, ich will heute Musklöße machen. Lauf schnell zum Kaufmann Möbius und hole ein Pfund Pflaumenmus.« Damit gab sie ihm einen Henkeltopf und ein Fünfzigpfennigstück, und Peter ging los.

Er lief aber gar nicht schnell, und als er zu dem Kreuzweg kam, wo rechts der Weg nach Drewolke und links der Weg nach Gooren abgeht, blieb er ganz stehen. Denn es kam ein Auto langsam dahergefahren, und am Steuer saß ein Mann mit einem roten Bart. Der fuhr noch langsamer, als er den Peter sah, und rief: »Junge, ich bin der Doktor und muss zu einer kranken Frau nach Gooren. Da geht's doch hier lang?« Und der Mann zeigte auf den Weg nach Drewolke.

»Da geht's nach Drewolke!«, rief der Nuschelpeter.

Der Doktor aber verstand ihn wegen seines Nuschelns falsch, rief: »Das sage ich ja!«, gab Vollgas und haute ab auf dem Weg nach Drewolke, obwohl er doch nach Gooren wollte. Das ist eine schöne Bescherung!, dachte der Junge. Aber ich bin nicht schuld daran.

Damit guckte er dem Auto nach, bis auch der letzte Staub sich gelegt hatte. Dann ging er weiter zum Kaufmann Möbius. Als er fünfzig oder einundfünfzig Schritte gegangen war, begegnete ihm die Frau Gemeindevorsteher, die es eilig hatte. Im Vorbeigehen rief sie: »Peter, ich will zu deinem Vater, ist er zu Haus?«

Peter nuschelte: »Vater ist aus«, aber die Frau Gemeindevorsteher verstand: »Vater ist zu Haus«, rief: »Schön, dann treffe ich ihn ja«, und lief noch schneller.

Nuschelpeter sah ihr nach. Das ist eine schöne Bescherung, dachte er. Aber ich bin nicht schuld daran.

Damit ging er weiter und kam zu einer Scheune, die mit Stroh gedeckt war. Auf dem Scheunendach saß der Dachdecker und flickte die Löcher mit Stroh aus. Die lange Leiter aber lehnte am Dach. Peter guckte dem Dachdecker eine Weile bei seiner Arbeit zu. Plötzlich sah er, wie aus dem Hof der Bulle kam, der sich losgerissen hatte und grade auf die Leiter zulief. Da schrie Nuschelpeter: »Pass auf, der Bulle kommt!« Und versteckte sich hinter der Mauer.

»Was?!«, rief der Dachdecker. »Der Olle kommt? Den wollte ich ja grade sprechen!« Und er stieg oben auf die Leiter, indes unten der Bulle dagegenstieß. Die Leiter fiel um, der Dachdecker fiel mit und sauste in großem Bogen in einen Lindenbaum, in dem er schreiend hängenblieb.

Als Peter das sah, bekam er es mit der Angst und lief fort. Im Laufen aber dachte er: Das ist eine schöne Bescherung. Aber ich bin nicht schuld daran.

Indem wurde Peter hinter einer Hecke hervor angerufen, und als er hinter die Hecke sah, stand da ein ganz alter Bettler, der sagte: »Junge, hast du nicht ein bisschen zu trinken für mich in deinem Topf?«

Darauf nuschelte Peter: »Im Topf ist bloß Luft.«

Da rief der Bettler wütend: »Ich bin doch kein Schuft!«

»Luft! Luft!! Luft!!! Bloße Luft!«, rief Peter ängstlich.

»Schuft! Schuft!! Schuft!!! Hosenschuft!«, schrie der Bettler wütend. »Warte, dafür hau ich dich, Junge!«

Da musste Peter laufen, und der Bettler lief hinterher.

Während sie aber liefen, schrie Peter wieder: »Ich habe bloß Luft gesagt!«

Schrie der Bettler: »Sollst aber nicht Schuft sagen!« und lief schneller.

Fiel der Peter über einen Stein, schrie: »Aua!«

Rief der Bettler: »Ja, Haue gibt's!«

War der Topf kaputt gefallen.

Der Peter schrie, der kranke Lehrer sah aus dem Schulfenster und rief: »Wollen Sie mal den Jungen nicht hauen!« Da lief der Bettler weg, denn er hatte Angst vor dem Lehrer.

»Peter, komm mal her!«, befahl der Lehrer.

Peter kam heulend ans Fenster, hatte den Topfhenkel, aber ohne Topf, in der Hand und in der andern Hand seinen Fünfziger.

»Hast du den Topf zerbrochen?«, fragte der Lehrer.

»Für Pflaumenmus!«, heulte Peter.

»Was ist mit deinem Fuß?«, fragte der Lehrer. »Zeig mir den Fuß mal!«

»Pflaumenmus!«, heulte Peter lauter.

»Ja, ja. Nun zeig doch den Fuß!«, sagte der Lehrer ärgerlich.

»Pflaumenmus!«, schrie der Peter ganz laut.

»Wenn du jetzt deinen Fuß nicht sofort zeigst«, sprach der Lehrer ernst, »gibt's ein paar hinter die Ohren, Peter!«

So musste der Peter den Fuß herzeigen, obwohl er gar nichts daran hatte. »Na, das sieht nicht schlimm aus«, sagte der Lehrer und sah sich den Fuß an. Peter ging nämlich barfuß. »Geh langsam und achte auf den Weg, dann geht dir auch kein Topf kaputt.«

»Jawohl, Herr Lehrer!«, sagte Peter artig.

Der Lehrer aber rief ärgerlich: »Du sollst doch nicht so nuscheln, Peter! Das klang eben grade so, als hättest du zu mir ›Alles Kohl‹ gesagt.«

Damit schlug der Lehrer das Fenster zu, und Peter ging weiter, dachte aber dabei: Der Topf ist kaputt, aber ich bin nicht schuld daran.

Endlich kam Peter doch zum Laden des Herrn Möbius, der aber nicht da war. Sondern seine alte Mutter, die schon ein wenig taub auf beiden Ohren war, saß im Ladenfenster, damit sie auch sehen konnte, wer auf der Dorfstraße vorüberging, und strickte einen Strumpf. Peter, der wusste, wie schlecht die alte Frau hörte, dachte: Hier muss ich es gut machen, sonst gibt es keine Musklöße, und schrie, so laut er konnte: »Tag, Frau Möbius, ich möcht für 'nen Fünfziger Pflaumenmus!«

Gott! fuhr die alte Frau in die Höhe! Sie hatte die Ladenklingel gar nicht gehört. »Was für 'nen Schuss? Wo fiel der Schuss?«, rief sie zitternd.

»Für fünfzig Pfennige Pflaumenmus!«, schrie Nuschelpeter noch lauter.

»Wie –?«, fragte die alte Frau und hielt die Hand an die Ohren.

»Pflaumenmus!«, brüllte Peter und zeigte ihr das Geldstück.

»Was will er bloß –?«, murmelte die alte Frau. »Ich versteh immer: Frau mit Kuss!«

»Pflaumenmus!«, brüllte Peter und schrie so, dass die Scheibe klirrte und ihm der Hals weh tat.

Die alte Frau schüttelte verzagt den Kopf. »Jungchen«, sagte sie, »laut schreist du wohl, aber du hast so 'ne nuschlige Aussprache. Weißt du was, geh hinter den Ladentisch und such selber, was du haben willst. Ich will schon aufpassen, dass es nicht zu viel wird.«

Damit nahm sie ihm die fünfzig Pfennig aus der Hand und machte die Klappe im Ladentisch auf, dass er durchschlüpfen konnte.

Da stand Peter nun wie ein kleiner Kaufmann, und was er sich manchmal im Einschlafen gewünscht hatte, nämlich einen großen richtigen Laden mit allem drin, was er gerne mochte, das hatte er nun. Da waren viele, viele Schubladen mit kleinen Schildern daran, und so viel konnte er schon lesen, dass er verstand, was in den Schubladen war. Wo Salz und Mehl dranstand, da sah er gleich wieder weg, aber wo Zucker und Mandeln und Rosinen und Erdnüsse dranstand, da sah er immer länger hin, und sein Herz fing an, schneller zu klopfen.

Unter den Schubladen aber standen auf der Erde noch Steintöpfe und Tönnchen, auf denen war zu lesen: Saure Gurken, Schmalz, Sirup, Marmelade und Pflaumenmus. Schnell sah Peter wieder weg und – richtig – da stand das, was er schon lange gesucht hatte: zwei schöne, blanke Gläser voller Bonbons.

Der Peter hatte noch immer den Henkel vom Steintopf in der Hand, und er hielt ihn auch weiter fest, aber dabei starrte er auf die beiden Gläser mit Bonbons, dass ihm die Augen übergingen, und dachte: Ach je, wie schön wäre das, wenn ich statt Pflaumenmus für ganze fünfzig Pfennige Bonbons kaufen könnte! Da würde ich mich einmal richtig satt an ihnen essen und brauchte zum Mittag gar keine Musklöße!

Grade als der Peter so schlimme Gedanken bei sich hatte, sagte die alte Frau Möbius ungeduldig: »Na, Jungchen, hast du denn noch immer nicht gefunden, was du holen willst?«

Da sagte der Peter laut »Pflaumenmus!«, mit dem Finger aber zeigte er auf die beiden Bonbongläser, und bei sich dachte er: So habe ich doch nicht gelogen. Ich habe Pflaumenmus verlangt, und wenn mir Frau Möbius dann Bonbons gibt, bin ich nicht schuld.

Die alte Frau sagte: »Ach, Bonbons willst du! Das klingt ja komisch bei dir, ich glaube, du bist ein rechter Nuschelpeter.« Und damit tat sie in eine Tüte Eisbonbons und in die andere Tüte saure Drops, gab die Tüten dem Jungen und sprach: »Auf Wiedersehen, Jungchen. Verdirb dir bloß den Magen nicht.«

Peter aber steckte die eine Tüte in eine Tasche, die andere Tüte in die andere Tasche, nuschelte »Auf Wiedersehen« und ging los. Ganz wohl war ihm nicht, und was die Mutter sagen würde, konnte er sich schon denken, und was der Vater tun würde, fühlte er beinahe schon auf seinem verlängerten Rücken.

Aber trotzig dachte er: Ich habe nicht gelogen, und wenn sie mir statt Pflaumenmus Bonbons gibt, bin ich nicht schuld!

Darüber war er sich klar: Die Bonbons würde er alle aufessen müssen, ehe er nach Haus kam, sonst würde die Mutter sie fortnehmen, und er bekam dann jeden Tag nur einen oder zwei. Er ging also schnell die Dorfstraße entlang, und als er am Schulhaus vorbeikam, lief er, so rasch er konnte, damit ihn bloß der Lehrer nicht ansprach.

Dann aber kam der schöne, ruhige Weg am Kirchhof entlang, und – schwupp! – war Peter mit einem Satz über die niedrige Kirchhofsmauer und drückte sich in die Büsche, die dort reichlich wuchsen. Auf einen uralten Grabstein setzte er sich, zog aus der einen Tasche die Drops, aus der andern die Eisbonbons, steckte dafür den Topfhenkel ein und fing an, sehr zufrieden die Bonbons in langen Reihen auf den Grabstein zu legen, denn er wollte sie erst einmal zählen. Gerade hatte er bis hundertsechsundfünfzig gezählt und freute sich, dass er so unglaublich viel Bonbons zu essen hatte, da raschelte es in den Büschen, und angstvoll fuhr Peter hoch, denn ein schlechtes Gewissen hatte er doch trotz aller Freude.

Aus den Büschen kam aber nur Alfred Thode, der größte und stärkste Junge in der Schule. »Du hast aber mächtig viel Bonbons, Peter«, sagte der starke Alfred.

»Es sind aber gar nicht meine«, sagte Peter voll Angst, denn er fürchtete, der Alfred würde sie ihm wegnehmen.

»Oller Nuschelpeter, dass es keine Steine sind, seh ich auch«, lachte Alfred. »Laß mich mal probieren!«

»Nein, nein!«, schrie Peter. »Ich geb keine ab! Ich kriege zu Haus fürchterliche Prügel deswegen, da will ich sie auch alleine aufessen!«

»Das glaube ich, die sind fein zu essen!«, lachte der starke Alfred, schob eine ganze Handvoll Bonbons zusammen und steckte sie auf einmal in den Mund. »Schmeckt großartig, Peter, willst du auch einen?« Und er hielt ihm einen einzigen hin.

Das war Peter zu viel. Er brüllte: »Hilfe! Hilfe! Diebe!«

»Wer schreit denn hier so jämmerlich um Hilfe?«, klang's vom Kirchhof her. Durch die Zweige sah ein Gesicht – und es gehörte dem Dachdecker, der vorhin von der Leiter geflogen war. Kaum hatte der den Peter erkannt, so rief er: »Du bist doch der infame Bengel, der mich auf die Leiter gerufen hat, grade als der Bulle kam? Warte, jetzt verhau ich dich!«

Damit stürzte er sich auf Peter; Peter aber musste laufen, immer von seinen schönen Bonbons fort, die der starke Alfred alle miteinander aufaß! Der Dachdecker, der von seinem Fall noch lahm war, humpelte, so schnell er konnte, hinter Peter her und schrie dabei: »Warte, Bengel, nimm deine Haue mit! Warte doch, ich habe die Haue schon hier!«

Dies Geschrei hörte der Bettler, sah den Peter laufen, erkannte in ihm den, der ihn »Schuft« genannt haben sollte, lief auch hinterher und sammelte dabei fix Steine auf, die er beim Laufen dem Peter in den Rücken warf, dass der immer lauter schrie und stets schneller lief.

Der Weg vom Kirchhof geht bergab, Peter saust so schnell wie eine Kanonenkugel. Unten kommt die Frau Gemeindevorsteher um eine Hausecke – Peter kann nicht mehr bremsen und saust ihr in den Bauch. Die gute, ein bisschen dicke Frau fällt auf den Rücken und streckt die Beine in die Höhe. Peter fällt über sie.

Gerne möchte er sich ein bisschen ausruhen, doch schon nahen Bettler und Dachdecker: Er muss weiterrennen. Jetzt läuft als dritte auch die Frau Gemeindevorsteher hinter ihm – Peters Zunge hängt schon bis ans Knie, er kann keine Luft mehr kriegen. Aber jetzt sieht er seiner Mutter Haus. Nur zur Mutter, denkt er … Da kommt in einer Staubwolke das Automobil mit dem Doktor gefahren. »I du elender Bengel, schickst mich nach Drewolke, wenn ich nach Gooren will! Warte, dich krieg ich!«

Nun muss Peter gar noch schneller laufen als das Automobil; es war nur gut, dass das Haus schon nah war – sonst hätten sie ihn gekriegt!

In der Haustür steht Peters Mutter, auf sie stürzt Peter zu. »Mutter, hilf mir, die wollen mich alle verhauen!«

»Ja, ich will dir helfen!«, ruft die Mutter zornig. »Lässt mich zwei Stunden auf das Pflaumenmus warten!« Patsch! hatte er eine Ohrfeige weg. »Wo ist das Mus –?!«

»Pott kaputt!«, schreit Peter und zieht den Henkel aus der Tasche.

»Mein schöner Steinpott kaputt!«, ruft die Mutter – bum! erntet Peter eine Kopfnuss. »Für fünfzig Pfennig kein Pflaumenmus!« – zuck! klebt sie ihm eine Knallschote.

»Recht so!«, schreit der Doktor. »Mich hat er nach Drewolke statt nach Gooren geschickt – darf ich auch mal?«

»Immer zu!«, sagt die Mutter. »Sicher hat er wieder genuschelt.«

»Egal!«, sagt der Doktor. »Da hast du von mir einen Backenstreich!«

»Mich hat er Schuft genannt!«, schreit der Bettler.

»Mich von der Leiter geschmissen!«, schimpft der Dachdecker.

»Mich hat er angelogen, sein Vater wär zu Haus, und dann hat er mich noch vor den Bauch gebufft!«, ruft die Frau Gemeindevorsteher.

»Peter!«, sagt der Vater, der eben nach Haus kommt. »Frau Kaufmann Möbius hat mir grade erzählt, du hast für fünfzig Pfennig Bonbons gekauft – wo hast du denn das Geld her?«

Ach, da hätte der Peter am liebsten ein Mäuslein sein mögen und ein Löchlein haben in der Erde, um sich zu verkriechen! Aber daraus wurde nichts, sondern der Vater nahm den Sohn am Arm, ging mit ihm abseits, und was es da gab, das kann man sich denken. An diesem Tage konnte der Peter auf seinem Po weder sitzen noch liegen, und im Bett musste er auch auf dem Bauch schlafen: Das Ende von seinem Rücken tat ihm zu weh.

Und doch war trotz aller schlechten Erfahrungen und aller Prügel der Nuschelpeter noch immer nicht ganz vom Nuscheln und Lügen geheilt. Denn am nächsten Tage ging er in der großen Pause zum starken Alfred Thode und sagte ganz frech: »Gib mir meine Bonbons wieder!«

Da sah ihn der starke Alfred mit schrecklichen Augen an und fragte: »Wie viele Bonbons waren es denn?«

»Hundertsechsundfünfzig«, sagte Nuschelpeter und dachte, er kriegte Bonbons.

»Weißt du was?«, brummte der starke Alfred. »Ich habe all deine hundertsechsundfünfzig Bonbons aufgefuttert, und davon ist mir so schlecht geworden, dass ich die ganze Nacht habe laufen müssen. Darum will ich dir jetzt für jeden von diesen elenden Bonbons eine Ohrfeige geben …« Und patsch! ging es los: »Eins, zwei, drei, vier …«

»Ich will keine mehr!«, schrie kläglich der Nuschelpeter.

»Noch ’ne feine mehr!«, verstand der starke Alfred. »Fünf, sechs, sieben, acht …«

Da sagte der Nuschelpeter laut und klar: »Bitte, keine mehr!«, und da verstand ihn der starke Alfred und ließ ihn laufen. Und von diesem Tage an hat der Nuschelpeter nicht mehr genuschelt.

Geschichte vom Brüderchen

Es war einmal ein kleines Schulmädchen, das hieß Christa, und es war ganz allein und hätte doch gar zu gerne ein Brüerchen gehabt. Alle Tage ging es zur Mutter und bettelte: »Ach, Musch, kriegen wir nicht heut ein Brüderchen?«

Aber die Mutter hatte jeden Tag eine andere Ausrede. Einmal sagte sie: »Du siehst doch, Christel, ich habe heute Waschtag – wie hätte ich da Zeit für ein Brüderchen?!« Und das nächste Mal: »Es friert heute draußen, dass sogar die Hunde den Schwanz zwischen die Beine klemmen – da würde doch solch kleines Brüderchen sich völlig verkühlen!« Und das dritte Mal: »Vorhin habe ich gesehen, deine Püppings liegen in ihrem Wagen wie Kraut und Rüben. Wenn du nicht einmal die besorgen kannst, wie willst du da auf ein lebendiges Brüderchen aufpassen, Christel?«

Aus diesen Antworten merkte das Mädchen, die Mutter wollte kein Brüderchen. Da ging Christa in den Garten, setzte sich in ihre Schaukel und schaukelte sich. Sie dachte: Beim Schaukeln ist mir noch immer etwas Gutes eingefallen. Vielleicht fällt mir heute ein, wie ich ein Brüderchen bekomme. – Und sie schaukelte tüchtig, bis in die Zweige vom Kirschbaum hinein.

Während sie aber so schaukelte, knarrte oben der Balken, an dem die Schaukel hing, und das klang wie »Kraax«, und die Ringe knirschten in den eisernen Schrauben, und das klang wie »Piep« – und so ging es immer weiter, während Christa schaukelte: »Kraax-Piep, Kraax-Piep, Kraax-Piep!«

Als Christa eine Weile darauf gehorcht hatte, war es ihr plötzlich, als spräche die Schaukel zu ihr. Und schon sagte sie nicht mehr: »Kraax-Piep«, sondern: »Frag Piep! Frag Piep!« Nun hatte Christa wohl schon von andern Kindern gehört, der Storch bringe den Müttern ihre Kleinen, aber sie hatte nicht recht daran glauben wollen. Als aber die Schaukel immer wieder sagte: »Frag Piep!« – und der Storch ist ja auch ein Pieper, wenn auch ein großer –, da dachte Christa: Ich kann es ja mal versuchen und ihn fragen. Nützt es nichts, so schadet es nichts. Und sie stieg aus der Schaukel und ging zur großen Wiese, wo der Storch meistens war.

Richtig spazierte er dort, langsam Bein vor Bein setzend, und von Zeit zu Zeit steckte er seinen spitzen Schnabel ins Gras und hob ihn nie ohne einen zappelnden Frosch, den er dann behaglich verschlang. War aber der Frosch besonders groß, oder war es gar eine fette Kröte, so flatterte er vor Freude kurz mit den Flügeln und klapperte heftig dazu – das klang so hölzern!

Christa sah dem Storch eine Weile zu, und es gefiel ihr gar nicht, dass er so die braven Fliegenfänger, die Frösche, aufaß und dazu auch noch vergnügt klapperte, was ganz klang, als lache jemand: »Hä! Hä!« Weil sie doch aber gar so gerne ein Brüderchen haben wollte, fasste sie sich ein Herz, ging an den Storch heran und sagte den alten Vers her: »Storch, Storch, guter, bring einen kleinen Bruder …!«

Der Storch hob eines von seinen rot lackierten Beinen hoch, sah das kleine Mädchen glupsch von der Seite an, als überlege er sich seine Antwort – und plötzlich klapperte er so laut und heftig los, dass Christa vor Schreck einen Satz hinter sich tat. Es war wirklich, als lachte sie der Storch mit vielen »Hä-Häs« aus, und als sie genau hinhörte, war es ihr, als ob auch die kleinen Vögel in den Weidenzweigen, die Lerchen in der Luft und ein Volk Krähen, das grade über sie fortrauschte, in das höhnische Lachen des Storches mit einstimmten.

Da bekam sie vor Scham puterrote Backen, und sie fing an zu laufen, schneller, schneller, immer schneller, und sie hörte nicht eher auf zu laufen, bis sie an dem Acker anlangte, den der

235

Vater mit der Liese und dem Hans pflügte. Der Vater sah sein kleines Mädchen an und fragte: »Nun, Christa, wovon hast du denn so rote Backen?«

Da erzählte ihm Christa ihr Erlebnis mit dem Storch und all den Vögeln, die sie ausgelacht hatten.

Der Vater sagte darauf: »Da hättest du freilich nicht zum Storch gehen müssen. Dass der die Kindlein bringt, erzählen die Leute nur so – aber hast du wohl schon mal die Mutter um ein Brüderchen gefragt?«

»Ja«, sagte Christa, aber die Mutter habe immer eine Ausrede, mal, dass sie zu viel zu tun habe, mal, dass die Christa nicht artig genug sei.

»Das ist schlimm«, sagte der Vater, »denn wenn die Mutter nicht will, wird es mit dem Brüderchen wohl nichts werden. Aber mir fällt etwas ein, Christa. Wir haben doch jetzt den August, und da fallen viele Sterne vom Himmel auf die Erde. Und jeder leuchtende Stern ist eine kleine Kinderseele. Da stelle du dich nur heute Abend ans Fenster, und siehst du einen Stern fallen, so wünsche im Stillen, so stark du nur kannst: Komm zu uns, Brüderchen! Wenn du das nur stark genug tust und keinem Menschen davon sprichst, werden wir schon ein Brüderchen bekommen. Gefällt dir das, Christa?«

»Ja, Vater«, sagte Christa nachdenklich. »Aber die Sterne sieht man doch nur fallen, wenn es dunkel ist. Dann muss ich doch im Bett liegen und schlafen.«

»Nun«, sagte der Vater. »Dies eine Mal können wir wohl eine Ausnahme machen. Das werde ich schon vor der Mutter vertreten. Jetzt aber muss ich noch eine Weile pflügen. Du kannst hinter mir in der Furche gehen, und wenn du einen Engerling siehst, so trittst du ihn tot.«

»Ja«, sagte Christa, und nun pflügte der Vater noch ein Weilchen. Christa aber trat fünf Engerlinge tot und dachte nach. Als der Vater nun die Liese und den Hans ausgespannt hatte, um mit ihnen heimzugehen, setzte er Christa auf die Liese, denn Christa ritt gerne. Da fragte Christa den Vater: »Wohin fällt denn der helle Stern, den ich sehen werde, Vater? Fällt er einfach so auf den Hof? Oder fällt er in meine kleine Kinderkrippe, die noch auf dem Boden steht? Oder auf den Strohfeimen? Oder wohin?«

»Nichts von alledem, Christa«, antwortete der Vater. »Sondern er fällt deiner Mutter direkt ins Herz. Sieh, es ist ja nur ein kleiner, heller Himmelsfunke, der bei uns hier auf der Erde nicht leben könnte. Jeder Wind würde ihn auswehen, und jeder Regen müsste ihn auslöschen. Aber in deiner Mutter Herz bleibt er warm und hell. Sie gibt ihm von ihrem Blut, und sie nährt ihn von ihrem Fleisch, und davon wächst ein Menschenleib um ihn herum, in vielen Tagen und Wochen und Monaten, solch ganz kleiner Kinderleib, wie du ihn auch gesehen hast. Aber mittendrin sitzt und leuchtet und funkelt der kleine Himmelsstern – du trägst auch solchen Himmelsstern in dir, Christa!«

»Ja«, sagte Christa, und als sie nun auf dem Hof angelangt waren, und der Vater sie von der Liese gehoben hatte, ging sie um die Scheunenecke und sah lange zum Himmel empor, denn sie hätte gerne gleich die Sterne, ihre Brüder und Schwestern, gesehen. Dafür war es aber noch zu früh, die Sonne stand am Himmel und erhellte ihn. Am hellen Himmel aber kann man die Sterne nicht sehen, erst wenn er dunkel wird, treten sie, die immer da sind, mit ihrem matteren Schein hervor.

In der Nacht war es Christa im Schlaf, als riefe eine Stimme wie die Stimme ihres Vaters sie an: »Steh auf, Christa, und schau zu den Sternen!« Sie wachte auf und trat an ihr Fenster, zog den Vorhang zurück – da war über dem schwarzen Scheunendach auf der andern Seite des Hofes der ganze Himmel besteckt mit den Lämpchen vieler tausend Sterne, kleinerer und größerer, heller und nur matt leuchtender. Quer hindurch aber zog sich ein sanft leuchtendes, breites, weißes Band wie eine helle Straße durch den ganzen Himmel.

Und plötzlich, als Christa auf dies breite, strahlende Band schaute, löste sich ein Funke daraus, stürzte, immer heller leuchtend, durch den Himmel, und schon verschwand er hinter dem schwarzen hohen Scheunendach. »Ah!«, hatte Christa gerufen und vor allem schönen Schauen und Staunen ganz das Wünschen vergessen. Und nun, ehe sie noch tief Atem geholt hatte, lief wiederum ein weiß leuchtender Stern durch den Himmel und noch einer – und wiederum einer … Und so fiel Stern um Stern, und Christa rief »Ah!« und »Oh!« und »Ach!« und staunte und freute sich. Aber es ging immer viel zu rasch, und zum Wünschen kam sie kein einziges Mal.

Da sagte sie: »Oh, das ist schwer!«, und nun, weil sie das Brüderchen doch so gerne haben wollte, nahm sie sich fest vor, nur daran zu denken. Sie machte die Augen zu, damit sie eine Weile nichts sah. Als Christa sie aber wieder öffnete, sah sie genau auf einen helleren Fleck des weißen Sternenweges, und grade, als sie ihn anschaute, lösten sich zwei helle Sterne daraus und liefen nebeneinander, und nun fiel ihre Bahn zusammen, und mit größerer Helle liefen sie weiter, als sei es nur einer.

Da dachte Christa bei sich: Es ist schön, dass es so ist. Der Vater musste doch auch dabei sein. Denn sie meinte, der zweite Stern sei der Vater gewesen, der dem Brüderchen den Weg zeigte. Und während sie dies alles dachte, wünschte sie doch zu gleicher Zeit: »Brüderchen, komm zu uns!«

Diesmal war der Wunsch zur rechten Zeit getan, denn der Sternzwilling verlosch nicht eher, bis sie ihren Wunsch zu Ende getan hatte. Da ging Christa, freudig aufatmend, ins Bett, und sie war froh, dass jetzt das Brüderchen in der Mutter Herz wohnte, und in dieser Freude schlief sie ein.

Als sie aber eine Zeit geschlafen hatte, träumte ihr, sie sei von einem sanften Licht aufgewacht, und im Traum setzte sie sich im Bett auf und sah in die dunkle Stube. Zuerst sah sie nur Dunkel, als sie aber genauer hinsah, merkte sie auf dem Tisch einen kleinen hellen Schein wie von einem sanften Licht ohne Feuer, in der Form wie eine Kerzenflamme. Und in der Mitte dieses Lichtscheins, der vielleicht so hoch war wie eine Hand, war ein noch helleres Leuchten. Und als sie genau hinsah, hatte dies Leuchten die Gestalt eines kleinen Kindes, so lang wie ein Finger. Christa saß in ihrem Bett und starrte auf das Kind aus Licht.

Da sagte das fremde, fingerkleine Kind: »Siehst du mich nun, Schwester?«

Sagte die träumende Christa: »Ich sehe dich, Brüderchen.«

Fragte das Lichtkind: »Warum hast du mich denn aus dem schönen Sternenhimmel fortgewünscht, Schwester? Wir Sterne spielten so schön miteinander, und ich lief grade mit einem andern Sternlein um die Wette durch den ganzen Himmel, dass die Funken stoben – da hast du mich fortgewünscht auf die kalte, dunkle Erde!«

Antwortete die Christa: »Aber ich wollte doch so gerne ein Brüderchen haben!«

Klagte der kleine Stern: »Aber ich bin nicht gerne hier in eurer engen Welt. Schon jetzt sehne ich mich nach dem weiten, funkelnden Himmel. Es ist dunkel hier bei euch; sieh einmal, jetzt soll ich auch dunkel werden, mein Licht wird schon immer schwächer.«

Und wirklich, als Christa genauer hinsah, war der Schein um das Sternenkind schon matter, und auch der Leib des Kindes leuchtete nicht mehr so wie vorher.

Da tröstete Christa das Kind und sprach: »Du brauchst ja auch nicht mehr zu leuchten, Brüderchen. Jetzt wirst du in unserer Mutter Herz wohnen und von ihrem Blute warm werden. Nachher aber haben wir die schöne, warme Sonne und den Lichtschein des Feuers im Herd und den guten, bleichen Mond und die Sterne und viele, viele Lampen. Wir haben immer Licht, wenn wir es wollen, daran soll es dir nicht fehlen, Brüderchen, und zu Weihnachten haben wir noch den Tannenbaum.«

Das Brüderchen dachte eine Weile nach über das, was Christa gesagt hatte. Aber es war noch immer nicht zufrieden, sondern es klagte weiter: »Ja, wenn es nun auch mit dem Licht besser bei euch Menschen bestellt ist, als ich dachte, Schwester – wie ist es denn aber mit dem Spielen? Wo sind denn hier auf der Erde die tausend fröhlichen Funkelbolde, die mit mir im Himmel waren und mit denen ich um die Wette zwinkern und glimmen konnte? Wo ist denn in euern engen Stuben Raum, wie ich ihn hatte, durch den ganzen Himmel zu sausen, immer und immer weiter, um die Wette und allein, ganz wie ich es wollte?«

Da wurde die träumende Christa in ihrem Bette ganz eifrig, und sie rief: »Ach, Brüderchen, du hast ja gar keine Ahnung, wie schön wir Kinder hier auf Erden spielen können! Wohl hast du dort oben den ganzen blanken Himmel gehabt, aber er ist doch leer bis auf euch Sterne. Wir Kinder aber haben eine Erde, ganz voll von Dingen, mit denen wir spielen können. Aus jedem Strohhalm können wir Seifenblasen wehen lassen oder Windrädchen daraus machen oder aber Ketten; hinter jedem Baum und Busch können wir uns verstecken, von jeder Stufe springen, mit Wasser und Sand backen und bauen, und so noch viele tausend Dinge. Wenn du aber sausen willst, schneller noch als ihr Sterne durch den Himmel, so warte nur auf den Winter, Brüderchen! Hinter dem Dorf ist ein Berg, und wenn du den mit deinem Schlitten hinuntersaust, so bist du schneller als der Wind und meinst, du flögest durch alle Himmel!«

Als dies das Brüderchen gehört hatte, war es schon halb versöhnt und sagte: »Nun, Schwester, das klingt ja alles ganz gut, und beinahe möchte ich dir verzeihen, dass du mich vom Himmel auf die Erde herabgewünscht hast. Aber ganz zufrieden bin ich doch noch nicht. Sieh einmal, wie matt mein Licht geworden ist, seit wir hier miteinander reden, Schwester. Gleich wird es ganz ausgegangen sein. Und unser Schönstes war doch im Himmel, dieses Licht immer recht rein und glänzend zu erhalten. Immerfort rieben und putzten wir an uns herum – und nun soll ich hier als ein ganz lichtloses, graues Wesen herumlaufen und mir all meinen Schein von andern borgen? Nein, Schwester, das kann mich nie freuen, und so war es doch nicht recht von dir, und ich will gar nicht gerne bei euch bleiben!«

Da saß Christa ganz erstaunt in ihrem Bett und rief: »Aber,

Brüderchen, zwar haben wir Menschen kein Licht – aber weißt du denn nicht, dass wir ein Herz im Leibe haben?!«

»Du hast schon einmal davon gesprochen«, sprach der kleine Stern. »Aber ich habe dich nicht verstanden. Was ist denn das, ein Herz? So etwas kennen wir Sterne nicht, und ich habe es nicht einmal gesehen, sooft ich auch auf die Erde hinabgeschaut habe.«

»Ein Herz«, rief Christa ganz eifrig, »ist ein Ding, das wir in der Brust tragen, und es klopft immerzu, Tag wie Nacht, ob wir wachen oder schlafen, es ist immer bei uns. Und wenn wir uns über etwas freuen oder etwas Gutes getan haben, so fängt es ganz stark zu klopfen an und wird immer größer, und dann meine ich, ich kann mich vor Glück nicht lassen und muss immerzu tanzen und singen und springen … Und dann wird die Welt immer größer, und der Himmel wird heller, und die Vögel singen lauter, und immer stärker und voller klopft das Herz, und ich weiß vor Glück nicht mehr aus noch ein …«

»Das muss ein seltsam Ding sein, solch Herz«, sprach das immer blassere Brüderchen. »Das möchte ich wohl kennenlernen. Erzähle mir mehr vom Herzen, Schwester.«

»Ja«, sagte Christa, und ihre Stimme wurde leiser, »und wenn ich etwas Schlechtes getan habe, so klopft es auch. Aber ganz anders. Es ist, als wollte es immer stille stehen, und es sticht, und es pocht, und es mahnt, und es ruht nicht eher, bis ich das Schlechte wiedergutgemacht habe und wieder fröhlich bin.«

»Schwester«, sprach der kleine Stern aus dem Himmel, »nun geht mein Licht aus. Aber es tut mir nicht mehr leid; denn seit ich das gehört habe, was du vom Herzen erzählt hast, habe ich nur den Wunsch, auch ein Herz zu haben. Wenn ich nun geboren werde, bin ich ja ganz klein und werde alles vergessen haben. Willst du daran denken und für mich sorgen, dass mein Herz immer freudig schlägt, wie du es erzählt hast, und nie böse sticht –?«

Das versprach Christa, und als sie das getan hatte, flackerte das Sternlein noch einmal hell auf und erlosch dann. Christa aber schlief weiter, und als sie am nächsten Morgen erwachte, wusste sie noch, dass sie zwei Sterne hatte fallen sehen und sich zur rechten Zeit ein Brüderchen gewünscht hatte. Danach war ihr aber nur noch, als sei das Brüderchen im Traum wie eine kleine Flamme bei ihr gewesen und sie habe ihm etwas versprochen, was aber, das wusste sie nicht mehr.

Nun gingen viele Tage in das Land, und Christa spielte, ging in die Schule, half der Mutter, ritt auf der Liese und dachte auch manchmal an das Brüderchen, ob es nun wohl bald da sein werde. Und eines Morgens rief der Vater Christa in das elterliche Schlafzimmer; da stand die alte Krippe vom Boden, und in ihr lag das Brüderchen. Da freute sich Christa sehr, und die ersten Tage konnte sie gar nicht genug um das Brüderchen herum sein.

Aber Christa war groß, und das Brüderchen war klein und lag immer in der Krippe, und auch als es laufen lernte, war es eine rechte Last, weil es immer hinfiel und schrie. Und es konnte nicht ordentlich sprechen und zerriss die Bilderbücher, weil es noch dumm war. Da sagte Christa oft: »Olles dummes Brüderchen!« und lief hinaus zu den andern, den großen Kindern, mit denen zu spielen. Wenn aber die Mutter sagte: »Christel, ich muss waschen, spiel ein bisschen mit Brüderchen«, so zog Christa ein Gesicht. Und sagte die Mutter wieder: »Du hast dir doch selbst ein Brüderchen gewünscht, Christel!«, antwortete sie: »Nicht so eines!«

Nun verging wieder einige Zeit, da wurde das Brüderchen krank. Zuerst achtete Christa nicht sehr darauf, als aber der Vater und die Mutter mit immer traurigeren Gesichtern umhergingen und das Brüderchen rot und mit geschlossenen Augen im Bett lag, da wurde ihr auch angst. Still stand sie in einer Ecke des Zimmers und sah zu dem Bettchen hinüber, in dem Brüderchen lag. Die Mutter wollte dem Brüderchen einen Umschlag machen, Christa hielt das Tuch, die Mutter streifte das Hemd ab, und als sie die hastig atmende Brust sah, legte sie die Hand darauf und sagte traurig: »Wie das klopft! Ach, wie das klopft!«

Da legte Christa auch ihre Hand auf des Brüderchens Brust, und sie fühlte das Herz des Brüderchens klopfen unter ihrer Hand, hastig und angstvoll, immerzu. Und es war ihr, als riefe das Herz immerzu: »Lasst mich heraus! Ich will fort! Lasst mich heim!«

Da fiel der Christa plötzlich ein, was sie der kleinen Sternenflamme in der Nacht versprochen hatte, dass sie nämlich dafür hatte sorgen wollen, dass des Brüderchens Herz froh und glücklich klopfte. Und es fiel ihr ein, wie hässlich sie zu Brüderchen gewesen war und dass sie nichts für seine Freude getan hatte. Da befielen die Christa großer Kummer und Sorge, denn sie verstand, dass es dem Brüderchen nicht auf der Erde gefiel und dass es wieder zurückwollte zu den Funkelsternen, die kein Herz haben. Und Christa überlegte, was sie wohl tun könnte, um das Herz des Brüderchens froh schlagen zu machen, und sie lief hin und holte ihr schönstes Bilderbuch, das sie dem Brüderchen bisher nie hatte geben wollen. Sie legte das Buch auf das Bettchen und sprach: »Da, Brüderchen, das schenke ich dir. Du darfst es auch zerreißen.« Da lächelte das Brüderchen.

Von dieser Stunde an ging es dem Brüderchen besser, und bald war es ganz gesund. Nun wurden Christa und Brüderchen die besten Spielgefährten, und immer lachte das Brüderchen, wenn es Christa sah, und es hat nie wieder heimgewollt zu den Sternen, sondern es hat ihm wohl gefallen auf dieser Erde.

Und du und ich, mein Kind, wir haben genau solche Herzen wie Brüderchen und Christa, die sich freuen wollen. Und wenn wir einander froh machen, so gefällt es uns gut auf dieser schönen Erde; machen wir einander aber Kummer, so wollen wir hier nicht mehr weilen, und alles wird dunkel für uns, und der kleine Sternenfunke in uns mag nicht mehr brennen – daran denke, mein Kind.

Geschichte vom goldenen Taler

Es war einmal ein kleines Mädchen, das hieß Anna Barbara und hatte weder Vater noch Mutter; die waren beide schon lange tot. Sondern es wuchs bei einer steinalten Großmutter auf, die war vor lauter Alter schon ganz wunderlich. Und immer, wenn die Anna Barbara der Großmutter etwas erzählte oder sie um etwas bat oder ihr etwas klagte, dann sagte die alte Frau nur: »Ja, Kind, wenn wir bloß den goldenen Taler hätten, dann wäre alles gleich in Ordnung. Aber wir haben ihn nicht, und bringen tut ihn uns auch keiner, und so müssen wir es eben tragen, wie es ist.«

Und ganz gleich, was die Anna Barbara auch vorbrachte: »Großmutter, ich hab mir ein Loch ins Knie gefallen« oder: »Großmutter, der Lehrer hat gesagt, ich hätt gut gelesen« oder: »Großmutter, die Katz ist am Sahnentopf!« – die alte Frau antwortete immer nur: »Ja, Kind, wenn wir bloß den goldenen Taler hätten!«

Wenn Anna Barbara aber die Großmutter drängte und fragte, was denn das für ein goldener Taler sei und wie man ihn kriegen könne, schüttelte die alte Frau geheimnisvoll mit dem Kopf und sagte: »Ja, Kind, wenn wir ihn einfach kriegen könnten, so hätten wir ihn schon! Ich bin all mein Lebtage nach ihm gelaufen und habe ihn nicht einmal zu sehen gekriegt, und deiner Mutter ist es auch nicht anders ergangen. Möglich, dass es mit dir anders ist, denn du bist in einer Weihnacht geboren und ein Glückskind.«

Mehr bekam die Anna Barbara nicht zu erfahren von dem goldenen Taler, bis sich in einer kalten Winternacht die Großmutter in ihr Bette legte und starb. Ehe sie aber tot war, setzte sie sich noch einmal auf, sah die Anna Barbara scharf an und sprach: »Wenn ich jetzt tot bin, Anna Barbara, lässt du mich auf dem Friedhof begraben, grad zu Häupten von dem Grab deiner Eltern. Auf keinem andern Fleck!«

Das versprach die Anna Barbara.

»Und wenn du mich begraben hast, so bleibst du nicht hier in unserer Hütte. Sondern du schließt sie zu und gehst hinaus in die Welt, und du bleibst an keinem Fleck, die Leute hätten denn dort den goldenen Taler. Um den dienst du so lange, bis du ihn bekommst – und wenn es zehn und wenn es zwanzig Jahre dauert. Denn du wirst doch nicht eher glücklich, bis du ihn hast. Versprichst du mir das?«

Das versprach die Anna Barbara, und als sie das getan hatte, legte sich die Großmutter zufrieden ins Bett zurück und starb. Nun halfen der Anna Barbara die Leute aus dem Dorf, die Großmutter zu begraben, und sie bekam genau den Platz, den sie sich gewünscht hatte: zu Häupten ihrer Kinder. Als aber das Begräbnis vorüber war und die Leute alle nach Haus gegangen waren, stand Anna Barbara allein unter der Kirchhofstür, ein Bündelchen mit ihren Sachen in der Hand, und wusste nicht, wohin sie gehen sollte. Nach Haus konnte sie nicht wieder, das hatte sie der toten Großmutter versprochen, in die weite Welt aber zu gehen, davor fürchtete sie sich. Zudem war es ein eiskalter Wintertag, der Schnee lag hoch, und Anna Barbara fror schon jetzt wie ein magerer Schneider.

Als sie aber so stand und nicht wusste, was sie tun sollte, sah sie einen Schlitten gefahren kommen, mit einem Schimmel davor und einem langen, gelbhäutigen Manne darauf; die beiden sahen so seltsam aus, dass Anna Barbara trotz Kälte und Kummer fast das Lachen ankam. Denn der Schlitten war nichts als eine alte, große Futterkiste, die man auf Kufen gesetzt hatte, und der lange, gelbe Mann darin war so mager, dass Anna Barbara meinte, sie hörte beim Rumpeln des Schlittens seine Knochen klappern. Sein Gesicht aber war ganz ohne Fleisch und so hohl, dass ihm der Winterwind durch die Backen blies. War der Mann aber schon mager, so war das doch noch gar nichts gegen den Schimmel. Der sah so verhungert aus, dass er bei jedem Schritt hin und her wankte und fast umfiel, und der Kopf hing ihm vor Entkräftung so tief zwischen den Beinen, dass das Maul beinahe den Schnee auf der Straße streifte.

Als der Schlitten nun grade vor der Kirchhofstür war, blieb der Schimmel stehen, als könne er nicht mehr weiter, und so blieb der Schlitten auch stehen. Der Schimmel aber drehte die Augen sehr kläglich nach der Anna Barbara, dass fast nur das Weiße zu sehen war, der Mann aber drehte seine Augen auch nach dem Mädchen, in denen aber war das Weiße gelb vor lauter Galle.

Nachdem der dürre Mann Anna Barbara eine Weile betrachtet hatte, fragte er mit quäksiger Stimme: »Was bist denn du für ein Mädchen, dass du da unter der Kirchhofstür stehst und frierst wie ein Scheit Holz im Winterwalde? Mir täte meine teure Leibeswärme viel zu leid, als dass ich sie so für nichts vom Ostwind wegblasen ließe.«

Da erzählte Anna Barbara dem Mann, dass sie ein Waisenkind sei und eben die letzte Anverwandte, die Großmutter, begraben habe. Jetzt wolle sie in die Welt hinaus und sich einen Dienst suchen, wo sie den goldenen Taler gewinnen könne.

»Soso«, sagte der dürre Mann und rieb sich nachdenklich seine dünne Nase mit dem Knochenfinger. »Bist du denn wohl auch fleißig und ehrlich und sparsam, früh auf und spät ins Bett und vor allem genügsam im Essen?«

Anna Barbara sagte, das alles sei sie. Da sagte der dürre Mann: »So steig auf den Schlitten. Du triffst es grade gut: Ich suche eine kleine Magd, die mich und meinen Schimmel Unverzagt versorgt.«

Anna Barbara aber zögerte und fragte, wie er denn heiße und wo er wohne und ob sie bestimmt auch den goldenen Taler für ihre Dienste bei ihm bekommen würde.

Da antwortete der Mann: »Ich heiße Hans Geiz und wohne

in der großen Ortschaft Überall. Und was den goldenen Taler angeht, so sollst du den bestimmt von mir bekommen, wenn du mir drei Jahre treu dienst.« Dazu lachte der Mann ganz freundlich, es klang aber, als ob ein Ziegenbock meckerte, und der Schimmel verdrehte die Augen so fürchterlich und wackelte so sehr mit seinem haarlosen Schwänzchen, dass es Anna Barbara beinahe mit der Angst bekommen hätte.

Sie bedachte sich aber noch zur rechten Zeit, wohin sie denn sonst gehen solle und dass sie großes Glück habe, gleich auf der ersten Stelle den goldenen Taler zu treffen, den Mutter und Großmutter ihr Lebtage umsonst gesucht hatten.

Sie warf also ihr Bündelchen in den Schlitten und sprang schnell hinterher. Da fuhr Hans Geiz sie böse an und schalt: »Du fängst ja schön an, mein gutes Schlittenholz so abzuschurren! Setze dich fein sachte hin, Holz ist eine teure Sache!« Und als sie traurig nach dem Kirchhof zurücksah und im Gedanken an die tote Großmutter hastiger atmete, mahnte er sie schon wieder: »Atme fein sachte und vorsichtig, dass du die Lunge nicht zu sehr abnützest! Du hast nur eine, und ist die hin, gibt es keine andere.«

Danach rührte er mit der Peitschenschmitze den Schimmel an, und unendlich langsam hob der ein Bein nach dem andern, und unendlich langsam, kaum schneller als eine Schnecke, fuhren sie zum Dorf hinaus. Zuerst sah Anna Barbara den Friedhof entschwinden, dann fuhren sie an der Schmiede vorbei, nun am Haus des Bäckers, wo vor der Tür die Brennholzschwarten bergehoch gestapelt lagen – und nun waren sie zum Dorf hinaus.

Leise fing es an zu schneien. Zuerst tanzten nur einzelne Flocken vom Himmel, aber rasch wurden es mehr und mehr, und schließlich fielen sie so dicht, dass sie das ganze Land verhüllten. Nicht Baum noch Haus, nicht Weg noch Steg sah Anna Barbara mehr, und sie überlegte sich immer wieder, wie man bei solchem Schneetreiben denn den Weg finden könne.

Fragte sie aber ihren neuen Dienstherrn, wo denn die große

Ortschaft Überall liege, so antwortete er nur: »Überall!« Und der alte, verhungerte Schimmel lief immer rascher, die Kufen flogen über den knirschenden Schnee, und manchmal war es der Anna Barbara, als führen sie gar nicht mehr auf der Erde, sondern direkt durch die tanzenden Flocken in der Luft, und vom Schimmel sah sie kaum mehr als einen flüchtigen Schatten. Da wollte ihr angst werden; sie sah über den Schlittenrand und meinte, in einen bergetiefen Abgrund voll tanzender Flocken zu schauen, aber dann sah sie wieder ihren Begleiter an und bekam neuen Mut. Denn Hans Geiz hielt ruhig die Zügel, sagte nur manchmal »hüh« oder »hott« und tat, als sei solch sausende Schlittenfahrt nichts Sonderliches.

Schließlich aber war es der Anna Barbara, als senke sich der Schlitten wieder tiefer. Schon meinte sie, durch das Schneegestöber die Umrisse uralter Tannen zu sehen, da hielt mit einem Ruck der Schimmel, und sofort ließ er wieder den Kopf zwischen den Beinen hängen, als wolle er vor lauter Hunger umfallen.

»Da sind wir also wieder zu Haus!«, sagte Hans Geiz, aber soviel Anna Barbara auch durch das Schneetreiben spähte, sie vermochte kein Haus zu sehen. Da war nur etwas in dem Schnee, das sah wie ein Haufen altes, verfaultes Stroh aus.

»Wo ist denn das Haus?«, fragte Anna Barbara neugierig. Hans Geiz zeigte nur mit einem »Da!« auf das alte Stroh und befahl: »Nun hilf mir erst einmal den Schimmel Unverzagt ausspannen. Dann wollen wir ins Haus gehen und schön zu Abend essen.«

So knüpften und schnallten denn die beiden mit ihren froststarren Händen so lange an dem Schimmel herum, bis er ohne Geschirr dastand. Wieder sah sich Anna Barbara um, wo denn der Stall für den Schimmel wäre. Aber Hans Geiz sagte bloß: »Leg dich, Unverzagt!«, und sofort legte sich der Schimmel in den tiefen Schnee, dass eine Grube entstand. »So – und nun schieb Schnee über ihn …«, befahl Hans Geiz.

Das alte Tier rollte die Augen wie Bälle und fletschte dazu

seine langen, gelben Zähne, aber es half ihm nichts: Es wurde ganz mit Schnee zugedeckt. »Der Winter ist doch die beste Jahreszeit«, lachte Hans Geiz, als das getan war. »Spart Futter und Stall. Da liegt er nun, der Unverzagt, der Frost hält ihn frisch, dass er mir nicht verdirbt, und brauche ich ihn wieder, gieße ich ihm nur ein wenig warmes Wasser auf die Nase, gleich fängt er wieder an zu atmen. – Ja, ja, sparen möchte jeder, man muss es aber auch verstehen! Von mir kannst du viel lernen, Anna Barbara!«

Dem Mädchen tat der Schimmel in der Seele leid, dass er da so im kalten Schnee ohne ein bisschen Futter liegen musste. Aber sie wagte nichts zu sagen, sondern ging stille ihrem Herrn nach, der auf den alten Strohhaufen geklettert war und nun an einem großen dunklen Loch stand, das in die Erde ging.

»Jaja«, sagte Hans Geiz händereibend zu Anna Barbara, »das ist zugleich Schornstein und Tür und Fenster von meinem Haus. Die Menschen sind doch dumm, dass sie sich mit teurem Gelde Wände aus Stein über der Erde bauen, wo sie doch so einfach mit wenig Kosten in die Erde hineinkönnen. Nun also, fahre mir nach, aber warte, bis ich dich rufe, sonst springst du mir noch auf den Kopf.«

Damit streckte Hans Geiz seine langen, dürren Beine in das Loch, rutschte, und – bums! – war er verschwunden. Anna Barbara hörte nur ein dumpfes, immer leiser werdendes Poltern aus der Tiefe. Es grauste sie sehr, und am liebsten wäre sie fortgelaufen, gleich in der ersten Stunde aus ihrem ersten Dienst. Aber wohin sollte sie bei solchem Schneegestöber? Sie wäre ja doch nur erfroren am Wege umgesunken!

So ließ sie sich denn, als ein schwacher Ruf aus der Tiefe tönte, wie sie's gesehen, mit den Beinen zuerst hinab. Sausend fuhr sie hinein in den dunklen Erdenschlund, mit geschlossenen Augen fiel sie tiefer und tiefer. Das dauerte endlos lange, aber schließlich landete Anna Barbara ganz sanft auf etwas Weichem, das ihr wie Heu vorkam.

Es war auch Heu, sah sie, als sie die Augen aufschlug. »Nun

komm schon«, sagte Hans Geiz verdrießlich. »Du hast mich viel zu lange rufen lassen. Von nun an kommst du immer gleich, wenn ich dich rufe.« Damit nahm er Anna Barbara bei der Hand und zog sie aus dem dämmrigen Raum, wo sie im Heu gesessen, durch einen Vorhang in einen riesengroßen, hell erleuchteten Saal.

Da bekam Anna Barbara wiederum einen großen Schreck, denn als sie in den Saal traten, saßen rechts und links vom Eingang zwei große, struppige Hunde mit glühenden Augen – die waren größer als Kälber und fuhren, mit ihren dicken, eisernen Ketten klirrend, zähnefletschend auf Anna Barbara zu.

»Wollt ihr kuschen, ihr Höllenhunde!«, rief Hans Geiz die Tiere an, die sofort zurückgingen, aber mit bösem Knurren. »Das ist die Anna Barbara, die bleibt jetzt hier, und der dürft ihr nichts tun, außer sie will ohne meine Erlaubnis aus der Halle.«

Die Hunde funkelten Anna Barbara mit ihren roten Augen tückisch an und leckten ihre roten Mäuler mit ihren roten Zungen. Zu Anna Barbara aber sprach Hans Geiz: »Das sind zwei rechte Hunde aus der Hölle, heißen Neid und Gier, mein Vater, der Teufel, hat sie mir geschenkt. Nimmermüde passen sie auf, dass niemand mir mein armes bisschen Habe stiehlt, und außerdem sind sie mir noch zu manchem andern Geschäfte gut. – Ihr Hunde«, sprach er und rieb sich fröstelnd die Hände, »seid doch wieder faul gewesen. Kalt ist es in meiner Halle, wollt ihr wohl gleich heizen!«

Da setzten sich die Hunde Neid und Gier auf ihre Hinterteile, rissen die riesigen Mäuler weit auf – und sofort schlugen große Flammen daraus. Denn die Hunde konnten, wenn sie es wollten, blankes Feuer atmen.

»So«, sprach Hans Geiz und rieb sich zufrieden die knochigen Hände, dass sie knackten. »Nun werden wir es gleich warm haben. Ja, man sollte es gar nicht glauben, wie solch Höllenhund Neid oder Gier einem einheizen kann – aber es ist so! – Komm, jetzt wollen wir etwas essen.«

Damit ging Geiz tiefer in die Halle, die von einem sanften grünen Licht erfüllt war. Zuerst konnte Anna Barbara nicht erkennen, woher das Licht kam, dann aber merkte sie, dass es von vielen hunderttausend Glühwürmchen ausströmte, die unter der Decke saßen und leuchteten.

»Du siehst dir meine Beleuchtung an«, sprach Hans Geiz zufrieden. »Ja, das ist auch eine praktische Sache. Bei mir wirst du dir die Hände nicht schmutzig machen mit Lampenfüllen und -putzen. Es sind aber auch alles bewährte, alte Glühwürmchen hier, die mit ihrem Irrlichterieren schon manchen Menschen vom Wege ab und in den Sumpf geführt haben.«

Der Anna Barbara wurde es immer angstvoller zumute, sie dachte bei sich: Dieser Hans Geiz ist ja ein ganz schlechter Kerl, der kann doch unmöglich den schönen goldenen Taler in Verwahrung haben, nach dem Großmutter und Mutter ihr Lebtage gesucht haben! Ach, ich wollte, ich hätte nie diesen Dienst angenommen – hier, in dieser Erdhöhle, in die nie die Sonne scheint, in der kein Blümlein wächst und kein Vogel singt, halte ich es nie drei Jahre aus! – Und voller Schrecken sah sie auf das alte, verschimmelte, zerfallende Gerümpel, das an den Wänden der Halle lag.

Das war aber wirklich ein seltsamer Raum, durch den die kleine Anna Barbara mit ihrem Führer ging! Unendlich lang schien die Halle zu sein, und so weit sie schon gegangen waren, es war immer noch kein Ende abzusehen, und der Eingang, von dem sie kamen, war doch schon so entfernt, dass die beiden Höllenhunde, die groß waren wie die Kälber, jetzt so klein aussahen wie Kätzchen. An den Wänden dieser Halle aber lag zu Bergen aufgehäuft alles alte Zeug, das man sich nur denken kann: Berge zerrissener Schuhe, Türme aus alten Matratzen, denen die Wolle aus dem Bezug hing, Pyramiden von alten Flaschen und so tausenderlei Zeugs mehr – vor allem aber Papier über Papier.

»Jaja, da staunst du, Anna Barbara«, kicherte der Hans Geiz.

»Das bringe ich alles von meinen Fahrten über Land mit. Ich bin kein ganz armer Mann mehr. Schöne Sachen sind das!« Er grinste und fletschte dabei seine langen, gelben Zähne, dass die Anna Barbara schon wieder ein Grausen ankam. »Die Leute denken, sie brauchen die Sachen nicht mehr, tun sie weg und vergessen sie. Aber ich bewahre alles auf, denn nichts wird vergessen auf dieser Welt. Das sind Stiefel, mit denen sie einander getreten, Matratzen, auf denen sie faul gewesen sind, Flaschen, aus denen sie einander ›Prost, Gesundheit!‹ zugetrunken haben und im stillen sich doch alles Schlechte wünschten, und dies ist alles Papier von der Welt, auf dem sie einander bewiesen haben, dass weiß schwarz und Recht Unrecht ist.«

Immer stiller wurde Anna Barbara, traurig ging sie weiter. Es war der erste Abend im neuen Dienst, und doch wäre es ihr am liebsten der letzte gewesen; sie meinte, ihr Herz müsste brechen in den drei Jahren, die vor ihr lagen.

»So, nun wollen wir etwas Schönes essen«, sprach Hans Geiz und fing an, in seinen Taschen herumzusuchen. »Warte, ich habe uns etwas Gutes mitgebracht.«

Sie waren in eine kleine Nische an der Hallenwand gekommen, wie ein Stübchen, dessen Wände freilich nur aus schweren, eichenen Türen bestanden, mit dicken eisernen Beschlägen und schweren stählernen Riegeln und großmächtigen Vorlegeschlössern. Anna Barbara wunderte sich, was wohl hinter diesen drei Türen stecken möchte. Aber, dachte sie, das werde ich in den drei Jahren schon noch alles erfahren.

Unterdessen hatte Hans Geiz alles aus seinen Taschen gezogen, was er zu einem guten Abendessen brauchte: nämlich einen Kanten Brot, der war schimmlig, eine Speckschwarte, die hatte in der Asche gelegen, und einen Apfel, dessen eine Hälfte war faul. »Ein feines Essen, ein Lecker- und Schleckeressen!«, rühmte Hans Geiz. »Da müssen wir vorsichtig essen, sonst verderben wir uns den Magen.« Damit fing er an, den Kanten mit seinem Messer in Stücke zu zerteilen. Anna Barbara aber, die daran dachte, dass sie noch ein Töpfchen reine Butter und einen Laib selbstgebackenes Brot in ihrem Bündel hatte, sagte hastig, sie habe heute Abend keinen Hunger.

»Wie du willst«, sagte Hans Geiz gleichgültig und schob alles bis auf ein Stücklein Schwarte und ein Ecklein Brot wieder in die Tasche. »Aber denke daran, dass morgen nicht so fett gegessen wird wie heute.« Und er strich sachte mit der Speckschwarte über das trockene Brot. »Oh, wie schmeckt das kräftig und gut!«, rief er dann. »Die Menschen sind ja dumm, wenn sie meinen, der Speck sei zum Essen da. Zum Einreiben ist er, macht dann schon das Essen so stark, dass man es kaum vertragen kann. Ich reiche mit solch einem Stück Speck fast ein Jahr.«

Damit steckte er die Schwarte in die Tasche, biss noch ein Krümchen vom Brot, kaute es lange, sprach: »Gut gekaut ist halb verdaut – oh, wie bin ich gut satt!« und hatte so viel gegessen, dass ein Spatz danach hätte Hunger haben müssen. Er aber stand auf und sprach: »Nun will ich dir zeigen, wo du schlafen kannst. Morgen fängt dann die Arbeit an.«

Er führte Anna Barbara in einen kleinen Winkel an der Nische – von ferne hatte es ausgesehen, als sei es nur eine schmale Fuge zwischen zwei Steinen. Als sie aber näher kamen, wurde die Fuge weiter und weiter und ein richtiger Raum. Staubig und rumplig sah's freilich darin aus, die Spinnen hatten ihre Netze kreuz und quer gespannt, und welke Blätter lagen auf der Erde. »Na ja«, sprach Hans Geiz grämlich, »hier sind ja Hängematten genug für zwanzig Mädchen wie dich, und auch Decken liegen da, so viele du nur brauchst.«

Und im gleichen Augenblick sah Anna Barbara, dass das, was sie für Spinnennetze gehalten hatte, Hängematten waren und dass die welken Blätter auf der Erde braune Decken waren. »Schlaf schnell ein, Anna Barbara!«, mahnte Hans Geiz. »Dass du morgen frisch zur Arbeit bist. Und rabantere mir nicht so in der Hängematte, gute Sachen müssen auch gut behandelt werden.«

Damit ging er heraus, und Anna Barbara machte, dass sie

schnell in ihre Hängematte kam, so müde war sie. Sie schlief auch sofort ein, und im Traum saß die tote Großmutter neben ihr und sprach: »Ja, du bist auf dem rechten Wege, Kind, dir wird es mit dem goldenen Taler wohl nicht fehlgehen.« Anna Barbara wollte mit dem Kopf schütteln und sagen, dass ihr diese Stelle gar nicht gefalle. Davon kam aber die Hängematte ins Schwingen, sie schwang immer schneller und höher. Ich werde noch fallen, dachte Anna Barbara im Traum, da fiel sie auch wirklich.

Es tat tüchtig weh, sie schlug die Augen auf, vor ihr stand Hans Geiz. Sie aber lag auf der Erde, und die Schnur ihrer Hängematte war durchgerissen. »Hast du also doch rabantert!«, sprach Hans Geiz. »Bisher bist du noch nicht viel nütze gewesen. – Na, komm. Es ist jetzt droben Morgen, nun will ich dir deine Arbeit zeigen.«

Damit ging er ihr voran in die Nische mit den drei eisenbeschlagenen Türen. Eine von ihnen schloss er auf, und sie kamen in einen Keller, an dessen Wänden Dutzende von Fässern standen. In der Mitte des Kellers stand ein Tischlein mit einem Schemelchen. Auf dem Tischlein lagen ein Tüchlein, ein Brötlein, standen ein Tässchen und ein Fläschchen. Und in der Ecke war ein Lager aus Stroh mit Decken.

»Sieh«, sprach Hans Geiz, »in den Fässern habe ich viel Kupfergeld, aber es ist mir vom langen Liegen schmutzig geworden und sitzt voll Grünspan. So sollst du es mir wieder blank putzen. Mit dem Tüchlein sollst du wischen, und in dem Fläschlein ist ein Wasser, das nimmt den Schmutz fort. Musst du aber einmal weinen, so tu das ins Fläschlein, davon bekommt das Putzwasser besonders reinigende Gewalt. Das Brötlein ist für dich da zum Essen, und in dem Tässchen ist ein wenig Milch für dich – sie werden nie alle. Aber hüte dich, sie ganz zu verzehren, dann wächst nichts Neues nach, und du musst verhungern. Nun spute dich und geh an die Arbeit, Mädchen. Wenn du all diese Kupferlinge blank geputzt hast, dass nicht ein Flecken mehr auf ihnen ist, soll dein erstes Dienstjahr um sein, und du sollst ein Drittel von dem goldenen Taler verdient haben.«

Über diese harten Worte fing Anna Barbara bitterlich an zu weinen, und sie rief klagend: »Ach, Ihr hattet mir doch versprochen, ich sollte für Euch und den Schimmel Unverzagt sorgen dürfen, und nun soll ich hier ein ganzes Jahr in diesem traurigen Gewölbe hocken, ohne Sonne und ein grünes Blättchen und ohne eine freundliche Menschenstimme, und Euer schmutziges Kupfergeld putzen – nein, das will ich nicht, und das tue ich auch nicht!«

Und damit lief Anna Barbara, so schnell sie nur konnte, zur Tür. Aber Hans Geiz war noch flinker. Mit seinen langen Beinen sprang er ihr voraus, schlug die Tür vor ihrer Nase zu und rief durchs Schlüsselloch: »Nun sei nur recht fleißig, Anna Barbara, sonst wird dein erstes Jahr gar zu lang.«

Weinend blieb das arme Mädchen zurück, viele Male rief es nach dem harten Hans Geiz und bat um Erlösung, er aber ließ nichts von sich hören. Da sah Anna Barbara, es gab keinen andern Ausweg, als fleißig zu putzen, um möglichst schnell wieder hinauszukommen. So holte sie sich eine kleine Schürze Kupferpfennige an den Tisch, tauchte das Tuch ins Putzwasser und fing an zu reiben. Oh, wie lange dauerte es, bis sie nur einen Kupferling blank hatte! Da wollte sie fast verzagen, wenn sie daran dachte, wie viel Kupferlinge auf dem Tische lagen, und wie viel Tausende erst in einer Tonne, und wie viel Millionen in all den Tonnen an den Wänden! Aber sie dachte bei sich: Klagen nutzt nicht! und putzte emsig weiter, bis sie Hunger bekam.

Sie nahm Brot und Tässlein und fing an zu essen und zu trinken. Aber wie sie im besten Schmausen war und grade merkte, das Brot war so knapp, dass es kaum ihren Hunger stillte, sprach eine feine Stimme: »Gib mir auch zu essen und zu trinken!«

Sie sah auf den Tisch, und sie sah unter den Tisch, sie sah im Keller ringsum, aber sie fand nichts, das zu ihr hätte sprechen

255

können. So dachte sie, die Ohren hätten ihr geklungen, und aß weiter.

Aber kaum hatte sie wieder einen Bissen getan, so kam die Stimme von neuem: »Iss mir nicht alles weg, trink mir nicht alles aus – ich habe auch Hunger und Durst.«

Diesmal sah Anna Barbara nicht erst lange umher, sondern sie fragte: »Wo steckst du denn? Ich sehe dich nicht.«

»In der Flasche«, sprach die feine, piepsige Stimme. »Ich halte dir doch dein Putzwasser sauber.«

Da sah sich Anna Barbara die Flasche an, und als sie genau hinschaute, sah sie in ihr ein kleinwinzig Männlein, nicht größer als der Nagel an ihrem Daumen, das saß in dem Wasser.

»Hast du mich jetzt gesehen?«, fragte das Männlein. »Nun hilf mir heraus, dass ich in guter Luft essen kann!« Und als Anna Barbara sich hilflos umsah, wie sie dem Männlein wohl aus der tiefen Flasche durch den engen Hals helfen könne, sagte es ungeduldig: »Nun eile dich doch ein wenig! Meinst du, es ist ein Vergnügen, tagaus, tagein in dem scharfen Wasser zu sitzen?! Hol ein Hälmchen Stroh aus deiner Bettstatt, daran will ich hinausklettern!«

Also holte Anna Barbara ein Hälmchen Stroh, und das Männchen kletterte geschickt daran hoch, setzte sich auf den Flaschenkorken und sprach: »Nun gib mir zu essen und zu trinken.«

Da bröselte sie ein Bröckchen Brot ab, tat einen Tropfen Milch in eine Haferschluse und gab ihm beides. Gleich schrie das Männlein: »Mehr! Mehr!!«, schlug wütend mit den Armen und fraß und stopfte, dass es blaurot im Gesicht wurde und dass sein Bäuchlein anschwoll wie eine dicke Saubohne. Immer schrie es gleich: »Mehr! Mehr!«, und wenn ihm Anna Barbara das Bröselchen nicht schnell genug reichte, so schalt es sie ein faules Mädchen, es werde nun auch faul sein beim Reinigen des Putzwassers.

Schließlich aber war das Männlein gesättigt. Es saß zufrieden auf dem Flaschenkork, baumelte mit den dürren Beinen und sprach: »Oh, wie bin ich schön satt! Das hast du gut gemacht. Nun werde ich dir auch ein Putzwasser bereiten, da sollst du sehen, wie die Arbeit flitzt.«

»Kann man denn all die Pfennige überhaupt je blank bekommen?«, fragte Anna Barbara ängstlich.

»Das kannst du«, antwortete das Männchen kaltblütig. »Wenn du nämlich Ausdauer hast und ich dir helfe.«

»Und hat denn Hans Geiz wirklich den goldenen Taler?«, fragte Anna Barbara wieder.

»Das wirst du schon erfahren«, sagte das Männlein. »Aber so viel kann ich dir heute schon sagen: Er hat ihn und er hat ihn nicht.«

Anna Barbara zerbrach sich den Kopf, was das wohl bedeute, da sagte das Männchen: »Nun will ich auch einmal eine Frage tun. Nämlich: wie heißt du denn?«

»Anna Barbara«, sagte Anna Barbara.

»Das ist ein schrecklich dummer Name«, sagte das Männchen. »Ich werde dich Liebste nennen.«

Da musste Anna Barbara gewaltig lachen, denn daheim in ihrem Dorf nannten die jungen Burschen das Mädchen, das sie einmal heiraten wollten, ihre Liebste. Und wenn sie sich dazu das Männchen ansah, nicht größer als ihr Daumennagel, und bedachte, es wolle sie auch Liebste nennen, so musste sie eben lauthals lachen.

Sofort wurde das Männlein krebsrot vor Wut und schrie: »Lach nicht so dumm, du albernes Mädchen! Jawohl, Liebste nenne ich dich, und du wirst mich Liebster heißen, und wenn die Zeit gekommen ist, werden wir heiraten …«

Da konnte sich Anna Barbara nicht mehr halten. Sie sprang auf, trampelte mit den Füßen vor Vergnügen auf der Erde herum und lachte, so laut sie nur konnte. Denn wenn Anna Barbara das Männchen ansah, mit seinem blauroten, faltigen Gesicht, einem Schädel, blank wie ein Ei, einem strubbligen Bart, mit einem runden Bäuchlein und Armen und Beinen so dürr wie Stecken, und dabei dachte, das sollte einmal ihr Mann werden – so musste sie eben wie toll lachen.

Das Männchen aber sprang von seinem Korken auf, trampelte auch mit den Füßen auf den Boden, aber vor Wut, und kreischte mit seiner dünnen, piepsigen Stimme: »Warte nur, du böses Mädchen! Wenn du erst meine Frau bist, dann will ich dich für dieses Lachen an den Haaren reißen!«

Und es schüttelte wütend seine Fäustchen gegen Anna Barbara. Als die aber gar nicht mit Lachen aufhörte, fuhr es zornig an der Flasche hoch, sprang hinein und war untergetaucht. Und nur Schaum und Blasen im Putzwasser verrieten noch, dass es weiter darin saß und wütete. –

Bald machte sich auch Anna Barbara wieder an ihre Arbeit, und so flink ging sie ihr vonstatten, dass sie denken musste: Ist das komische Männchen auch wütend, macht es mir doch das Putzwasser so scharf, dass ich nur einmal über den schmutzigsten Pfennig hinzureiben brauche, und er glänzt wie der liebe Mond.

So arbeiteten die beiden nun viele Tage miteinander. Anna Barbara ließ nicht ab, fleißig zu reiben und zu scheuern, damit ihr Jahr nur recht kurz werde, und jede Tonne, die sie von schmutzigen Pfennigen entleert und mit blanken Pfennigen gefüllt hatte, machte ihr das Herz leichter. Und das Männlein bereitete mit seinen Künsten das Putzwasser immer schärfer, und sie aßen zusammen alle Tage von dem Brot, und sie tranken gemeinsam von der Milch. Aber jedes Mal, wenn sie ihre gemeinsame Mahlzeit hielten, gerieten sie in Streit, denn das Männchen hörte nicht auf, sie Liebste zu nennen, und erboste sich jedes Mal von neuem, wenn sie darüber zu lachen anfing. Und wenn es sagte, in seinem Hause dürfe sie ihm nur Linsensuppe kochen, aber keine Erbsen, wollte Anna Barbara grade Erbsen und fragte ihn wohl spöttisch, ob sein Haus die Putzwasserflasche sei und ob sie da auch hineinmüsse. Er möge nur die Tür, nämlich den Hals, erst ein bisschen weiter machen.

Immer endete es aber damit, dass das erzürnte Männlein ihr

schwere Strafen androhte, wenn sie erst seine Frau sei, und wollte er sie am Anfang nur am Haar reißen, kam es nachher so weit, dass er ihr jedes Haar einzeln ausreißen, die Nase abbeißen und die Augen als dicke Erbsen kochen wollte. Zum Schluss aber fuhr das Männchen immer zornig an seinem Strohhalm in die Flasche und warf Blasen, als gurgele es mit dem Putzwasser.

Zwischen Tag und Nacht war in dem lichtlosen Kellerloch tief unter der Erde, in dem nur die Glühwürmchen leuchteten, kein Unterschied, so wusste Anna Barbara nicht, wie viel Zeit vergangen war, als sie an die letzte Tonne mit Kupferlingen ging. Auf dem Boden dieser Tonne aber lag eine kupferne Glocke, und als sie den letzten Pfennig geputzt hatte, sprach das Männlein zu ihr: »Nun läute die Glocke.« Fuhr aber gleich danach in seine Flasche.

Anna Barbara schwang die Glocke. Da fing sie sonderbar an zu summen und zu brummen. Es war der Anna Barbara ganz, als treibe der Kuhhirt im Dorfe daheim die Herde in die Ställe, und die große rotscheckige Kuh vom Müller läute mit der Glocke an ihrem Hals der Herde voran. Als sie aber die Glocke weiterschwang, klirrten die Riegel an der Kellertür, die Tür sprang auf, und herein trat der dürre, gelbe Hans Geiz und sprach grämlich: »Bist du fertig? Hast du auch sauber geputzt? Hast du auch keinen Kupferling ausgelassen?« Und er wühlte in den Tonnen.

Als er aber sah, es war alles ordentlich gemacht, sprach er zu dem Mädchen: »So hast du dir den dritten Teil vom goldenen Taler verdient. Komm mit, dass ich dir die Arbeit weise, mit der du dir das zweite Drittel verdienen kannst.«

Da fasste sich Anna Barbara ein Herz und bat den harten Hans Geiz beweglich, er möge sie doch gehen lassen, sie halte es hier nicht aus im öden Keller, ohne eine Menschenstimme, ohne liebe Sonne und ohne bunte Blumen. Das Putzwasser in der Flasche fing an zu brodeln und zu spucken, als sei das Männchen überaus wild. Aber der Hans Geiz sagte kalt, Vertrag sei Vertrag, er lasse sie erst gehen, wenn sie ihre Zeit abgedient habe. Damit fasste er sie am Arm und wollte sie in einen andern Keller führen.

Anna Barbara aber riss sich von ihm los und lief aus der kleinen Stube in den großen Saal, und sie rannte zwischen den Stiefel- und Matratzenhaufen und zwischen den Bergen von altem Papier, so rasch sie nur rennen konnte. Der Hans Geiz eilte sich gar nicht, denn er wusste ja, sie kann wegen der Hunde Gier und Neid doch nicht heraus. Die Hunde aber, als sie Anna Barbara heranlaufen sahen, sprangen auf, zerrten an ihren Ketten und warfen aus ihren Mäulern so viel glühendes Feuer in die Luft, dass Anna Barbara von der Hitze ohnmächtig hinsank.

Da nahm sie Hans Geiz auf seinen Arm und trug sie gemächlich in den andern Keller, wo er sie auf ein Lager legte. Als Anna Barbara aus ihrer Ohnmacht erwachte, war sie ganz allein in einem Keller, noch viel größer als der Kupferkeller. Und an den Wänden dieses Kellers standen viele Tonnen mit beschmutztem Silbergeld, und hatten im andern Keller vielleicht zwanzig Tonnen gestanden, so waren es hier vierzig oder gar fünfzig.

Bei diesem Anblick fing Anna Barbara bitterlich an zu weinen, und sie klagte über ihr jämmerliches Leben, das sie nun ewig putzend in öden Kellergewölben verbringen müsse, und nie, nie werde sie das Putzen dieses Silbers bewältigen.

Als sie aber so weinte und klagte, hörte sie ein böses, hämisches Lachen, und als sie aufschaute, saß das Putzwassermännlein auf dem Tisch, lachte sie aus und sprach: »Geschieht dir ganz recht, du ungetreue Liebste! Hast du mir nicht die Heirat versprochen, und nun wolltest du von mir fortlaufen in die Welt hinaus und mich allein im Wasser sitzen lassen –?!«

Zornig rief Anna Barbara: »Gar nichts habe ich dir versprochen! Glaubst du denn wirklich, ich will einen alten Knacker heiraten mit einem Kahlkopf wie ein nacktes Knie, einer Knollennase, blau wie eine Kornblume, und einem Strubbelbart, der mir bei jedem Kuss die Lippen zersticht? Nie und nie wirst du mein Mann werden!«

»So?«, fragte das Männchen giftig, »werde ich nicht dein

Mann?! So helfe ich dir auch nicht beim Putzen, und du kommst nie wieder aus dem Gewölbe!«

Damit fuhr es zornig in die Flasche, aber weder Schaum noch Blasen zeigten, dass es im Putzwasser wohltätig wirke. Und als Anna Barbara wieder an ihre Arbeit ging, mochte sie reiben und polieren, das Silbergeld wollte nicht blank werden. Da warf sie sich verzweifelt auf ihr Lager und dachte: Ich werde nichts mehr essen noch trinken, dann sterbe ich und brauche mich nicht mehr zu plagen. Dann bin ich tot wie die liebe Großmutter und bin vielleicht bei ihr und ohne Not.

Darüber schlief sie ein, und im Traum war ihr, als säße die gute Großmutter neben ihrem Lager und spräche: »Was man sich einmal vorgenommen hat, das muss man auch durchführen, Anna Barbara. Nun halte aus, bis du dir den Goldtaler verdient hast. Mit dem Männlein aber mache deinen Frieden, so oder so, denn es kann dir allein aus diesem Gewölbe helfen. Es wird schon kein Unmensch sein und nichts Unmögliches von dir verlangen.«

Da seufzte die Anna Barbara im Traum und sprach: »Er will aber doch, dass ich ihn heirate. Und ich kann doch nicht mit ihm im Putzwasser leben!«

Da verzog die Großmutter das Gesicht recht grämlich und sprach: »Ja, Kind, wenn du nur den goldenen Taler hättest, so ginge auch das wohl!«

Damit entschwand die Großmutter, als zerginge ein Rauch. Anna Barbara aber erwachte davon, dass eine feine Stimme »Hilfe! Hilfe!« rief. Sie sprang auf und sah zwei Ratten, von denen trug die eine das ewige Stückchen Brot im Maul, die andere aber das schreiende Männchen. Anna Barbara griff in die nächste Silbertonne, nahm ein Silberstück und traf die Ratte so geschickt, dass sie das Männlein fallen ließ und quiekend in ihr Loch fuhr. Mit dem andern Silberstück aber traf sie die andere Ratte, dass sie das Brot fahrenließ. Dann lief Anna Barbara zu dem Männlein, hob es auf, trug es an den Tisch und setzte es wieder auf den Flaschenkorken.

Da sprach das Männlein: »Du hast mir nun das Leben gerettet, Anna Barbara, denn die Ratten waren sehr böse auf mich und wollten mich fressen, weil ich ihnen dein Brot nicht lassen mochte. So will ich denn auch nicht weiter in dich dringen, dass du meine Frau wirst, sondern will dir mit dem allerschärfsten Putzwasser helfen, wenn du mir nur versprichst, mich all dein Lebtage bei dir zu tragen und mich nie und in keiner Not zu verlassen.«

Anna Barbara aber antwortete: »Putzwassermännlein, das will ich dir gerne versprechen, weil du dich ja um meines Brotes willen so mutig in Gefahr begeben hast. Und ich will dir auch bestimmt nicht wieder fortlaufen.«

So machten sie ihren Frieden und Vertrag miteinander, und von da an erzürnten sie sich nicht mehr. Sie putzten aber so eifrig, dass sie die vielen Silbertonnen schneller blank bekamen als die wenigen Kupferfässer. Auf dem Grund der letzten Silbertonne aber fand Anna Barbara eine schöne Silberglocke, und als sie die schwang, war es ihr, als läute der Küsterjunge das Mittagsglöckchen daheim. Da schwoll ihr vor Sehnsucht nach dem Heimatdorfe das Herz, und vor Heimweh hielt sie es kaum mehr aus.

Doch die Riegel rasselten wie das vorige Mal, und herein trat nur der böse Hans Geiz. Er prüfte ihre Arbeit, und als er sie für gut befunden, führte er das Mädchen am Arm in den dritten Keller. Diesmal machte sie keinen Versuch, ihm wegzulaufen, denn sie wusste, an den Hunden kam sie doch nicht vorbei, und sie durfte ja auch das Putzwassermännlein nicht im Stich lassen.

Im dritten Keller nun standen unendlich viele Tonnen mit roten und gelben Goldstücken. Bei ihrem Anblick rief Anna Barbara freudig aus: »Oh, da wird auch mein goldener Taler dazwischen sein!«

Hans Geiz sprach darauf recht böse: »Vielleicht ist er dazwischen. Wenn du ihn aber nicht findest, so bekommst du ihn auch nicht.«

Sprach Anna Barbara angstvoll: »Wie soll ich denn meinen goldenen Taler unter so vielen Tausenden erkennen?«

Sagte der Hans Geiz: »Wenn ihn dein Herz nicht erkennt, so hast du ihn auch nicht verdient. Erkennt ihn aber dein Herz und bekommst du ihn nicht sauber, so hast du ihn wiederum nicht verdient.«

Damit ging Hans Geiz und schlug die Türe hinter sich zu. Anna Barbara aber sprach zu dem Männlein: »Kannst du mir denn nicht raten und sagen, welches mein goldener Taler ist?«

Sprach das Männlein traurig: »Hier sind meine Hilfe und Macht zu Ende. Horche nur auf dein eigen Herz, vielleicht, dass es dir sagt, welches der rechte goldene Taler ist.«

So begann Anna Barbara zu putzen, und bei jedem Goldstück, das sie in die Hand nahm, befragte sie ihr Herz, doch ihr Herz blieb stumm. Es fiel dem Mädchen aber auf, dass das Männlein stets stiller und schweigsamer wurde. Gar keinen Scherz machte es mehr, nicht einmal geriet es noch in Wut, und es rührte auch kaum noch ein Bröckchen von dem Brot und ein Tröpfchen von der Milch an.

Sprach Anna Barbara: »Was ist dir, Männlein? Sprichst nicht, issest nicht, trinkst nicht – du bist doch nicht krank?«

Antwortete das Männlein: »Lass mich, Anna Barbara!«

Sagte Anna Barbara: »Nein, ich lasse dich nicht, Männlein. Ich habe dir ja versprochen, dich nie im Leben zu verlassen. Also verlasse ich dich auch jetzt nicht.«

Sagte das Männlein mahnend: »Vergiss das auch nicht, Anna Barbara!«, fuhr wieder in seine Flasche und wollte um keinen Preis erzählen, was ihm denn fehle.

So kam nach langer Arbeit schließlich die letzte Goldtonne heran, und immer noch war Anna Barbaras Herz stumm geblieben. Aus der letzten Tonne putzte Anna Barbara Goldstück um Goldstück, aber ihr Herz sagte nichts. Schließlich kam sie auf den Boden der Tonne, aber diesmal lag keine goldene Glocke auf dem Boden, sondern nur Goldgeld. Sie putzte es und sprach dann traurig zum Männlein, das auch traurig und bleich auf seinem Korken saß: »Nun habe ich alles Gold in diesem Keller blank geputzt, und meine Dienstzeit ist herum. Aber es hat keine Glocke auf dem Fassboden gelegen, so dass ich den Hans Geiz nicht rufen kann, damit er uns aufschließt. Und den goldenen Taler hat mir mein Herz auch nicht verraten.«

Antwortete darauf das Männlein betrübt: »Ich kann dir auch nicht raten und helfen. Aber vielleicht hat Hans Geiz den goldenen Taler listig versteckt – suche doch einmal.«

Da machte sich Anna Barbara ans Suchen, aber so emsig sie auch jedes Eckchen und Fleckchen im Keller durchstöberte, sie fand den goldenen Taler nicht.

Als sie sich nun ganz trostlos an den Tisch setzte, sprach das Männlein: »Ich habe Hunger, Anna Barbara, gib mir ein Bröckchen Brot.«

Sagte Anna Barbara: »Wir haben doch heute schon gegessen, Männchen. Es sind nur noch ein paar Krümlein da. Die müssen bleiben, damit das Brot nachwächst.«

Sprach das Männlein: »Wenn du mir jetzt nicht gleich zu essen gibst, komme ich vor Hunger um und bin tot.«

Da dachte Anna Barbara: Es ist ja nun doch gleich, da ich den goldenen Taler nicht gefunden habe. So ist ja alles doch umsonst gewesen, und ich will ihm gerne die letzten Krumen geben, dass er noch einmal satt wird. Morgen müssen wir dann freilich verhungern. Und sie steckte ihm die letzten Krümlein in den Mund.

Froher schlug das Männlein die Augen auf und fing eifrig an, das nahrhafte Brot zu kauen. Plötzlich aber verzog es das Gesicht im Schmerz, griff in den Mund und schrie: »O weh, mein Zahn! Was ist denn da für ein harter Kiesel im Brot –?!«

Und aus dem Munde brachte es etwas, das sah aus wie ein gelbes Steinchen. Als das Männchen es aber in den Händen hielt, fing's an zu wachsen. Schon wurde es ihm zu schwer, hell klingend fiel es auf den Tisch. Hastig griff Anna Barbara danach und hielt es in den Händen. Sie sah's mit Herzklopfen an und rief freudig: »Das ist mein goldener Taler, ich spüre es, mein

Herz sagt es mir! Im Brot, in unserm letzten Restchen Brot hat ihn der böse Hans Geiz versteckt, dass wir ihn nur nicht finden!«

Und auch das Männchen wurde nicht müde, den goldenen Taler zu betrachten, und rief: »Jetzt haben wir es, das saubere Goldfellchen. Oh, wie es gleißt und blitzt! Schnell, putze, Anna Barbara! Sieh doch, was ist da noch für ein böser, roter Fleck!«

Anna Barbara hatte den hässlichen roten Fleck auch schon gesehen, geschwind nahm sie das Tüchlein, goss Putzwasser darauf und fing an zu reiben und zu putzen, dass ihr warm ward. Aber – o weh! – je mehr sie rieb, umso röter ward der Fleck, ja, es war ganz, als riebe sie ihn immer breiter über den goldenen Taler hin. Schließlich ließ sie müde die Arme sinken und sprach: »Ich schaffe es nicht. Der Fleck lässt sich nicht wegreiben.«

Da sagte das Männlein eifrig: »Gib nur nicht den Mut auf! Gleich fahre ich in die Flasche und bereite dir das schärfste Putzwasser, das es je gegeben hat.«

Und es stieg in die Flasche, und es braute, wallte, wogte und werkte darin, es spülte und trieb um, es mischte und es stieg auf und nieder, dass es brodelte und dampfte. Schließlich kam es wieder heraus, setzte sich müde auf den Flaschenpfropfen und sprach: »Nun putze, Anna Barbara, besseres Putzwasser kann ich nicht bereiten.«

Anna Barbara goss von dem Wasser auf ihr Läppchen und rieb, und – siehe! – der Fleck wurde heller, und jubelnd rief sie: »Es gelingt! Er wird blank!«

Aber als sie das Läppchen wieder fortnahm, war es, als ginge eine Wolke über den goldenen Taler, und er war wieder fleckig. Da rief sie traurig: »Es fehlt noch ein kleines bisschen an deinem Wasser, Männlein – weißt du denn nicht, was?«

Sagte das Männlein traurig: »Ich habe alles hineingetan, was hineingetan werden muss – wenn noch etwas fehlt, musst du es hineintun. Weißt du denn nicht, was?«

Antwortete Anna Barbara: »Ich weiß nichts.« Es war ihr aber, als müsse sie wissen, was dem Putzwasser noch fehlte, als falle es ihr nur nicht ein. Das Männlein aber sagte betrübt: »So hilft uns auch der goldene Taler nicht zur Freiheit!«

Da saßen sie beide still und betrübt am Tisch, alle lange Arbeit war umsonst getan, sie kamen doch nicht hinaus. Nach einer Weile aber sprach das Männchen mit schwacher Stimme: »Ich weiß nicht, was mit mir ist, Anna Barbara. Erst habe ich gar nichts essen können, und nun muss ich immerzu essen. Gib mir noch ein wenig Brot.«

Anna Barbara aber rief: »Du weißt doch, Männlein, dass du unsere letzte Krume Brot gegessen hast. Nun haben wir nichts mehr zum Nachwachsen.«

Da klagte das Männlein: »O weh! O weh! Nun muss ich gewiss sterben.« Und es fiel schwach von seinem Korken. Anna Barbara nahm es in die Hand, und als sie den kleinen Mann, der so lange Zeit ihr Geselle gewesen war und ihr getreulich bei aller Arbeit geholfen hatte, bleich und wie sterbend sah, da dachte sie nicht mehr an seine Knollennase, seinen kahlen Schädel und den Strubbelbart, sondern ihre Augen gingen über von herzlichen Mitleidstränen, und sie rief: »Lieber Geselle, lass mich doch nicht allein! Bleibe bei mir, guter Gesell!«

Eine ihrer Tränen aber fiel auf den goldenen Taler, sie zischte auf, als sei sie auf etwas Glühendes gefallen, ein kleines Wölkchen stieg empor, und als es verflogen war, lag der goldene Taler fleckenlos da.

Jubelnd rief Anna Barbara: »Lieber Geselle, wach auf! Der goldene Taler ist blank!«

Mit schwacher Stimme fragte das Männlein: »Meinst du denn wirklich, dass ich dein lieber Geselle bin, der dich nie im Leben verlassen darf?«

»Das meine ich ganz wirklich«, sagte Anna Barbara.

»Willst du mich dann auch Liebster nennen, und darf ich dich Liebste nennen?« fragte das Männchen.

»Jawohl will ich das und jawohl darfst du das«, antwortete Anna Barbara.

»So gib mir darauf einen Kuss!«, verlangte das Männlein.

»Das wollte ich wohl gerne tun, Liebster«, lachte Anna Barbara. »Aber du bist ja so klein wie der Nagel an meinem Finger – ich habe Angst, ich werfe dich mit meinen Lippen um!«

»Wenn es weiter nichts ist«, sagte das Männchen, »so rühre mich nur einmal mit deinem goldenen Taler an.« Das tat Anna Barbara, und sofort fing das Männchen an zu wachsen und hörte nicht eher damit auf, bis es ebenso groß war wie Anna Barbara.

»Wie ist es denn nun mit dem Kuss, Liebste?«, lachte es und war eigentlich ganz gräulich anzusehen mit seinen Spinnenarmen und -beinen, seiner blauen Nase und dem Kegelkugelkopf.

Anna Barbara aber sagte: »Mein Geselle bist du ja doch, wenn du auch gräulich anzusehen bist«, und gab ihm einen Kuss. Unter dem Kuss aber spürte sie, wie sich das Männlein verwandelte, und als sie es losließ, stand ein schöner, junger Mann vor ihr und sah sie lächelnd an.

»Ja, ich bin das Männlein aus dem Putzwasser«, sprach er. »Und du hast mich erlöst, Anna Barbara. Wie du war auch ich auf der Suche nach dem goldenen Taler, fiel in die Hände des bösen Hans Geiz und musste für ihn putzen. Aber ich hatte nicht deine Geduld, putzte nur weniges und das schlecht. Da hat er mich zur Strafe ins Putzwasser gesteckt und zum alten Putzwassermännlein gemacht. – Nun aber nimm deinen goldenen Taler in die Hand, und ich nehme meine Flasche mit Putzwasser – wir wollen machen, dass wir endlich wieder die liebe Sonne schauen.«

Damit gingen sie an die Tür, und Anna Barbara klopfte mit ihrem goldenen Taler dagegen. Da flogen die Riegel zurück, und die Schlösser sprangen auf, und sie konnten hindurchgehen. Auf der andern Seite der Tür aber stand der böse Hans Geiz, gelber und dürrer als je, und sprach: »Du darfst gehen, Anna Barbara, denn du hast alles getan, was du tun solltest. Aber deinen Liebsten musst du hierlassen, der darf nicht hinaus.«

»Wenn er hierbleiben muss, so bleibe ich auch hier«, sprach Anna Barbara mit fester Stimme. Ihr Liebster aber rief: »Lass mich nur machen!« Und er spritzte aus dem Fläschchen Wasser in das Gesicht von Hans Geiz. Da schrie der auf vor Schmerz: »Oh, wie das brennt und wehe tut! Lauft nur immer, ihr Dummen, an den Hunden Gier und Neid kommt ihr doch nicht vorbei!«

Und sie liefen durch den langen Saal mit dem alten Gerümpel, und von ferne sahen sie die Hunde schon an ihren Ketten zerren und Feuer blasen. Als sie aber näher kamen, spritzte der Jüngling wieder Putzwasser aus seiner Flasche, und vor Schmerzen jaulend verkrochen sich die Hunde und ließen die beiden vorüber.

Nun aber standen sie in dem kleinen Vorraum, von dem der dunkle Schacht himmelhoch hinaufging, und ganz oben sahen sie einen kleinen blauen Fleck, das war der liebe Himmel, den sie so lange nicht gesehen. Es gab aber keine Tür aus dem Vorraum und keine Treppe den Schacht hinauf, und sie fanden keinen Weg hinaus.

Sie wollten schon fast verzagen, da hörte Anna Barbara in der Ferne ein Getrapps, und sie machte ihre Stimme laut und schrie: »Hör mich, Schimmel Unverzagt!«

Nach einer Weile verschwand der kleine Himmelsfleck oben, denn der Schimmel schaute hinab und fragte: »Wer ruft?«

»Das Mädchen«, rief Anna Barbara, »das du im Winter hierhergefahren, und ihr Liebster. Kannst du uns denn nicht hinaushelfen?«

»Das kann ich vielleicht«, antwortete der Schimmel. »Wollt ihr mich dann aber auch immer bei euch behalten und mir gut zu fressen geben und mich im Winter nicht auf Eis legen?«

»Das versprechen wir dir!«, riefen die beiden.

»So wartet ein Weilchen«, sagte der Schimmel, »bis die Haare an meinem Schwanze lang genug gewachsen sind.«

So standen sie ein Weilchen, aber plötzlich sagte Anna Barbara: »Mich kitzelt was an der Backe, Liebster!«

Antwortete er: »Mich krabbelt was im Nacken, Liebste.«

»Was mag das wohl sein?«, fragten sie, und als sie hinfassten, hielt jedes ein Pferdehaar. »Wir wollen sehen, ob es fest genug ist«, sprachen sie, und sie hingen sich daran. Und das Haar hielt, und sie zogen sich daran empor.

Da waren sie oben, und nach langer Zeit standen sie wieder in der lieben Sonne und sahen das Himmelslicht und das gute Grün von Gras und Baum. Sie hörten die Vögel singen und rochen den Duft der Blumen.

Da sanken sich die beiden in die Arme und waren sehr froh und küssten sich. Dann aber setzten sie sich auf den Schimmel Unverzagt, und er ging fort mit ihnen und hörte nicht eher auf zu gehen, bis sie vor dem Haus hielten, in dem Anna Barbara mit ihrer Großmutter gelebt hatte. Dahinein gingen sie, die jungen Leute in die Stube, der Schimmel aber in den Stall. Und dort lebten und arbeiteten sie nun, und sie waren immer glücklich, weil sie den goldenen Taler hatten. Denn wer den ohne Fleck in allem Glanze hat, der ist immer glücklich.

Der Schimmel Unverzagt aber wohnte noch lange bei ihnen und hatte es gut. Als er aber starb, wurde er hinter dem Haus unter einem Apfelbaum begraben und ihm ein Grabstein gesetzt mit folgendem Vers:

> Hier ruht der Schimmel Unverzagt,
> Den Geiz in kaltes Eis gepackt.
> Der goldne Taler wärmt ihn auf,
> Zufrieden war sein letzter Schnauf.
> Nun ruht er aus von aller Müh,
> Er war ein herzlich gutes Vieh.

Geschichte vom unheimlichen Besuch

Es war einmal ein Junge, den nannten seine Eltern den Husch, weil er stets so eilig weghuschte, und er war überhaupt das schnellste und leiseste Kind von der Welt. Wenn man ihn suchte, war er grade weggehuscht, und wenn seine Mutter sich die Kehle nach ihm ausrief, kam er unter dem Küchentisch hervorgehuscht. Darum hieß er der Husch.

Der Husch aber kannte kein größeres Vergnügen, als sich zu verstecken, dass alle nach ihm suchen mussten. Da half kein Bitten und kein Reden und kein Schelten, er konnte es nicht lassen, er musste sich verstecken. Und Prügel halfen auch nicht. Sollte es zum Mittagessen gehen, und alle liefen durcheinander, wuschen sich die Hände und riefen dazwischen nach dem Husch, so saß der ganz still und leise in der Holzkiste am Herde, hielt den Atem an und freute sich wie ein König, dass sie nach ihm liefen und lärmten.

Hatte seine Mutter ihn aber am Abend ins Bett gebracht und rief nur schnell den Vater, dass der ihm gute Nacht sagte, so huschte der Husch schnell aus seinem Bett, setzte sich oben auf den Kleiderschrank und sah stillvergnügt zu, wie seine Eltern nach ihm liefen und riefen.

So ging es eine lange Zeit, und der Husch ließ nicht vom Verstecken.

Nun begab es sich, dass der Husch an einem Sonntagnachmittag allein zu Hause saß, denn seine Eltern waren ins Dorf zu Freunden gegangen. Der Husch saß auf einem Stühlchen am Fenster und sah zu, wie es draußen immer mehr und immer größere Blasen auf den Pfützen regnete. Dazwischen malte er aus seinem Tuschkasten ein Bild an, darauf waren eine Sonne, ein Mond und viele Sterne, und alle zusammen lachten und tanzten Ringelreihe. Die Sterne aber waren schwierig auszumalen, wegen ihrer vielen Zacken, darum machte der Husch von Zeit zu Zeit eine Erholungspause und sah aus dem Fenster nach dem Regen.

Als er nun wieder einmal hochschaute, sah er das Hoftor gehen, als käme einer herein, es war aber keiner zu sehen. Der Hofhund an seiner Kette fuhr los, wie wenn etwas Fremdes auf dem Hof wäre, und blaffte böse. Plötzlich aber winselte er, als habe er einen Schlag bekommen, und kroch angstvoll in seine Hütte.

Das kam dem Husch seltsam vor, rasch huschte er hinter die Gardine und versteckte sich so, dass er auf den Hof sehen konnte, ohne gesehen zu werden. Er sah aber gar nichts. Der Hund hockte winselnd in seiner Hütte, und auf den Pfützen regnete es Blasen. Und doch hatte der Husch das bestimmte Gefühl, es sei da etwas Fremdes auf dem Hof.

Nach einer Weile war es dem Husch, als sähe ein Gesicht von draußen durch die Scheibe, durchs Fenster. Wie sehr er aber auch durch die Gardine blinzelte, er sah nichts als das blanke Glas und den Regen auf dem Hof. Das ist doch wunderbar, dachte der Husch. Da ist jemand und ist doch nicht zu sehen. Wenn der sich versteckt, kann er's noch besser als ich.

Indem ging die Küchentür ins Haus hinein. Aber der Husch konnte spähen, dass ihm die Augen vom scharfen Zusehen tränten, er sah keinen hineingehen, und doch ging die Tür so ordentlich wieder zu, als habe jemand auf die Klinke gedrückt. Hineingegangen ist bestimmt jemand, dachte der Husch, wenn ich ihn auch nicht gesehen habe. Nun, wenn der sich verstecken kann, ein bisschen kann ich es auch! Und – husch! – huschte der Husch in den großen Schrank und zog die Tür fest hinter sich zu. Er wusste aber, dass er durch das Schlüsselloch alles sehen konnte, was in der Stube vorging.

Eine Weile sah er gar nichts als eben die Stube, dann aber sah er, wie langsam und leise die Stubentür nach der Küche hin aufging. Er sah, wie die Klinke niedergedrückt wurde, aber die Hand, die auf der Klinke lag, sah er nicht. Das war doch eine ganz tolle Geschichte! – vor lauter Aufregung und Staunen vergaß der Husch fast das Atmen.

Nun ging die Tür wieder zu, und der heimliche Besucher war wohl in der Stube, aber zu sehen war er noch immer nicht. Dafür hörte der Husch etwas, er hörte, wie eine raue, tiefe Stimme sagte: »Nein, wie schön warm und trocken ist es in so einem Menschenhaus! Das ist ja noch viel besser als die schönste Höhle im Walde!«

Und eine feine Stimme antwortete: »Habe ich dir das nicht gleich gesagt? Sieh dir bloß mal an, was du dir für ein schönes Lager auf dem Sofa mit all den Kissen und Decken machen kannst!«

Sieh da! Sieh da!, dachte der Husch in seinem Schranke ganz verwundert. Es ist also nicht nur einer, es sind sogar zwei, die sich heimlich in unser Haus geschlichen haben! Und alle beide sieht man nicht. Das ist doch wirklich eine wunderbare Geschichte. Und er spähte durchs Schlüsselloch, dass ihm die Augen aus dem Kopf traten.

»Jawohl, das wird ein schönes, warmes Lager für mich werden«, sagte wieder die tiefe Stimme. »In diesem Winter brauche ich nicht zu frieren. Aber erst müssen wir das Menschengesindel loswerden.«

»Das ist doch ganz einfach«, sagte die feine Stimme. »Wenn die Frau und der Mann und der Junge zurückkommen, gibst du ihnen einfach mit deiner Tatze was auf den Kopf, dass sie tot umfallen. Dann haben wir das ganze Haus für uns alleine.«

Oh, wie angstvoll wurde dem Husch in seinem Schranke zumute, als er diesen fürchterlichen Plan hörte! Wie gerne wäre er aus dem Schranke gesprungen, wäre ins Dorf gelaufen und hätte die Eltern gewarnt! Aber das konnte er ja nicht. Die unsichtbaren Besucher hätten ihn sicher totgeschlagen, ehe er aus der Stube kam. Er konnte sie ja nicht sehen, sie aber konnten sofort sehen, wenn er nur die Schranktür aufmachte. So beschloss er, still im Schrank auszuharren, vielleicht gab es doch noch eine Gelegenheit, zu entwischen und die Eltern zu warnen.

»Ja, das sagst du so«, sagte die tiefe Stimme jetzt ganz brummig. »Bei dir klingt das ganz einfach: Tatze auf den Kopf und tot. Ich aber habe die Arbeit davon! Und vielleicht hat der Mann gar etwas zu schießen und schießt mich tot.«

»Du bist doch wirklich nicht sehr klug!«, sagte die feine Stimme höhnisch. »Wie kann der Mann dich denn schießen, wenn er dich gar nicht sieht?! Ja, wenn wir die Zauberkappen nicht hätten –! Aber das war eben auch mein kluger Gedanke, die den Zwergen zu stehlen!«

»Du magst so klug sein, wie du willst«, sagte die tiefe Stimme ärgerlich, »ohne mich kannst du doch nichts machen, und die Hauptarbeit muss ich tun! Und wenn die Zauberkappen auch ganz nützlich sind, so machen sie doch schrecklich warm auf dem Kopfe. Mich juckt es überall, und ich muss mich jetzt kratzen!«

Der Husch guckte durch das Schlüsselloch, was er gucken konnte. Erst sah er gar nichts, dann sah er etwas wie viele Haare, aber es war gleich wieder weg. Nun aber fiel etwas nieder auf die Erde, und – siehst du wohl! – da stand ein riesiger Bär in der Stube, so groß, dass er fast mit dem Kopf an die Decke stieß, und kraulte sich den Schädel mit seinen ungeheuren Tatzen. Dem Husch verging fast das Atmen vor Schreck! So ein böses, wildes Tier hatte er noch nie gesehen! Und wie der Bär nun gar das Maul zum Gähnen aufriss und seine mächtigen Zähne und die dicke, rote Zunge zeigte, da machte der Husch lieber schnell die Augen zu und hielt sich an den Mänteln im Schranke fest, um nicht vor Schreck umzufallen.

Aber hören konnte er deswegen doch noch, und so hörte er, wie die feine Stimme sagte: »Wenn du die Zauberkappe abnimmst, so nehme ich die Kappe auch ab. Die Leute kommen sicher vor Dunkelwerden nicht nach Haus, da können wir noch ein Schläfchen tun. Sieh – dass du es weißt, Bär, hier lege ich die Kappen auf das Tischchen. Da kannst du sie gleich langen, wenn der Mann und die Frau und der Junge kommen.«

»Schön!«, sagte der Bär, und der Husch hörte, wie er sich auf das krachende Sofa legte. »Nun will ich ein schönes Schläfchen tun, dass ich auch Kräfte genug habe für meine drei Schläge.«

Der Husch konnte es nicht lassen, die Neugierde überkam ihn, er hielt sein Auge wieder an das Schlüsselloch, und da sah er neben dem Bären, der sich auf das Sofa geworfen hatte, einen Fuchs stehen, einen richtigen, roten Fuchs, mit dreieckigem Gesicht, grasgrünen Augen und einer schön geschwungenen Lunte.

»Schnarche aber nicht, Bär«, sagte der Fuchs. »Sonst kann ich nicht hören, wenn die Leute zurückkommen.«

»Ich schnarche, soviel ich will!«, meinte der Bär patzig. »Wenn ich ordentlich schlafen will, muss ich auch schnarchen können. Setz du dich nur ans Fenster und pass gut auf – dafür bist du ja da!«

Damit drehte sich der Bär auf dem Sofa um, dass der Husch dachte, es müsste zusammenbrechen, und fing an zu schnarchen, dass die Wände wackelten und die Fensterscheiben klirrten. Warte nur, du oller Bär!, dachte der Husch in seinem Schranke wütend. Liegst du mit deinem schmutzigen, nassen Fell auf meiner Mutter schönen, hellen Sofakissen und machst sie ganz dreckig! Warte nur, vielleicht erwische ich dich doch! Und dabei sah er sehnsüchtig nach den beiden Zaubermützen, die nahe beim Schrank auf dem Tischchen lagen.

Aber die waren nicht zu kriegen, denn einmal war die Schranktür dazwischen, zum andern war der Fuchs noch da, und der sah mit seinen listigen, grünen Augen ganz so aus, als ließe er sich nicht so leicht beim Aufpassen betrügen.

Der Fuchs spazierte im Zimmer hin und her und sah sich neugierig alles an. Von Zeit zu Zeit schaute er auch zum Fenster hinaus, und dann bekam der Husch es immer mit der Angst, die Eltern könnten jetzt kommen. Schließlich entdeckte der Fuchs den großen Stehspiegel an der Wand, und der gefiel ihm über die Maßen, denn der Fuchs ist ein sehr eitles Tier und sieht keinen lieber als sich selbst. Er stellte sich also vor den

Spiegel, genauso feierlich wie der Husch in der Schule, wenn er ein Gedicht vor der ganzen Klasse aufsagen musste, legte die eine Pfote auf sein Herz, strich sich mit der andern seinen stattlichen Schnurrbart, zwinkerte sich selber freundlich zu und sprach laut zu seinem Spiegelbilde: »Ei, du schöner Fuchs! Ei, du kluger Fuchs! Du gefällst mir ganz ausgezeichnet! Ich liebe dich, Füchslein!«

Dabei machte er, immer noch die Pfote auf seinem Herzen, eine tiefe Verbeugung vor sich selbst, dass dem Husch im Schrank das Lachen ankam, so stark, dass er es nicht mehr halten konnte. Er fuhr zwar gleich mit dem Kopf in die Mäntel, dass es nicht zu hören sein sollte – die feinen Ohren des Fuchses aber hatten doch etwas vernommen. Mit einem Ruck fuhr der Fuchs herum und sprang auf den Schrank zu.

Der Husch hielt die Schranktür von innen zu, der Fuchs arbeitete mit der Pfote von außen daran. Aber er war nicht groß genug, ans Schloss zu gelangen. Gleich sprang er zum schnarchenden Bären, schüttelte ihn und rief: »Brummbär, ich glaube, es ist wer im Schrank!«

Der Bär schnarchte weiter. So leicht ließ er sich nicht wach kriegen. Der Fuchs schüttelte stärker und schrie lauter. Husch, der merkte, der Fuchs am Sofa sah nicht nach dem Schrank, sondern nur auf den schlafenden Bären, machte die Schranktür ein wenig auf, langte hinaus und – wutsch! – hatte er die beiden Zaubermützen vom Tisch geschnappt.

Die eine steckte er in die Tasche, die andere setzte er auf den Kopf. Eins, zwei, drei! – Zauberei! – sah er sich selbst nicht mehr, nicht seine Hände, nicht seinen Leib, die Beine nicht, auch keinen Anzug, den er doch anhatte – weg war er und war doch da! Fasste sich an die Nase, zwickte sich hinein. Weh tat es, aber es war nichts zu sehen: keine Hand, die die Nase zwickte, und wie er auch schielte, keine Nasenspitze! Das war eine höchst wunderbare Sache, solche Zaubermütze!

Der Fuchs unterdessen hatte mit Schütteln und Rufen den Bären halb wach bekommen.

»Was willst du denn, Fuchs?«, fragte der Bär verschlafen. »Sind die Leute schon da, die ich totschlagen soll?«

»Ich glaube, es ist einer im Schrank, Bär!«, rief der Fuchs aufgeregt.

»So sag ihm, dass er rauskommen soll«, sprach der Bär. »Dann will ich ihn tatzen!«

»Ich krieg die Schranktür nicht auf!«, rief der Fuchs.

»Du bist doch zu gar nichts zu gebrauchen, Fuchs«, sprach der Bär. »Dann muss ich also aufstehen.« Und gähnend setzte er sich auf dem Sofa hoch.

Der Husch hatte schon gemerkt, sie wollten jetzt in den Schrank schauen, schnell war er aus dem Schrank geschlüpft – die beiden sahen ihn ja nicht wegen der Zaubermütze –, und eins, zwei, drei hatte er sich oben auf den Schrank gesetzt.

Der Bär sah mit seinen verschlafenen, kleinen, roten Augen den Schrank an. »Fuchs!« sagte er böse. »Was redest du für Sachen?! Die Schranktür ist ja offen!«

Der Fuchs sah ärgerlich den Bären an. »Wisch dir doch deine kleinen Triefaugen, Bär!«, antwortete er. »Ich habe mit meiner Pfote an der Schranktür gewerkt und gearbeitet, sie ging nicht auf.«

»Was habe ich für Augen?«, brummte böse der Bär und tat einen gewaltigen Tatzenschlag nach dem Fuchs.

Der aber war auf seiner Hut gewesen, machte einen großen Sprung, sah dabei, dass die Schranktür wirklich offen stand, und rief erstaunt: »Wunder über Wunder! Der Schrank steht offen!«

»Siehst du, Fuchs«, sagte der Bär zufrieden, »wer hat nun die besseren Augen, du oder ich? Nun wollen wir einmal sehen, ob wenigstens jemand im Schranke steckt.«

Damit stand der Bär auf und fing an, mit seinen großen Tatzen im Schrank zwischen den guten Kleidern zu wühlen. Keiner hatte dem Bären die Krallen im Walde geschnitten, so erging es den Kleidern übel: Der Bär riss und fetzte, so dass, was er anrührte, gleich in Lumpen hing. Das ärgerte den Husch sehr, er wusste, die Kleider hatten viel Geld gekostet, er hörte, wie Bänder platzten, Aufhänger abrissen … Vaters Schirm hing außen am Schrank – der Husch nahm den Schirm und gab mit aller Gewalt dem Bären einen Schlag über den Schädel …

Knacks!, sagte der Schirm und brach mitten durch. Der Bär fuhr sich mit der Tatze über den Kopf und sprach: »Fuchs, ich glaube, es gibt ander Wetter, die Mücken stechen!«

Der Fuchs indessen schrie aufgeregt: »Bär, ein Dieb ist in der Stube, unsere Zaubermützen sind fort!«

Der Bär drehte sich um und sprach unmutig: »Was redest du nur heute alles für Zeug, Fuchs?! Erst weckst du mich, weil die Schranktür zu ist – sie steht aber offen. Dann soll jemand im Schrank sein – es ist aber niemand drin. Nun soll sogar ein Dieb im Zimmer sein – ich sehe ihn aber nicht!«

»Bär!«, sagte der Fuchs. »Wenn nun der Dieb im Schrank saß?«

»Es saß aber keiner im Schrank!«, sagte der Bär.

»Und wenn er dann die Zaubermütze stahl?«, fragte wieder der Fuchs.

»Warum hast du sie denn so hingelegt, dass er sie stehlen konnte?«, fragte ärgerlich der Bär.

»Und wenn er dann die Zaubermütze aufgesetzt hat?«, fragte wieder der Fuchs.

»Und was macht er mit der andern?«, fragte dagegen der Bär.

»So kannst du ihn doch nicht sehen!«, schloss der Fuchs.

»Da hast du freilich recht, Fuchs!«, sagte nach einigem Nachdenken der Bär. »Wenn er die Zaubermütze auf dem Kopf hat, kann ich ihn nicht sehen. – Du hast wirklich ein großartiges Verstandeskästlein, alles rauszukriegen, Füchslein. Was soll ich nun machen?«

»Lass mich eine Weile nachdenken, Bär«, sagte der Fuchs. »Die Zaubermützen müssen wir wiederbekommen, so viel ist sicher.«

»Das müssen wir«, sagte auch der Bär.

»Aus dem Zimmer ist er noch nicht«, überlegte der Fuchs.

»Stell du dich an die Tür, Bär, dass er nicht raus kann – ich will auf die Fenster aufpassen.«

So stellte sich der Bär gegen die Tür, der Fuchs aber saß am Fenster und dachte nach. Dem Husch wurde himmelangst, denn dem Fuchs traute er zu, dass er ihn trotz der Zaubermütze fing.

»Bär«, sagte der Fuchs nach einer langen Zeit, und der Husch auf dem Schrank spitzte die Ohren, um auch genau zu hören, welch listiger Plan nun kam. »Bär«, sagte der Fuchs traurig.

»Was ist denn, Fuchs?«, fragte der Bär. »Was redest du denn so traurig wie eine Eule nachts im Walde?«

»Bär«, sagte der Fuchs noch trauriger. »Mir ist nichts Schlaues eingefallen. Wie wir es auch anstellen, den Dieb in der Zaubermütze kriegen wir nicht zu sehen; da ist es schon besser, wir gehen wieder in den Wald zurück.«

»Ich geh nicht wieder in den Wald zurück!«, sagte der Bär trotzig. »Hier ist es warm und trocken, im Walde aber ist es kalt und nass – ich bleibe hier! Und wenn die Leute kommen, schlage ich sie mit meinen Tatzen tot!«

»Wenn du aber keine Zaubermütze aufhast, schießen sie dich tot«, sprach der Fuchs.

Vor dem Schießen hatte der Bär gewaltige Angst. »Nein, geschossen will ich nicht werden«, sagte er. »Das tut weh. Aber hier weggehen will ich auch nicht.« Er dachte lange nach. »Weißt du was, Fuchs«, sagte er dann. »Ich habe gesehen, draußen im Küchenherd ist Feuer. Rücken wir hier die Möbel zusammen, stecken wir sie in Brand, schließen wir die Türe ab – verbrennt der Dieb. – Siehst du, da habe ich nun auch einmal einen schlauen Gedanken gehabt, Fuchs!«

»Das hast du, Bär«, sagte der Fuchs lobend. »Da hast du einen Gedanken gehabt, so groß und dick, fast wie dein Kopf.« Dem Husch, als er das hörte, wurde auf dem Schranke sehr angst. Er fürchtete, er würde nun gleich verbrannt werden …

»Aber, Bär«, fuhr der Fuchs fort, »ich fürchte, es wird doch nicht gehen. Wenn wir den Dieb verbrennen, verbrennen wir mit dem Dieb nicht auch die Zaubermützen? Und verbrennen wir nicht mit den Zaubermützen das ganze Haus, in dem wir doch wohnen möchten? Nein, nein, Bär, es bleibt uns nichts übrig, wir müssen in den Wald zurück.«

Als der Bär das hörte, setzte er sich – plumps! – auf den Boden, wo er stand, steckte die Hinterpfote ins Maul, weinte los und schrie: »Ich will aber nicht in den Wald! Ich will in dem schönen, warmen Haus bleiben! Ich will nicht wieder frieren und hungern!«

»Nun, nun, Bär«, sagte der kleine Fuchs begütigend zu dem großen Bären, »weine bloß nicht so! Das hilft nun alles nichts, in den Wald musst du wieder. Sei ein artiger Bär und komm mit mir!«

Der Bär weinte, dass ihm die blanken Tränen über die Nase liefen, aber er ließ sich ganz brav vom Fuchs am Ohr aus der Stube führen. »So ist es recht, Bär«, lobte der Fuchs. »Aber damit du doch noch eine Freude hast, ehe wir beide wieder in den Wald ziehen, gehen wir jetzt in den Schweinestall. Du schlägst ein Schwein tot, und wir essen einen schönen, fetten Schweinebraten!«

»Jawohl, Schweinebraten!«, weinte der Bär und fing zwischen seinen Tränen doch schon wieder an zu lachen. »Schönen, fetten Schweinebraten – brumm! Brumm!«

Damit gingen die beiden aus dem Zimmer, machten die Tür nach der Küche zu, und der Husch auf dem Schranke oben war wieder allein. Das ist noch einmal gutgegangen, dachte er, aber er traute den beiden doch nicht ganz. Er kletterte vom Schrank, ging ans Fenster und sah hinaus. Er sah nur den leeren Hof, in den Pfützen pladderte der Regen.

Sind die beiden nun vorbei oder sind sie nicht vorbei –?, überlegte er. Aber weil der Hund nicht gebellt hatte, dachte er: Sie sind noch nicht vorbei. Er horchte, aber er hörte kein Schwein quieken, und ein Schwein quiekt doch gewaltig, ehe es stirbt.

Also sind sie auch nicht in den Stall gegangen, überlegte er.

Also sitzen sie noch in der Küche. Also hat sich der Fuchs bloß verstellt, und sie lauern auf mich. Also kann ich auch nicht fort, und ich müsste doch fort und die Eltern warnen. Was mach ich bloß?, überlegte er. Aus dem Fenster komme ich auch nicht. Wenn ich das aufmache, sehen sie's aus der Küche. Der Bär stellt sich davor, und ich mag unsichtbar hinauskriechen, er fühlt mich doch – ein Schlag, und ich bin weg!

So überlegte der Husch und grübelte in seinem Kopf, und es war ihm, als könnte er keinen Ausweg finden, müsse als Gefangener sitzen in der Stube und vielleicht gar mit anhören, wie die lieben Eltern in die Gewalt des Bären und des Fuchses gerieten. Plötzlich aber fiel ihm etwas ein. Er griff in die Tasche und zog die zweite Zaubermütze heraus. Nun holte er den zerbrochenen Schirm des Vaters – ein bisschen hielt er noch.

Leise, leise ging er zur Küchentür und lauschte. Erst hörte er nichts, dann meinte er den Bären schnaufen zu hören.

Richtig! Jetzt flüsterte der Bär gar: »Du, Fuchs!«

»Pst!!«, machte der Fuchs.

War der Bär ruhig. Nach einer Weile aber hielt er es doch nicht mehr aus, wieder flüsterte er: »Du, Fuchs!«

»Pst!«, machte der Fuchs.

»Ich will doch bloß was sagen!«, maulte der Bär.

»Stille sollst du sein!«, sagte der Fuchs.

»Du, Fuchs!«, machte der Bär.

»Pst!!!«, machte der Fuchs böse.

»Ich will doch bloß sagen, dass er nicht kommt«, sagte der Bär.

»Pst!«, machte der Fuchs.

»Du, Fuchs!«, rief der Bär.

»Bist du jetzt ruhig?!«, schrie der Fuchs wütend.

»Hast du's gehört, Fuchs?«, fragte der Bär.

»Was denn –?«, fragte der Fuchs.

»Was ich gesagt habe«, sagte der Bär. »Ob du das gehört hast?«

»Du sollst aber gar nichts sagen!«, schrie der Fuchs wieder ganz wütend.

»Aber ich hab doch nur gesagt, dass er nicht kommt«, meinte der Bär.

»Pst!«, machte der Fuchs.

»Du, Fuchs?«, fragte der Bär.

»Was denn schon wieder?«, flüsterte der Fuchs. »Kannst du denn gar nicht das Maul halten, Bär?«

»Fuchs!«, flüsterte der Bär. »Die Klinke bewegt sich.«

»Seh ich«, sagte der Fuchs. »Sei jetzt bloß still.«

»Du, Fuchs!«, sagte der Bär.

»Was denn nun schon wieder?«, fragte der Fuchs ärgerlich.

»Die Tür geht einen Spalt auf«, flüsterte der Bär.

»Ich hab selber Augen«, flüsterte ärgerlich der Fuchs. »Sei jetzt nur still und schlag zu, wenn ich pfeife.«

»Ja, Fuchs«, sagte der Bär.

So warteten die beiden. Die Tür aber ging nur ein kleines bisschen auf, und hindurch kam der Schirm, an dessen Ende etwas baumelte.

»Du, Fuchs«, flüsterte der Bär, »es ist bloß ein Schirm.«

»Warte nur, Bär«, sagte der Fuchs ungeduldig, »die Tür wird schon noch weiter aufgehen.«

»Pfeifst du dann?«, fragte der Bär.

»Dann pfeif ich«, sagte der Fuchs. »Sei jetzt nur ruhig, Bär.«

»Ja, Fuchs«, sprach der Bär. »Da baumelt was.«

»Ich seh's auch«, sagte der Fuchs. Indem hatte er erkannt, was das war, und rief: »Schlag zu, Bär!«

»Fuchs«, sagte der Bär und schlug nicht zu. »Wolltest du nicht pfeifen?«

»Schafskopf!«, rief der Fuchs und sprang hoch, »es ist die Zaubermütze.« Da hatte er sie schon im Maule.

»Die Zaubermütze?«, rief der Bär. »Die will ich haben.«

»Ich habe sie gehascht!«, rief der Fuchs. »Und ich setze sie auch auf.«

»Du hast aber nicht gepfiffen, Fuchs!«, rief der Bär. »Hättest du gepfiffen, hätt ich zugeschlagen und hätte die Mütze gehabt. Gib sie also mir!«

»Ich denke gar nicht daran!«, rief der Fuchs und setzte die Mütze auf. Weg war er!

»Wo bist du, Fuchs?«, rief der Bär wütend.

Während dieses Streites hatten die beiden nicht mehr auf die Tür geachtet, und so war der Husch leise und unbemerkt in die Küche geschlichen und hätte nun ganz leicht hinaus und zu den Eltern gekonnt. Das hatte er ja auch gewollt, und darum hatte er denen die Zaubermütze gelassen, dass sie nicht mehr auf ihn achteten. Wie er die beiden nun so schön streiten und den Bären immer rufen hörte: »Wo bist du, Fuchs?« – der Fuchs aber antwortete gar nicht, weil er die Zaubermütze nicht hergeben wollte –, da kam ihm der Gedanke, ob er nicht allein mit ihnen fertig werden könnte.

Als der Bär also wieder rief: »Fuchs, wo bist du?«, machte der Husch seine Stimme so fein wie die des Fuchses und rief: »Hier, Bär!«

»Wo, Fuchs?«, fragte der Bär.

»Auf der Herdplatte, Bär«, rief der Husch mit der Stimme des Fuchses, »mir die Keulen wärmen!«

»Glaub ihm nicht!«, rief der richtige Fuchs. Aber da war es schon zu spät: Der Bär hatte mit seinen Pfoten auf die heiße Herdplatte gehauen und brüllte vor Schmerz.

»Siehst du wohl, das kommt davon!«, schrie der Husch und tanzte vor Freude in der Küche herum. Aber das hätte er lieber nicht tun sollen, denn aus seinen Rufen merkte der Fuchs, wo er war, fuhr auf ihn zu und zwickte ihn kräftig mit den Zähnen in die Beine. Da wurde aus Lachen Weinen, der Husch brüllte, der Fuchs zwickte, und der Bär fuhr herzu, die Tatzen schwingend, mit dem lauten Gebrüll: »Wo ist er? Ich schlag ihn tot!«

»Hier«, schrie der Fuchs, machte beim Schreien das Maul auf und musste also den Husch loslassen.

Schwupp! sprang der Husch beiseite!

Bums! traf der Schlag des Bären den Fuchs!

Klatsch! fiel der böse Fuchs um!

Tüt! fiel die Zaubermütze ihm vom Kopf!

Schnetterdipeter! Schnetterdipeter! machen noch des Fuchses Beine, als wollte er laufen.

»Schafskopf Bär!«, seufzte er. »Nun hast du mich totgeschlagen!« Und starb.

Husch! sprang der Husch und raffte die Zaubermütze des Fuchses vom Boden.

»Auweh! Liebes, liebes Füchslein, leb noch ein Weilchen!«, klagte der Bär.

Eine Gabel lag auf dem Küchentisch – pieks! stach sie der Husch dem Bären in den Hintern.

»Aua!«, schrie der Bär. »Was piekt denn da?!«, und drehte sich um.

Hopp! war der Husch auch herumgesprungen, und piek! hatte er zum zweiten Male zugestochen.

»Pieken Sie nicht so!«, schrie der Bär. »Oder ich hau!«

Bumm! schlug er zu und traf den Küchentisch.

Knacks! sagten die Beine vom Küchentisch und brachen ab.

Plautz! fiel der Tisch dem Bären auf die Füße.

»Hoppla!«, sagte der Bär. »Das tut weh!«

Pieks! stach der Husch zum dritten Male.

»Ich zieh ja schon aus!«, rief der Bär. »Im Walde sticht mich keiner!«

»Aber fix!«, rief der Husch und stach noch einmal.

»Ich renn ja schon!«, rief der Bär und rannte auf den Hof.

Blaff! Wauwau! fuhr der Hofhund aus der Hütte und biss den Bären ins Bein.

Pieks! stach der Husch zum fünften Male.

»Gemeine Bande!«, brüllte der Bär und rannte auf den Wald zu, was er nur rennen konnte.

»Wer läuft denn da so schnell?«, fragten verwundert des Husch Eltern, die grade auf den Hof traten.

»Der böse Bär«, sagte der Husch.

»Wo bist du denn, Husch?«, fragten die Eltern. »Du sollst dich doch nicht immer verstecken!«

»Ich habe doch die Zaubermütze auf!«, sagte der Husch.

»Was für eine Zaubermütze?«, fragten die Eltern und traten ins Haus.

»Was liegt denn da?«, fragte die Mutter.

»Ein toter Fuchs!«, wunderte sich der Vater.

»Wer hat denn meinen Küchentisch zerschlagen?«, klagte die Mutter.

»Und meinen Schirm zerbrochen?«, schalt der Vater.

»Wer hat denn alle Kleider zerrissen?«, weinte die Mutter.

»Und wer hat das Sofa verschmutzt?«, zürnte der Vater.

»Husch, wo bist du?«, riefen beide Eltern.

»Unter der Zaubermütze!«, rief der Husch.

»Du sollst dich doch nicht verstecken, Husch!«, riefen sie wieder.

Da nahm der Husch die Zaubermütze ab und trat vor seine Eltern und erzählte ihnen alles, was geschehen war. Sie wunderten sich sehr und herzten und küssten ihn, weil er so mutig gewesen war und den Bären vertrieben hatte.

Der Vater aber sagte: »Die Zaubermützen müssen wir den Zwergen wiedergeben, die hat ihnen der Fuchs ja gestohlen.«

Da legten sie die beiden Zaubermützen unter den Apfelbaum, und am nächsten Morgen lagen dafür hundert blanke, neue Silbertaler da und ein Zettel mit der Schrift: »Als Dank von den Waldzwergen.«

Nun kauften die Eltern von dem Geld einen neuen Küchentisch, einen neuen Schirm und viele neue Kleider. Die Sofakissen aber wurden nur ausgewaschen. Und aus dem Fell des Fuchses machte die Mutter dem Husch einen Bettvorleger, und so trat er jeden Abend den bösen Fuchs mit den Füßen, in die ihn der Fuchs gezwickt hatte. Das machte ihm viel Freude.

Der Bär aber traute sich nie wieder in die Häuser der Menschen, lebte im Walde und wurde endlich von einem Jäger totgeschossen. Als der Jäger aber die Haut des Bären abzog, fand er in ihr hinten zwanzig feine Löcher, immer vier nebeneinander, fünfmal – und er wunderte sich sehr und konnte gar nicht raten, woher diese Löcher wohl kämen. Wir aber wissen es!

Geschichte von der gebesserten Ratte

Unter einem Schweinestall wohnte einmal eine alte Ratte, die vielen Schaden mit Graben von Gängen und Wegfressen von Schweinefutter tat. Ja, wenn einmal die Muttersau nicht aufpasste, nagte die Ratte sogar die neugeborenen Ferkel an. Die Leute auf dem Hof stellten der Ratte auch ständig mit Gift und Fallen nach, aber die Alte war listig und ließ sich weder fangen noch vergiften.

Nun begab es sich eines Tages im bitterkalten Winter, dass die Ratte in ihrem Erdloch unter dem Steinpflaster jämmerlich fror. Da bedachte sie ihre einsame und bedrängte Lage und sprach bei sich:

»Was für ein jämmerliches Leben führe ich doch eigentlich! Überall sind Fallen für mich aufgestellt, ich kann nicht achtsam genug gehen und muss stets meine Augen überall haben. Finde ich aber wirklich einmal einen schönen, lecker gebratenen Fleischbrocken und freue mich auf das gute Essen, so muss ich schließlich stets das böse Gift in ihm riechen und ihn liegenlassen. Immerwährende Sorge und Hunger und Angst sind mein Leben. Wie gut haben es dagegen die Tiere, die sich unter den Schutz des Menschen gestellt haben, der Hund, die Katzen, die Schweine, Kühe und Pferde. Pünktlich alle Tage bekommen sie ihr Futter, ja, der Mensch putzt ihnen sogar das Fell und sorgt für ihr warmes Bett. Sogar die Vögel, die ihm den Sommer hindurch mit Picken und Naschen doch gewiss Schaden genug tun, vergisst er nicht und füttert sie den ganzen Winter hindurch. Was solch jämmerliche Kohlmeise bekommt, das steht mir doch auch gewiss zu, und so will ich denn meinen Frieden mit dem Menschen machen und Freundschaft mit ihm schließen.«

Als die Ratte sich das überlegt hatte, passte sie einen Augenblick ab, in dem der Hund nicht achtgab, und lief eilig vom Stall über die Hofstatt zum Wohnhaus. Nein, wie schön warm und gemütlich ist das hier!, dachte sie bei sich, als sie ins Zimmer kam. Viel besser als in meinem kalten, dunklen Stall. Hier will ich gewiss bleiben. Und sie pfiff freundlich.

Der Hausherr, der grade mit seiner Familie beim Essen saß, hörte das Pfeifen, blickte auf und sah die Ratte. »Nein, so was!«, rief er, sprang auf und hielt die Gabel in der Hand, »kommt einem das Teufelsgetier nun gar schon ins Haus gelaufen! Na, warte!« Und er schickte sich an, mit der Gabel nach der Ratte zu werfen.

»Bitte, einen Augenblick!«, sprach die Ratte. Sie hatte sich auf die Hinterbeine gesetzt und sprach so manierlich, wie es nur eine alte Ratte kann. »Ich komme nämlich in Geschäften und möchte einen Vertrag mit dir machen, Hausherr! Ich habe mir das überlegt: Ich will mich jetzt bessern und Frieden mit dir schließen.«

»Nanu!«, sagte erstaunt der Hausherr.

»Ja«, sprach die Ratte feierlich und verdrehte vor Rührung über ihren eigenen Edelsinn die Augen im Kopf, dass ihr fast die Tränen kamen. »Ich verspreche feierlich: Ich will im Stall keine Gänge mehr graben. Ich will den Schweinen das Futter nicht mehr wegfressen, und ich will auch die Ferkelchen nicht mehr annagen, wenn sie noch so rosig sind.« Der Ratte kamen nun wirklich die Tränen, als sie aufzählte, auf was alles sie verzichten wollte, bloß um mit den Menschen Frieden zu schließen.

»Schön von dir, Ratte!«, sprach der Hausherr. »Aber ich glaube dir nicht. Du führst bestimmt etwas Böses im Schilde.«

Die Ratte versicherte, sie tue das nicht. Eine Gegenleistung, freilich nur eine kleine, müsse sie allerdings verlangen, dass sie nämlich hier im Hause wohnen dürfe und dreimal täglich ihr reichliches Futter bekomme. »Gebratenes Fleisch esse ich sehr gerne«, sprach die Ratte bescheiden. »Und wenn es ein bisschen stinkerig ist, schmeckt es mir noch besser.«

»Ach so, Ratte!«, lachte der Hausherr. »Das verlangst du also? Das Leben im Stall ist dir wohl unter all den Fallen und dem Gift ein bisschen zu gefährlich geworden? Nein, Ratte, daraus kann nichts werden, wir beide, Mensch und Ratte, wir müssen Feinde bleiben.«

»Nun«, sagte die Ratte höflich. »Ich verlange nichts Unbilliges. Du gibst ja auch den andern Tieren, die sich unter deinen Schutz begeben haben, Essen und Wohnung.«

»So hast du dir das also gedacht«, sprach der Hausherr. »Aber du hast vergessen, Ratte, dass zwischen dir und den andern Tieren ein großer Unterschied besteht. Sie bekommen ihr Futter ja nicht umsonst, sie tun auch etwas dafür. Das Pferd spann ich vor meinen Wagen, und es zieht Lasten oder den Pflug durch das Land. Die Kuh gibt mir Milch und alle Jahre auch noch ein Kälbchen dazu. Das Schwein beeilt sich, groß und fett zu werden, damit ich nur bald wieder Wurst und Schinken habe. Unermüdlich passt der Hund Tag wie Nacht auf, dass sich kein Dieb auf den Hof schleicht, jeden Fremden meldet er mit lautem Gebell an. Auf leisen Pfoten pirscht die Katze durch das Haus, immer bemüht, mich vor Mäuseschaden zu bewahren – und was tust du für mich, Ratte, dass ich dir dafür Kost und Wohnung geben soll –?«

So frech die Ratte sonst war, jetzt schaute sie doch etwas verlegen drein. Denn auf den Gedanken war sie noch nicht gekommen, dass sie für ihr Futter auch etwas arbeiten müsse. Grade zur rechten Zeit fielen ihr noch die Vögel ein. »Und wie ist es denn mit den Vögeln, Hausherr?«, verlangte sie zu wissen. »Das unnütze Flattergetier fütterst du doch auch den ganzen Winter hindurch, ohne dass es irgendeine Arbeit für dich tut?«

»Im Winter wohl nicht, da hast du recht, Ratte«, antwortete der Hausherr. »Aber den ganzen Sommer über sind sie unermüdlich tätig für mich, fangen die Fliegen und Mücken, töten die Raupen, picken die Schmetterlingseier – ohne die Vögel würde bald keine Pflanze in meinem Garten wachsen, kein Apfel auf dem Baum ohne Wurmstich reif werden. – Nein, Ratte, wenn dir nichts einfällt, was du für mich tun kannst, so wird aus unserm Frieden nichts werden.«

Jetzt saß die Ratte ganz kleinlaut da; dass sie nicht einmal so viel wert sein sollte wie ein armseliger Vogel, das hatte sie nicht gedacht. Schließlich sagte sie bescheidener: »Ich habe sehr schöne, starke Zähne, so scharf wie kaum ein anderes Tier. Wenn ihr hier im Hause vielleicht etwas zu beißen oder zu zernagen hättet? Ich könnte euch die schönsten, die dunkelsten, die gemütlichsten Gänge unter den Dielen nagen.«

»Untersteh dich, Ratte!«, rief der Hausherr und hob drohend die Gabel. »Wir sind froh, dass wir ein heiles Haus mit festen Dielen haben, wir brauchen keine Rattengänge. – Weißt du sonst noch etwas, was du für uns tun könntest?«

Die Ratte überlegte sich den Fall wieder eine Weile, dann sagte sie: »Ich habe einen besonders schönen, langen, nackten Schwanz – vielleicht könnte ich der Hausfrau mit dem ein bisschen behilflich sein, den Staub wischen und die Suppen umrühren?«

»Um Gottes willen!«, rief die Hausfrau und ekelte sich sehr. »Gib das bloß nicht zu, Mann! Wer möchte denn noch eine Suppe essen, die dieser nackte Schwanz umgerührt hat?!«

Nun aber war die Ratte beleidigt. Sie hielt sehr viel von sich, bildete sich etwas ein auf ihre Schlauheit und List und hatte hier doch nur kränkende Reden gehört und war niedriger eingeschätzt worden als der jämmerlichste Vogel. »Ich verstehe nicht«, sprach die Ratte also böse, »was an meinem Schwanz eklig sein soll – es ist ein besonders schöner Schwanz, jedes Rattenfräulein hat ihn noch zum Verlieben gefunden. Aber ich sehe, man würdigt hier meine guten Absichten nicht, und so bleibt mir denn nichts übrig, als dass ich wieder in den Stall gehe, meine Gänge unter dem Pflaster grabe, das Schweinefutter fresse und die rosigen Ferkel annage. Ihr habt die Freundschaft mit mir nicht gewollt, also scheltet mich auch nicht, wenn ich weiter euer Feind bin!« – Damit schickte sich die Ratte an zu gehen.

»Einen Augenblick noch, Ratte!«, rief der Hausherr. Er bedachte nämlich, dass die Ratte ihm, wenn sie jetzt im Zorn ginge, noch viel mehr Schaden tun würde als bisher und dass sie als schlaues Tier weder mit Gift noch mit Fallen zu töten war. Da schien es dem Hausherrn ein kleineres Übel, sie gegen ein geringes Futter im Haus zu behalten, wenn sie nur auch hielt, was sie versprach. Also fragte er: »Wirst du denn auch halten, Ratte, was du versprichst, wenn ich dich hier im Hause füttere? Nichts annagen, nichts verderben, nichts naschen, mir keinerlei Schaden oder Schabernack tun, sondern immer an meinen Nutzen denken?«

»Was ich verspreche, das halte ich auch«, sprach die Ratte mürrisch. »Aber meinen Schwanz lasse ich nicht schlechtmachen, es ist ein schöner Schwanz.«

»Mit deinem Schwanz hat es die Hausfrau nicht bös gemeint, Ratte«, tröstete sie der Hausherr. »Meine Frau ist eben an ihre Rührlöffel und Staubpinsel gewöhnt, darum gefallen die ihr besser. – Wenn ich dich aber hier behause und beköstige, Ratte, so musst du auch etwas dafür tun, in meinem Haushalt kann ich keinen faulen Fresser dulden.«

»Sage nur, was ich tun soll«, sprach die Ratte, die schon wieder ganz eingebildet wurde, als sie merkte, der Hausherr wollte sie doch behalten. »Was ein anderer tut, das kann ich auch.«

»Nein, das wollen wir nicht sagen, Ratte«, meinte der Hausherr lächelnd. »Denn zu irgendwelcher nützlichen Arbeit bist du doch nicht zu gebrauchen. Aber wie wäre das, Ratte –? Ich sehe dich da ganz manierlich auf den Hinterbeinen sitzen, pfeifen kannst du auch – wie wäre es, Ratte, wenn du zur Belustigung der Kinder dann und wann ein bisschen tanzen und pfeifen würdest –? Viel wäre das ja nicht, aber doch etwas!«

Eigentlich war die Ratte schon wieder beleidigt, dass sie, die kluge, alte, listige Ratte, tanzen und pfeifen sollte, damit die Kinder was zu lachen hätten. Aber sie dachte an ihr gefahrenreiches Leben im Stall, und so willigte sie denn ein. Nun machten die beiden den Vertrag, dass Frieden herrschen sollte zwischen Hausherrn und Ratte. Der Hausherr aber bedingte sich aus, dass der Vertrag erst einmal auf Probe gelten sollte, denn er traute der Ratte noch immer nicht ganz. Erst wenn sie sich eine Woche gut geführt und keinen Schaden gemacht hätte, sollte der Vertrag Gültigkeit bekommen und Mensch und Ratte auf ewige Zeit Freunde sein.

So wurde denn der Ratte ein Kistchen mit Heu in die Küche gestellt, darin sollte sie wohnen, und in der Küche sollte ihr Aufenthalt sein. Am ersten Tage gefiel es ihr dort auch sehr wohl. Es war warm und trocken, es standen keine Fallen dort, kein Gift war zu fürchten, sondern in einem reinen, irdenen Schüsselchen stand immer ein wenig Futter für sie bereit, mal ein Kleckschen Kartoffelbrei mit zerlassener Butter, mal ein Gemüserestchen, in dem auch ein paar Stücke gebratenes Fleisch verborgen waren. Der Ratte gefiel es ausgezeichnet, und wenn die Kinder kamen und verlangten, sie solle tanzen, so tat sie auch das gerne, und es störte sie gar nicht, wenn die Kinder lachten. Sondern sie sagte sich: »Ein bisschen Bewegung nach so viel Essen ist sehr gesund, und die Kinder sind ja noch dumm, sie verstehen nicht, wie schön ich tanze.«

Am zweiten Tage war's schon nicht mehr so herrlich wie am ersten. Die Ratte schnupperte am Futternapf und sagte ohne Hunger: »Schon wieder Kartoffelbrei – die Leute kochen hier wohl alle Tage dasselbe!« Vor den Küchenfenstern war ein schöner, klarer, sonniger Wintertag, und die Ratte dachte mit einiger Sehnsucht daran, wie behaglich sie an solchen Tagen vor ihrem Loch am Stall in der Sonne gesessen und dann und wann einen kleinen, interessanten Spaziergang über den Misthaufen gemacht habe.

»Ach ja, ach ja, solch Stubenleben ist recht schwer!«, seufzte die Ratte und fing vor lauter Langerweile an, ihr Wohnkästchen zu benagen. Aber die Hausfrau hörte das Knabbern, rief scharf: »Lass das, Ratz!«, und die Ratte musste es lassen.

Nun lauerte sie darauf, dass einmal die Tür von der Küche zum Zimmer auf stünde, und als es so weit war, schlüpfte sie leise hinüber. Im Zimmer war keiner, und so konnte sich die Ratte, die sehr neugierig war, alles mit der größten Genauigkeit ansehen. Sie kletterte auf jeden Tisch, und wo eine Schranktür offen stand, schlüpfte sie auch in die Schränke und betrachtete sich genau, was in den Schränken war. Sie kroch im Regal hinter die Bücherreihen, kletterte an den Gardinen hoch und sah sich das Zimmer von oben an. Und hinter jedes Sofakissen schlüpfte sie auch. So ging sie von Zimmer zu Zimmer, und da war kein Bett, in das sie nicht gekrochen wäre, keine Waschschüssel, die sie nicht als Schwimmbassin versucht hätte, kein Hausschuh, den sie nicht als Bett ausprobiert hätte.

Die Hausfrau war eine sehr ordentliche Hausfrau, ihre Wohnung strahlte und blitzte nur so von Sauberkeit – aber das war es ja grade, was der Ratte so missfiel. »Nein, was sind diese Dielen glatt und glänzend!«, sagte sich die Ratte, als sie über den Boden lief. »Da kann man ja ausrutschen! Hier müsste überall ein bisschen Stroh und Mist liegen, das wäre doch viel gemütlicher!« Und weil kein Stroh und kein Mist da waren, ließ sie wenigstens schnell ein Kleckschen fallen.

Als sie hinter dem Sofakissen saß, meinte sie: »Außen ist es glatt und kühl, aber innen scheint es weich und mollig zu sein. Man müsste das Innerste nach außen kehren!« Und sie biss schnell ein Loch in den Bezug, freute sich, als die Federn herauskamen, und machte ein kleines Bett aus ihnen. »So!«, sagte sie zufrieden. »Die Menschen haben auch gar keine Ahnung, wie man es sich gemütlich macht! Ich muss ihnen das erst einmal richtig zeigen!«

Im Federlager war es der Ratte warm geworden, sie sprang gleich in die nächste Waschschüssel und nahm ein kühles Schwimmbad. »Ei, wie tut das gut!«, sagte sie. »Die Sauberkeit ist auch nicht zu verachten!« Und sie wälzte sich zum Abtrocknen in der Asche, die vor dem Ofen vom Heizen her in einer Schippe stand. Dann kroch sie in das nächste Bett.

So hinterließ die Ratte überall Spuren ihrer Tätigkeit, aber sie dachte sich nichts Böses dabei. Sie war eben eine Ratte, kein Mensch, und vom Stall her war sie auch nichts Besseres gewohnt. Am Abend aber wurde die Ratte vor den Hausherrn gerufen und von der Hausfrau bitterlich verklagt. Da wurde alles erwähnt und nichts ausgelassen, von dem Kleckschen auf den Dielen an über das Federlager bis zu der ekligen Aschenspur im Bett. Die Hausfrau war sehr böse, und der Hausherr machte ein grimmiges Gesicht und fragte finster: »Warum hast du das getan, Ratte? Du hast doch gelobt, mir keinen Schaden zu tun?«

Die Ratte ließ Anklage, Zorn und Grimm ruhig über sich ergehen und antwortete kaltblütig, dass sie nichts Böses im Sinne gehabt habe. Dies sei nun einmal so ihre Art, und von ihrer Art könne sie ebenso wenig lassen wie der Mensch von der Menschenart.

Der Hausherr sah ein, dass die Ratte wirklich nicht aus Bosheit gehandelt hatte, sondern allein aus Neugierde und schlechten Stallgewohnheiten, und er bedachte, dass man sie darum nicht so ohne weiteres als Feindin zu den Schweinen zurückschicken könne. Er sagte aber trotzdem streng: »Habe ich dir aber nicht gesagt, Ratte, du sollst nicht aus der Küche gehen?«

Die Ratte lächelte listig und fragte den Hausherrn dagegen: »Und wer hat denn die Tür von der Küche zur Stube offen gelassen – und alle andern Türen auch? Ich bin neu hier im Haus und weiß nicht, wo die Küche aufhört und die Stube anfängt, wenn keine Wand dazwischen ist.«

Über diese unverschämte Antwort musste der Hausherr fast lachen, die Hausfrau aber, die die Türen offen gelassen hatte, lief vor Zorn rot an und war von Stund an die Feindin der Ratte. Die aber wurde noch einmal vom Hausherrn streng ermahnt, sich in die Art des Hauses zu schicken, nicht aus der Küche zu gehen und keinen Unfug zu machen, sonst könne aus dem ewigen Vertrag nichts werden. Die Ratte versprach auch Gehorsam und ging artig in ihr Kistchen am Küchenherd, wo sie sich zusammenrollte und friedlich einschlief.

Der dritte Tag kam, und an ihm erwies es sich, dass es nicht gut ist, in einem Haus die Frau zur Feindin zu haben. Die hatte nämlich noch nicht ihren Zorn auf die Ratte vergessen und setzte ihr bloß ein Wassersüppchen hin, ohne Saft und Kraft gekocht, aber mit sehr viel Salz gewürzt. Die Ratte kostete und fand, das Süppchen schmeckte abscheulich. Die Frau, die die Ratte am Futternapf sitzen, aber nicht fressen sah, sagte: »Schmeckt es nicht, Ratz? Ja, für Nichtstuer und Schmutzmacher habe ich keine bessere Kost.«

Die Ratte hörte am Ton der Rede und sah an den Augen der Hausfrau, dass sie böse war. Da erwachte die eigene Bosheit der Ratte, und sie sann auf eine List, wie sie die Hausfrau recht ärgern könne, ohne sich dadurch aber beim Hausherrn in Gefahr zu bringen.

Als die Hausfrau nun von der Küche in die Stuben ging, dort rein zu machen, sprang die Ratte listig hinten an der Hausfrau hoch und hing sich an ihr langes Schürzenband, ohne dass die Hausfrau etwas davon merkte. Sie machte die Küchentür recht schön fest zu, aber das half ihr nichts, die Ratte hing fest am Schürzenband. Als die Hausfrau nun beim schönsten Fegen war, pfiff die Ratte hinten an ihrem Schürzenband, wie eben Ratten pfeifen. Die Hausfrau fuhr herum – aber am Schürzenband fuhr die Ratte mit herum, und so bekam die Hausfrau keine Ratte zu sehen. »Hier hat doch eben eine Ratte gepfiffen!«, sagte die Hausfrau und suchte, aber sie fand keine Ratte.

Schließlich dachte die Hausfrau, sie habe sich geirrt, ergriff von neuem den Besen und machte sich wieder ans Kehren. Gleich pfiff die Ratte zum zweiten Mal! Die Hausfrau lässt den Besen fallen, sucht – umsonst! Sie denkt, die Ratte ist im Zimmer versteckt, läuft, so schnell sie kann, in die Küche, am Schürzenband die Ratte kommt ebenso schnell mit. Wie die Hausfrau die Küchentür aufmacht, lässt die Ratte das Schürzenband schnell los, huscht unter dem Küchentisch durch und liegt schon in verstelltem Schlaf in ihrem Kistchen, als die Hausfrau hineinschaut.

Muss ich mich doch geirrt haben, denkt die Frau. Die Ratz schläft ja ganz friedlich! Sie geht zurück an ihre Arbeit, die Ratte hängt schon wieder am Schürzenband. Die Frau ergreift den Besen, die Ratte pfeift. Die Frau lässt den Besen fallen und sucht: Keine Ratte ist zu sehen. Kehrt wieder, wieder pfeift die Ratte. Die Frau rennt in die Küche: Die Ratte schläft.

So trieb es die listige Ratte an diesem Tage mit der Hausfrau, und sie brachte sie ganz von Sinn und Verstand. Bei dem ewigen Umherlaufen und Suchen wurde keine Arbeit getan, kein Zimmer gesäubert, kein Essen gekocht. Ja, die Ratte trieb zum Schluss ihre Frechheit so weit, dass sie vor den Augen der Hausfrau auf den Betten spazieren ging – lief die Frau dann aber in die Küche, hing die Ratte schon wieder an ihrem Bande und kam rechtzeitig in ihr Kistchen.

»Soll ich denn meinen eigenen Augen nicht mehr trauen dürfen?!«, rief die Hausfrau und brach vor Ärger, Abgehetztsein und Wut in Tränen aus. So fand der Hausherr sie und fragte erstaunt nach der Ursache ihrer Tränen. Da berichtete ihm die Hausfrau, wie es ihr an diesem Tage ergangen sei, wie sie überall Ratten gehört und gesehen habe und wie sie vor lauter Rattenplage kein Essen habe kochen und kein Zimmer habe rein machen können.

Der Hausherr ahnte gleich, dass eine List der Ratte dahinterstecken müsse, aber er tat freundlich, rief die Ratte aus ihrem Kistchen und fragte sie, wie sie den Tag verbracht habe.

»Gut«, antwortete die Ratte. »Ich habe in meinem Kistchen geschlafen.«

»Und du bist bestimmt nicht in die andern Zimmer gegangen?«, fragte der Hausherr.

»Wie kann ich das?«, fragte die Ratte dagegen. »Wo du mir das so strenge verboten hast?«

»So!«, sagte der Hausherr. »Und wie erklärst du dir, Ratte,

dass die Frau überall, wo sie auch war, Ratten pfeifen gehört hat und Ratten laufen gesehen hat –?«

Das könne sie sich auf keine Weise erklären, sagte die Ratte ganz frech. Es müsse denn sein, dass die Hausfrau ihres schlechten Gewissens wegen immer an Ratten habe denken müssen, weil sie ihr nämlich statt der ausbedungenen Kost nur eine versalzene Wassersuppe hingestellt habe.

Ob das so sei?, fragte der Hausherr nun seine Hausfrau. Ob die Ratte heute nichts bekommen habe als ein Wassersüppchen?

Nun wurde die Hausfrau erst recht zornig, erhitzt fragte sie, ob denn solch Wassersüpplein etwa nicht gut genug sei für eine Nichtstuerin wie die Ratte? Ein Süpplein aus Mehl und Wasser, wie man es sogar den Kranken mit ihrem schwachen Magen gebe! Und was das Salz betreffe, so liebe es der eine eben gesalzener als der andere, das nächste Mal werde sie die Ratte fragen, wie sie es am liebsten möge!

Der Hausherr war in einer schlimmen Lage. Fortschicken konnte er die Ratte nicht, denn ein Verbrechen gegen den Vertrag war ihr nicht nachzuweisen. Er sah aber auch, dass es zwischen Hausfrau und Ratte je länger je schlechter gehen müsse. Schon jetzt hatte sein gutes Weib einen rechten Zorn auf das Tier. Kurz und gut: der Hausherr wäre die Ratte gern wieder los gewesen aus dem Hause und wusste nur nicht, wie er's angehen sollte. Er sann darum auf eine List, die aber sehr fein sein musste, denn die Ratte war auch listig und durchtrieben.

Als er darum eine Weile nachgedacht hatte, fragte er die Ratte: »Sag, Ratte, hast du nicht scharfe Augen?«

Die Ratte, die ja sehr viel von sich hielt, sagte, sie habe die schärfsten Augen von der Welt.

»Und hast du nicht auch scharfe Zähne, Ratte?«, fragte der Hausherr wieder.

»Mit meinen Zähnen kann ich sogar Draht, Blech und Zement beißen«, sagte die Ratte stolz.

»So will ich dir morgen zeigen, wie du mir in einer Sache

helfen kannst«, sprach der Hausherr, »in der mir niemand helfen kann als nur du allein.«

Die Ratte versprach geschmeichelt ihre Hilfe, und am nächsten Morgen, als die beiden gefrühstückt hatten – und nicht nur eine salzige Wassersuppe –, gingen sie los. Sie stiegen gemeinsam auf den Boden, wo der Hausherr eine geräumige Äpfelkammer hatte, voll der schönsten Winteräpfel, aber ein wenig dämmrig.

»Sieh einmal, Ratte«, sprach der Hausherr, »hier habe ich meine Äpfel liegen. Wie es aussieht, eine gewaltige Menge, von der man denkt, sie müsse bis Ostern reichen. Sie reicht aber nie so lange. Das kommt daher, dass, während ich von Haus fort bin, Diebe an meine Äpfel gehen und den besten Teil mausen. Nun habe ich gedacht, du hast scharfe Augen, die selbst hier im Dämmern die Diebe wohl erspähen können, und du hast scharfe Zähne, mit denen du die Diebe am Ohr blutig zeichnen könntest, dass ich sie erkenne, wenn ich wieder nach Haus komme. Willst du nun hier für mich Wache stehen, fleißig nach Dieben spähen und sie zeichnen, einen nach dem andern, wie sie kommen –?«

So sprach er zur Ratte. In seinem Innern aber dachte er, der Ratte werde es schon leid werden, den ganzen Tag Posten zu stehen auf dem kalten, finsteren Boden – und ganz umsonst, denn es gab gar keine Äpfeldiebe, das hatte der Hausherr nur so gesagt.

Die Ratte versprach, getreulich Wache zu halten. Aber auch sie war im Innern entschlossen, den Hausherrn zu überlisten. Als darum der Hausherr gegangen war, nahm sie sich erst einmal einen schönen, rotbackigen, mürben Apfel und fraß das Beste von ihm. Danach untersuchte sie den Boden, fand auch richtig die Räucherkammer und roch den Speck und die Wurst darin. »Obstkost allein schlägt zu sehr durch«, sprach sie bei sich und tat sich an Wurst, Speck und Schinken gütlich.

Als sie grade beim besten Schmausen war, hörte sie ein leises Schleichen draußen auf dem Boden, und als sie durch die

Tür spähte, sah sie die Hauskatze, die draußen auf Mäusejagd war. Nun hatte die Ratte einen rechten Hass auf die Katze, denn Ratten und Katzen sind Feinde von Urbeginn an; die Katze aber war schon ziemlich alt und bequem und legte keinen Wert mehr auf einen Kampf gegen die scharfen Zähne der Ratte.

Also bekam die Katze einen gewaltigen Schreck, als die Ratte mit dem Rufe: »Weg, du böser Apfeldieb!« auf sie einsprang. Und als die Ratte sie nun gar mit ihren scharfen Zähnen ins Ohr biss, dass das Blut lief, rannte sie, kläglich »Miau!« schreiend, die Bodentreppe hinunter und stieß in ihrer Angst noch fünf Geraniumtöpfe um, die auf dem Boden in Winterquartier standen.

Die Ratte ging zufrieden in die Räucherkammer zurück, fraß noch ein tüchtiges Loch in den Presskopf, der dort hing, und suchte sich dann eine bequeme Schlafstätte auf einem Dachbalken in der Äpfelkammer. Als sie da nun recht behaglich und satt im Einschlummern lag, hörte sie einen leichten Schritt vorsichtig die Treppe hinaufkommen. Gleich setzte sie sich auf, spitzte die Ohren und wartete begierig, wer das wohl sein würde.

Es war aber niemand anders als der Sohn des Hausherrn, der grade jetzt vor dem Mittagessen, aber nach der Schule, einen kräftigen Hunger auf Äpfel verspürte, die ihm doch zwischen den Mahlzeiten verboten waren. Ahnungslos schlich der Junge in die Äpfelkammer – schwupp! saß ihm die Ratte auf der Schulter und schlug ihm ihre langen gelben Zähne in das Ohr, dass es blutete und er schreiend nach unten lief. Die Ratte aber legte sich wieder hin und schlief gut und nicht weiter gestört bis zum Abend.

Am Abend musste der Hausherr wiederum Gericht halten – er tat's mit Seufzen. Seit die Ratte im Haus war, gab's nur noch Streit und Unordnung, und doch war sie nicht loszuwerden. Die Katze hatte ein zerschlitztes Ohr und der Junge ein geritztes, aber dafür verlangte die Ratte noch Lob, hatte sie doch die

Äpfel gegen die Diebe verteidigt. Fünf Geraniumtöpfe waren zerbrochen, dafür konnte die Ratte aber nichts, das hatte die Katze getan. In der Räucherkammer waren Wurst, Speck und Presskopf angefressen – davon wusste die Ratte nichts. In einem Haus, in dem es Äpfeldiebe gab, konnte es ja auch Wurstdiebe geben.

Der Hausherr mochte es drehen und wenden, wie er wollte, er konnte der Ratte keine Schandtat nachweisen und sie darum auch nicht wegschicken. Und morgen war schon der fünfte Tag der siebentägigen Probezeit, gelang es ihm in diesen sieben Tagen nicht, die Ratte fortzuschicken, musste er sie für immer und ewig als Freundin im Hause behalten. Und davor grauste dem Hausherrn, und der Hausfrau grauste noch viel mehr davor.

Als nun der fünfte Tag herangekommen, sprach der Hausherr zur Ratte: »Komm mit mir, Ratte! Du sollst noch einmal auf Diebe aufpassen, da du dich gestern so gut bewährt hast!«

Es ging dieses Mal aber nicht hinauf zur Äpfelkammer und zum Speck, worauf die Ratte sich schon gefreut hatte, sondern hinunter in den dunklen, feuchten Keller. Dort stand eine Siruptonne, und der Hausherr sprach zur Ratte: »Setze dich hier neben die Tonne und pass fein auf, ob Diebe kommen. Gehe mir aber nicht an den Sirup, Ratte! Du bekommst von uns deine Kost und darfst nicht naschen!«

Damit schloss der Hausherr die Kellertür ab, damit die Ratte nicht hinaus konnte und Unfug stiften, stieg die Kellertreppe empor und pfiff vergnügt ein Liedchen. Er dachte aber bei sich: Die Ratte hält es bestimmt den Tag über nicht aus, ohne an den süßen Sirup zu gehen. Der Sirup aber klebt, im Keller ist kein Wasser, ihn abzuwaschen, so erwische ich sie heute Abend als Diebin, kann sie aus dem Hause jagen und bin sie für immer los!

Die Ratte indessen saß trübselig im Keller und dachte: Das ist wirklich ein trübseliges Geschäft. Die Wände sind aus Stein, und die Tür hat er abgeschlossen – wie können da Diebe her-

einkommen? Er will mich nur verführen, dass ich an den süßen Sirup gehe – aber das tue ich nicht, und müsste ich zwei
Jahre hier unten sitzen! Damit legte sie sich in eine Ecke und
schlief ein.

Als sie aber ausgeschlafen hatte, fühlte sie großen Hunger.
Sie lauschte und hörte, wie es immerzu »dripp-dripp-dripp«
machte. Das war der Sirup, der langsam aus dem Hahn in das
Blechschälchen darunter tropfte, denn der Hahn schloss nicht
ganz fest. Riechen könnte ich ja mal an dem Sirup, dachte die
Ratte. Davon werde ich nicht klebrig.

Also ging sie hin und roch. Sie fand, der Sirup roch süß, und
ihr Hunger wurde noch größer davon. Sie sah aber auch, dass
die Schale fast vollgetropft und nahe am Überlaufen war. Wenn
der Hahn nur ein bisschen stärker tropfte, überlegte die Ratte,
würde die Schüssel überlaufen. Der Sirup ränne auf den Boden, und ich könnte nichts dafür, wenn ich klebrig würde.

Lief die Ratte also am Fass hoch, auf den Hahnstutzen und
drückte gegen den Hahn. Bums! war der Hahn ganz zu, und
der Sirup tropfte nicht mehr. Nein, so was!, dachte die Ratte
verblüfft. Das habe ich mir ja nun anders gedacht!

Und sie drückte nochmals gegen den Hahn und kräftig!
Bums! flog der Hahn heraus, der Sirup strömte aus dem Fass,
lief über die Schüssel und durch den Keller. Nein, so was!
dachte die Ratte. Das habe ich mir ja nun ganz anders gedacht!

Indem fühlte sie ein Kribbeln an ihrem langen Schwanz, der
vom Stutzen auf die Erde hing, und als sie zusah, merkte sie,
dass dies Kribbeln vom Sirup kam, der über den Kellerboden
lief. Das ist gar nicht so schlecht, dachte die Ratte, zog den
Schwanz hoch und leckte ihn ab, passte dabei aber fein auf,
dass sie sich nicht klebrig machte. »Ei, schmeckt das süß!«, rief
sie erfreut. »So kann das immer weitergehen!« Und sie tunkte
den Schwanz immer wieder in den fließenden Sirup, passte
aber gut auf, dass kein Härchen ihres Fells klebrig wurde.

Als der Hausherr nun am Abend wohlgemut die Kellertür
aufschloss und dachte: Heute habe ich die Ratte aber reinge-

legt, rutschte er in dem klebrigen Sirup so aus, dass er sich mit Gewalt niedersetzte.

»Was ist das –?!«, schrie er mit drohender Stimme.

»Das ist Sirup, Hausherr!«, antwortete die Ratte ganz kaltblütig.

»Wie kommt der Sirup aus meinem Fass auf den Kellerboden?«, brüllte der Hausherr mit fürchterlicher Stimme. »Ratte! jetzt muss ich dich gewisslich ermorden!«

»Du kannst mich ja nicht ermorden, Hausherr!«, sprach die Ratte darauf mit feiner und freundlicher Stimme. »Sieh doch mein Fellchen an. Kein Tröpfchen Sirup klebt an einem Härchen. Allezeit bin ich deine gehorsame Freundin gewesen. Bin ich doch sogar, um dir nicht zu schaden, hier auf das Fass geflüchtet – du aber setzt dich mit aller Gewalt in den Sirup und verdirbst viel von dem teuren Saft!«

Der Hausherr kam fast um vor Wut, und doch konnte er nichts gegen das vorbringen, was die Ratte sagte. Kein Härchen war vom Sirup verklebt, und ihre Füße waren völlig rein. »Wie aber kommt der Zapfen aus dem Faß, Ratte?«, fragte er mit schon schwächerer Stimme.

»Wie kann ich das wissen, Hausherr?«, sagte die Ratte mit unschuldiger Stimme. »Ich bin ja eine Ratte, kein Zapfen. Erst hat er immerzu getropft, aber dann ist ihm das Tropfen wohl zu langweilig geworden, und er ist herausgesprungen. Vielleicht fragst du einmal den Zapfen, Hausherr?«

Der Hausherr sah die Ratte böse an, schwieg jetzt aber. Er merkte wohl, dass sie ihn bloß verhöhnte, aber er konnte ihr nichts beweisen, und so trug er sie schweigend aus dem Keller in ihr Kistchen am Küchenherd. Dort forderte sie sich gleich frech Futter, und sie fraß so viel, dass der Hausherr wieder zweifelhaft wurde und dachte: Vielleicht hat sie doch die Wahrheit gesprochen und nicht von dem Sirup genascht. So viel könnte sie doch sonst nicht fressen.

Das wurde ein trauriger Abend in der Familie! Ein Fass Sirup ausgelaufen und verdorben, der Anzug des Hausherrn verschmutzt und verklebt und dazu die Aussicht, die Ratte ständig im Hause als Freundin zu haben! Lange noch lag der Hausherr wach und überlegte und beriet mit der Hausfrau, wie sie die Ratte loswerden könnten. Aber gar nichts wollte ihnen einfallen. Und morgen war schon der sechste Tag, und dann kam der siebente, und ging auch der gut für die Ratte aus, so blieb sie für ewige Zeiten als Freundin im Haus.

»Ich halte das nicht aus! Ich will das olle, eklige Tier nicht immer im Hause haben!«, weinte die Hausfrau.

»Pass auf, Frau!«, tröstete der Hausherr. »Morgen fangen wir gar nichts mit der Ratte an. Wir kümmern uns einfach nicht um sie. Dann hält sie es vor Langerweile nicht aus, macht irgendeinen Unfug, und wir können sie zurückschicken in den Stall.«

Damit schliefen die beiden ein. Die Ratte in der Küche aber schlief nicht, sondern sie rannte wie eine Wilde um den Küchentisch herum – immer herum! Immer herum! Ihre Ohren flogen, ihre Brust keuchte, ihr Herz klopfte wild, und den Schwanz hielt sie weit vom Leibe abgestreckt –: Ich will doch sehen, dachte sie beim Laufen, ob ich nicht so schnell rennen kann, dass ich mit meiner Nase die eigene Schwanzspitze treffe!

So trieb sie es die ganze Nacht, rannte immer toller, bis sie am Morgen halbtot vor Müdigkeit in ihr Schlafkistchen kroch. Ihre Schwanzspitze hatte sie zwar nicht getroffen – und so dumm war sie auch nicht, dass sie geglaubt hätte, das ginge –, aber herrlich müde war sie geworden, und so verschlief sie den ganzen sechsten Tag, ohne auch nur einmal aufzustehen. Das hatte sie ja auch grade gewollt, und darum hatte sie sich so müde gelaufen, denn auch sie hatte daran gedacht, dass ihre Probezeit zu Ende ging. Sie wollte nicht wieder als Feindin in den Stall geschickt werden, sondern lieber als Freundin, wenn auch als falsche, im Haus bleiben und gab sich darum alle Mühe, erst einmal keinen Unfug zu stiften. Lieber verschlief sie den ganzen sechsten Tag.

Nun kam also der siebente und letzte Probetag heran, und grade an diesem Tage hatte keiner Zeit, sich um die Ratte zu kümmern. Denn an diesem Tage war großes Schweineschlachten auf dem Hof, und da hatten alle so viel mit Laufen und Brühen, mit Abstechen und Blutrühren, mit Schrapen und Putzen zu tun, dass kein Mensch an die Ratte auch nur dachte. Sie hätte überall naschen können, sie hätte in den Betten schlafen und in die Teppiche Löcher fressen können – kein Mensch hätte sich nach ihr umgesehen.

Aber die Ratte tat nichts von alledem, sondern sie war neugierig und lief überall mit. Und als die drei fetten Schweine aus dem Stall geführt und abgestochen wurden, war sie genauso aufgeregt wie die Menschen. Überall musste sie dabei sein, und alles musste sie sehen und riechen und schmecken, und dies war nun wirklich ein Tag für sie, an dem sie überhaupt nicht an Schadenstiften und Bosheit dachte.

Als aber die Schweine zugehauen wurden, machte sich eines von den Mädchen den alten Spaß, stahl sich den Schweineschwanz und steckte ihn dem Hausherrn mit einer Nadel unbemerkt hinten an die Jacke. Bald merkten's die Kinder, und als sie den Vater über den Hof laufen sahen und hinten baumelte ihm vergnügt das nackte, kahle Schweineschwänzchen – da lachten sie, und alle fingen sie an zu singen: »Vater hat 'nen Schweineschwanz – pfui, Schweineschwanz! Schweineschwanz!«

Das kleinste Kind aber, das noch dumm war, fing an zu weinen und rief: »Vater soll den ollen, hässlichen Schwanz abmachen! Vater sieht aus wie die Ratte! Oller, hässlicher, nackter Rattenschwanz!«

Und die Kinder sangen nun lachend: »Vater hat 'nen Rattenschwanz – pfui, Rattenschwanz! Ollen, hässlichen Rattenschwanz!«

Das hörte die Ratte, und weil die Ratten ja sehr eitel sind und ihren Schwanz sehr schön finden (und je länger er ist und je nackter er ist, umso schöner finden sie ihn), so lief sie zornig herbei und schrie wütend: »Wollt ihr wohl gleich still sein, ihr alten bösen Kinder! Wir Ratten haben die allerschönsten Schwänze von der Welt!«

Unbekümmert aber sangen die Kinder weiter: »Rattenschwanz! Pfui, Rattenschwanz! Pfui, oller, nackter Rattenschwanz!«

Da wusste sich die Ratte nicht vor Zorn zu lassen, sondern sie fuhr los auf die Kinder und fauchte und biss nach ihnen. Die kleineren von den Kindern fingen an zu weinen, die größeren aber sangen nun erst recht: »Rattenschwanz! Pfui, Rattenschwanz!«

Von dem Lärm kam der Hausherr herbei, und er fragte ärgerlich: »Ratte, was tust du da? Warum beißt du meine Kinder?«

Fauchte die Ratte wütend: »Sie sollen nicht singen: nackter Rattenschwanz!«

»Aber dein Schwanz ist doch nackt, Ratte«, sprach der Hausherr. »Sie können doch nicht singen: haariger Rattenschwanz!«

»Aber du hast keinen Rattenschwanz am Rock!«, schrie die Ratte voll Zorn. »Das ist ein Schweineschwanz.«

Der Hausherr fasste lachend nach hinten, fischte sich den Schweineschwanz, machte ihn ab, sah ihn an und sprach: »Freilich ist das ein Schweineschwanz. Aber sie sind alle beide nackt und hässlich: der Schweineschwanz wie der Rattenschwanz!«

»Was?!«, kreischte die Ratte, »mein Schwanz ist hässlich –!?! Aber du hast doch am ersten Abend gesagt, Hausherr, die Hausfrau hätte das nicht so gemeint?!«

»Die Wahrheit zu sagen, Ratte«, sagte der Hausherr, der merkte, wie er die Ratte noch am siebenten Probetage loswerden konnte, »habe ich das nur aus Höflichkeit gesagt. Je länger ich deinen Schwanz anschaue, umso abscheulicher finde ich ihn. Ja, ich muss gradeheraus sagen: Dein Schwanz sieht aus wie ein nackter, nasser, blinder Regenwurm!«

»Regenwurm!«, lachten die Kinder. »Rattenschwanz – Regenwurm! Nackter, blinder Regenwurm!«

Da konnte sich die Ratte vor Wut nicht mehr halten. »Wenn

ihr meinen herrlichen Schwanz nicht schön findet«, rief sie, »so will ich auch eure Freundin nicht sein! Nein, eure ewige Feindin will ich sein! Mit Nagen, Naschen, Verderben, Beschmutzen will ich den Menschen immerzu Schaden tun, soviel ich nur kann!«

Mit diesen Worten fuhr sie an dem Hausherrn hoch und biss ihn kräftig in die Nase, dass er schrie. Dann aber sprang sie mit einem Satz in den offenen Schweinestall und verkroch sich gleich in ihren alten Gängen, denn der Hausherr und die Kinder stürmten ihr nach, um sie zu erschlagen. Gleich wurden wieder Fallen und Gift aufgestellt, die Kinder aber sangen dabei: »Rattenschwanz – pfui, Rattenschwanz! Oller, nackter Rattenschwanz! Regenwurm – igitt!«

So ist es denn nichts geworden mit der Freundschaft zwischen dem Menschen und der Ratte. Für immer findet der Mensch die Ratte abscheulich und stellt ihr nach, wo er sie nur sieht; die Ratte aber hasst den Menschen und tut ihm noch mehr Schaden durch Verderben und boshaftes Verschmutzen als durch ihr Fressen.

Geschichte von der Murkelei

Es war einmal ein Vater, der wünschte sich viele Kinder, am liebsten ein Dutzend, sechs Jungen und sechs Mädchen. Es geschah ihm aber nicht nach Wunsch, sondern er hatte nur zwei: einen Jungen, den nannte er den Murkel, und ein Mädchen, das hieß er die kleine Mücke.

Weil ihm das aber nicht genug war, dachte er sich noch mehr Kinder aus, zu seinen zweien noch zwei, so dass er doch wenigstens ein drittel Dutzend voll hatte. Von den ausgedachten Kindern nun nannte er das älteste Träumlein. Das war ebenso alt wie der Murkel und seine besondere Gefährtin; und wenn der Murkel ein Junge war, war Träumlein ein Mädchen; war Murkel blond, war Träumlein dunkel; war Murkel wild und laut, war Träumlein sanft und leise.

In Wirklichkeit aber gab es Träumlein gar nicht, der Vater hatte sie sich nur ausgedacht. Keiner konnte Träumlein je erblicken, die Mutter nicht und der Murkel auch nicht. Nur der Vater sagte, er sähe sie immer, wann er nur wolle, und er wusste viel von ihr zu erzählen.

Und genau wie mit dem Träumlein war's mit dem Windwalt, den hatte sich der Vater als Spielgesellen für die kleine Mücke erdacht. Das war ein kleiner Junge, rasch wie der Wind und immer vergnügt. Am liebsten lief er barfuß, und stets vergaß er sein Taschentuch. Oft sagte der Vater kopfschüttelnd zu der kleinen Mücke, wenn ihr die Nase fortlief: »Genau wie dein Bruder Windwalt! Wo hast du denn dein Tüchlein! Und natürlich kann dir Windwalt wieder mal nicht aushelfen, denn er hat auch keines!«

Wenn nun der Vater mit den Kindern ausging und er machte das Hoftor auf, so liefen erst die Hunde durch: Plischi und Peter. Dann kamen die Kinder: Murkel und Mücke. Dann wartete der Vater ein Weilchen, um auch Träumlein und Windwalt durchzulassen, und nun erst kam er nach und machte das Hoftor wieder zu. Murkel und Mücke fassten den Vater an, eines rechts, eines links, und neben den beiden gingen wieder Träumlein und Windwalt. Wurde der Feldweg einmal sehr schmal, so mussten alle ganz eng nebeneinanderrücken, um Windwalt und Träumlein nicht ins Korn zu drängen. Voran aber tobte der Plischi, der noch jung war, und hintennach zottelte der Peter und ließ sich rufen, denn er war schon alt.

Wenn sie dann eine Weile so nebeneinander hergegangen waren und hatten alles erzählt, was der Tag mit sich gebracht hatte, Gutes wie Schlechtes, so rief der Vater wohl: »Kinder, nun lauft alle, und wer den Plischi zuerst greift, soll ihm ein Stück Zucker geben dürfen.«

Da stoben die Kinder los, und wer sonst sie laufen sah, sah nur zwei: den Murkel und die kleine Mücke. Der Vater aber sah vier, und er hastete hinterdrein, dem keuchenden alten Peter auf den Fersen, und er feuerte die Kinder an und rief: »Mücke, fass doch den Windwalt an!« Oder: »Murkel, willst du mal das Träumlein nicht schubsen!«

Dann streckte die kleine Mücke die Hand aus, und wenn sie auch nichts fasste, so war ihr doch, als liefe sie nicht mehr ganz allein, weit hinter dem Murkel. Und auch der besann sich, sah sich um, wich zur Seite, während der Plischi, der wohl gemerkt hatte, dass die wilde Jagd ihm galt, immer fröhlicher voransprang und immer lauter bellte.

Am Ende aber blieb er doch stehen und ließ die Kinder an sich, denn es war ihm wohl eingefallen, dass solch fröhliche Jagd stets mit einem Stück Zucker endete. Gab es dann Streit, wer ihn zuerst angefasst hatte, der Murkel oder die Mücke, so war's keines von beiden gewesen, sondern etwa der Windwalt. Dann passten die Kinder gut auf, wie der Vater dem Windwalt den Zucker gab. Der Windwalt aber war immer so heftig, dass der Zucker fast sofort aus der Hand des Vaters weiterflog in des Plischi Maul oder aber zur Erde fiel, von der ihn dann die kleine Mücke aufheben durfte. Träumlein aber hatte immer lange Zeit, ließ den Zucker ruhig in Vaters Hand, und der Plischi musste erst auf den Hinterbeinen stehen, gehen, tanzen – und machte er's sehr gut, flog plötzlich der Zucker durch die Luft in sein Maul – du sahest nicht woher.

Zuerst trauten die beiden Kinder ihrem Vater noch nicht recht und meinten, Träumlein und Windwalt seien so etwas wie die Frau Holle und das Aschenputtel aus dem Märchen. Aber wie der Vater immer dabei blieb und ernst sagte, sie seien wirklich da, die beiden, und es gebe alles, was der Mensch nur ernstlich glaube, da gewöhnten sie sich völlig an ihre unsichtbaren Geschwister.

Besonders schön war das, wenn es dunkel geworden war und die Kinder lagen in ihren Betten, die Eltern aber saßen noch in einem andern Teil des Hauses. Die Betten der Kinder standen weit auseinander, und sie durften nicht miteinander sprechen, sie taten es auch nicht. Aber flüstern konnten sie, dass es das andere nicht hörte, und das taten sie denn auch: Murkel mit Träumlein, Mücke mit Windwalt. Um sie war die dunkle Nacht, vielleicht ging vor den Fenstern grade der Wind. Sie hörten die alte Linde an dem Hausgiebel rauschen, aber sie waren nicht allein: Eines sprach und eines hörte, sie durften alles erzählen, das Verbotene wie das Erlaubte – Windwalt und Träumlein schwatzten nicht.

Kam der Morgen und ging der Murkel, der schon groß war, mit Schiefertafel, Lese- und Rechenfibel in die Schule, so blieb die kleine Mücke doch nicht allein. Sie saß vielleicht in ihrer Sandkiste und baute aus Kirschkernen, die immer zahllos von genaschten Kirschen unter dem alten Kirschbaum lagen, und aus Gänseblümchen einen Garten. Und wenn etwas nicht gelang, so war der Windwalt daran schuld, gelang es aber sehr gut, so musste es der Windwalt bewundern.

Unterdes saß der Murkel in der Schule, und wenn auf allen Schulbänken vier Kinder saßen, auf der seinen saßen fünf, ohne dass der Lehrer es merkte: Das war das Träumlein, das an seiner Seite saß. Und es war ein Wunder, was das Träumlein alles wusste und wie es half, wenn man zu rasch gelesen hatte.

»Wie heißt das Wort?«, fragte der Lehrer strenge, denn der eilige Murkel hatte »weiche« gelesen, weil er wusste, dass das lange Wort danach »Heuhaufen« hieß, und es war doch richtig, dass die Heuhaufen weich sind.

Sah er das Wort nun aber näher an, so merkte er wohl, es konnte nicht »weiche« sein, es lag kein »ei« in seiner Mitte, wie ein Ei im Hühnernest. Wenn der Murkel das Wort vor dem Heuhaufen immer länger anschaute – und es war wieder mal so ein hässliches Wort, wie er sie gar nicht mochte, oben lang und unten lang – und er kam nicht darauf, und der Lehrer sagte schon ganz ungeduldig: »Na, wird's nun bald –?! Das ist ein ganz leichtes Wort!«, da war's dem Murkel, als spräche etwas ganz leise neben ihm das Wort.

Der Lehrer rief ungeduldig: »Willst du mal nicht vorsagen, Ursel!«

Aber darum brauchte sich der Lehrer nicht zu sorgen: Was die Ursula Hantig sagte, dahin hörte der Murkel gar nicht. Auf das Träumlein hörte er. Und das Träumlein flüsterte lautlos, mit dem Mund an seinem Ohr, ja, es war beinahe, als flüstere sie es inwendig: »H und o macht ho – eine Silbe! H und e macht he – andere Silbe! Eine Silbe ho, andere Silbe he ...«

»Hohe Heuhaufen!«, rief der Murkel laut.

»Das wurde aber auch Zeit«, sagte der Lehrer. »Setze dich!«

Und der Murkel setzte sich, ganz rot, nicht etwa, weil er sich schämte, sondern weil er so glücklich war. Er war aber so glücklich, weil ihm Träumlein geholfen hatte, und er fühlte genau, das Träumlein gab es wirklich. Der Vater hatte recht, es war in ihm und um ihn, auch ein Kind war nie allein.

Es kam eine Zeit in dem Leben der Kinder, da wurde der alte Hund Peter sehr krank. Die Haare fielen ihm aus, und er bekam Geschwüre über den ganzen Leib. Wenn die Kinder an seine Hütte liefen und fragten: »Wie ist es, Peter, der Vater geht mit uns aus – kommst du nicht mit?«, da hob der alte Hund mühsam den Kopf und sah die Kinder traurig mit seinen trüben Augen an und wedelte ein kleines bisschen mit seinem Schwanz.

Da fragte der Vater: »Wer von euch will hierbleiben und dem Peter ein wenig Gesellschaft leisten?«

Aber keines wollte es, nicht der Murkel, nicht die kleine Mücke.

»So müssen wir heute ganz ohne unsere Geschwister Windwalt und Träumlein gehen«, sagte der Vater. »Denn die bleiben nun hier. Das wird kein schöner Spaziergang.«

Und das wurde es auch wirklich nicht. Soviel die Kinder dem Vater auch zu erzählen hatten, mit der Zeit verstummten sie. Sie sahen über ihre Schultern, sie sahen rechts, sie sahen links – es war nur die Luft da, mit dem Sommerwind darin. Die war auch sonst da, doch sonst wussten sie, das Träumlein und der Windwalt waren in der Luft. Aber diesmal waren sie es nicht, diesmal waren die beiden daheim beim kranken Hunde Peter. – Und auch der Plischi schlich nur traurig mit und sprang nicht lustig wie sonst voraus, auch ihm fehlte sein Gefährte, der Peter.

Da drängten die Kinder, nach Haus zu kommen, so fehlten ihnen Windwalt und Träumlein. Als sie aber auf den Hof traten, war da ein Herr im weißen Mantel, das war der Tierdoktor, der sagte: »Ja, nun ist der alte Hund gestorben.«

Murkel und Mücke fingen an zu weinen, und nun tat es ihnen erst recht weh, dass sie nicht bei ihrem alten Freunde geblieben waren und dass sie ihm nicht adieu gesagt hatten.

Sie begruben den Peter unter vielen Tränen auf der Wiese am Wasser, und am Abend fragten sie, ein jedes seinen Gefährten, wie es mit Peter gewesen war, und sie hörten alles, Murkel von Träumlein, Mücke von Windwalt. Nun waren sie schon nicht mehr so traurig, denn es war ihnen, als seien sie doch ein ganz klein bisschen dabei gewesen.

So lebten die vier gemeinsam, und sie erlebten so viele Dinge miteinander, dass es gar nicht zu erzählen ist. Da war das eine Mal, dass die Kinder heimlich ins Boot gestiegen waren, und die kleine Mücke fiel ins tiefe Wasser und konnte doch nicht schwimmen. Der Murkel schrie, aber der Windwalt rannte wie der Wind, und der Vater kam aus dem Haus geschossen, schneller als eine Schwalbe, und holte die Mücke aus dem Wasser.

Ein anderes Mal waren die Kinder in die Priesterfichten gegangen, um die Nester von den alten Krähen hinunterzuschmeißen, die den ganzen Herbst und Winter zu Hunderten um das Haus krächzten, dass es ein Grausen war. Da verstieg sich der Murkel in einer Fichte und konnte nicht vor und zurück, und vor Hilflosigkeit und Angst fing er an zu brüllen. Die kleine Mücke aber lief aus Schreck fort. Da saß der Murkel nun oben, und die Krähen krächzten und schwirrten immer näher. Er meinte, vor Furcht zu vergehen, und hoffte, es käme jemand, der ihm hülfe. Es kam aber keiner.

Schließlich besann er sich auf das Träumlein, und sofort hörte er auch ihre leise Stimme, die immer war, als spräche sie in ihm. Sie wies ihm einen Aststumpen, auf den er den Fuß setzen konnte, einen Zweig, an dem Halt war. Sie sagte: »Mach nun die Augen zu, Murkel, und rutsch!« Und er machte die Augen zu und rutschte. Da war er heil und gesund unten.

Träumlein und Windwalt waren immer da, sie machten, dass ein Kind nie allein war. Sie redeten und sie waren stumm, sie liefen um die Wette und saßen still, sie halfen und sie hatten immer Zeit, ganz anders als die andern Kinder im Dorf.

Nun wurden die Kinder größer und größer – da wurde wieder alles anders. Denn da geschah es, dass die Mutter anfing zu schelten, und sie sagte: »Vater, was ist das für eine schreckliche Murkelei mit unsern Kindern –?! Das halte ich nicht mehr aus, und das mache ich nicht mehr mit! Die Mücke hat ihr Taschentuch verloren. Nein, sagt sie, der Windwalt hat's verspielt. Der Murkel lässt die Tür offen stehen; er soll sie zumachen. Nein, sagt er, er ist nicht zuletzt durchgegangen, das Träumlein war's.

So geht es nun alle Tage: Ist ein Klecks im Schulheft, war's der Windwalt; das Loch hat Träumlein in die Hose gerissen; die Katze Windwalt gezwickt; den Blumentopf Träumlein hinuntergestoßen – nein, was ist das für eine schreckliche Murkelei! Da finde ich nicht mehr heraus!«

Der Vater fragte die Kinder ernst, ob das wohl so wäre, ob alles Schlechte und Verkehrte die unsichtbaren Geschwister, alles Gute und Richtige aber Murkel und Mücke täten. Die Kinder senkten die Köpfe und antworteten nicht. Da sagte der Vater, er wolle es noch eine Woche mit ansehen, sei es dann nicht anders geworden, so müsse er Träumlein und Windwalt in die Welt schicken.

In dieser einen Woche wurde ein Spiegel zerbrochen: hatte der Windwalt getan. Vaters Zeitung lag zerrissen beim Plischi in der Hundehütte statt auf seinem Schreibtisch: hatte keiner verschleppt, vielleicht aber das Träumlein …

So ging es immer weiter, bis der Vater die Kinder an der Hand nahm und mit ihnen hinausging in das Land, auf einen Berg, wo man die Seen, die Wälder, die Dörfer und die weiten, langen Landstraßen sieht. Es war ein grauer, windiger Herbsttag, die Kinder gingen still an des Vaters Hand, traurig zottelte der Plischhund hinterdrein.

Als sie auf die Höhe des Berges gekommen waren und das Land unter sich sahen mit den vielen Straßen, nahm der Vater seine eigenen Kinder bei der Hand, und er sprach: »Nun gehet hinaus in die Welt, Träumlein und Windwalt! Meine Kinder wollen jetzt große Menschen sein, da können sie euch nicht mehr gebrauchen.« Und er winkte ihnen zu und rief: »Ihr seid treue und hilfreiche Geschwister gewesen, dafür sollt ihr vielmals bedankt sein. Vielleicht kommt noch einmal wieder eine Zeit, da wir euch brauchen können. Dann kommt ihr wieder zu uns!«

Die Kinder fingen jämmerlich an zu weinen. Denn wenn sie in der letzten Zeit schon nicht mehr so recht an ihre Geschwister geglaubt hatten, sondern immer gedacht hatten, sie seien nur ein Märchen vom Vater – nun, da sie grausam in die herbstliche, windige Welt gestoßen sein sollten, gedachten sie, wie die lieben Unsichtbaren Abend für Abend bei ihnen in den Betten gelegen hatten, und sie taten ihnen von Herzen leid. Doch vor allen Tränen hatten sie nicht gesehen, welche Straße Windwalt und Träumlein gegangen waren. Darüber bekamen sie schon auf dem Heimweg das Zanken, der Vater aber ging still nebenher, denn er hatte seine Kinder Windwalt und Träumlein von Herzen liebgehabt.

Die Zeit ging und ging, und die Kinder wurden große Leute, die keiner mehr Mücke und Murkel nannte, sondern Herr und Fräulein, und sie hatten so viel zu tun und zu denken, dass sie ihre alten Geschwister fast ganz vergaßen und gar nie mehr an sie dachten. Nur der Vater, der nun sehr alt geworden war, dachte noch an sie, und er sprach oft mit der Mutter darüber, welch lustige Murkelei doch das Haus gewesen war, als darin noch die kleine Mücke, der Windwalt, das Träumlein und der Murkel lebten.

Nach abermals einer Zeit aber hatten die Mücke wie der Murkel selber Kinder, und als diese Kinder größer geworden waren, verlangten sie, dass ihnen Mücke und Murkel erzählten, wie es gewesen war, als sie selbst Kinder waren. Da besannen sich Mücke und Murkel auf das Träumlein und den Windwalt, und sie erzählten ihren Kindern vieles von den beiden. Und den Kindern war es ganz so, als hätten Träumlein und Windwalt wirklich gelebt, und es waren doch nur ausgedachte Kinder!

So aber ist es auf dieser Welt: Wenn man etwas nur wirklich glaubt, so ist es auch da. Es gibt nicht bloß, was man mit Augen sieht und mit Ohren hört. Vom Windwalt und dem Träumlein und von der ganzen Murkelei hast du eben noch nichts gewusst. Aber nun weißt du von ihnen, und nun sind sie auch da, siehst du wohl!

Eine späte Geschichte

Der Heimkehrer

Die Sonne beschien ihn auf der Bank vorm Hause, auf jener Bank, auf der man nur nach Feierabend sitzt oder auf der die Altenteiler hocken, die zu keiner Arbeit mehr taugen. Und genau so stand es um ihn, obwohl er erst sechsundzwanzig Jahre alt war: Er war zu keiner Arbeit mehr nutze, der Vater hatte ihn von der Arbeit fortgejagt!

Wie oft hatte Erdmann Ziese während der langen Heimfahrt an das alte Haus, den Hof und seine Felder gedacht! Um seinen Arm hatte er sich während dieser Heimfahrt wenig Gedanken gemacht; er hatte sich daran gewöhnt, dass er im Ellbogengelenk steif war; deswegen konnte man doch noch seine Arbeit tun. Viele, viele waren hundertmal schlimmer daran als er!

Die Ärzte hatten immer wieder seinen Arm untersucht; sie fanden nichts, warum das Gelenk noch hätte steif sein sollen. Jeder Muskel und jede Sehne schien in schönster Ordnung. Sie hatten geröntgt und bestrahlt, sie hatten den Arm in Apparate geschnallt, die, in Gang gesetzt, ihn zwangsläufig Bewegungen ausführen ließen – vor Schmerz hatte er aufgeschrien. Ja, der Arm ließ sich eher brechen, als dass das Ellbogengelenk nachgab; es war steif und blieb es. Schließlich hatte ein junger Unterarzt tröstend gesagt: »Passen Sie auf, Ziese, eines Tages können Sie den Arm wieder bewegen. Das kommt ganz von selbst, Sie merken es nicht einmal.«

Aber das war nur Geschwätz gewesen, bloß um zu bemänteln, dass die klugen Herren Ärzte mit ihrer Kunst am Ende waren. Auf so etwas gab Erdmann Ziese nichts, und, wie gesagt, zu jener Zeit machte ihm sein steifer Arm noch wenig Gedanken. Er hatte ja alle Tage Dutzende von Krüppeln um sich, die hundertmal schlimmer daran waren als er. Er konnte arbeiten, bestimmt, und er wollte es auch. Arbeit war das Allerbeste im Leben, Arbeit war vielleicht sogar noch besser als Maria. Liebe war gut, etwas Herrliches, kein Wort dagegen, ein Mädchen, die Maria, im Arm halten, ihre weichen Lippen spüren, den Atem; rasch einmal nach den Augen sehen, die sich beim Küssen geschlossen haben – oh, etwas Herrliches –! Glück und Glanz, Sonne und alle Sterne, Wärme, Licht, all das war Liebe.

Aber man konnte einander nicht den ganzen Tag im Arm halten und abküssen. Nach einer Weile war es genug, man ging hin und tat seine Arbeit, die einen freute. Man zog etwa die Pflugfurche so schnurgrade über den Acker, als hätte einer mit dem Lineal daneben gestanden, oder schlug Holz, schneller als alle andern. So war es: Arbeit musste sein im Leben, ohne sie war das Leben nichts, die Liebe kam dazu.

Aus einem unklaren Gefühl heraus, vielleicht einfach darum, weil er sich schämte, hatte Erdmann bei der Heimkunft nichts von seinem gelähmten Arm gesagt. Er hatte dieses Gebrechen so gut versteckt, dass anderthalb Tage niemand etwas davon gemerkt hatte. Aber heute Morgen, beim Holzhauen, hatte der Vater plötzlich gerufen: »Was ist das mit deinem Arm? Du bist doch nicht etwa krüppelig geworden?«

Der Vater hatte mit der eigenen Arbeit aufgehört, er hatte den Sohn Holz hauen und packen lassen und dabei mit seinen scharfen Augen unter den buschigen Brauen immerzu auf den Arm des Sohnes gestarrt. Dem war die Arbeit bei solchem Starren nur ungeschickt von der Hand gegangen. Schließlich war der Vater auf den Sohn zugesprungen und hatte wie ein Rasender an dem Arm gerissen und gebogen. »Was?«, hatte er geschrien. »Kannst du den Arm nicht beugen?!! Kein bisschen?!! Verdammte Zucht, erst führen sie einen Scheißkrieg, der die ganze Welt ins Elend bringt, und dann schicken sie uns unsere

Kinder als Krüppel nach Haus, grade wenn man denkt, sie können einem ein bisschen Arbeit abnehmen!«

Er hatte jetzt den Arm des Sohnes losgelassen und starrte ihn zornig an. Erdmann Ziese murmelte verlegen: »Ach, Vater, ich kann doch noch eine Menge Arbeit tun! Denk doch an die andern …«

Aber der Vater hatte ihn jäh unterbrochen. Sein ganzer Zorn richtete sich jetzt gegen den Sohn. »Was für eine Arbeit kannst du denn noch tun, du Krüppel, du!?! Suppe essen und Strümpfe stopfen! Weiberarbeit! Aber ich brauch einen Mann hier auf dem Hof – nicht so was wie dich! Warum hast du mir das nicht gleich gesagt?! Hast gedacht, du kannst es vor dem Vater verstecken? Ach, mach, dass du mir aus den Augen kommst! Ich will dich bei meiner Arbeit nie wieder sehen! Hab ich einen unnützen Fresser mehr zu füttern!«

So hatte der Vater gesprochen, es waren harte Worte gewesen, die er gesagt hatte, und ungerechte dazu. Denn so untauglich, wie der Vater den Sohn machte, fühlte Erdmann sich nicht. Aber er hatte es dem Vater nicht übelgenommen, der Vater konnte nicht anders sein. Er hatte sich zu sehr plagen müssen auf der zu kleinen Wirtschaft, um die herum lauter große Höfe lagen, die nicht einmal ihr Land ordentlich bestellten und es sich doch wohl sein ließen, während der Vater sich die Haut von den Händen schuftete. Das, grade das hatte den Vater so böse gemacht, dass es so ungerecht zuging auf der Welt. Grade zum armen Mann musste der Sohn mit einem lahmen Arm aus dem Kriege heimkehren! Immer trugen die Ärmsten die schwerste Last! Das konnte einen Mann wie Vater schon erbittern und ungerecht machen. Nein, Vater war schon in Ordnung, wie er war, wenn es jetzt auch kein Auskommen mit ihm gab. Aber der Sohn hatte ja noch andere Möglichkeiten …

Erdmann Ziese nickte auf seiner Bank zu diesen andern Möglichkeiten, stopfte sich nun doch die Pfeife, brannte sie an und ging los. Er mochte hier nicht länger auf der Faulenzerbank sitzen und den Altenteiler spielen. Außerdem musste er

Maria sagen, wie sehr seine Lebensaussichten sich verschlechtert hatten.

Er hatte sie am Morgen hinausgehen sehen mit ihren Leuten, die Kartoffelhacke über der Schulter, und so fand er sie auch richtig auf dem Land oben über der Seekante beim Kartoffelhacken. Erdmann Ziese ließ sich Zeit, er ging erst zum väterlichen Kartoffelland und sah es lange und prüfend an. Ja, hier würde man auch bald hacken müssen. Plötzlich überkam ihn ein wehes Gefühl: Er dachte daran, wie der Vater hier allein mit der Mutter das Land würde hacken müssen, ein großes Stück Acker, und er würde sicher nie vor der späten Nacht Feierabend machen. Der Sohn hätte gut dabei helfen können, aber er kannte den Dickkopf des Vaters: Der würde ihm nicht erlauben, noch einmal eine Arbeit auf dem Hofe anzufassen, dem Krüppel, dem! Bei Kollers, die nicht mehr Kartoffelland hatten als die Zieses, hackten sie zu fünfen: Vater, Mutter, Sohn und die beiden Töchter, das schaffte! Armer Vater!

Während Erdmanns Gedanken so liefen, war er immer näher an den Köller'schen Acker herangekommen. Er bot die Tageszeit und kam rasch mit dem Vater in ein Gespräch über Kartoffeln und dass es jetzt bald Zeit zur Heuernte werde. Sie sprachen auch von dem Gerücht: Den reichen Rittergutsbesitzern, die alle vor Angst in den Westen geflohen waren, sollte jetzt ihr Land abgenommen werden, um es unter die Landarmen zu verteilen. Aber das war wohl alles nur Gerede; so etwas Schönes konnte man hoffen, aber es wurde nie etwas daraus in diesem Leben!

»Ach ja, Erdmann, der arme Mann muss sich schinden sein Leben lang. Für ihn gibt es nie ein Hochkommen. Arm bleibt ewig arm, und reich bleibt reich. Nun, du siehst es ja alle Tage an deinem Vater. Jetzt, wo er dich zur Hilfe hat, könnte er auch gut zehn, zwölf Morgen Land mehr gebrauchen; er hat ja so fast nie genug Futter fürs Vieh im Winter. Aber daraus wird nie etwas! Du wirst es sehen, Erdmann!«

Erdmann nickte beistimmend mit dem Kopf. Auch er glaubte

nicht an die Landaufteilung, lahmer Arm hin und Hilfe für den Vater her – davon brauchten die Kollers noch nichts zu wissen, das ging nur die Eltern an und grade noch die Maria. Die Maria aber war während dieses Männergespräches mit dem Hacken etwas zurückgeblieben und arbeitete jetzt zehn oder zwölf Meter hinter den andern. Sonst hätte der alte Koller sie wohl scharf deswegen angefahren, aber diesmal wurde kein Wort darüber verloren. Es wurde auch nichts gesagt, als Erdmann plötzlich nicht weitersprach mit dem Vater, sondern auch zurückblieb.

Als er neben Maria war, sagte er hastig: »Mariele!« Sie nickte ihm lächelnd zu und sagte: »Es ist schön, dass du wieder da bist, Erdmann, ich freu mich!« Und er, aus seiner Bitterkeit heraus: »Vielleicht ist es gar nicht schön, dass ich wieder da bin, Mariele, und du hast gar keinen Grund, dich zu freuen! Aber davon sprechen wir heute Abend. Passt es dir um neun an unserer alten Stelle?« Sie nickte nur und lächelte immer weiter, trotz seiner bösen Worte. »Also denn gut: um neun!«, schloss er und noch hastiger: »Hack zu, Mariele, der Vater hat sich schon zweimal nach uns umgesehen!«

So trennten sie sich, und als Erdmann nach drei oder vier Minuten im Weitergehen sich nach Kollers umschaute, sah er sie schon wieder in einer Reihe hacken: Maria hatte aufgeholt. Er nickte befriedigt mit dem Kopf: Das war ganz ein Mädchen, wie es sein musste, die Maria! Fest in der Arbeit und treu in der Liebe. Aber solche Gedanken musste man aufgeben. Da war dieser verdammte lahme Arm, dieser lächerliche Flunk, wie ein Putenflügel, zu nichts nutze! Der machte es, dass der Vater nein sagte und die Kollers nein sagten, und die Maria würde wahrscheinlich auch nein sagen. Solch ein junges gesundes Mädchen und dazu ein Mann, der ein Krüppel war!

Unter den andern draußen hatte er es nicht so gespürt, aber hier daheim spürte er es überall, der Vater hätte ihn gar nicht so verächtlich zu behandeln brauchen, wie er es nun wieder den ganzen Nachmittag über tat. Er sprach mit dem Sohn kein

Wort, sosehr die Mutter auch bat und schalt, und als er Erdmann dabei antraf, wie er den Misthaufen einebnete, nahm er ihm einfach die Forke aus der Hand und sagte: »Das lass! Ich will keine Stümperarbeit auf meinem Hofe!«

So wurde der Nachmittag endlos, und Erdmann kam sich wie der überflüssigste Mensch auf der Welt vor. Es musste etwas geschehen, und was geschehen sollte, das wusste er auch schon: Er würde in die Stadt gehen und dort Arbeit finden. Am liebsten bei der Post, die kam jetzt langsam wieder in Gang. Er würde sehen, dass sie ihn zum Landbesteller machten; da kam er doch immer aus der Stadt zwischen die Felder, wenn er die Post in die Dörfer austrug. Er erinnerte sich an einen Briefträger, der hatte auch einen lahmen Arm gehabt, nein, einen wirklich verkrüppelten Arm, Muskelschwund hatte er dazu gesagt, und der hatte doch den Zustelldienst besorgen können! Seinem Arm fehlte doch gar nichts, es war ein gesunder, kräftiger Männerarm, nur dass er im Gelenk ein bisschen steif war – deswegen würden sie ihn doch auf der Post einstellen. Und wenn es mit der Post nichts würde, so wollte er auch jede andere Arbeit anfassen, nur nicht länger hier untätig auf dem Hofe liegen und das versorgte, zornige Gesicht des Vaters sehen!

Über solchen Gedanken wurde es endlich doch Abend, und Erdmann machte sich auf den Weg zum See zu der alten Buche, die ihr Stelldichein war, schon seit sie wussten, dass sie sich liebten. Manches Mal hatten sie sich schon hier getroffen, immer nur hier, während seiner kurzen Urlaubszeiten im Kriege und auch vor dem Kriege schon, als sie noch halbe Kinder waren und die ersten Liebesregungen im Herzen spürten. Damals hatten sie noch still nebeneinandergesessen, oft hatten sie kaum ein Wort gesprochen, und wenn eines zufällig des andern Hand berührt hatte, war ein Zittern über sie gekommen vor erschrockener Seligkeit. Später im Krieg hatte er sie fest in den Arm genommen, als wolle er sie nie wieder loslassen, nie wieder von ihr gehen, und er hatte sich nie satt trinken können an ihren Küssen.

Dieses Mal hatte er den festen Vorsatz, ernst mit ihr zu reden: Es wäre ja wie ein Diebstahl gewesen, wenn er ihre Zärtlichkeiten hingenommen hätte, ehe sie alles wusste. Aber sie war vor ihm dagewesen und gleich in seinen Arm geglitten, und als er erst ihre suchenden Lippen an seinem Munde gespürt hatte, da gab es kein Widerstehen mehr, und er hatte sie geküsst, hungriger als eh und je. »Mariele, o du mein liebstes Mariele!« – Und: »Erdmann! Dass ich dich nur wiederhabe! Dass du nun immer bei mir bist!« Und Schweigen und Küssen.

Schließlich aber, als der erste Liebeshunger gesättigt war, hatten sie sich unter die Buche gesetzt, die Beschützerin ihrer Liebe, und er hatte ihr alles gesagt, das von seinem Arm und dem zornigen Vater und dann von seinem Vorsatz, in die Stadt zu gehen und Briefbote zu werden.

Sie hatte sich das alles fast ohne ein Wort angehört, nur seinen Arm hatte sie sich zeigen lassen, und wie er wirklich steif war und sich nicht biegen ließ. Als er nun aber sagte: »Du siehst es selbst ein, Mariele, wir müssen heute Abschied voneinander nehmen. Deine Eltern werden es nie zugeben, und du bist auch nicht für ein Stadtleben geboren«, da antwortete sie hastig und fast erzürnt: wie er nur so reden könne! Da sehe man es ja, dass er sie nicht richtig liebhabe, wenn er sie so leicht aufgebe. Er müsse nur ein wenig Geduld haben, der Vater werde schon Vernunft annehmen und einsehen, dass auch ein lahmer Arm manch nützliche Arbeit verrichten könne. Sie störe der Arm nicht. Und wenn er denn durchaus in die Stadt gehen wolle, sie störe auch die Stadt nicht. Man werde sich wohl ein Gärtchen pachten können und ein Stück Kartoffelland, so dass sie nicht ganz ohne die gewohnte Arbeit sei.

Dagegen wandte er nun wieder ein, wie eine gegen den Willen der Eltern geschlossene Ehe sie immer bedrücken werde, dass ein Leben in der Stadt doch nichts für sie sei – und so kamen sie immer tiefer in ein heftiges Streiten. Sie blieb dabei, dass sie nicht von ihm lassen wollte, und er wiederholte stets von neuem, dass er heute Nacht noch in die Stadt gehe, und sie solle es ihm doch nicht so schwer machen. Zwischen ihrem Streiten küssten sie sich aber – fast wider Willen – immer wieder, und so wäre es wohl die ganze Nacht weitergegangen, wenn er nicht plötzlich mit Entschiedenheit gesagt hätte: »Nun, Mariele, nun muss es Schluss sein. Es bleibt bei dem, was ich gesagt habe! Ich gehe in die Stadt, und wir sehen uns nicht wieder!«

Mit diesen Worten löste er sich aus ihren Armen und stand schwer atmend getrennt von ihr, im Dunkel nach ihrem weißen Gesicht spähend und nun doch mit einiger Angst ihre nächsten Worte erwartend.

Sie aber sagte schließlich nur: »So gib mir wenigstens zum Abschied noch einen Kuss, Erdmann!«

Er zog sie willig fest in seine Arme und küsste sie, wie er sie noch nie geküsst hatte, langsam und zart, als das Schönste und Liebste, was er auf der Welt besaß. Plötzlich aber – mitten im Küssen – ließ er sie plötzlich los, dass sie fast gefallen wäre. Sie stieß vor Schreck einen leisen Schrei aus, er aber achtete gar nicht darauf, sondern stand da und bewegte seinen Arm. Plötzlich musste er an den jungen Unterarzt denken, der einmal gesagt hatte: »Sie werden es nicht einmal merken, und plötzlich können Sie Ihren Arm wieder bewegen!«

Das war also nicht nur billiger Trost gewesen. Denn als er sein Mädchen umschlungen hielt, hatte er auf einmal gemerkt, dass er sie in seinem Arm hielt und dass dieser Arm sich bog, wie er wollte, vielleicht schon lange, und er hatte es nicht gemerkt! Er hatte das Mädchen im Arme gehalten, und der Arm war nicht steif gewesen, das Mariele aber hatte es auch nicht gemerkt!

Er stand ganz betroffen da und bewegte den Arm hin und her, er hatte Maria im Augenblick fast vergessen. Er zog einen Buchenast zu sich herunter, bog ihn und brach ihn ab, dann peitschte er mit ihm die Luft, und der Arm tat alles, was er wollte. Der Arm war wieder in Ordnung, er war kein Krüppel mehr!

In das tiefe Gefühl von Erlösung, das Erdmann Ziese bei dieser Entdeckung empfand, mischte sich etwas wie Beschämung, dass er so vom Glücke ausgezeichnet war. Er dachte an seine vielen Kameraden, an die Amputierten, denen es nie so gut ergehen würde wie ihm. Wodurch hatte er ein solches Glück verdient? Dann aber dachte er daran, dass er bereit gewesen war, in die Stadt zu gehen, vom väterlichen Hof und von Maria fort, ohne Klage. Und es schien ihm, als gäbe es für jeden einen solchen Ausweg und als sei für jeden ein Glück bereit, vielleicht nicht immer eine Maria, die zu ihm halten wollte, auch dann noch, aber immer ein Glück, das vielleicht grade in dem geduldig ertragenen Schicksal lag.

Dieser Gedanke milderte das Schamgefühl, das er über sein Glück empfand. Plötzlich besann er sich wieder auf Maria, die ganz verschreckt immer noch vor ihm stand, und er rief: »Mein Arm, sieh doch bloß meinen Arm! Als ich dich umschlungen hielt, ist mein Arm wieder heil geworden! Ach, du liebstes Mariele, wie glücklich bin ich, dass ich nun auf dem Hofe arbeiten kann und nie von dir gehen muss!«

Und er warf den Buchenast fort und zog sie von neuem in seine Arme.

Es ging schon auf den Morgen zu, als Erdmann sein Elternhaus wieder betrat. Aber es war ein völlig verwandelter Erdmann, der da heimkam: Dies erst war die richtige Heimkehr! Er klopfte kräftig gegen die Schlafzimmertür der Eltern, trat ohne Zögern ein, machte Licht und ging an der Eltern Bett. Hier stand er nun, während die ihn, das eine schon wieder zornig, das andere aber ängstlich, anstarrten, und er rief: »Ich lasse mich hier nicht vom Hofe jagen! – Ich will hier kein Freischluckerleben führen! – Ich will hier arbeiten, genau wie der Vater und mehr noch als der, das will ich!« Und bei jedem Satz schlug er mit der Faust des ehemals lahm gewesenen Armes gegen das Bett, dass sein altes Gestell krachte und ächzte.

Der Vater glaubte, der Sohn sei betrunken, und wollte schon wieder in hellem Zorn auf ihn losfahren, da rief Erdmann wieder: »Ja, wenn ein Schaden da ist, das siehst du sofort, Vater! Aber dass mein Arm jetzt wieder gesund ist, das hast du nicht begriffen! Und wer hat ihn gesund gemacht? Kollers Maria! Und so schnell, wie es geht, heiraten wir, ihr mögt nun einverstanden sein oder nicht!«

Damit tat er einen letzten starken Schlag gegen das Bettgestell und ging glückselig lachend aus der Stube, sich zu einem kurzen Morgenschlaf hinzulegen. Die beiden Alten aber waren trotz der gestörten Ruhe nicht weniger glücklich als der Sohn, und den ganzen Morgen schlichen sie wie auf Filz durch das Haus, lächelten einander an und sagten: »Er soll nur schlafen, der Erdmann! Er schläft sich gesund! Gottlob, dass er gesund heimgekommen ist! Haben wir doch auch einmal Glück gehabt!«

Dass sie bald noch einmal durch die Landaufteilung Glück haben sollten, das wussten sie da noch nicht.

Nachwort
Von Birgit Vanderbeke

Rudolf Ditzen begann mit siebzehn oder achtzehn Jahren, literarisch zu arbeiten. Er schrieb ab etwa 1911 Gedichte und machte Übersetzungen. Da war die Familie, die ursprünglich in Greifswald lebte, schon zehn Jahre lang in Berlin gewesen und jetzt seit zwei Jahren in Leipzig. Der Vater war preußischer Gerichtsrat und wechselte gelegentlich das Amt.

Rudolf Ditzen war ein schwieriges Kind gewesen, die längste Zeit ein gnadenlos schlechter Schüler, dreimal hängengeblieben, streckenweise mit der Aussicht auf »eine Anstalt für geistig zurückgebliebene Kinder«, wie ein Lehrer seinem Vater mitteilte.

Und dann hatte er auch Pech: Kurz bevor er schließlich die Untersekunda (10. Klasse) beinah vielleicht geschafft hätte, fliegt er vom Rad und muss fünf Monate liegen, danach schafft er es irgendwie in die Obersekunda und fängt sich bei einer Sommerreise mit Klassenkameraden in Holland eine Typhuserkrankung ein.

Er versucht, von zu Hause abzuhauen, klaut seinem Vater Geld, schreibt an die Eltern eines Nachbarmädchens – der Vater ist Jurist und ein Kollege seines eigenen Vaters – anonyme unanständige Briefe (»In den Anlagen der Promenade zwischen fünf und sechs Uhr werden Sie den Schüler Ditzen mit Ihrer Tochter Unzucht treiben sehen. Ein Freund des Hauses, der wacht«), spielt mit dem Gedanken an Selbstmord, äußert den Gedanken, Schriftsteller werden zu wollen, unternimmt mehrere knapp vereitelte Selbstmordversuche und kommt danach auf Anweisung des Vaters erst einmal aus Leipzig weg:

in die Klapse und anschließend in die Provinz, nach Rudolstadt.

Er sagt Sanatorium zu den verschiedenen Institutionen, die
er im Laufe seines Lebens aufsuchen wird, diese erste hieß
»Schloss Hart« und befand sich in Bad Berka.

In die geschlossene Abteilung der psychiatrischen Klinik in
Jena gerät er, nachdem er in Rudolstadt mit einem Freund
vereinbart, als Duell getarnt einen Doppelselbstmord zu ver-
üben.

Genau dasselbe hatte der zwei Jahre ältere Johannes R. Becher, ein weiterer missratener Juristensohn unter den deutschen
Literaten, kurz vor ihm, nämlich 1910, mit seiner Geliebten
ausgemacht und dann inszeniert, und in beiden Fällen ging es
tödlich für ihre Partner aus, sowohl Becher als auch Rudolf Ditzen verletzten sich anschließend lebensgefährlich, hatten eine
Mordanklage am Hals und wurden im Verfahren schließlich
nach § 51 Strafgesetzbuch für unzurechnungsfähig erklärt.

Die beiden waren keine Einzelfälle: Selbstmordphantasien
grassierten in den späten wilhelminischen Jahren, und die Bücher, die die jungen Leute lasen, galten nicht eben als gesund,
Hugo von Hofmannsthal, Oscar Wilde, das ganz morbide Fin
de Siècle, und dann noch Nietzsche mit seinem Zarathustra
dazu: »Viele sterben zu spät, und Einige sterben zu früh. Noch
klingt fremd die Lehre: ›stirb zur rechten Zeit!‹«

Rudolf Ditzen kommt von der Geschlossenen für zwei Jahre
in die Anstalt Tannenfeld bei Jena, seine Schullaufbahn ist hier-
mit beendet, aber er macht Übersetzungen und Gedichte und
bietet sie verschiedenen renommierten Verlagen an. Die leh-
nen ab.

Als der Erste Weltkrieg beginnt, ist er wieder »draußen«. Sein
Vater hat ihn für eine landwirtschaftliche Lehre auf einem Rittergut in der Nähe von Tannenfeld untergebracht, Saatgutbe-
trieb, aber da gefällt es ihm nicht. Er schreibt neben der Arbeit,
diesmal auch Prosa (wird abgelehnt), und bei Kriegsbeginn
meldet er sich als Freiwilliger, lässt sich aber zwei Wochen spä-

ter unter Berufung auf selbigen § 51 wieder entlassen und schließt seine Lehre 1915 ab.

Während der folgenden Kriegsjahre fehlen auf dem Land Arbeits- und Verwaltungskräfte, die Männer sind an der Front. Rudolf Ditzen wird gebraucht und macht sogar eine gewisse Karriere, die ihn 1916 als Saatgutspezialisten für eine Kartoffelanbaugesellschaft nach Berlin führt, wo er weiterhin unverdrossen seine Gedichte an einen Verlag zu bringen und Beziehungen zu knüpfen versucht.

Er fängt mit der Frau des Geldmannes Egmont Seyerlen, vermutlich Waffenschieber, etwas an, er lernt später über Seyerlen, der selbst ein erfolgreiches Buch geschrieben hat, dessen Verleger Ernst Rowohlt kennen, er fängt einen Roman an, einen autobiographischen, er hört mit den Saatkartoffeln auf und bittet seinen Vater um Vorab-Auszahlung seines Erbes, um an seinem Roman arbeiten zu können, er fängt mit einer Frau etwas an, deren Mann im Feld ist, und als dieser zurückkommt, hört das wieder auf, und in diesen Jahren gerät er allseits gewaltig an Morphium, mit dem die Heimkehrer von der Front Erfahrung haben, er lernt, mit der Spritze umzugehen, manchmal bekommt er es auf Rezept, manchmal nicht, auf dem Schwarzmarkt findet man manchmal auch Kokain, er schreibt seinen Roman, sein Bruder Ulrich fällt in den letzten Kriegstagen in Frankreich, Rudolf Ditzen schreibt seinen Roman, später schreibt er noch einen Roman, beide erscheinen Anfang der zwanziger Jahre bei Rowohlt, sind gründlich erfolglos, und von beiden sagt er später, sie seien ihm peinlich, und lässt sie einstampfen. Heute erzielen »Der junge Goedeschal« und »Gerda und Anton« wegen ihrer Seltenheit auf Buchauktionen beträchtliche Preise.

Ditzen entschließt sich zu Entziehungskuren. Sanatorien. Noch mal Tannenfeld, dann Carolsfeld in Brehna bei Halle, Rinteln an der Weser. Hilft alles nichts.

Am 5. Mai 1919 wird aus dem Mann Rudolf Ditzen der Schriftsteller Hans Fallada, und das ging so:

Weitgehend mit finanzieller Unterstützung seines Vaters hat er am 19. April seinen ersten Roman beendet und den Seyerlens zwei Exemplare davon gegeben mit der Bitte, sie an Ernst Rowohlt weiterzuleiten. Rowohlt hat gerade seinen im Krieg aufgegebenen Verlag wieder aufgemacht und ist an Manuskripten interessiert. So sehr aber auch wieder nicht, dass er Rudolf Ditzens Roman bis zum 5. Mai gelesen und eine Entscheidung darüber getroffen hätte.

Ditzen ist ungeduldig und schreibt einen Brief an Rowohlt, seinen ersten. Fortan wird er bis 1943 alle seine Bücher bei Rowohlt veröffentlichen, allerdings – um seiner Familie weitere Image-Schäden zu ersparen, unter einem Pseudonym.

Bereits der erste Brief an Rowohlt ist mit »Hans Fallada« unterschrieben, was keine Urkundenfälschung ist, denn am selben Tag hat Rudolf Ditzen sich erkundigt und vom Polizeipräsidium in Berlin die Auskunft erhalten, dass er sehr wohl einen Künstlernamen annehmen dürfe, ganz ohne amtliche Genehmigung. Was er alsbald tat, bevor er sich am 14. Mai zum ersten Mal mit Ernst Rowohlt und dessen Lektor traf, um fünf Wochen später seinen ersten Verlagsvertrag zu schließen.

Allerdings ist damit natürlich ein Einkommen aus literarischer Arbeit noch längst nicht in Sicht, und so geht Rudolf Ditzen wieder in die Landwirtschaft, hält es auf keinem der zahllosen Güter, in denen er Buchhaltungs- und Verwaltungstätigkeiten ausübt, sehr lange aus, zieht von Pommern nach Mecklenburg, nach Schlesien, in die Neumark, immer auf der Kippe zwischen Rudolf Ditzen und Hans Fallada und gefährdet, weil er mit dem Geld seines Vaters sowie einem bescheidenen Auskommen nicht nur sich, sondern auch noch seine Sucht zu finanzieren hat.

Aus diesen Jahren, die für ihn steil abschüssig verlaufen, stammt der Stoff für die blutrünstige erste Erzählung, die er im Jahr 1925 in der »Literarischen Welt«, einer Literaturzeitschrift des Rowohlt Verlags, veröffentlicht, spätere Gutshof-Erzählungen sind leichter, es ist lustig, wie Herr Tiedemann einem das

Mausen abgewöhnt, und »Der Gänsemord von Tütz«, in dem es um den »uralten Krieg zwischen Schwiegermutter und Schwiegersohn« und sieben erst erschossene und später noch geklaute Federtiere geht, gehört zu den schönsten frühen Erzählungen, aber einstweilen schreibt Fallada noch keine kleinen Geschichten, sondern hat Romane im Kopf.

Die Jahre zwischen 1920 und 1923 bleiben biographisch und literarisch etwas unklar, was nicht zuletzt auf einen gewissen Hans Kagelmacher zurückzuführen ist, den Rudolf Ditzen schon 1916 kennengelernt hatte und zu dem er irgendwann auf sein Gut Strellin in der Nähe von Greifswald zieht, und dieser Kagelmacher hat zwei fatale Tricks auf Lager. Der eine ist nur für den Fallada-Biographen fatal: Er hat Hans Fallada fiktive Beschäftigungs- und Aufenthaltszeugnisse ausgestellt, so dass der Biograph den Überblick über die tatsächlichen Arbeits- und Aufenthaltsverhältnisse komplett verlieren muss. Der andere, im Grunde eine geniale Idee, hat den Autor ziemlich an den Abgrund gebracht, weil er leider nicht funktioniert hat. Im Gegenteil. Kagelmacher fand, dass Fallada doch, wo seine Entziehungskuren schon alle vergeblich waren, versuchen könnte, das teure und verhängnisvolle Morphium mit Alkohol außer Kraft zu setzen, also den Teufel mit dem Beelzebub auszutreiben. Das allerdings kumulierte nicht nur die Süchte, sondern trieb auch ihre Kosten in die Höhe. Im Herbst 1922 wird Fallada dabei erwischt, wie er Getreide vertickt, 1924 wandert er für diesen Betrug drei Monate ins Gefängnis, arbeitet seine Knasterfahrung in die spätere Erzählung »Die Länge der Leidenschaft« ein, kommt raus und macht es bei einer seiner nächsten Anstellungen auf einem Gut in Holstein 1925 gleich noch mal, diesmal unterschlägt er 15 000 Mark, wird angezeigt, haut ab und stellt sich in Berlin der Polizei. Diesmal bekommt er zweieinhalb Jahre, die er in der Vollzugsanstalt Neumünster als eine »endgültige Entziehungskur« nutzen will, und für literarische Arbeit.

Zu den ehernen Grundregeln, die ein Germanistikstudent möglichst im ersten Semester lernen sollte, gehört die: Verwechsle nie, was ein Autor geschrieben und erzählt hat, mit dem, was er gelebt hat.

Gerade bei Hans Fallada fällt das schwer, weil der das meiste und besonders seine Erzählungen haarscharf an seinem eigenen Leben entlanggeschrieben hat.

In dieser Nähe seiner Stoffe zu seinem eigenen Leben sind sowohl seine Schwäche als auch seine Stärke begründet. Die Schwäche liegt auf der Hand: Wer sehr nah an seinem eigenen Leben entlangschreibt, hat damit zu ringen, dass der Stoff, den er bearbeitet, noch nicht abgekühlt ist und ihm daher mangels Abstand gelegentlich entgleitet. Dann sind Geschichten manchmal etwas dick aufgetragen, der Autor verheddert sich in familiensprachlichen Privatheiten, die besser privat geblieben wären, oder – wie in den »Gauner-Geschichten« – in einem wenig ansprechenden artifiziellen Rotwelsch-Jargon. Fallada hatte zudem die Neigung, sich erzählerisch die Biographie wie auch ganz umfassend die Welt etwas zu harmonisieren, was in seinen Erzählungen bis zur Verharmlosung gehen konnte. Diese Neigung wird ein Teil seines Erfolgs gewesen sein, der 1932 über ihn hereinbrach, nachdem sein Leben sich 1928 wunderbarerweise für ein paar Jahre selbst zu harmonisieren schien. Finanziell ist die Lage nach seiner Haftentlassung zunächst nicht rosig: Er bekommt einen scheußlichen Job beim »General-Anzeiger für Neumünster«, für den er Abonnenten und Inserenten werben soll, eine Vertretertätigkeit, bei der ihm oft die Tür vor der Nase zugeknallt wird, schlecht bezahlt außerdem, aber er hat seine künftige Frau Anna kennengelernt, und dadurch wendet sich fürs Erste alles zum Guten, und schließlich bekommt er von Rowohlt eine ordentlich bezahlte Halbtagsstelle in der Presseabteilung des Verlags, zieht mit Anna nach Berlin, zieht wieder raus nach Neuenhagen an den Stadtrand, in eine Siedlung mit dem idyllischen Namen »Grüner Winkel«, lernt das Leben in einer Laubensiedlung kennen, über das er etliche Geschichten schreiben wird, schreibt einen mäßig erfolgreichen dicken Roman (»Bauern, Bonzen und Bomben«), knüpft Beziehungen zu ungefähr allen Zeitungen des Landes und verkauft ihnen Erzählungen, während er an »Kleiner Mann – was nun?« arbeitet und durch diesen Welterfolg so reich wird, dass er erst einmal wieder den Halt verliert, sich schließlich aber ein eigenes Landgut in Mecklenburg kaufen und mit den Geschichten für die Zeitungen aufhören kann. Das geschah ungefähr zu der Zeit, als die Nazis an die Macht kamen, und danach sah es einen Moment lang so aus, als könnte er überhaupt nichts mehr schreiben, weil er der Reichsschrifttumskammer nicht gefiel und es etlicher »Knixe« bedurfte, um von den Nationalsozialisten geduldet zu werden. Kaum mehr möglich war es fortan aber, einem der ehemals freien Feuilletons noch etwas zu verkaufen, nachdem die allesamt zwangsverkauft, übernommen, gleichgeschaltet worden waren.

Das Zeitungsgeschäft war für sehr viele Schriftsteller seit Ludwig Börne und Heinrich Heine bis zum Ende der Weimarer Republik ein Standbein, wie in der Zeit nach dem Zweiten Weltkrieg das Radiogeschäft für alle Autoren ein Standbein wurde, beide gibt es nicht mehr, sie sind unauffällig einfach verschwunden und mit ihnen die ganze Artenvielfalt der literarischen »kleinen« Formen, die Gelegenheitserzählung, das intelligente Geplaudere, die intellektuelle Spielerei, die literarische Polemik, das Denkbild, die Glosse, von Tucholsky über Roda Roda, Joseph Roth, Alfred Polgar, Walter Benjamin und all die anderen.

Die Autoren haben dieses Zeitungsgeschäft in der Regel nicht sehr geliebt, sondern es als lästige Brotschreiberei, Auftragsdichtung, Lohnarbeit empfunden, sich in ihren Korrespondenzen gern darüber beklagt und sich oft blumige Schimpfnamen dafür ausgedacht, weil sie eigentlich mit »Größerem« befasst waren, mit Romanen, philosophischen Jahrhundertwerken und solchen Dingen, die für die Ewigkeit und den Nachruhm gedacht waren, und dennoch – hier kommt man zu Falladas

Stärke, sind diese kleinen Arbeiten oft auf unangestrengte Weise gelungen, sei es als Stilübungen, sei es als Momentaufnahme, als Skizze, die dann später etwas abgewandelt in einem Roman wieder auftaucht; in dieser Form nämlich, gerade weil Fallada so nah an seinem eigenen Leben entlangschreibt, zeigt sich der genaue und einfühlsame Beobachter seiner Zeit, der seine Umgebungen und Milieus sprachlich einfangen und festhalten konnte, sei es die Angestelltenwelt in Berlin, eine provinzielle Polit-Schildbürgerei in Norddeutschland (es geht da um eine Großkraftstoffabgabestelle, was für ein herrliches Wort), das Laubenidyll in Neuenhagen, die »kleinen Leute«, der Amtsschimmel in den Behörden, das Arbeitslosenelend, die Armut und die Not oder auch manchmal ganz einfach und ergreifend das Zu-Hause-Sein in Carwitz, es zeigt sich gelegentlich das blanke Leben, oft anrührend, mal bitterböse (»Wie vor dreißig Jahren«, Falladas böseste Erzählung), und wenn die Hochsprache dafür nicht reicht, für das blanke Leben, dann wird bei Fallada getapert, gepapelt, gepüttjert, geschrapt, rabantert und angegrobst, da wird sich düsig geweint, und Mutting kriegt Küssings, dass es im Kopf nur so burrt.

1930 wurde Falladas erstes Kind geboren, drei Jahre später kam Lore (und 1940 Achim), und so kam es, dass Fallada in den dreißiger Jahren ein Genre ausprobierte, auf das er im Grunde schon früher hätte kommen müssen, nämlich als er sich seinen Künstlernamen bei den Brüdern Grimm verschaffte. Fallada hatte einen ausgesprochenen Hang zu Märchen und eine entschiedene Begabung dafür.

Das erste ist eines für Erwachsene. Es heißt »Schuller im Glück« und erzählt etwas abgewandelt die Geschichte vom »Hans im Glück«, aber später, Mitte der dreißiger Jahre, erzählte Hans Fallada seinen eigenen Kindern echte Märchen für Kinder. Die »Geschichten aus der Murkelei« sind drastische und von heute aus gesehen wahrscheinlich pädagogisch nicht ganz korrekte Märchen, aber Märchen müssen zum Glück pädagogisch nicht ganz korrekt sein. Was sie allerdings sein müssen, ist etwas ganz Wichtiges: Sie müssen haltbar sein, und wer heute seinen Kindern Falladas »Geschichten aus der Murkelei« vorliest, wird feststellen, dass sie außerordentlich haltbar sind und inzwischen mehr als 70 Jahre überstanden haben, mit nur ein paar ganz winzigen kleinen Kratzern.

Fallada seinerseits hat das Dritte Reich nicht gut überstanden – zu viele Knixe. Immer wieder Alkohol, später auch Morphium. Die grausige Trennung von seiner Frau. Zwar hilft ihm Johannes R. Becher nach dem Krieg kurzfristig noch einmal auf die Beine, was zu dem aus seinem Schaffen herausragenden Spätwerk »Jeder stirbt für sich allein« führt, er nimmt auch das Zeitungsgeschäft wieder auf und schreibt ein paar Erzählungen, aber jetzt will die Form nicht mehr passen. Und bevor die Kollegen dann das Radiogeschäft als Standbein entdecken, ist er schon nicht mehr dabei.

HANS FALLADA
Jeder stirbt für sich allein
Roman
704 Seiten
ISBN 978-3-7466-2811-0
Auch als E-Book erhältlich

»Ein literarisches Großereignis.«

THE NEW YORK TIMES

Ein einzigartiges Panorama des Berliner Lebens in der Nazizeit:
Hans Falladas eindrückliche und berührende Darstellung des Widerstands der kleinen Leute avanciert rund sechzig Jahre nach der Entstehung zum internationalen Publikumserfolg in Deutschland und der Welt. Millionen Leser sind berührt von der Geschichte des Ehepaars Quangel, das nach dem Kriegstod des Sohnes einen ganz privaten Weg findet, sich gegen das unmenschliche Regime zur Wehr zu setzten und so die eigene Seele zu retten.

»Das beste Buch, das je über den deutschen Widerstand gegen den National-sozialismus geschrieben wurde.« PRIMO LEVI

»Der Erfolg von ›Jeder stirbt für sich allein‹ zeigt, dass das Schwarzweißbild der Hitlerjahre endlich einer nuancierten Wahrnehmung weicht.« F.A.Z.

Mehr Informationen erhalten Sie unter www.aufbau-verlag.de
oder in Ihrer Buchhandlung

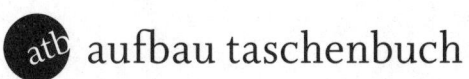

atb aufbau taschenbuch